Cécile Ottogalli Gérard Six Thierry Terret

UN POUR TOUS, TOUS POUR UN

L'histoire des championnats du monde d'escrime

Remerciements
La Fédération française d'escrime et son président Frédéric Pietruszka
La Fédération internationale d'escrime et son président Alicher Ousmanov (Russie)
La Fédération française handisport
La Fédération nationale des maîtres d'armes
L'Académie d'armes de France
La Commission du patrimoine et des honneurs de la FFE
Le musée des Sports de Paris
Le musée de l'Escrime bruxellois et Pierre Raes
Le musée d'Escrime russe et Lev Koreschkov
L'Amicale des escrimeurs internationaux français (AEIF)

Pierre Abric, Jeanne-Élise d'Antan, Bernard Baudoux, Claude Carliez, Jacques Castanet, Roger Closset, Denis Goran Colovic, Jean Cottard, Jacky Courtillat, Yves Dreyfus, Daniel Dubourg, Malcolm Fare, Laura Flessel-Colovic, Stéphane Gachet, Jean-François Lamour, Olivier Lenglet, George Masin, Joseph Metzaros, Catherina Pakueva, André Pinelli, Robert Prat, Jean-François Renault, René Roch, Michel Sicard, Gérard Soldini, Isabelle Spennato-Lamour, Éric Srecki, Patrick Vajda, Les permanents de la FFE.

Merci à tous les maîtres d'armes formateurs, éducateurs, directeurs techniques et entraîneurs, merci aux élus des clubs, ligues ou fédérations et aux indispensables bénévoles, merci aux escrimeuses et escrimeurs de toutes armes, débutants ou confirmés, tireurs champions ou amateurs... sans qui l'Histoire de l'escrime n'aurait pu s'écrire et n'aurait pas d'avenir.

Crédits iconographiques :
© Agence Regards du sport – Vandystadt.com : pp. 130 dr/C. Petit, 133/S. Boué.
© Presses Sports : p. 7.
© Sipa Press : pp. 8/V. Sichov, 145/V. Sichov, 146/V. Sichov.
Archives FFE : pp. 16 g, 17, 19 dr, 20 dr, 24 ht, 26, 27 b g, 32, 33, 36, 40 dr, 52, 53, 54, 56, 57, 60, 61 g, 62 ht, 62, 64 dr, 66 dr, 67 dr, 69 ht, 74 b, 76 ht dr, 77, 78, 79 g, 80, 82 g, 83, 84 g, 86 ht, 87 g, 88 g, 89, 91, 98, 100, 102, 103, 104 g & ht dr, 107, 108, 109, 111 dr, 112 dr, 113, 114 g, 116, 117, 119 g, 120, 122, 124, 126 dr, 127 b, 128 g, 129, 131 ht, 134 ht, 136/S. Grosbois, 137 ht dr/S. Grosbois, 138 dr, 139/S. Kempinaire, 144 dr, 148, 155, 156, 157.
Archives Fédération française handisport : pp. 141/V. Sichov, 142.
Musée de l'Escrime, Bruxelles (Belgique) : pp. 15 dr, 22 ht, 23 dr, 24 b, 34 b g, 34 d dr, 39 b, 40 b, 55 dr, 64 g, 66 g, 67 g, 68 dr, 72, 73 dr, 74 dr, 112 g, 121 dr.
© Icon Sport, Couverture/O. Andrivon, pp. 65/X. Cailhol, 81/O. Andrivon, 86/A. Noël, 90/A. Noël, 105/S. Reix, 118/Parkhurst, 147/U. Richard, 192/U. Richard.
Musée des Sports, Lausanne (Suisse) : p. 58.
Collection Jeanne-Élise d'Antan (Castanet) : pp. 21 g, 35 g, 39 ht, 43 b, 44 g & ht dr, 47, 59, 63 g, 68 g, 69 b, 70, 71, 73 g, 75, 76 b, 82 dr, 99 ht.
Collection Joseph Meszaros : p. 140 ht dr.
Collection Robert Prat : pp. 31, 46 b g.
Collection Gérard Six : pp. 9, 14, 15 g, 16 dr, 18, 19 g, 20 g, 21 dr, 22 b, 23 g, 24 dr, 25, 27 ht & b dr, 27 ht g, 28, 29, 30, 34 dr, 35 dr, 37, 38, 39 b, 40 g, 41, 42, 43 ht, 44 b dr, 45, 46 dr, 55 g, 61 dr, 63 dr, 76 g, 79 dr, 84 dr, 85, 86 b, 87 dr, 88 dr, 99 b & dr, 104 b dr, 106, 110/V.Licky, 111 g, 114 dr, 115, 119 b, 121, 123, 125/V.Licky, 126 ht g et b g, 127 ht, 130 g, 131 b/V. Licky, 132/G. Six, 134 b/V. Licky, 135, 137 g, 138 g, 140 ht g & b, 143, 144 g, 147 dr, 150, 151.
Collection Patrick Vajda : p. 101.

Coordination éditoriale : Anne Botella
Direction artistique : Corinne Liger
Réalisation graphique : Michelle Aflalo

23, rue du cherche midi, 75006 Paris
Vous pouvez consulter notre catalogue général et l'annonce de nos prochaines parutions sur notre site : www.cherche-midi.com

Cécile Ottogalli Gérard Six Thierry Terret

UN POUR TOUS, TOUS POUR UN

L'histoire des championnats du monde d'escrime

le cherche midi

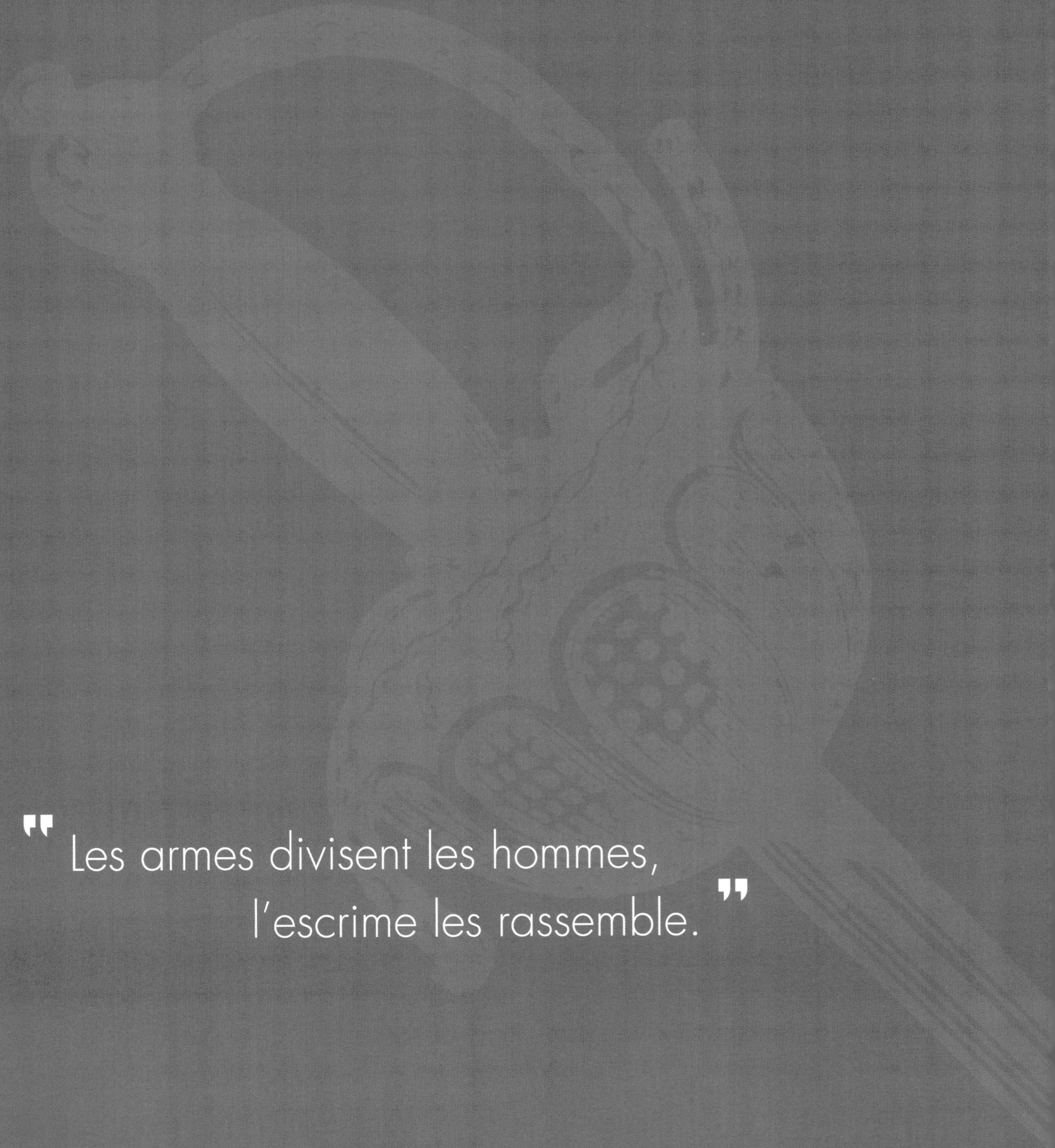

« Les armes divisent les hommes,
l'escrime les rassemble. »

Sommaire

Première partie

Deuxième partie

Troisième partie

Préface

S'il est une rencontre qui a conditionné ma vie, c'est bien celle avec le maître Ernest Revenu surnommé, après les cinq succès du CE Melun en Coupe d'Europe des clubs, le Sorcier de Melun. « Épurer le jugement, fortifier la raison », disait la préface du Lafaugère[1] en parlant de ce sport merveilleux qu'est l'escrime. Plongé dès l'enfance dans ce sport qui a influé sur ma vie professionnelle, c'est tout naturellement que l'amour de cet art m'a conduit vers la présidence de la FFE. L'escrime est à un tournant de son histoire. Son riche passé, ses traités, les héros de livres ou de films de cape et d'épée ne peuvent occulter l'évolution de la société, l'intérêt que portent les enfants aux jeux vidéo et aux technologies modernes. C'est pourquoi j'ai souhaité mener une réflexion sur le devenir de l'escrime et sur la mise en place des pratiques de loisirs. Mon approche, qui fait passer le jeu avant la technique, est destinée à élargir le public susceptible de découvrir les richesses de ce sport. Cependant, je n'oublie pas que, jusqu'à ce jour, le seul vecteur de croissance du nombre de participants a été la performance et la médiatisation du haut niveau d'où l'organisation des championnats du monde 2010 à Paris dans ce lieu magique qu'est le Grand Palais.

Développer des pratiques de loisirs au-delà de l'adaptation des programmes pédagogiques nécessite une réflexion sur l'évolution du matériel de manière à l'adapter au public rencontré. En se lançant dans l'écriture de l'histoire des championnats du monde, les auteurs Gérard Six, Cécile Ottogalli et Thierry Terret renforcent le passé prestigieux de l'escrime. Mais leur collaboration démontre aussi que le patrimoine représenté par Gérard Six, maître d'armes et président de la commission Honneur et Patrimoine de la FFE, fait bon ménage avec le monde de la recherche représenté par Cécile Ottogalli et Thierry Terret, respectivement membre et directeur du Centre de recherche et d'innovation sur le sport de l'université Lyon 1, et que ce livre, retraçant l'histoire des institutions gouvernant l'escrime, celle des championnats du monde et des champions qui s'y sont illustrés, est avant tout un tremplin vers son évolution.

Son passé au service de son avenir, son histoire comme source d'inspiration de son futur.

Un grand merci à ceux, celles, qui, par cet immense travail de recherche et de réflexion, nous ouvrent ces horizons nouveaux.

Frédéric Pietruszka
Président de la Fédération française d'escrime

1. Louis Justin Lafaugère, *L'Esprit de l'escrime*, 1840.

Un pour tous,
tous pour un.

Les maîtres d'armes sont rarement chantés mais beaucoup sont respectés et honorés pour les valeurs qu'ils transmettent ; comme l'écrivait le chevalier de Saint-Georges : « La musique élève l'âme, l'escrime la trempe ! »

Introduction

L'escrime ! Cet art de la touche et de l'équilibre, devenu sport où champions et championnes d'aujourd'hui n'ont pas totalement abandonné les attitudes et les valeurs des maîtres d'antan, possède ses hauts lieux de la confrontation. C'est dans les championnats du monde et les Jeux olympiques que se fixent les hiérarchies et que se comparent les innovations. C'est là que la communauté des maîtres de l'art se place sous son propre regard, puis sous celui d'un nombre toujours croissant de spectateurs au cours de l'histoire. Dans cet élargissement du cercle autour du spectacle lui-même, l'émotion de la vision du duel demeure, mais elle s'accompagne inévitablement d'une montée du profane. Peu importe après tout : l'événement sportif est tout à la fois mise en scène et consécration des meilleurs. Il est même bien davantage. Pour peu qu'on se détache un temps des victoires et des défaites, il apparaît comme le révélateur de l'identité d'un sport. Il témoigne des hésitations d'une activité entre tradition et modernité ; il reflète le poids des tensions internes à la communauté qui l'a adopté comme celui des facteurs externes qui contribuent à le modeler. Replacé dans son épaisseur historique, l'événement sportif se fait mémoire. Il est une fenêtre exceptionnelle ouverte sur les trois dimensions du sport, celle des institutions et des différentes écoles, celle des pratiques et des pratiquants, celle, aussi, des techniques et des technologies.

Quand bien même ils sont, par définition, de dimensions internationales, championnats du monde et Jeux olympiques relèvent de lectures politiques et sportives qui se situent en réalité aussi à deux autres niveaux : local, d'abord, parce que l'événement s'inscrit dans l'agenda d'une ville, avec ses ambitions propres, son organisation et ses conditions d'accueil ; national, ensuite, parce que la candidature aux mondiaux est bien celle des fédérations, avec leur histoire, leur équipe, leurs objectifs et leurs modèles de préparation.

L'escrime, présente sans interruption aux Jeux olympiques depuis 1896, s'est prise en main pour organiser, exactement un quart de siècle plus tard, ses premiers championnats d'Europe[1] dans la capitale de France. Seize ans plus tard et à l'occasion du 25e anniversaire de sa création, la Fédération internationale d'escrime (FIE) transforme le titre de cette compétition pour mieux signifier son ambition mondiale. Fils d'un championnat d'Europe qui ne demandait qu'à grandir et à s'étendre, les premiers mondiaux se déroulent à Paris en 1937. Soixante-treize ans plus tard, en 2010, ils reviennent sur les terres de leur naissance. De Paris à Paris, en près d'une trentaine de pays et une cinquantaine de cités différentes, le voyage auquel le lecteur est convié avec armes et bagages semble ainsi celui d'un éternel retour vers le berceau de l'escrime : l'Europe latine, slave et germanique. Que de transformations, pourtant, dans les règlements, les conditions des rencontres, les armes, les équipements, les pratiquants et les enjeux qui les entourent ! Que de batailles, aussi, en arrière-plan des pistes où s'affrontent les escrimeurs et escrimeuses pour la gloire d'une médaille. Les cerner supposait de croiser les sources, de s'alimenter aux matériaux internes à la Fédération internationale d'escrime qui, depuis sa création en 1913, gère le développement de l'escrime mondiale, comme à ceux, plus épars, des fédérations nationales et des villes organisatrices[2]. Ont été particulièrement mises à profit les archives de la Fédération française d'escrime (FFE)[3], du Comité national olympique et sportif français, du Centre d'études olympiques (Lausanne) et de la Fédération internationale d'escrime (Lausanne)[4]. Musée des Sports (Paris) et musées de l'escrime (Bruxelles, Moscou, Londres, Monaco...) ont été mis à contribution, de même que la presse spécialisée en escrime, la presse sportive, la grande presse nationale (France, Belgique, Allemagne, Angleterre, États-Unis, Australie, etc.) et, plus ponctuellement, la presse locale. Plusieurs entretiens ont permis, ici et là, de compléter les investigations.

Valse édifiante, cette histoire a trois temps. Le premier, de 1937 à 1955, correspond à une phase de déstabilisation importante au moment où l'escrime entreprend sa première véritable vague de modernisation matérielle et technique. Après plusieurs siècles de domination des écoles française et italienne dans le monde des armes, on s'interroge bientôt sur l'avenir de l'escrime avec l'arrivée de l'URSS dans le concert international, qui modifie totalement les hiérarchies à la suite des JO de Melbourne en 1956. Jusqu'en 1982, les champions soviétiques règnent sur une escrime mondiale qui a du mal à bousculer ses traditions. La dernière période offre alors la vision d'un sport qui, en embrassant les caractéristiques du nouveau millénaire, modifie radicalement son visage et subit le retour au premier plan du couple franco-italien.

En garde !

---

1. Les championnats organisés à partir de 1921 portent le titre de championnat d'Europe non dans la perspective de restreindre la participation des nations hors Europe, mais simplement parce qu'à cette date, toutes les nations affiliées à la FIE sont européennes, à l'exception des États-Unis.

2. Dans le cadre de cet ouvrage, nous n'avons pu développer les enjeux culturels et politiques de ces compétitions internationales. Un second livre s'attachera à les analyser.

3. Le siège de la FIE est demeuré à Paris jusqu'à une période récente et une grande partie de ses archives est conservée par la FFE. Tous les procès-verbaux des congrès de la FIE ainsi que de la revue internationale de la FIE ont notamment fait l'objet d'une analyse systématique.

4. La FIE n'a cependant pas conservé d'archives anciennes et a interdit la consultation des documents les plus récents.

1937 ~ 1955

Le calme avant la tempête

Modernisation et stabilisation de l'escrime internationale

En 1937, le monde de l'escrime, tout comme la plupart de la société, feint d'ignorer les tensions internationales qui, progressivement, mènent au deuxième conflit planétaire du XXe siècle. La sportivité et la camaraderie des escrimeurs sont vantées, alors même que les tensions sportives et géopolitiques entre la France et l'Italie marquent profondément l'histoire de l'escrime durant la première moitié du XXe siècle. Pourtant, à partir de cette date, l'escrime internationale engage une deuxième étape de son histoire, celle de la conquête du monde, celle de la diffusion de ses pratiques tout en s'adaptant aux mutations sociales et culturelles de l'époque, notamment la massification des sports de compétition et l'avènement d'un nouveau style de vie sportif. Ainsi, la période de 1937 à 1955 se caractérise par une dynamique d'expansion mondiale de l'escrime (de 4 809 licenciés à la FIE en 1938 à 24 032 licenciés en 1954) à une politique de propagande vers les pays d'Amérique du Sud, agrémentée par l'appétence des pays de l'Est pour les questions sportives. Pour autant, le pouvoir décisionnel et les « affaires de l'escrime » restent encore sous l'autorité de l'Europe, et plus particulièrement de la France et de l'Italie[5], qui alternent à la présidence de la FIE. Mais l'expansion internationale organisée dans un contexte de guerre froide où le sport devient un outil de la suprématie des pays[6] préfigure d'une prochaine réorganisation des pouvoirs au sein de l'institution et sur la piste d'escrime, donnant ainsi aux championnats l'opportunité de devenir réellement mondiaux. Un an après leur affiliation à la FIE en 1951, les maîtres russes viennent prendre la leçon lors des Jeux d'Helsinki… La France ou l'Italie pourraient ne plus dominer éternellement. Les médailles d'or et d'argent des Hongrois Sakovicz et Bercznyi dans les championnats du monde d'épée individuelle en 1953, la médaille d'or de Gyuricza au fleuret individuel en 1955 ou les premiers comptes rendus sur l'escrime en Pologne[7] concrétisent le fait que la menace viendra de l'Est.

Médaille des championnats du monde de Paris 1937.

Dans le même temps, après plus de quarante années vouées à la mise en place des institutions et des règlements internationaux, l'escrime est bousculée par d'importantes transformations sociales, par la concurrence croissante des sports, par l'« oubli » de ses champions dans les médias de la culture de masse, par les velléités sportives de nouvelles nations, par la généralisation des réformes technologiques, et autres lames de fond inhérentes au développement des loisirs. Ces transformations sociales impliquent des mutations de l'activité au niveau des techniques, des méthodes, du matériel et, de fait, des mutations dans les hiérarchies. À la hantise du déclin – perceptible dans les discours des observateurs de l'escrime française alors même que celle-ci profite de bons résultats entre 1937 et 1948 – succèdent les faits à partir des championnats du monde de 1949. L'escrime française est en difficulté, notamment à l'épée, son arme de prédilection. Ces remises en cause des hiérarchies convoquent l'avenir de l'escrime et divisent la corporation quant aux interprétations et solutions à apporter. Pendant plusieurs décennies, deux conceptions de l'escrime s'opposent. L'une, dite moderne, souhaite s'adapter aux évolutions sociales et culturelles de la France, du monde d'après-guerre pour engager une évolution sportive de l'escrime ; l'autre, dite traditionnelle, s'appuie sur les principes fondateurs du noble art des armes pour justifier du maintien des règles et techniques d'avant-guerre. La division prend corps autour de deux principaux sujets : d'une part la réforme du mode de sélection des tireurs avec l'arrivée « laborieuse » de l'élimination directe aux dépens de la poule (il faut huit ans d'intenses discussions, ponctuées de deux essais lors des championnats du monde (1949 et 1953) pour que la France, soutenue par l'Italie dans le choix sportif de l'élimination directe, obtienne gain de cause à l'occasion des mondiaux de Rome, en 1955, et d'autre part, l'utilisation de la signalisation électrique au fleuret (vingt ans s'écoulent entre les premiers tests faits à l'initiative des Hongrois lors d'un tournoi de fleuret féminin en 1935 et l'essai de la FIE lors des championnats du monde de Rome en 1955, sonnant l'officialisation du fleuret électrique pour les JO de Melbourne l'année suivante).

Jusque-là, l'histoire de l'escrime moderne est marquée par l'excellence sportive des nations mères de l'activité : la France et l'Italie au fleuret et à l'épée, et la Hongrie et l'Italie au sabre. À eux trois, ces pays récoltent plus des trois quarts des médailles distribuées aux championnats d'Europe et aux Jeux olympiques entre 1921 et 1936. Les concurrences franco-italiennes sont d'ailleurs particulièrement exacerbées avant 1936 par la politisation grandissante du sport comme outil de propagande

Les galas de la fin du XIXe et du début du XXe siècles entre Belges, Français et Italiens annoncèrent avec brio les grandes confrontations internationales des mondiaux.

Au London Fencing Club St James, en 1937, les escrimeuses fourbissent leurs armes et s'apprêtent à en découdre avec leurs partenaires à fleurets mouchetés ! Pour l'épée, il faudra attendre un peu ! Le sabre n'est même pas encore un rêve !

et de prestige des nations[8], par les tensions géopolitiques entre les deux nations[9] et par les difficultés institutionnelles à parvenir à un règlement d'escrime international. Français et Italiens s'opposent, tant sur la piste que dans les rouages politiques de la Fédération internationale d'escrime. À partir de 1925-1926, les escrimeurs italiens, soutenus par l'avènement de la politique fasciste en faveur du sport[10], parviennent à contester l'hégémonie française… jusqu'à l'incident s'il le faut[11]. Les combats sont rudes avant que l'escrime française ne cède le pas. Entre 1932 et 1936, les escrimeurs italiens s'installent sans conteste sur les premières marches des podiums. L'escrime française, bien que profondément secouée dans son fonctionnement administratif, croit cependant à ses chances et à sa puissance. Reflet des sentiments de son pays, elle gère des contradictions entre révulsion et admiration pour les méthodes sportives des régimes fascistes et, plus que tout, œuvre à une forme de pacifisme où la haine de la guerre succède à la haine de l'Allemand… ou de l'Italien[12].

1950. Retour aux sources pour ce congrès de la FIE à l'Automobile Club de France de Paris : c'est là que fut créée la FIE en 1913 et que se prendront de nombreuses décisions qui orientèrent durablement l'escrime internationale.

I. Le retour en grâce de l'escrime française au firmament d'une nouvelle étoile

L'honneur est grand lorsque le congrès de la FIE décide, en 1936, l'attribution des premiers[13] championnats du monde d'escrime à la France. François Pietri, président de la Fédération française d'escrime, et ses collaborateurs n'épargnent pas leurs efforts pour qu'ils soient un véritable succès. Les affiches de Ristroph tapissent les murs de Paris et les nombreux communiqués de presse diffusent largement l'événement. Et si la foule manque au Palais des sports de Paris du 20 juillet au 1er août 1937, les émotions, elles, sont bien au rendez-vous.

Au fleuret par équipe, dès les rencontres préliminaires, il est certain que le titre ne peut échapper à la France ou à l'Italie. Jeune et rapide, l'équipe italienne doit faire face à l'homogénéité du quatuor français composé des « brothers » Gardère et des deux « René » Lemoine et Bougnol. La soirée du 20 juillet 1937 marque une date importante de l'histoire du fleuret et du fair-play français. L'incident « traditionnel[14] » a lieu à la fin du match opposant l'Italien Bocchino au Français Lemoine. Alors que le temps réglementaire est écoulé, l'annonce faite par le chronométreur n'est entendue ni par le président du match Rozgonyi, ni par trois des assesseurs, ni par Bocchino lui-même qui pousse une attaque et touche Lemoine en pleine poitrine, alors que celui-ci menait par 3 à 2. Trente minutes de discussion sont nécessaires pour que le jury décide de s'abstenir sur la validité de la touche provoquant les réclamations du capitaine italien et sur-

Lucien Gaudin, champion français des années 20, croqué par Georges Villa mais rarement par ses adversaires : il marqua durablement les esprits par ses combats, son style et ses actions en faveur de l'escrime.

tout les menaces du président Nedo Nadi de retirer son équipe. L'esprit sportif français fait le reste : Lemoine accepte de reprendre le combat sur le score 3-3. Magistralement, il met les deux touches nécessaires à sa victoire. C'est l'acclamation ! La tension est à son comble pour les assauts des autres membres de l'équipe. La lutte est «acharnée, violente, parfois même brutale[15] ». Les deux équipes se tiennent à égalité. Les incidents s'enchaînent[16]. L'excitation est générale dans les deux camps. Edward Gardère, dont les nerfs sont à fleur de peau, réagit plus que de raison. La température monte à l'orage. La rencontre finale entre Marzi et le gaucher Bougnol est décisive. Dans l'enthousiasme général, Bougnol gagne. Les deux équipes sont à égalité de victoires, mais, pour deux touches d'écart au goal-average, l'Italie enlève le premier titre de champion du monde du fleuret[17]. L'équipe de France a frôlé la victoire.

André et Edward Gardère, René Bondoux et René Lemoine s'apprêtent à en découdre avec l'Allemagne et l'Italie lors des Jeux de Berlin en 1936 ; l'escrime italienne, galvanisée par la politique mussolinienne, remporte une victoire historique avec quatre médailles d'or aux épreuves individuelles et collectives de fleuret et d'épée.

Les Italiens confirment leur suprématie au fleuret individuel avec la victoire de Gustavo Marzi contre Edward Gardère. Sans défaite et « sans inquiétude[18] », il remporte le titre de champion du monde au fleuret individuel, cinq ans après celui de champion olympique. Devant le public français, c'est le triomphe au milieu d'une foule de spectateurs prêts à suivre les assauts jusqu'à 2 heures du matin pour applaudir la deuxième place d'Edward Gardère et la troisième de René Lemoine. Le même jour, le championnat de fleuret dames par équipe révèle « des Hongroises endiablées[19] » à l'assaut du titre de championne. Les qualités athlétiques des concurrentes de l'Europe centrale l'emportent sur le brillant palmarès de l'Allemande Helene Mayer. Cette dernière permet cependant à son équipe d'emporter une deuxième place, devant le Danemark et, le lendemain, elle prend sa revanche après Berlin où elle n'avait remporté que la seconde place, en décrochant la médaille d'or dans l'épreuve individuelle[20]. Pour les Françaises, le challenge reste difficile. « L'épreuve féminine de fleuret aura montré toute la différence qui existe entre les étrangères et les Françaises au point de vue efficacité dans le combat[21]. » Alors que les Françaises pratiquent un jeu académique, leurs concurrentes performent avec une escrime certes rudimentaire, mais efficace. Mme Boisson lutte jusqu'au quart de finale, mais son niveau est en dessous des trois lauréates : Helene Mayer, Ilona Elek-Schacherer et Ellen Müller-Preiss.

Les épreuves d'épée par équipe provoquent de nouveau la nervosité des tireurs et des officiels des 12 nations représentées. La finale, commencée vers 9 heures du matin, se prolonge

Joseph Lewis (USA), Gustavo Marzi et Giulio Gaudini (Italie) sur le podium du fleuret aux Jeux de Los Angeles de 1932.

LE MIROIR DES SPORTS

ABONNEMENTS
France et Colonies
1 An . . . 25 fr.
6 Mois. . 13 fr.

ABONNEMENTS
Étranger
1 An . . . 43 fr.
6 Mois. . 22 fr.

PUBLICATION HEBDOMADAIRE ILLUSTRÉE, 18, RUE D'ENGHIEN, PARIS

LUCIEN GAUDIN ET ALDO NADI S'OBSERVENT PENDANT LA PREMIÈRE PARTIE DU MATCH

Lundi soir, au Cirque de Paris, devant une foule considérable, le Français Lucien Gaudin a gagné, par 20 touches à 11, le match-défi au fleuret qui l'opposait à l'Italien Aldo Nadi, qui avait battu, aux Jeux Olympiques d'Anvers, notre représentant, blessé.

dix-huit heures consécutives. À 20 heures, Français, Italiens et Suédois sont en barrage. En difficulté contre les Suédois, l'équipe de France chancelle. À 1 h 30 du matin, débute le dernier match entre l'Italie et la Suède. Dans l'assaut final, opposant Thofelt à Ragno, les tensions sont à leur comble. Thofelt mène. S'il marque, le goal-average donnerait : France, Suède et Italie ! Mais voilà que les deux lampes s'allument simultanément : coup double. Cela donne la victoire à la Suède, mais, cette fois, le goal-average change d'un point et donne le classement : Italie, France, Suède. L'Italie s'adjuge un troisième titre, mais la France n'a pas démérité. Les hommes ont lutté jusqu'à l'épuisement… pour des résultats que les journalistes ne manquent pas de discuter[22]. À l'épreuve individuelle, 70 tireurs s'affrontent dans une belle concurrence internationale. En demi-finale, 10 nations sont encore représentées. Trois Allemands sur quatre entrent en finale, performance que seule la France réussit à égaler. Seul Italien, Edoardo Mangiarotti est bien décidé à défendre sa chance. Mais que faire face à un Schmetz, calme et confiant, qui, soutenu par son public, remporte tous ses matchs. Le fait est assez rare pour soulever une ovation générale sous la voûte du Palais des sports. Avec cette victoire, les vertus de l'escrime française sont encensées : un jeu intelligent, attentif et complet[23]. La deuxième place de Jacques Coutrot devant le Belge Strasse confirme le redressement de l'épée française et la nécessité de penser à l'avenir.

Calendrier de la belle jardinière représentant une « poule » au fleuret de la « Grande Semaine » organisée par l'USFSA.

Le match de 1922 entre A. Nadi et L. Gaudin est l'image même du duel moderne et de l'opposition entre les deux principales écoles d'escrime durant la première moitié du XXe siècle : la France et l'Italie.

Au sabre, les invincibles Hongrois mènent la danse[24]. Lors de l'opposition décisive contre les Italiens, leur jeu prudent et tempéré déconcerte face à la vitesse et au mordant des Italiens. La bataille est alors serrée et la plupart des matchs sont gagnés de justesse. Mais dans la deuxième partie de la finale, le style offensif des Hongrois reprend le dessus. Le héros de cette finale est, sans aucun doute, Berczelly qui remporte tous ses assauts contre les Italiens et laisse, à cette occasion, filer ses chances pour l'individuel. L'Allemagne se classe troisième devant la Roumanie par 9 à 7. En individuel, six Hongrois, deux Italiens et un Mexicain s'opposent en finale. Rien ne paraît pouvoir empêcher une nouvelle victoire hongroise. Certes, il y a Pinton et Masciotta qui excellent du côté italien, mais les Hongrois semblent si forts, si rapides, si décidés, qu'il paraît impossible de ne pas pronostiquer leur victoire. Personne n'est déçu. En barrage, Kovacs, grâce à un sang-froid imperturbable, bat son compatriote Berczelly par 5 à 1.

Après le « désastre » des Jeux olympiques de Berlin, l'escrime française reprend le pas, pour cette première édition des championnats du monde d'escrime. Pourtant, au-delà des satisfactions immédiates, les inquiétudes demeurent. Les trois titres de l'Italie sont le fruit de tireurs jeunes à qui l'avenir appartient… les Français, en fin de carrière, résisteront-ils encore longtemps aux assauts furieux de la jeunesse ? La relève est souhaitée.

Les deuxièmes championnats du monde d'escrime ont lieu dans la station thermale de Piestany, en Tchécoslovaquie, du 16 au 27 mai 1938, l'année du 20e anniversaire de la première

L'École de Joinville forma beaucoup de maîtres de talent et permit d'affirmer la valeur de l'école d'escrime française et celle de cette pratique.

République tchécoslovaque[25]. Deux mois après l'annexion de l'Autriche à l'Allemagne nazie et compte tenu de l'allégeance d'une grande majorité des Sudètes au régime allemand, beaucoup craignent que la Tchécoslovaquie ne soit le prochain territoire revendiqué par Hitler dans l'optique du regroupement voulu du IIIe Reich[26]. Ainsi, les fêtes de l'indépendance de la Tchécoslovaquie pourraient être l'occasion de tensions internationales dangereuses. Malgré l'assurance des organisateurs de ne pas confondre manifestations patriotiques et événements sportifs, les championnats sont pénalisés par une faible participation internationale. Au fleuret par équipe, cinq nations seulement (France, Italie, Roumanie, Tchécoslovaquie, Yougoslavie) s'affrontent dans une poule unique. La formation italienne renforcée de la présence de Gioacchino Guaragna semble bien plus forte que l'équipe française qui ne conserve que deux hommes de tête : Bougnol, perturbé par la mort de son père, et Edward Gardère, à peine remis d'un douloureux abcès à la gorge. Dans le match France-Italie, les Tricolores sont bousculés par les Transalpins, « perdant le match de justesse après des rencontres pleines de violence[27] ». Le résultat est sans surprise : Italie, France, Tchécoslovaquie. Au fleuret individuel, suite au forfait de Marzi, à cause d'un claquage, tout se joue entre Giorgio Bocchino, Edward Gardère et Gioacchino Guaragna. Chacun accusant une défaite, seul le barrage peut les départager et Guaragna enlève la victoire devant son compatriote. Athlète puissant et rapide, il impose sa cadence et son jeu à Bocchino et démontre qu'il n'a rien perdu des qualités qui lui avaient permis d'enlever le titre de champion d'Europe en 1933. Gardère, en revanche, champion du monde en 1935, peine à retrouver ses marques. Chaque année, il perd une place et, en 1938, le bronze est sa dernière médaille en championnat du monde. Au fleuret féminin, neuf concurrentes issues de seulement trois nations s'affrontent. Les critiques à l'égard des Françaises (Mmes Boisson et Reuche) sont les mêmes qu'en 1937 à Paris : trop académiques. « Aux championnats du monde, il ne s'agit pas de gagner le prix de belles armes, mais de toucher coûte que coûte… fût-ce au détriment du style », déclare Roger Duchaussoy[28]. Trop nerveuses avec des attaques mal préparées et des départs à l'aveuglette, les Tchèques Marie Sediva et Slabochova s'imposent aux deux premières places devant la Belge Jenny Addams.

Edward, Maurice et André Gardère semblant dire à Niké : « Si tu ne viens pas à moi, Gardère ira à toi ! »

À l'épée par équipe, la représentation internationale n'est pas meilleure : cinq nations en une poule unique avec la France, l'Italie, la Hollande, la Suède et la Tchécoslovaquie. Comme à Paris,

Rome 1955. L'équipe d'Italie victorieuse au fleuret (Giancarlo Bergamini, Luigi Carpaneda, Manlio di Rosa, Vittorio Lucarelli, Edoardo Mangiarotti, Antonio Spallino) : une victoire parmi tant d'autres à cette arme inventée dans la botte !

la lutte pour le titre se passe entre l'Italie, la France et la Suède. Après sa défaite contre la Suède sur le score de 7 à 8, la France n'a plus le choix. Pour gagner, elle doit écraser les Italiens avec un écart de sept victoires. À l'impossible nul n'est tenu ! Pourtant, faisant preuve d'un cran admirable, les Français bouleversent les pronostics. Au premier tour, la France mène 3 à 0. Au deuxième, la pression galvanise : 6 à 0. Le troisième tour s'achève par le score de 9 à 1 sur une défaite de l'Italien Brethous. L'émotion atteint son paroxysme. Plus qu'une seule victoire pour remporter le titre... Pourtant, le quatrième tour commence avec la défaite de Schmetz, le nul de Dulieux... Enfin, Pécheux remporte sa quatrième victoire et l'équipe de France acquiert le titre mondial sous un tonnerre d'applaudissements. Le team italien doit se contenter de la troisième place, derrière les Suédois. La finale du fleuret individuel apporte à son tour le dynamisme et les frissons accompagnant les compétitions de haute classe. La bataille pour le titre se joue entre Michel Pécheux et Edoardo Mangiarotti. Qui l'emportera ? Un match de barrage est nécessaire pour départager les deux hommes. Mangiarotti est crispé et nerveux à l'extrême. Pécheux reste calme. Le titre brigué depuis 1935 ne peut lui échapper. Mangiarotti risque le tout pour le tout pour forcer la victoire. « Flegmatique et avec une sûreté de main remarquable, notre Michel a paré le dégagement de flèche par un contre de sixte et riposté dessous de la meilleure facture[29]. » La dernière action de Mangiarotti est arrêtée magistralement par une opposition en quarte croisée... et c'est fini. Une ovation immense s'élève pour acclamer le champion du monde de 1938. Comme pour la victoire de Schmetz en 1937, les commentaires sont unanimes car, outre son palmarès (champion du monde universitaire, triple champion de France), c'est l'homme, simple et modeste, qui est congratulé. Edoardo Mangiarotti manque de peu le titre de champion du monde. Mais, à 20 ans à peine, tous les espoirs lui sont permis. Bientôt son heure de gloire viendra. La troisième place est conquise par le champion du monde de 1937, Schmetz, battu cette fois par son cadet. Enfin, au sabre, l'événement réside dans l'absence des Hongrois. De fait, la victoire des Italiens ne fait aucun doute et l'intérêt de l'épreuve réside surtout dans l'attribution de la deuxième place à laquelle la France, la Hollande, la Roumanie et la Tchécoslovaquie prétendent. Pour la première fois de son

Michel Pécheux : premier vainqueur du challenge Monal de Paris en 1938, il est membre de l'équipe de France d'épée et à plusieurs reprises médaillé lors des Jeux olympiques et des championnats du monde. Médaille d'or à l'épée par équipe aux Jeux de Londres de 1948 et de bronze à l'épée par équipe aux Jeux de Berlin de 1936. Aux championnats du monde, il gagne l'épée en individuel en 1938 et quatre médailles d'or à l'épée par équipe en 1934, 1935, 1938 et 1947. Remporte aussi deux médailles d'argent à l'épée par équipe en 1937 et en 1950.

histoire, l'équipe de France, en grand progrès au sabre, s'impose sur la deuxième marche du podium, précédant la Hollande. Épuisé par les assauts de la veille, Edward Gardère ne s'aligne pas à l'individuel, perdant une belle occasion de médaille, compte tenu de l'absence de Giulio Gaudini rappelé d'urgence en Italie. L'Italien Aldo Montano remporte le titre après avoir aligné sept victoires sans difficulté apparente à l'exception de celle gagnée sur son compatriote Aldo Masciotta classé deuxième. Un autre Transalpin, Giuseppe Perenno, prend la troisième place.

L'histoire de ces premiers championnats du monde s'inscrit ainsi dans la continuité des concurrences établies au cours des années 1921-1936 à l'occasion des championnats d'Europe. Certains, comme Roger Duchaussoy, craignent que l'escrime internationale ne se sclérose. Pourtant, le tonnerre gronde en cette année 1939. L'escrime internationale feint de l'ignorer... Les prochains championnats du monde sont prévus du 31 août au 14 septembre à Merano, en Italie, où ils se préparent en grande pompe comme une nouvelle manifestation de propagande à la gloire du parti fasciste[30]. De même, les Jeux olympiques, initialement prévus au Japon, sont, en 1939, re-attribués à la ville d'Helsinki. La déclaration de guerre prononcée le 3 septembre 1939 en décide autrement.

Après la Seconde Guerre mondiale, bien des ruines sont à réparer. Si l'escrime française a souffert dans ses installations et ses effectifs, elle semble finalement être peu touchée dans son activité[31]. Malgré l'Occupation, la Fédération française d'escrime est parvenue à maintenir des épreuves nombreuses et variées avec, même, une augmentation du nombre

Saint Michel, patron des escrimeurs, veille sur les académies d'armes de France, de Belgique, d'Allemagne... Elles ont pour devise avérée : « Ars pro patria ».

d'engagements en dépit des difficultés de communication, des salles fermées, de la disparition de certains maîtres ou de la raréfaction des matières premières rendant le matériel d'escrime de plus en plus rare et onéreux. D'autres fédérations ont vécu au ralenti ou ont complètement cessé toute activité pendant l'Occupation. Enfin, d'autres doivent, durant l'après-guerre, s'épurer, se transformer et se libérer des empreintes totalitaires. Tous espèrent que la reprise des championnats du monde sera possible avant les Jeux olympiques prévus en 1948 à Londres. En juin 1946, les escrimeurs français se testent contre leurs homologues tchèques et rapidement un constat s'impose : dorénavant, le facteur athlétique comptera autant, si ce n'est plus, dans la réussite que le facteur technique. Il y a donc une nécessité de former des équipes jeunes et modernes. Après des matchs préparatoires contre la Suisse, la Tchécoslovaquie, l'Irlande, l'Angleterre et des stages d'entraînement « intensif » au sein du nouvel Institut national des sports (INS)[32], les escrimeurs français sont prêts pour reprendre la lutte contre les Italiens à l'occasion des championnats du monde, organisés à Lisbonne du 29 mai au 10 juin 1947 dans l'optique de rétablir la grandeur de la France[33]. Malgré la signature des traités de paix en 1947, les relations franco-italiennes restent tendues, alternant entre souci de réconciliation et volonté de faire payer l'Italie pour sa responsabilité dans la Seconde Guerre mondiale. Ainsi, « les rapports entre Français et Italiens ne sont pas dénués d'incompréhension et de rancœur[34] », dont la piste d'escrime est le témoin. Pour l'heure, l'escrime française connaît des jours heureux avec, sur les pistes du Palais des sports de Lisbonne, un palmarès historique en remportant les titres individuel et collectif au fleuret et à l'épée, soit quatre médailles d'or ! Pour le président de la FIE, Paul Anspach, il s'agit du fruit tant espéré d'un travail continu et sévèrement préparé. Jacques Coutrot, son futur successeur, garde néanmoins la tête froide. Dans ces championnats d'après-guerre, les nations du monde sont encore peu représentées (seulement six équipes au fleuret avec, parmi elles, l'Espagne et le Portugal qui n'engagent qu'une représentation de principe). Malgré la présence d'une nouvelle équipe égyptienne particulièrement bien entraînée sous les ordres du maître français Dupairon et compte tenu de l'absence de Bru et Bourguignon dans l'équipe belge, la lutte au fleuret se résume, comme à l'accoutumée, à l'affrontement italo-français. Par manque de leader et à cause « de certaines extériorisations véritablement excessives au cours de la finale[35] », les Italiens sont battus et la France découvre une nouvelle étoile : Christian d'Oriola. Comme en 1932, le team français parvient à

Lorsque P. de Coubertin rénova les Jeux en 1896, l'escrime figurait en bonne place : pour les amateurs et pour les maîtres.

Affiche des mondiaux de 1947 où s'illustrèrent Ch. d'Oriola et E. Mangiarotti.

Congrès FIE de 1949 au Caire où l'on reconnaît P. Ferri, J. Coutrot et Ed. Mercier (2e, 4e, et 7e).

Depuis 1932 et les Jeux de Los Angeles, le monde de l'escrime sait qu'il faut compter avec les escrimeurs et escrimeuses des USA.

rompre une série de six victoires consécutives des Italiens. Dans l'épreuve individuelle, Christian d'Oriola commence son « show[36] » et, dans une émouvante ovation, il est sacré champion du monde à l'âge de 18 ans, « presque comme un coup d'essai[37] » devant deux grands tireurs italiens : Di Rosa et Mangiarotti. À l'épée par équipe, la supériorité française se confirme lorsque cette équipe remporte son troisième titre devant la Suède et l'Italie. La moisson continue à l'individuel avec Artigas qui, après barrage, remporte le titre à l'épée individuelle devant le Suédois Ljunquist et le Belge Henkart. Contre toute attente, Mangiarotti n'est que quatrième… il saura vite se ressaisir, l'avenir des mondiaux lui appartient. Enfin, la récolte française s'achève avec la seconde place des « filles » au fleuret par équipe et avec la troisième place de Mlle Malherbaud au fleuret individuel, battue par la championne du monde Ellen Müller-Preiss et l'Italienne Struckel. Les progrès de l'escrime féminine française sont manifestes. Moins athlétiques que leurs adversaires, les escrimeuses tricolores compensent, par un meilleur contrôle de leurs nerfs, une infériorité de main, de technique et de physique. Au sabre, les Français ne sont pas moins mécontents dans la mesure où ils profitent de l'absence des leaders hongrois retenus dans leur pays occupé par la puissance soviétique[38]. La chance sourit aux Italiens avec le titre, aux Belges avec la deuxième place et aux Français sur la troisième marche du podium. Le succès de la Belgique se confirme à l'individuel avec la deuxième place de Bourguignon, encadré de deux Italiens : Montano à la première place et Daré à la troisième.

Si les succès français enthousiasment la presse et les dirigeants de l'escrime française, le commandant Raoul Cléry ne se prive pas de critiques à propos du style et des techniques employées. L'escrime d'après-guerre est plus rapide, plus athlétique, plus engagée et les tireurs français paraissent lents. On s'interroge sur l'avenir des performances de même que sur l'adéquation des méthodes d'enseignement avec les exigences de la sportivisation alors que de nouvelles concurrences s'organisent, notamment avec la poussée de l'Égypte et de la Suède. Ainsi, à la veille de l'Olympiade de Londres, l'escrime française, malgré ses victoires, est traversée par de grosses inquiétudes quant à sa valeur et son avenir. Accusée de dilettantisme, l'équipe française semble en

Les championnats du monde de 1949 sont les premiers organisés hors du continent européen : un retour aux sources puisque l'Égypte organisa la première compétition internationale connue en 1198 av. J.-C. du temps de Ramsès III.

« Ensemble de pratiques utilisant des armes de pointe ou de tranchant, l'escrime se pratique seul, à deux ou plusieurs, en situation d'opposition ou d'entraide, dans le but de gagner, éduquer, combattre ou mimer un combat. » (G. Six.) Définition évolutive avec le temps et les pratiques !

sursis. Les résultats des JO de Londres ne le confirment pas... encore.

Après douze ans d'interruption, les XIVes Jeux olympiques sont célébrés à Londres du 29 juillet au 14 août 1948. Trois ans seulement après la fin de la guerre, la reconstruction de la ville de Londres est loin d'être achevée. Pourtant, les sportifs du monde entier viennent y célébrer la paix et la reprise des activités olympiques. En escrime, les Jeux de Londres ne déçoivent personne, surtout pas la France, classée première avec trois médailles d'or et une d'argent devant la Hongrie, deuxième avec trois médailles d'or et deux de bronze et l'Italie, troisième avec une médaille d'or et quatre d'argent[39]. Une mention spéciale en faveur de Jehan Buhan et Christian d'Oriola au fleuret et Michel Pécheux et Jacques Lefèvre à l'épée, les vedettes des deux magistrales finales par équipe (fleuret et épée) qui font preuve d'une autorité incontestable dans ce regroupement des meilleurs escrimeurs du monde. Au fleuret par équipe, la compétition révèle ainsi peu de surprises. Les quatre meilleures sur les vingt nations présentes, la France, l'Italie, la Belgique et les États-Unis s'affrontent en finale et l'intrigue tient dans le match France-Italie. Malgré un score extrêmement serré (égalité à 8 victoires et écart de 2 touches au goal-average), l'équipe transalpine déçoit en pratiquant un jeu en brutalité plutôt qu'en doigté. Cette contre-performance italienne se confirme dans le championnat individuel, avec l'élimination des deux frères Nostini en demi-finale et la sixième place de Di Rosa en finale. Faisant preuve d'un grand talent et d'une parfaite condition physique[40], le Bordelais Jehan Buhan, 36 ans, remporte le titre en s'imposant en finale sans aucune défaite face à son compatriote Christian d'Oriola, de seize ans son cadet, et champion du monde en titre. Le Hongrois Mazlay décroche le bronze. À l'escrime féminine, la concurrence de 15 nations et 37 escrimeuses ne permet pas à Mlle Malherbaud de confirmer sa belle troisième place des championnats de Lisbonne. Comme les deux autres Françaises (Mlles Gouny et Garilhe), elle est éliminée en quart de finale. Les Jeux de Londres révèlent cependant une nouvelle étoile de l'escrime féminine, la Danoise Lachmann qui prend la deuxième place des Jeux, vaincue par la grande championne Ilona Elek qui réussit la prouesse de conserver le titre acquis douze ans plus tôt lors des Jeux de 1936[41]. À la troisième place, on trouve l'Autrichienne Ellen Müller-Preiss, elle aussi grande habituée des podiums avec sa victoire en championnat du monde en 1947. L'épreuve féminine par équipe est organisée à La Haye, les 24 et 25 juillet 1948[42]. Malgré le fait que ce championnat d'Europe coïncide avec le

Raoul Cléry, grand homme, grand tireur et grand maître ! Une vision de l'escrime à 360 degrés dans l'espace et dans le temps !

Christian d'Oriola est l'escrimeur du siècle : le plus grand, le plus beau, le plus génial ! Double champion olympique et quadruple champion du monde au fleuret, il avait un physique de jeune premier et une élégance rare. Christian d'Oriola a été surnommé tour à tour « mousquetaire du siècle », « Mozart du fleuret », « Dandy de Perpignan » ou le Botticelli des escrimeurs.

L'escrime féminine viennoise s'exporte très bien dès la fin du XIXe siècle et semble ouvrir la voie artistique et sportive.

Le podium des Jeux de Londres de 1948 où I. Elek l'emporta sur sa grande rivale E. Müller-Preis (3e).

50e anniversaire du règne de la reine Wilhelmine et le 300e anniversaire de l'indépendance des Pays-Bas, il reste extrêmement confidentiel avec un traitement médiatique minimal. Les trois nations médaillées parmi les dix nations participantes ne révèlent pas de surprise : le Danemark, la Hongrie et la France. Le fait notoire de ces épreuves de fleuret est la difficulté pour le jury d'apprécier les échanges. Le sujet n'est pas nouveau et les critiques sont de la même teneur qu'avant la guerre. Le maître Roger Crosnier publie, dans *L'Escrime française* de septembre 1948, un réquisitoire : « Combien de phrases d'armes annulées par des remises en garde injustifiées ! Combien de phrases d'armes inversées ! Que de règlements touchant la discipline du combat qui ne furent jamais appliqués[43] ! » Pour Crosnier, les jurys ont peur de prendre leurs responsabilités. Ils cherchent à éviter les complications possibles, les protestations et réclamations de quelques mauvais coucheurs qui sont toujours prêts à provoquer des incidents. L'adoption de la signalisation électrique au fleuret pourrait régler le problème[44], mais beaucoup craignent que les arbitres deviennent « des boîtes électriques » obsédés par l'idée de la différence de temps, ce qui serait une aberration. De fait, la campagne contre la signalisation électrique au fleuret continue.
Après le dynamisme des épreuves de fleuret, les assauts à l'épée déçoivent par la léthargie de nombreux tireurs[45]. Parmi les 23 nations engagées, nombreuses sont celles qui pratiquent une escrime d'attente, avec des nombreux coups doubles ou alors, pressées par le temps, adoptent un jeu très hasardeux. L'équipe de France, après un coup de sang suite à sa défaite contre la Belgique, trouve le chemin de la victoire sous la magnifique impulsion d'un Michel Pécheux[46]. Les Transalpins,

classés deuxièmes et les Suédois, troisièmes, s'inclinent sans grande difficulté. La France obtient son troisième titre et semble en bonne voie pour récidiver l'exploit de 1947… Mais la fatigue alourdit les jambes des Français après leur engagement dans le championnat par équipe. Seul le Français Guérin parvient à obtenir la quatrième place du championnat individuel, face aux victoires italiennes avec la première place de Cantone et la troisième place après barrage d'Edoardo Mangiarotti, battu sur le fil par le Suisse Zappelli. L'intérêt se prolonge durant les quatre jours de sabre, avec la présence de 18 nations et 54 sabreurs, et surtout le retour des Hongrois, absents des championnats du monde de 1938 et de 1947. Malgré les efforts notoires des équipes de France, de Belgique, d'Autriche ou des États-Unis, les Hongrois prennent le dessus face aux fougueux Italiens, qui sauvent leur

Nedo Nadi en 1920. L'un des plus doués, des plus talentueux, des plus diplomates des escrimeurs italiens. Il décédera malheureusement très jeune, vingt ans seulement après son exploit fabuleux ! Il remporta la médaille d'or du fleuret aux JO de 1912, mais surtout celles du fleuret et du sabre en 1920… et trois médailles d'or avec son équipe lors de cette olympiade de 1920, empochant ainsi cinq médailles d'or au cours des mêmes Jeux, record inégalé et certainement inégalable en escrime. Nedo Nadi est aussi le seul à avoir conquis trois médailles d'or dans les trois armes la même année.

Le maître Roger Crosnier donnant des conseils à Renée Garilhe, première championne du monde française en 1950.

deuxième place de justesse en remportant aux touches le match contre les États-Unis. Ces derniers montent pour la première fois sur un podium dans des épreuves de sabre (après un premier podium à l'épée lors des JO de Los Angeles en 1932). L'épreuve individuelle confirme la supériorité des tireurs hongrois, italiens et américains. Le Hongrois Gerevich, champion d'Europe en 1935 à Lausanne, remporte le titre sans aucune défaite et seulement 18 touches reçues. À la deuxième place, l'Italien Pinton devance d'une touche le Hongrois Kovacs. Le Français Jacques Lefèvre, classé quatrième, est la révélation du tournoi par son intelligence, son à-propos et sa vitesse. Avec son collègue Levavasseur, il offre de nouvelles perspectives au sabre français[47].

La revue Les Armes *qu'illustra Georges Villa, tribune des combats, des jeux et des enjeux sera longtemps l'organe officiel de la FFE et de la FIE.*

2. La menace gronde… l'élimination de la France à l'épée

Les championnats du Caire, en Égypte, sont les premiers organisés en dehors de l'Europe. Ils se déroulent du 10 au 24 avril 1949 dans le cadre magnifique des salons de l'Héliopolis Palace. La réception est fastueuse sous le patronage du roi Farouk Ier, qui honore de sa présence la finale de fleuret par équipe messieurs et offre une coupe en or dessinée par lui-même à l'équipe italienne gagnante de l'épreuve. Jamais plus beau prix ne fut enlevé par un vainqueur. Le travail d'organisation orchestré par Saleh Younes Bey, le secrétaire général de la Fédération d'escrime égyptienne, est nettement remarqué tant l'accueil est sympathique et les championnats cordiaux. De façon générale,

1939. L'escrime fut un art et semble s'orienter vers la culture physique pour certaines, mais son caractère sportif domine !

les championnats du Caire marquent le retour en force des tireurs italiens, avec cinq titres remportés, les difficultés de l'escrime française à l'épée et l'excellence de nations montantes comme l'Égypte (sous l'entraînement du Français Dupairon) ou la Suède qui parviennent à s'attribuer des places d'honneur remettant ainsi en question les hiérarchies historiques.

À un ou deux hommes près, ce sont les mêmes équipes qu'en 1947 et aux JO de 1948 : tireurs connus, sans nouveauté ni surprise, mais, cette fois, l'Italie triomphe en équipe… « du moins au dire des jurys[48] », alors que d'Oriola réédite sa victoire de Lisbonne en battant magistralement les quatre Italiens de la finale[49]. Les habitudes de l'avant-guerre ont encore la vie dure même si les Italiens tirent de plus en plus calmement. « Cela n'est pas encore un exemple parfait de correction et de self-control, mais il y a un progrès considérable qu'il convient de souligner[50]. » Du côté italien, les meilleurs tireurs sont Renzo Nostini, Giorgio Pellini, Ferrari et Edoardo Mangiarotti. Du côté français, Buhan semble peu en forme alors que d'Oriola a fait preuve d'une grande aisance, de finesse, et de légèreté dans toutes ses actions. Les résultats de la finale individuelle le prouvent encore avec sa victoire sur Renzo Nostini par deux manches à une. L'escrime féminine est quelque peu en peine, au Caire, avec la présence de seulement 12 concurrentes. Parmi elles, Mme Müller-Preiss renouvelle son succès de Lisbonne et Mlle Lachmann, la Danoise, celui des Jeux de Londres. Pour la deuxième fois depuis la reprise des rencontres internationales, une Française, Renée Garilhe, décroche la troisième place juste devant sa compatriote Jacqueline Boisson. Mais l'escrime féminine a la vie dure. D'une part, il ne fait aucun doute que, au regard des stéréotypes de l'après-guerre, les performances des dames dérangent. Celles-ci ne parviennent à obtenir le respect qu'à condition de rester discrètes, inférieures et surtout « féminines » selon les canons très normatifs de l'époque[51]. « La femme nous a habitués à cette élégance particulière dans la mise en valeur de sa "ligne". Or, les escrimeuses semblent n'en avoir aucun souci !… Le masque, en général, est d'une blancheur douteuse, la veste, trop courte afin de diminuer la surface valable, laisse apercevoir les plis du sous-vêtement ou la peau au détriment de la "taille", le pantalon dissimule insuffisamment des rondeurs trop voyantes,

Touche du peintre Martin-Ferrières pour illustrer un programme d'escrime qui n'annonce pas ce qu'il propose, surtout pour les tenues !

L'art de l'escrime par Carole Le Goff

enfin, les sandales nous font regretter, ô combien !, la mise en valeur de la silhouette par le haut talon. Comme il n'est pas possible d'employer la chaussure à talon, il est nécessaire de trouver un costume plus seyant, à mon avis[52]... » D'autre part, les effectifs féminins sont insuffisants, pour la deuxième fois dans l'histoire des mondiaux, les championnats du Caire ne peuvent organiser des rencontres féminines par équipe, faute d'engagement suffisant. À l'épée par équipe, l'Italie triomphe aisément grâce à Edoardo Mangiarotti qui ne subit aucune défaite dans la poule finale et se trouve parfaitement soutenu par le jeune Spallina, champion d'Italie, par Cantone, champion olympique, ainsi que par Mandruzzato et Dario Mangiarotti. La surprise, en revanche, vient de l'élimination de l'équipe de France qui perd d'une touche son match contre une équipe d'Égypte au meilleur de sa forme et qui concrétise enfin les progrès constatés depuis les championnats de Lisbonne. Pour la première fois de son histoire au championnat du monde, la France reste au pied du podium au profit de l'Égypte qui prend la troisième place[53]. L'équipe de Suède réalise elle aussi une brillante performance, en étant battue seulement par l'Italie (9 victoires à 7), ce qui lui vaut les lauriers d'argent pour ce championnat de 1949. Passablement bousculés, les Français ne sont cependant pas au bout de leur peine. À l'épée individuelle, la déroute provient de l'élimination d'Artigas, champion en titre, et de Buhan, le champion olympique de fleuret. Pécheux, lui, est éliminé sur la dernière touche de la troisième manche, en demi-finale, dans un match contre Dario Mangiarotti qui, aux dires des observateurs, vaut une finale et lui permet d'accéder à la troisième place. La finale entre Dario Mangiarotti et Bougnol s'annonce palpitante. Malheureusement, elle tourne au drame, Dario Mangiarotti s'écroulant sur la piste, saisi d'une crampe à la troisième touche. Après un quart d'heure de repos, il reprend le combat mais rebelote après une touche. Nouvel arrêt, nouveau repos. « Quand le match reprit, l'atmosphère était faussée et l'on ne sait ce que l'on doit le plus admirer du cran de l'Italien qui parvient ensuite à emporter les première et troisième manches et le titre ou du calme et de la courtoisie du Français dont le système nerveux fut soumis à dure épreuve, dont la cadence fut complètement coupée par ces longs arrêts et qui, *volens nolens*, ne tira pas la première manche comme il l'aurait pu[54]. » L'augmentation de la vitesse du jeu et de l'engagement athlétique des tireurs emporte là sa première victime... et le règlement est pris au dépourvu.

Au sabre, comme à Londres, il manque les plus forts, les Hongrois. Ainsi, les Italiens triomphent facilement en infligeant des scores sévères à leurs adversaires. Seule la France se défend malgré une victoire à l'arraché (deux touches d'écart) contre les sabreurs égyptiens. Comme à l'épée, ces derniers décrochent la troisième place et s'affirment sur la scène internationale. Dans le championnat individuel, les deux derniers Français, Parent et Levavasseur, s'inclinent en quart de finale après des assauts serrés contre les Transalpins Stagni et Pellini, de même

L'Autrichienne Ellen Müller-Preis fut une très grande escrimeuse au palmarès impressionnant durant vingt-cinq ans.

Jean Levavasseur, premier Français à remporter un titre mondial au sabre après celui du capitaine de la Falaise en 1900. Il faudra attendre longtemps avant que ce titre nous revienne !

pour l'Égyptien Abou Chadi qui perd de très peu son match contre l'Italien Daré. Dès les demi-finales, le championnat perd de son intérêt pour le public dans la mesure où quatre Italiens s'opposent entre eux. Ainsi, la victoire de Daré, récent vainqueur du championnat d'Italie et outsider des derniers Jeux olympiques, est logique. Il est suivi de Pellini pour l'argent et de Stagni pour le bronze.

À partir de 1949, les Français entament une nouvelle traversée du désert. Elle débute à l'épée, leur arme de prédilection pendant l'entre-deux-guerres avec 11 titres remportés sur 18 à l'épée individuelle. Le fait est suffisamment inquiétant pour alimenter en France et au sein de la Fédération internationale d'escrime, un vaste débat sur l'avenir de l'épée, ses évolutions, ses techniques. Personne n'imagine que cette arme puisse exister en l'absence de la nation mère.
Le millésime 1950 des championnats du monde se déroule du 9 au 23 juillet 1950 dans le cadre du Sporting Club de Monaco, le plus bel établissement de la principauté, obligeamment offert par la Société des bains de mer. Les altesses sérénissimes, le prince Rainier, le prince Pierre, la princesse Antoinette dotent les épreuves de magnifiques cadeaux et sont présents pour accueillir les 18 nations engagées, dont certaines fort lointaines. Les championnats de Monaco ne traduisent que timidement les élans de mondialisation vécus dans les rangs de la Fédération internationale. Pourtant, bien qu'en nombre limité, les nations étrangères intensifient leur concurrence dans les hiérarchies historiques. La porte entrouverte aux mondiaux du Caire dans les épreuves d'épée s'élargit.

Reflet des tensions et des débats internes à l'escrime internationale au sujet de sa modernisation, des incidents se produisent à Monaco et viennent en assombrir la cordiale atmosphère. Comme pendant l'entre-deux-guerres, l'arbitrage est en cause, mais cette fois au fleuret. « Tel juge, nanti cependant de toutes les consécrations officielles, n'est plus digne que des pires opprobres. Tel autre, quoique désigné par le sport, a été insidieusement placé dans un jury pour servir d'avocat… Amis escrimeurs, est-ce sérieux[55] ? » Plusieurs réclamations nécessitent la convocation du jury d'appel forçant le président de la FIE, Jacques Coutrot, à un appel au calme et à la raison dans la revue internationale FFE de septembre 1950. « Toutes ces discutailleries sur la validité d'un coup douteux ont quelque chose de sordide, et qu'en nous y laissant aller, nous allons précisément à l'encontre de ce perfectionnement sportif qui seul mérite notre dévouement. Comprenons que si le sport est un facteur de bonne entente entre les peuples (et je m'excuse de reprendre ici ce slogan un peu usé), il cesse de l'être si la méfiance et la hargne président à nos confrontations[56]. »
Alors que la finale réunit les mêmes finalistes que

En 1950. Monaco organise ses championnats du monde à Monte-Carlo : Français et Italiens s'y illustrèrent au fleuret et au sabre.

l'année précédente (Italie, France, Égypte, Belgique), le résultat en est différent. L'Égypte, confiante au regard de ses résultats antérieurs, fait le choix d'aligner ses meilleurs tireurs contre la France. Désarçonnés, les Français gagnent péniblement aux touches, craignant le pire jusqu'au dernier moment... mais, dans ce match, la France perd son championnat. Prévenue, l'Italie tire au meilleur pour écraser l'Égypte 13 à 3 et engranger ainsi un très bon goal-average. Celui-ci est déterminant au classement car l'opposition France-Italie se solde par un match nul... que les journalistes n'hésitent pas à attribuer à une « erreur » d'arbitrage. Alors que la France menait 8 à 6, l'arbitre refuse une touche à d'Oriola à cause d'un dépassement des limites du terrain pour lequel il n'avait pas été averti[57]. Il n'en faut pas plus pour que l'incident éclate avec, à sa suite, réclamations et contestations dans un contexte de tensions franco-italiennes[58]. Au fleuret individuel, la suprématie franco-italienne ne présente guère de fissure avec, en finale, cinq Français (Bougnol, Buhan, Rommel, Netter, Lataste) et trois Italiens (Nostini, Mangiarotti, Di Rosa). Pourtant, beaucoup d'outsiders menacent, n'échouant que de justesse. Nostini, dans un grand jour, et profitant du retrait de Christian d'Oriola suite aux incidents de la veille, ne subit qu'une seule défaite contre Lataste malgré la présence de cinq Français et la possibilité de coalition.

Deuxième au classement, Jehan Buhan devance son compatriote Jacques Lataste de quelques touches. « Tous ces tireurs se valent… Un jour se fera l'un, un jour l'autre, suivant la forme journalière de chacun[59]. » La révélation, cette année-là, vient de l'escrime féminine, avec la victoire de l'équipe française, devant le Danemark, handicapé par l'absence de sa grande championne Karen Lachmann, et la Grande-Bretagne, en grand progrès. « Il est probable que la longue suprématie des escrimeuses scandinaves et de l'Europe centrale est terminée[60]. » La grande vedette est la Française Françoise Gouny qui fait preuve « d'une classe exceptionnelle[61] » avec 14 victoires et seulement deux défaites. Elle pratique une escrime claire et pleine d'à-propos, parfaitement secondée par la fougue de Mlle Garilhe et la finesse de Mlle Boisson, sans oublier l'action de Mlles Drand et Guyonneau. À l'individuel, les combats sont encore sévèrement disputés entre les 35 concurrentes, mais cette fois le spectacle semble plus décevant. La finale, disputée de 18 à 22 heures sous une chaleur accablante, est source d'énervement et amène les commentateurs de l'époque à débattre de la difficulté de l'épreuve pour la plupart des escrimeuses et à juger une finale de six « largement suffisante[62] ». Critique renforcée par l'incident de la finale entre la Française Garilhe et l'Autrichienne Müller-Preiss[63], alors que cette dernière souffre d'une déchirure du

Le comte de la Falaise fut médaille d'or au sabre individuel aux Jeux de 1900 et à l'épée individuelle et équipe en 1906 aux Jeux intermédiaires ; il est champion de France à l'épée en 1899 et 1903 et champion de France au sabre en 1900, 1906, 1908, 1909. Gagne en 1905, 1906 et 1909 le championnat international individuel de sabre qui se déroulait pendant la « Grande Semaine des armes de combat » et qui représentait le championnat d'Europe avant la lettre.

ligament du genou. Mlle Garilhe est priée par le président du jury de ne pas bousculer son adversaire qui se met en garde sur une jambe. Mais ses attaques sans conviction lui valent deux parades ripostes qui touchent. Avec difficulté, Mme Müller-Preiss change de côté, Mlle Garilhe place une nouvelle attaque et reçoit une troisième touche. À ce moment, Mme Müller-Preiss s'effondre en larmes et, après deux essais, se remet difficilement en garde. C'est alors que le capitaine de l'équipe française intervient et demande à Mlle Garilhe de quitter la piste. Le jury d'appel, jugeant les circonstances exceptionnelles, annule le barrage et déclare Mlle Renée Garilhe et Mme Ellen Müller-Preiss premières *ex aequo* au championnat du monde de 1950.

À l'épée par équipe, le duel demeure franco-italien avec une jeune équipe italienne qui bat sans trop de difficulté le quatuor des « anciens » Français (Huet, Buhan, Bougnol, Pécheux) par 9 victoires à 5. À la troisième place, les Suédois prennent le dessus sur la Belgique. À l'individuel, seulement deux Italiens et un Français figurent dans la finale qui comprend des représentants de sept nations et une victoire du Danois Luchow. Celui-ci incarne parfaitement le nouveau style à l'épée fait d'arrêt et de flèche. Sera-t-il un éphémère ou un durable succès ? Pour le commandant Bontemps, président de la FFE, ce tireur bénéficie d'une technique adaptée aux exigences de l'appareil électrique qui enregistre le « toucher le premier ». L'évolution est en marche et les tireurs étrangers parviennent à en tirer avantage alors que le journal *L'Équipe* titre sur le déclin de l'escrime française[64] et que la revue *L'Escrime française* rapporte de nombreux témoignages d'inquiétudes à l'égard de ces évolutions techniques à l'épée et des incohérences du mode de sélection des tireurs. Le fonctionnement en poule avec des assauts en trois touches est mis en accusation. Il favorise les inattendus et entraîne le « risque » de voir une redistribution des hiérarchies qui, pour le président français, n'est pas forcément le reflet des « vrais escrimeurs » comme ceux de Londres, Lisbonne et Monte-Carlo[65]. « Luchow a profité fort étroitement du système employé et sa performance nous donne la preuve supplémentaire que pour être champion du monde à l'épée, en poule de trois touches, il n'est pas besoin d'être fleurettiste de talent, comme le prétendent, par exemple, nombre de maîtres d'armes français et de dirigeants de qualité[66]. » Cette victoire ne manque pas d'alimenter le débat autour de la « bonne » formule, de la « bonne » épée et des avantages ou inconvénients de l'arme électrique. Dans tous les cas, elle traduit des changements fondamentaux dans la pratique de l'escrime et dans l'organisation des hiérarchies sportives. La deuxième place de Mangiarotti permet encore de croire à l'excellence d'une tradi-

Edoardo, Giuseppe et Dario Mangiarotti : le premier nommé est le premier de tous les escrimeurs et a remporté treize médailles olympiques (six d'or, cinq d'argent et deux de bronze), au fleuret et à l'épée de 1936 à 1960. Il obtient sa seule médaille d'or individuelle à l'épée en 1952.

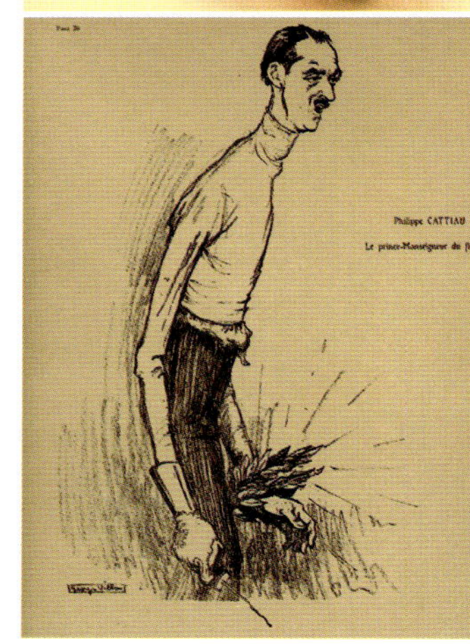

Philippe Cattiau est une véritable légende de l'escrime tricolore, son palmarès à lui seul nous donne le vertige ! Membre de l'équipe de France d'épée et de fleuret pendant de longues années de 1918 à 1939, il en est plus tard l'entraîneur et le capitaine. Trois fois champion olympique, il participa à cinq olympiades pour un total de huit médailles : ce record en fait l'un des athlètes les plus titrés d'avant-guerre et le plus médaillé du sport français. Plusieurs titres de champion du monde et de France complètent son prestigieux palmarès.

tion de l'épée, mais le « danger » est imminent… L'Italien est d'ailleurs suivi sur le podium par un autre « nouveau » de l'épreuve, le Suédois Forssell.
Au sabre, l'absence des Hongrois rend désormais incontournable le duel franco-italien à l'arme de taille malgré la présence de huit nations dans l'épreuve par équipe. En finale, tout se déroule comme prévu avec une victoire facile de la France et de l'Italie contre l'Égypte et la Belgique. Sans Ferrari et Ferrando, les représentants italiens auraient pu pourtant être en sérieux danger. Les progrès français sont certains. « Lefèvre, Levavasseur, Parent… trois jeunes susceptibles de progrès et en condition de devenir menaçants[67]. » La médaille d'or de Levavasseur au tournoi individuel le prouve, juste devant ses adversaires de 1949, Pinton à la deuxième place et Daré à la troisième[68].

L'équipe de sabre d'Italie (Gastone Daré, Arturo Ferrando, Roberto Ferrari, Aldo Montano) avec Cuccia, victorieuse de la France aux mondiaux de Monte-Carlo en 1950.

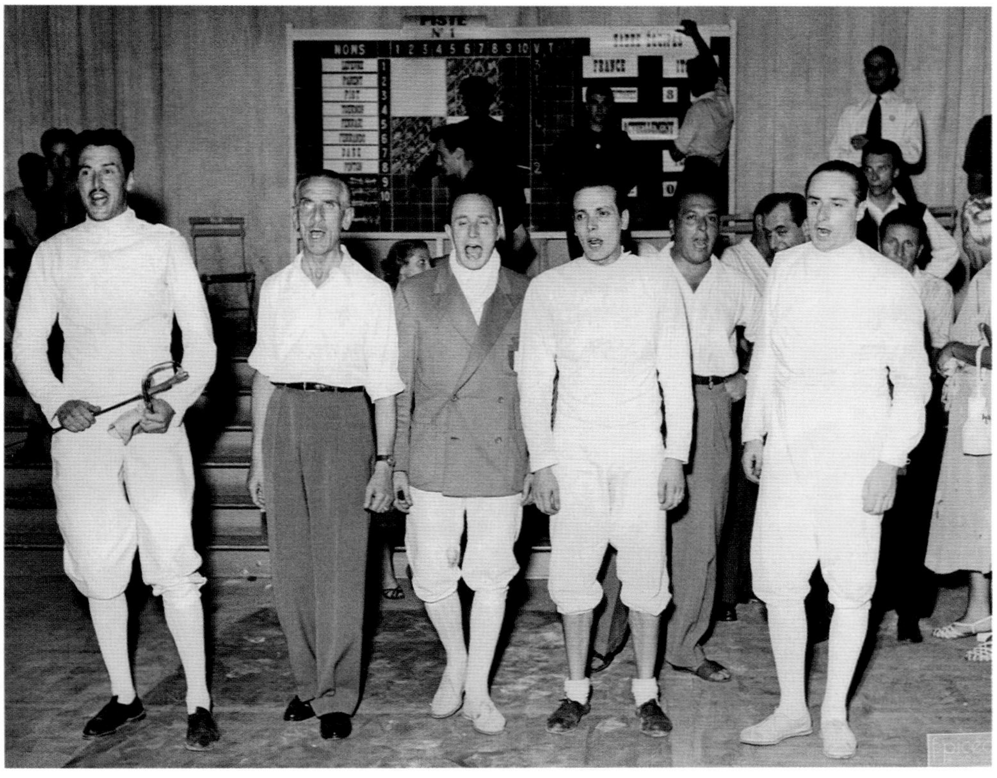

On le voit, sur tous les fronts, les équipes reines n'ont qu'à bien se tenir. Le Danois Luchow a fait l'effet « du pavé de l'ours », mais la tempête grondait déjà avec les résultats grandissants des Égyptiens et des Suédois. Déboire pour les uns, opportunité pour les autres, les jeux restent cependant à faire.
Délaissant les pays du Sud, les championnats du monde de 1951 ont répondu à l'invitation lancée par la fédération suédoise et par son président, le comte C. J. Wachtmeister. Ils se déroulent du 20 mai au 2 juin 1951 à Stockholm. Les escrimeurs de treize nations sont au rendez-vous et reçoivent l'honneur de la présence du roi Gustave VI Adolphe pour présider la soirée des finales d'épée. Pour le président de la FIE, Jacques Coutrot, « ces championnats du monde de 1951 resteraient à coup sûr un des meilleurs souvenirs de notre génération d'escrimeurs si, par malheur, ils n'avaient pas été les plus tragiques[69] » à cause de la mort accidentelle du tireur finlandais Ilmari Vartia lors des éliminatoires à l'épée par équipe[70]. Plus heureux est le retour des escrimeurs hongrois qui, depuis l'après-guerre, n'ont participé qu'aux Jeux olympiques de Londres. D'autres pays de l'Est, comme la Pologne et la Tchécoslovaquie, restent absents et regrettés. La mondialisation des championnats peine à se réaliser. Les difficultés d'arbitrage au fleuret viennent

Jacques Coutrot. Très grande et forte personnalité du monde de l'escrime française et internationale (président de la FIE de 1949 à 1952) : homme, père et escrimeur exemplaire, connu et reconnu pour ses qualités morales, son courage et son sens de l'amitié, mais aussi pour sa loyauté et son enthousiasme.

aggraver la désaffection des nations pour les épreuves de fleuret (seulement sept nations dans l'épreuve par équipe). Comme au Caire et à Monte-Carlo, la France, l'Égypte, l'Italie et la Belgique se qualifient pour la finale. La France, soucieuse de ne pas faire les mêmes erreurs que l'année précédente, aligne une bonne équipe contre les Égyptiens et s'assure la victoire. Reste le duel France-Italie où, comme d'habitude, personne n'ose prévoir l'issue. Avant le dernier match, l'Italie mène par 8 victoires à 7 et les deux équipes sont à égalité de touches. Nostini et Lataste tiennent entre leurs mains le sort du championnat… Pour une touche d'avance, la victoire revient à la France[71]. « Une année l'Italie, une autre la France, ainsi vont les championnats du monde d'escrime au fleuret[72]. » Au tournoi individuel, la diversité des nations n'est guère meilleure et, en finale, on note la présence de quatre Italiens, trois Français et l'Égyptien Dessouki. Après la victoire de Mangiarotti sur Buhan, celle-ci semble assurée. Pourtant, contre toute attente, l'Italien est coupé dans son élan par le Français Netter. De fait, c'est l'Italien Di Rosa qui enregistre le meilleur score avec 6 victoires et devient le nouveau champion du monde 1951. À sa suite, se classent Mangiarotti et Buhan avec respectivement 5 et 4 victoires. Au fleuret féminin par équipe, la finale est très disputée entre les Hongroises, les Danoises, les Italiennes et les Françaises. Grâce à quatre victoires de Mlle Garilhe, la France vainc les Hongroises, puis l'Italie 10 à 6… et, malgré une défaite contre le Danemark, les Françaises conservent le titre acquis à Monaco, devant les Hongroises et les Italiennes. La Hongrie prend sa revanche à l'épreuve individuelle avec la victoire d'Ilona Elek, championne olympique de 1936, 1948 et championne du monde 1934 et 1935 devant Mlle Karen Lachmann du Danemark, deuxième aux JO de Londres et aux championnats du monde de 1949 qui perdit le titre pour la troisième fois en quatre ans pour une touche dans un assaut de barrage. Mlle Nyari, championne de Hongrie, prend la troisième place.

Le championnat d'épée rassure, pour un temps, sur la stabilité des hiérarchies avec la victoire par équipe d'une jeune équipe française (Bougnol, Coutrot, Dagallier, Mouyal, Simon et Bessèche) offrant un jeu rempli d'enthousiasme et un esprit d'équipe exemplaire contre une équipe italienne où seul Dario Mangiarotti remporte 10 victoires sur les 12 assauts. La Suède se classe troisième en perdant contre la France une belle occasion de devenir championne du monde devant son propre roi[73]. Mais les observateurs aguerris, comme Giorgio Macerata de la fédération italienne, ne manquent pas de constater que les progrès sont importants parmi les équipes étrangères comme l'Égypte, la Hongrie, le Luxembourg ou la Suisse. « Dorénavant au championnat du monde et aux Jeux olympiques, un

Claude Netter : un très grand fleurettiste en or ou en argent des années 1950 ; il remporta six médailles aux mondiaux et deux aux Jeux, également réparties dans les métaux les plus honorables et précieux !

Daniel Dagallier, brillant épéiste français des années 1950, coéquipier d'Yves Dreyfus, de Jack Guittet ou d'Armand Mouyal, Claude Nigon, M. Huet ou Artigas.

honorable classement sera véritablement ouvert à de très nombreuses nations dans la compétition[74]. » D'ailleurs, la prédiction ne tarde pas à se concrétiser avec, dans le tournoi individuel, l'élimination au premier tour du Suisse Zappelli, de l'Égyptien Dessouki, du Français Simon, de l'Italien Dario Mangiarotti puis, en quart de finale et en demi-finale, de Buhan et de tous les Français. Ainsi, la finale se déroule avec trois Suédois, trois Italiens, deux Suisses, un Égyptien et un Hongrois. Edoardo Mangiarotti qui semblait destiné à la place de deuxième prend cette fois sa revanche en se classant premier, devant son compatriote Carlo Pavesi et le Suédois Fahlman.

La publicité et les réclames apparaissent très tôt en escrime, utilisant ou servant l'escrime en fonction des valeurs prônées ou des buts recherchés.

Les championnats du monde de sabre reprennent, en 1951, un nouvel éclat avec le retour de l'affrontement classique entre l'Italie et la Hongrie. Après trois ans d'absence, les Magyars renouvellent leur succès de Londres grâce à une technique exceptionnelle, une grande vitesse d'exécution et un parfait entraînement des tireurs : Gerevich, Kovacs, Berczelly, Rajesnayi, Pesthy et Palocz. Le suspense est complet dans le dernier assaut de la finale entre Italiens et Hongrois. Au premier tour, les Italiens mènent par 3 victoires à 1. Au deuxième tour, score inversé. Ainsi, à la moitié de cette grande finale, les deux équipes sont à égalité. L'écart en faveur des Hongrois se joue au dernier tour. Ceux-ci mènent 8 à 6 quand Gerevich assure la victoire de son équipe. La Belgique prend la troisième place en remportant d'une touche son match contre l'Égypte. À l'individuel, les 59 tireurs présents prouvent la belle santé de l'arme de taille. Pourtant, contrairement à l'épée ou au fleuret, les hiérarchies n'y sont pas réellement discutées. Ainsi, rééditant sa victoire olympique de Londres, Gerevich, après barrage avec son compatriote Kovacs, remporte, grâce à sa vitesse surpre-

Bruxelles 1953. Les hongroises avec Ilona Elek s'y illustrèrent par équipe devant la France et l'Italie.

nante et un mécanisme parfaitement réglé à son psychisme, l'ultime épreuve de ces championnats. Kovacs, classé deuxième comme à Londres, a la technique parfaite et la sobriété des grands champions. Enfin, l'Italien Daré, troisième, a lutté avec cran contre « la coalition hongroise[75] ».

On n'attendait rien d'Helsinki, on y trouva tout[76] : des citoyens donnant le meilleur d'eux-mêmes, un esprit « purement » sportif, dégagé de tout esprit politique et mercantile, répondant mieux à l'idéal olympique. Malgré les inquiétudes provoquées par le comité olympique en préparation des JO sur un projet de suppression des épreuves par équipe, les épreuves d'escrime sont maintenues à l'identique, du 19 juillet au 4 août 1952. L'organisation est parfaite dans le cadre préservé du West End à 8 kilomètres de la ville, grâce au travail attentif du général Martola, directeur de l'organisation, du général Valkama, directeur sportif et aux collaborateurs de la fédération finlandaise d'escrime, Torvald Appelroth et son secrétaire général, M. Sundman.

À la beauté des lieux s'ajoute la logique des résultats avec une répartition des titres entre les trois grandes nations de l'escrime : la France au fleuret masculin, l'Italie à l'épée et au fleuret dames individuel et la Hongrie au sabre et au fleuret dames par équipe. Dans l'opposition France-Italie de la finale

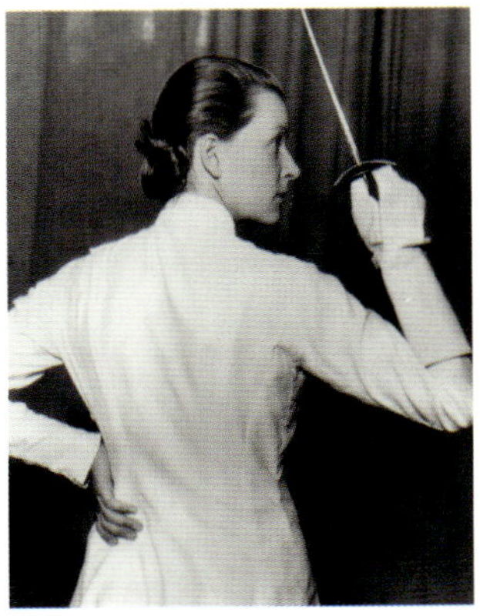

Helene Mayer (20 décembre 1910-15 octobre 1953). Une grande dame de l'escrime allemande et internationale qui fait partie des cent plus grandes sportives du XXe siècle. Elle remporte sa première médaille d'or aux Jeux olympiques de 1928 à Amsterdam à l'âge de 17 ans, finit 5e en 1932 à Los Angeles et 2e à Berlin.

du fleuret par équipe, Christian d'Oriola crève l'écran ! Il bat Nostini 5 à 0, puis récidive contre Edoardo Mangiarotti. « Éblouissant[77] », il est « redevenu le grand tireur de naguère[78] ». C'est alors qu'un incident survient lors de l'assaut entre Rommel et Mangiarotti suite aux hésitations de l'arbitrage. À 4 partout, les tireurs sont respectivement convaincus d'avoir mis la touche décisive. L'arbitre remet en garde, provoquant le retrait de la piste d'Edoardo Mangiarotti… Finalement, après la convocation du jury d'appel, les Italiens obtiennent gain de cause pour ce match. Mais d'Oriola continue son palmarès de victoires et bat Pellini 5 à 1, puis Bergamini par 5 à 2 et offre la victoire à l'équipe de France[79]. Le jeune Catalan ne compte pas s'arrêter là. Fort de l'exploit unique qu'il a réalisé dans l'épreuve par équipe, avec 14 victoires sur 14 assauts, il confirme son excellence dans le tournoi individuel. Le 25 juillet 1952, la victoire du Français fait de lui un héros national lorsque son portrait fait concurrence aux Zátopek ou Mimoun, en première page du journal sportif *L'Équipe*. « Comment trouver des mots pour dire l'explosion de joie, de bonheur, voire de frénésie, qui souligna la dernière touche faisant de Christian d'Oriola, le champion de fleuret des JO de 1952[80] ? » Contrairement aux JO de 1948, où le titre lui avait échappé par manque de calme, le jeu de d'Oriola est, cette fois, plein d'intelligence, de maîtrise, soutenu par des moyens physiques à la hauteur de l'exploit, ce qui lui permet de prendre le dessus sur Edoardo Mangiarotti et Di Rosa, respectivement classés deuxième et troisième de l'épreuve. Dans les épreuves de fleuret, les tireurs russes, présents pour la première fois, se font aussi remarquer grâce à une technique assurée et surtout une condition physique parfaite. Armand Lafitte n'en doute pas : ces tireurs seront redoutables dans deux ans[81]. Il ne sera pas loin du compte.

Avec 37 escrimeuses issues de 15 nations, l'escrime féminine manifeste clairement son expansion internationale. Les progrès techniques ne sont d'ailleurs pas en reste et de nouvelles surprises se font jour alors que les pronostics sont évidemment très favorables à Mme Ilona Elek ou Mlle Karen Lachmann. Dès le début de la finale, Mme Elek tire avec le brio, la vitesse et la certitude des grands jours, et gagne ses premiers assauts en recevant 11 touches. Mais, dans son match contre Mme Mitchell (États-Unis), elle perd 4-2 en recevant deux flèches pendant qu'elle avait l'imprudence de se retourner pour regarder la ligne d'avertissement ! Entre-temps, Irène Camber, la championne italienne, accumule les victoires ; son dernier match contre Ilona Elek est donc déterminant. Mlle Camber prend l'initiative de la première touche, Ilona Elek réagit… 3-2. Contre toute attente, l'Italienne revient et remporte la victoire. Égalité de défaite, les escrimeuses sont envoyées

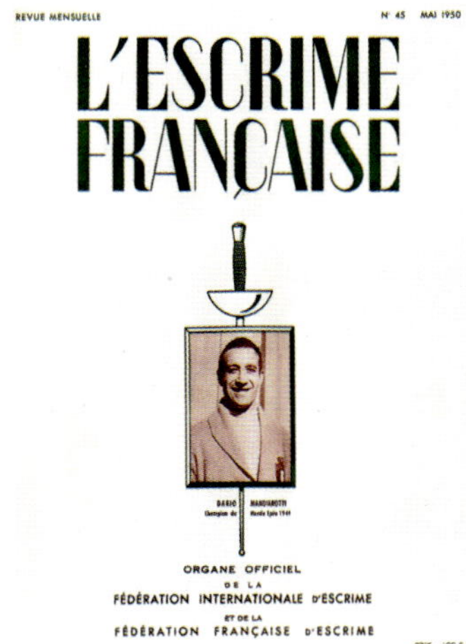

L'escrime française sera officiellement ou officieusement, la revue de la FIE jusqu'en février 1992.

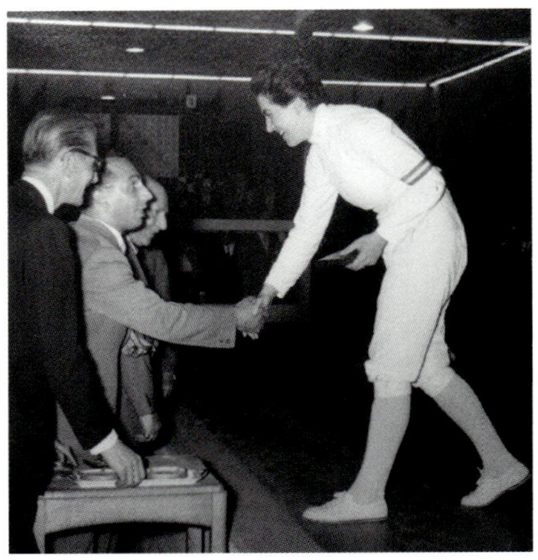

L'Italienne Irene Camber à Bruxelles en 1953 : elle reçoit son trophée gagné devant la Française Renée Garilhe.

La revue L'escrime, publiée de 1881 à 1906 sous la direction de Ivan de Woestyne, est certainement la plus ancienne revue d'escrime.

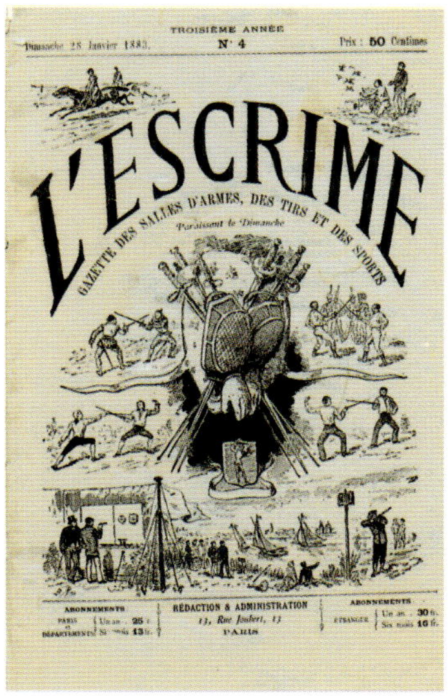
TROISIÈME ANNÉE
Dimanche 28 Janvier 1883. N° 4 Prix : 50 Centimes
L'ESCRIME
GAZETTE DES SALLES D'ARMES, DES TIRS ET DES SPORTS
Paraissant le Dimanche
RÉDACTION & ADMINISTRATION
13, Rue Joubert, 13
PARIS

en barrage. Nouveau suspense ! Ilona Elek commence par mener 2-0 mais l'Italienne, très calme, revient à égalité avec deux attaques au fer. À 3-3, c'est par une dernière attaque sur la préparation que Mlle Camber remporte la victoire, empêchant ainsi la Hongroise d'obtenir un troisième titre consécutif aux JO. La médaille de bronze se joue dans un barrage à quatre avec Mme Mitchell et Mlle York des États-Unis, Mlle Garilhe de France et Karen Lachmann du Danemark qui s'assure la médaille de bronze.

Contrairement au fleuret, les épreuves d'épée (19 équipes et 64 tireurs) continuent à attiser toutes les inquiétudes chez les « anciens » dirigeants de l'escrime internationale. Après le triomphe, viennent pour la France, notamment, le temps de la désillusion et sa suite d'amertume et de critiques. Paul Anspach ne mâche pas ses mots. Pour lui, « il y a un nivellement prononcé entre les pays concurrents, et, hélas !, un nivellement vers le bas[82] ». Seuls les tireurs italiens, vainqueurs de l'épreuve par équipe, semblent incarner une dernière lueur d'espoir. Il faut dire que, dans ces épreuves de 1952, les changements sont importants et certainement déstabilisants pour ceux qui incarnent la tradition de l'escrime classique. Pour la première fois, l'URSS participe aux mondiaux. Les escrimeurs russes ont un jeu dynamique et des qualités physiques et techniques qui ne manquent pas de surprendre bien qu'ils se soient inclinés aux touches derrière les États-Unis dès le premier tour. Pour cette fois, les Russes se contentent d'observer… Leur heure viendra bientôt. Plus surprenante est l'élimination de l'Égypte, puis de la France par la Hongrie et le Luxembourg ! Pour la deuxième fois, la France n'accède pas à la finale d'épée par équipe. En demi-finale, cette même équipe de Hongrie est éliminée par la Suisse ! Tous les observateurs en perdent leur latin. Il semble ne plus y avoir de stabilité dans les résultats. Dans ces conditions, la victoire des Italiens est aisée, suivie par la Suède et la Suisse. À l'épée individuelle, les frères Mangiarotti font le « show » en s'attribuant les deux premières marches du podium, l'or pour Edoardo et l'argent pour Dario. De nouveau, les Français, les Belges et les Égyptiens sont éliminés au profit d'un Luxembourgeois qui fit longtemps figure de vainqueur, un Hongrois, un Finlandais, un Suisse, un Danois, deux Suédois et trois Italiens. Le nivellement par le bas, évoqué par Paul Anspach, ne serait-il qu'une manifesta-

Pour collectionneur : carte postale d'assaut rehaussée d'un timbre d'escrime, l'un des 800 existant sur ce thème !

Projet de médaille de la Fédération internationale d'escrime des années 60.

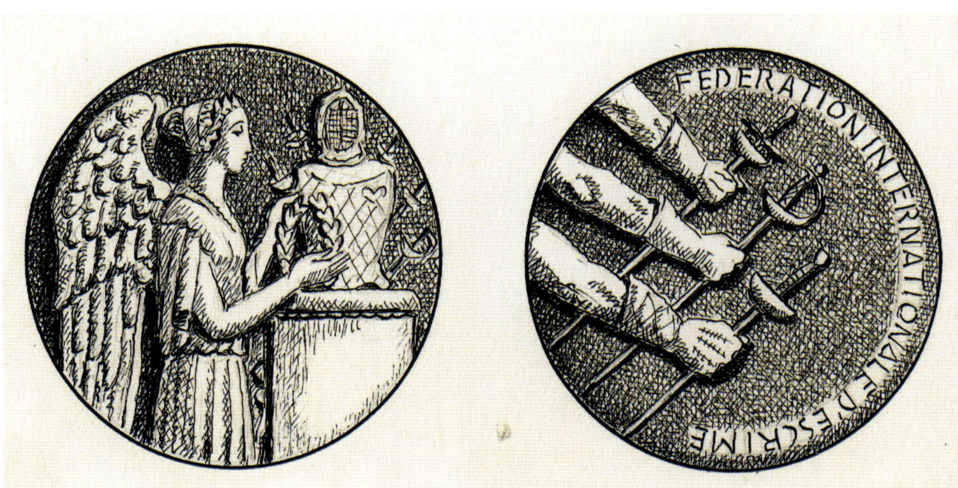

tion un peu chauvine ou une angoisse face à la tempête à venir ? La précipitation des tireurs est critiquée, tout comme leur manque de technique au profit d'un jeu engagé, peu intelligent, voire déroutant[83].

Dans l'épreuve de sabre, les rencontres Hongrie-Italie sont les plus passionnantes. Voici un demi-siècle que les Magyars détiennent l'hégémonie et que les Italiens tentent de les en déposséder. À Helsinki, en présence de 19 nations et 53 tireurs engagés, l'espoir de vaincre est des deux côtés. Le héros est, comme à Londres, Tibor Berczelly, huit fois champion de Hongrie. Dans la finale, alors que les Italiens mènent par 7 à 6, il remporte l'avant-dernier match par 5 touches à 0, une vraie leçon de sang-froid. Enthousiasmé et confiant, son compatriote Kárpáti dispose à son tour de son adversaire par 5 à 1 ; la victoire hongroise est ainsi assurée. Parmi les jeunes outsiders, les Français Lefèvre et Levavasseur, les Autrichiens Lechner et Plattner, les Belges Ballister et Heyvaert, de nouvelles équipes s'organisent. Cette fois encore, c'est la France qui parvient à donner le meilleur d'elle-même pour remporter la troisième place. L'épreuve individuelle suscite moins d'intérêt dans la mesure où la victoire d'un des trois Hongrois est assurée. Le titre de champion olympique revient à Pal Kovacs, pour une victoire attendue et méritée depuis longtemps, avec, au style hongrois fait de simplicité des actions, un exceptionnel sens de l'à-propos et de la distance, une

Ni la Maupin ni le chevalier d'Éon ne sont présents mais ont fait des émules pour ce duel improvisé au fleuret démoucheté !

cadence et un parfait équilibre. Gerevich le suit avec un style poussé jusqu'à la perfection. Tibor Berczelly est troisième avec une escrime audacieuse et une grande capacité de concentration.

Les championnats du monde dames par équipe se déroulent sous le patronage de la reine Ingrid de Danemark, les 14 et 15 juillet 1952 à Copenhague. Après une démonstration d'escrime en musique lors de la soirée d'ouverture, la cadence sportive prend rapidement le dessus dans le gymnase du stade municipal des sports avec une finale de plus en plus athlétique en présence d'une équipe des États-Unis et de cinq équipes européennes. L'affrontement final oppose les Hongroises et les Françaises dans un match sans grande surprise pour les Hongroises, sous la direction d'Ilona Elek, qui s'imposent 9 à 4. Les Françaises sont néanmoins chaleureusement applaudies grâce à un engagement de qualité et une motivation qui devraient les faire prétendre à des succès plus nets pour les années à venir. L'équipe d'Italie termine troisième avec de belles prestations de Strukel, Camber et Zanelli. Cet effort sportif des escrimeuses peine pourtant toujours à entrer dans les mentalités. Ainsi, l'analyse de l'escrime féminine reste marquée par les discours des « traditionalistes », ceux centrés sur l'escrime classique et ses grands principes. La modération de l'effort pour les femmes en est l'un des leitmotiv. Ainsi, les championnats de Copenhague, malgré leur succès, n'échappent pas à de nouvelles demandes de limitation comme celle de Pierre Ferri qui souhaite qu'un prochain congrès de la FIE prenne une décision limitant à quatre équipes au maximum pour les dames les finales par poule, afin de limiter la fatigue physique et nerveuse des dames.

L'artiste et escrimeur Georges Villa a beaucoup travaillé pour l'escrime, réinventant une Niké armée et victorieuse.

Fondamentalement déstabilisée à l'épée, l'escrime française parvient à sauver la face grâce à une icône, Christian d'Oriola, mais aussi, plus inattendu, grâce aux performances de ces filles ou de ces jeunes sabreurs. Mais la poussée des nations de l'Est, motivée par de nouvelles victoires en plein contexte de guerre froide, laisse présager de nouvelles difficultés tant pour la France que pour l'Italie.

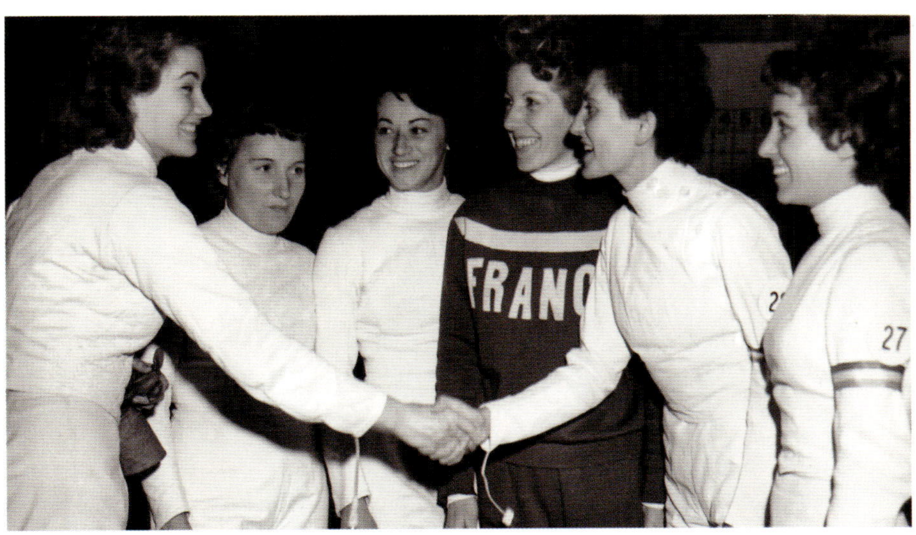

L'équipe de France de fleuret féminin est classée seconde à Copenhague en 1952 (Odette Drand, Francoise Gouny, Kate Bernheim-Delbarre, Liliane Lecomte-Guyonneau, Francoise Mailliard, Renée Garilhe).

3. La menace viendra de l'Est : l'avant-garde hongroise

Après l'hétérogénéité internationale des Olympiades d'Helsinki (plus de 20 nations), les championnats du monde de Bruxelles du 15 au 29 juillet 1953 font pâle figure alors que de nombreux efforts sont faits, à la FIE, pour faciliter l'intégration et l'investissement des nations américaines notamment. La règle de l'engagement de six tireurs par nation dans chaque arme, au lieu de trois aux Jeux olympiques, pourrait-elle expliquer la désaffection des nations dont les chances sont réduites ? D'autant plus avec le maintien de la formule, intensément discutée, de la poule ? Ainsi, au fleuret, huit nations sont engagées dont l'Australie. Dès le début de l'épreuve, organisée au palais du Midi, on sait que la première place sera disputée entre Français et Italiens et la troisième, entre Belges et Hongrois. Pourtant, dans la finale, la France se fait accrocher par la Belgique, d'Oriola étant battu par Verhalle, pendant que l'Italie écrase la Hongrie par 13 à 3. Le lendemain, au deuxième tour, l'Italie bat la Belgique facilement alors que la France se débarrasse plus difficilement de la Hongrie. L'Italie va-t-elle reprendre le titre à la France ? France-Italie, une tête d'affiche dorénavant classique du monde de l'escrime, avec une rencontre au sommet entre les deux plus grands escrimeurs de l'époque, Edoardo Mangiarotti et Christian d'Oriola. Avec les quatre défaites de Nostini, la France s'assure le titre, devant les Italiens, pour la troisième année consécutive. Les Hongrois conservent la troisième place. À l'individuel, la représentation internationale est un peu meilleure avec 49 tireurs issus de 13 pays. Pour autant, en finale, d'Oriola, Di Rosa, Mangiarotti et Lataste se partagent la vedette. D'Oriola, malgré ses défaites en équipe, reste favori. Quatre Italiens, trois Français, un Hongrois confirment l'ordre international des hiérarchies. Cette fois encore, d'Oriola est champion en dépit de sa défaite contre Mangiarotti, mais grâce à une magnifique victoire contre Di Rosa. Mais les observateurs restent sur leur faim. « Il a battu ses adversaires, mais n'a pas imposé sa loi [...]. Allons, Christian, au plastron ! Tes succès ne t'ont jusqu'ici pas grisé, mais prends garde qu'ils ne t'incitent à la flemme[84] ! »

La faiblesse des engagements se fait davantage sentir, cette année-là, au fleuret féminin où six nations seulement

Renzo Nostini, futur président de la Fédération italienne d'escrime (de 1961 à 1993), en compagnie de Kate Bernheim (D'oriola) et de Renée Garilhe.

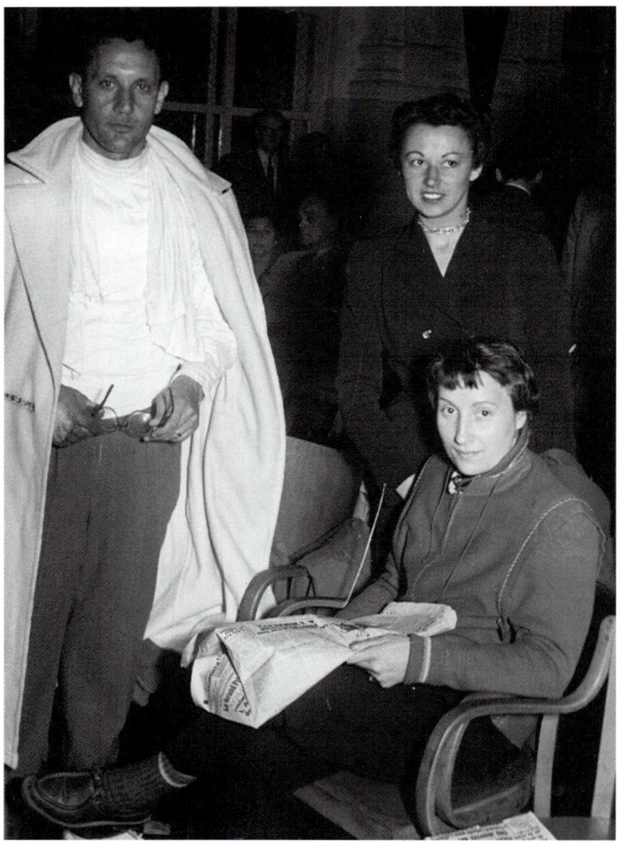

Jean Cottard, René Mercier (président de la FFE de 1965 à 1970) et le grand épéiste Michel Pécheux.

Premier timbre français sur l'escrime datant de 1953 et réalisé à l'initiative de P. Ferri d'après la fente de Christian d'Oriola.

René Lacroix (1870-1956). Véritable homme-orchestre de l'escrime française et internationale : sait tout, fait tout, crée tout ! Il est partout d'une incontournable compétence et d'une égale humeur, souriant et affable, courtois et spirituel, et pourtant si assuré, si autoritaire, si courageux et travailleur. Sur le terrain ou sur la piste, fleuret ou épée à la main, parlant d'escrime ou de duel, discutant de règlement ou d'enseignement. Faut-il se battre, débattre ou combattre, convient-il d'analyser les jeux, commenter une phrase d'armes ou discuter un fait d'armes ?… René Lacroix !

sont présentes. L'équipe hongroise n'est mise en difficulté que contre l'Allemagne avec un match nul, tous les autres matchs se passent sans difficulté, y compris contre la France, classée deuxième du championnat. Dans l'équipe française, Renée Garilhe est toujours le principal élément, mais les progrès sont nets chez Mmes Kate Bernheim et Françoise Mailliard. Pour Charles de Beaumont, la défaite de la France contre la Hongrie n'est due qu'à la fatigue accumulée pendant les matchs précédents et donc à un manque de préparation physique[85]. L'occasion est trop belle ! Les délégués de la FIE la saisissent pour demander une limitation à trois concurrentes par équipe au lieu de quatre… sans succès. La troisième place de l'Italie doit beaucoup à Mlle Camber, la championne olympique d'Helsinki qui, à l'épreuve individuelle, remporte le titre avec 7 victoires et seulement 11 touches reçues. Ainsi, la victoire « surprise » d'Helsinki se confirme. Mme Keydel (Allemagne), tirant pour la première fois en championnat, fait une grande impression en décrochant la troisième place.

Mais les émotions les plus fortes sont pour le championnat de 1953 dans les épreuves d'épée où, jusqu'à la dernière minute, les résultats sont totalement incertains. En finale, l'équipe suisse surprend en battant par deux fois les Suédois et en perdant son match contre la France d'une touche. Au deuxième tour, la France bat l'Italie 9 à 7 mais elle perd contre la Suède de trois touches. Ainsi, à la fin du deuxième tour, toutes les équipes sont à égalité. Alors, lorsque le quatuor italien (Delfino, Bertinetti, Pavesi et Mangiarotti) écrase les Suédois par 12 à 4, le titre est conquis. La France, avec sa deuxième place, se rassure sur ses capacités à faire toujours partie des nations dominantes à l'épée. En revanche, la surprise se confirme à l'épreuve individuelle où les frères Mangiarotti font une contre-performance en se classant cinquième et huitième. Deux Magyars, Sakovics et Berzsenyi, ont les honneurs du triomphe avec un exploit remarquable grâce à une préparation soignée et intelligente[86]. Contrairement au championnat de 1934, dans lequel le Hongrois Dunay avait provoqué la surprise en remportant le titre, cette fois, la victoire hongroise en annonce d'autres. « À l'avenir, il faudra surveiller les Magyars : le danger vient de l'Est[87]. » Vincenzo Cuccia ne croit pas si bien dire. La théorie se confirme d'ailleurs au sabre par équipe où, outre la victoire attendue des Hongrois devant l'Italie, les Français se font ravir la troisième place par les Polonais, un an à peine après leur retour à l'occasion des Jeux d'Helsinki. À l'individuel, la concurrence de 70 participants et l'anecdotique présence du premier Japonais n'intimident absolument pas les Hongrois qui raflent les trois médailles du championnat individuel de sabre (Kovacs, Gerevich et Karpaty), forts d'une technique moderne parfaitement adaptée à leurs qualités, d'une préparation physique soignée et d'un entraînement spécifique, et soutenus par l'organisation du sport en Hongrie.

L'escrime et le tir, revue de la FFE (et FIE) de 1920 à 1939, ou, en paraphrasant Alfred de Musset, « Les [l]armes du passé fécondent l'avenir ».

Programme des mondiaux d'escrime du Luxembourg en 1954 où Aladar Gerevich remporta sa dixième médaille d'or au sabre.

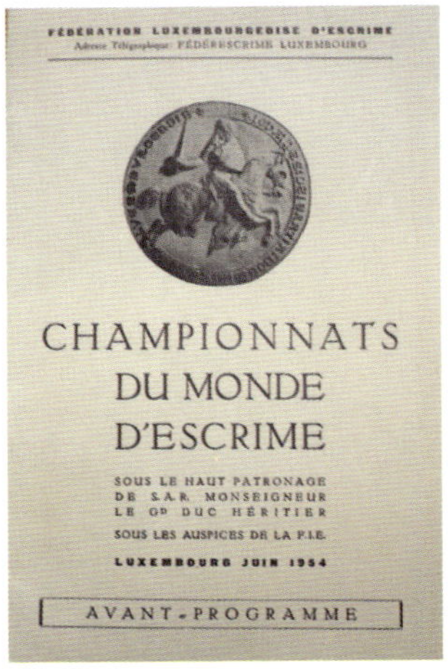

1954. Médaille des championnats du monde de Luxembourg.

En 1954, peu de nouveautés, mais des confirmations… notamment sur les difficultés de la France à stabiliser son niveau d'excellence, de même que sur la montée en puissance des nations de l'Est et de la Suède. L'emplacement géographique change, mais pas le cérémonial en présence de têtes couronnées – en l'occurrence le grand-duc héritier du Luxembourg –, ni le succès grandissant des championnats. La 10e édition des mondiaux se déroule du 10 au 22 juin 1954 dans le hall municipal des expositions du Luxembourg. Au fleuret par équipe, cette fois, l'Italie parvient à rompre la série des victoires françaises depuis 1951, mais il s'en faut de quelques touches d'écart. La Hongrie conserve, elle, la troisième place pour la troisième année consécutive. De justesse aussi, Christian d'Oriola reste champion du monde en battant Mangiarotti dans le barrage. Au fleuret féminin, les hiérarchies ne changent guère non plus, avec la victoire des Hongroises toujours très dynamiques, devant les Italiennes et les Françaises à la troisième place. À l'individuel, la victoire de la Danoise Karen Lachmann, devant Ilona Elek et Renée Garilhe, est, pour beaucoup d'observateurs, fort agréable car elle consacre une excellente escrimeuse trop souvent classée à la deuxième place par le passé.

À l'épée, les tireurs italiens font une magnifique démonstration d'esprit d'équipe et, en pleine possession de leurs moyens, ils s'imposent avec facilité devant la Suède et la France. La France, une fois de plus, est doublée. Nouvelle démonstration lorsque les Italiens se qualifient tous les six pour la finale de l'épée individuelle et en prennent les trois premières places : Mangiarotti, « déchaîné et brillant », obtient le titre mondial, Pavesi, l'argent et Bertinetti, le bronze.

Enfin, les Hongrois, les maîtres incontestés du sabre, enlèvent, « avec plus de virtuosité encore que prévu[88] », le championnat du monde par équipe. Une autre nation de l'Est, la Pologne, gagne d'une touche la deuxième place, devant les Français. Les Hongrois confirment leur nette supériorité lors des épreuves individuelles en remportant les trois premières places à l'individuel avec cinq hommes dans la finale offrant aux spectateurs luxembourgeois une véritable démonstration de facilité.

À Rome, en 1955, les 11es championnats du monde d'escrime reflètent toujours parfaitement la hiérarchie traditionnelle de l'escrime mondiale, en classant la Hongrie, l'Italie et la France aux trois premières places des nations. Les Hongrois, cependant, ne se contentent plus de leur domination au sabre. Au fleuret masculin, le Hongrois József Gyuricza s'impose devant les deux Français, Christian d'Oriola et Jacques Lataste, en individuel et, par équipe, l'Italie et la Hongrie prennent l'or et l'argent devant la Grande-Bretagne. Pour la deuxième fois lors des championnats mondiaux, l'équipe française ne fait pas partie des trois premières nations. D'Oriola, victorieux en 1952, 1953 et 1954, ne parviendra d'ailleurs jamais à s'adapter totalement à la signalisation électrique mise en place à Rome pour la première fois et qui favorise l'engagement au détriment de

Gaudin sabreur : il a été formé par le grand maître Luigi Barbasetti à l'ACF de Paris.

la technique. Chez les femmes, la même logique est respectée avec les Hongroises Lidia Dömölki et Ilona Elek en or et bronze et l'Italienne Bruna Colombetti intercalée. Hongrie, France et Italie montent dans cet ordre sur le podium pour le fleuret par équipe. À l'épée, les Italiens, à domicile, font carton plein en classant Giorgio

Anglesio, Franco Bertinetti et Carlo Pavesi aux trois premières places en individuel et en remportant l'épreuve par équipe, devant… la France et la Hongrie. Au sabre, celle-ci prend sa revanche avec les deux premières places d'Aladár Gerevich et Rudolf Kárpáti, devant l'Italien Renzo Nostini et en gagnant par équipe également devant l'Italie. La Grande-Bretagne et l'URSS, avec une médaille de bronze chacune, fissurent alors difficilement l'hégémonie des trois nations historiques. Mais ce bel ordre connaît en fait son crépuscule.

Entre 1937 et 1955, la France et l'Italie parviennent à maintenir leur suprématie dans les hiérarchies de l'escrime mondiale. Activement manipulée par le régime fasciste, l'escrime italienne a à cœur de prouver, après la guerre, que les victoires italiennes sont italiennes et non fascistes, tout en conservant le haut de l'affiche. Pour cela, la construction de héros sportifs comme Edoardo Mangiarotti est emblématique. L'escrime française poursuit elle aussi un objectif de grandeur. Les victoires de Christian d'Oriola, les succès de l'escrime féminine et les espoirs qu'incarnent les jeunes sabreurs

y contribuent. Mais l'inquiétude demeure face à l'ampleur des mutations qui affectent l'escrime. Plus que sa rivale transalpine, l'escrime française marque le pas à la fin des années 1940, au moment de l'expansion mondiale de l'escrime, de sa mise en concurrence avec les autres sports et de l'« électrification » de l'activité. Plus largement, elle pâtit d'une politique sportive qui manque de moyens et de modernité alors même que le sport devient un lieu d'affrontement des deux grands : États-Unis et URSS. Jusqu'en 1956, l'escrime échappe en partie à cette nouvelle dialectique géopolitique, mais des avant-gardes en annoncent cependant les modalités. La Hongrie, par exemple, sort du confinement dans lequel elle était depuis le début du XXe siècle. Dorénavant, les pays de l'Est viennent concurrencer les Français et les Italiens sur le terrain de leur propre arme.

5. Jusqu'en 1950, les licenciés italiens et français représentent 70 % des effectifs de la FIE.

6. Nicholas Niggli, « Helsinki 1952 : les Jeux olympiques de la guerre froide », in Pierre Milza, François Jéquier, Philippe Tétart (Éd.), *Le Pouvoir des anneaux*, Paris, Vuibert, 2004, pp. 219-238.

7. Jan Nawrocki, « L'escrime polonaise », *L'Escrime et le Tir*, avril 1954.

8. Pierre Arnaud et James Riordan, *Sport et relations internationales*, Paris, L'Harmattan, 1997.

9. Pierre Milza, *Les Relations internationales de 1918 à 1939*, Paris, Armand Colin, 2008.

10. Angela Teja, « Italie », in James Riordan, Arnd Krüger et Thierry Terret, *Histoire du sport en Europe*, Paris, L'Harmattan, 2004.

11. Cécile Ottogalli-Mazzacavallo, « À bas l'arbitre : les errements d'une violence à maîtriser dans l'escrime de l'entre-deux-guerres », in *International Review on Sport and Violence*, revue en ligne, mai 2010.

12. Robert Frank, *La Hantise du déclin*, Paris, Belin, 1994, p. 86.

13. Les championnats du monde ont lieu chaque année depuis 1937, sauf les années olympiques et à l'exception des années de guerre. La règle compte cependant des exceptions car des épreuves féminines ont, par exemple, été organisées lors de certaines années olympiques en 1948, 1952, 1956, 1992, 2000, 2004 et 2008 en raison de leur absence de reconnaissance par le CIO. Cette situation est source d'erreurs pour la FIE qui ne tient pas un décompte précis de ses compétitions et utilise des numérotations parfois incohérentes. Nous avons pris le parti de comptabiliser chaque championnat du monde, y compris les championnats féminins. Un décalage peut donc parfois apparaître avec la numérotation utilisée dans les procès-verbaux de congrès.

14. Armand Lafitte, « Par deux touches seulement… l'Italie a enlevé, hier, le titre de champion du monde au fleuret par équipe », *L'Auto*, 21 juillet 1937.

15. Jacques Coutrot, « Les championnats de fleuret », *L'Escrime et le Tir*, septembre 1937, p. 4.

16. M. Raffalli, « L'Italie remporte de justesse le titre de fleuret », *L'Auto*, 21 juillet 1937.

17. Armand Lafitte, « Par deux touches seulement… l'Italie a enlevé, hier, le titre de champion du monde au fleuret par équipe », *L'Auto*, 21 juillet 1937.

18. Armand Lafitte, « À Gustavo Marzi, fleurettiste de grande classe, le titre de champion du monde », *L'Auto*, 23 juillet 1937.

19. M. R. Raffalli, « Ces Hongroises sont endiablées », *L'Auto*, 22 juillet 1937.

20. Armand Lafitte, « Ni Elek, ni Preiss… mais Helene Mayer remporte le titre », *L'Auto*, 24 juillet 1937.

21. Georges Milan, « Helene Mayer, championne du monde », *L'Escrime et le Tir*, septembre 1937, p. 5.

22. Armand Lafitte, « Les escrimeurs italiens ont été comblés d'un troisième titre de champion du monde », *L'Auto*, 26 juillet 1937.

23. Armand Lafitte, « Le titre suprême à l'épée : Bernard Schmetz est champion ! Bravo !… et songeons à l'avenir », *L'Auto*, 27 juillet 1937.

24. Depuis les Jeux olympiques d'Amsterdam en 1928, les Hongrois sont invaincus à l'épreuve par équipe de sabre.

25. La première République tchécoslovaque est fondée en octobre 1918, après le dépeçage de l'Autriche-Hongrie, et validée lors du traité de paix de Saint-Germain-en-Laye, en septembre 1919.

26. La Tchécoslovaquie se compose d'une forte communauté allemande, principalement regroupée dans la région des Sudètes, dont le principal parti politique réclame son rattachement au IIIe Reich.

27. Roger Duchaussoy, « Les championnats du monde », *L'Escrime et le Tir*, juillet 1938, p. 2.

28. *Ibid.*

29. Roger Duchaussoy, « Les championnats du monde », *L'Escrime et le Tir*, juillet 1938, p. 4.

30. Paul Dietschy, Yvan Gastaut, Stéphane Mourlane, *Histoire politique des coupes du monde de football*, Paris, Vuibert, 2006.

31. René Lacroix, « Aux escrimeurs de France », *L'Escrime française*, bulletin officiel de la FFE, 15 avril 1946, p. 1.

32. Pierre Simonet et Laurent Veray, *L'INSEP, de la gymnastique joinvillaise aux sports contemporains*, Woippy, Éd. Gérard Klopp, 1998 ; *L'empreinte de Joinville, 150 ans de sport*, 1852-2002, Éd. INSEP Publication, 2003.

33. Stéphane Mourlane, « À la recherche de la grandeur : le sport français à l'épreuve des relations internationales de 1945 à nos jours », in Philippe Tétart, *Histoire du sport en France, de la Libération à nos jours*, Paris, Vuibert, 2007, pp. 163-179.

34. Stéphane Mourlane, « Le jeu des rivalités franco-italiennes des années 1920 aux années 1960 », in Yvan Gastaut, Stéphane Mourlane, *Le Football dans nos sociétés, une culture populaire 1914-1998*, Paris, Autrement, 2006, pp. 146-157.

35. Jacques Coutrot, « Enseignement d'une victoire », *L'Escrime française*, juillet 1947, p. 1.

36. *Ibid.*

37. *Ibid.*

38. Pour avoir combattu aux côtés des Allemands pendant la Seconde Guerre mondiale, la Hongrie, pays vaincu, est livrée à l'URSS dont la domination communiste se renforce au fil des années. Par manque de moyens et suite à cette réorganisation politique, les escrimeurs hongrois sont contraints de s'absenter des championnats du monde d'escrime durant trois années, 1947, 1949 et 1950.

39. Jacques Coutrot, « Jeux olympiques 1948 », *L'Escrime française*, septembre 1948.

40. Fernand Albaret, « Buhan s'était entraîné comme s'il allait courir le 3 000 steeple », *L'Équipe*, 5 août 1949.

41. Armand Lafitte, « Comme en 1936, la dynamique fleurettiste hongroise Ilona Elek enlève le titre », *L'Équipe*, 3 août 1949.

42. Face au refus du CIO pour l'organisation d'une épreuve féminine par équipe, le Danemark prend l'initiative en mai 1932 d'organiser un championnat d'Europe en dehors de l'Olympiade. En 1936, la compétition a lieu en Italie et, en 1948, aux Pays-Bas.

43. Roger Crosnier, « Arbitrage olympique », *L'Escrime française*, septembre 1948, p. 4.

44. L'adoption de la signalisation électrique dans les épreuves d'épée à l'occasion des championnats d'Europe de 1934 a permis de régler de nombreuses tensions sur le plan de l'arbitrage. Pour autant, les observateurs constatent rapidement une évolution du jeu à l'épée avec une course au temps de la part des tireurs, davantage préoccupés par le fait de toucher les premiers que de se protéger. Dès 1935, les premiers

essais sont faits au fleuret, sans succès. Après guerre, le débat est vif quant aux avantages ou aux inconvénients du système.

45. Bernard Schmetz, « L'épée aux Jeux olympiques », *L'Escrime française*, septembre 1948.

46. Armand Lafitte, « Michel Pécheux, déchaîné, réveille l'équipe de France à l'épée », *L'Équipe*, 7 août 1949.

47. Armand Lafitte, « Lefèvre a étonné Italiens et Hongrois », *L'Équipe*, 15 août 1949.

48. Les discussions d'arbitrage sont importantes durant les épreuves de fleuret et les résultats parfois contestés, notamment dans l'épreuve par équipe où la France partait favorite. *Cf.* Armand Lafitte, « L'Italie enlève à la France le titre mondial au fleuret par équipes », *L'Équipe*, 13 avril 1949.

49. Armand Lafitte, « Christian d'Oriola (20 ans), champion du monde au fleuret pour la deuxième fois ! », *L'Équipe*, 14 avril 1949.

50. Les discussions d'arbitrage sont importantes durant les épreuves de fleuret et les résultats parfois contestés. Cf. Paul Anspach, « Le fleuret», *L'Escrime française*, juin 1949, p. 5.

51. Thierry Terret, « Les femmes et le sport de 1945 à nos jours », in Philippe Tétart, *Histoire du sport en France, de la Libération à nos jours*, Paris, Vuibert, 2007, pp. 287-309.

52. Commandant Bontemps, « Le fleuret féminin », *L'Escrime française*, juin 1949, p. 12.

53. Armand Lafitte, « Faillite des épéistes français qui terminent derniers de la poule finale ! », *L'Équipe*, 18 avril 1949.

54. Pierre Ferri, « Épée », *L'Escrime française*, juin 1949, p. 8.

55. Jacques Coutrot, « Les championnats du monde 1950 », *L'Escrime française*, septembre 1950, p. 2.

56. Jacques Coutrot, « Les championnats du monde 1950 », *L'Escrime française*, septembre 1950, p. 2.

57. Armand Lafitte, « La France au fleuret menait 8-6 contre l'Italie quand surgit l'incident classique ! », *L'Équipe*, 12 juillet 1950.

58. Stéphane Mourlane, « Le jeu des rivalités franco-italiennes des années 1920 aux années 1960 », in Yvan Gastaut et Stéphane Mourlane, *Le Football dans nos sociétés*, Paris, Autrement, 2006, pp. 146-157.

59. André Poplimont, « Le fleuret », *L'Escrime française*, septembre 1950, p. 3.

60. Charles de Beaumont, « Le fleuret féminin », *L'Escrime française*, septembre 1950, p. 7.

61. Armand Lafitte, « L'Italien Nostini peut être champion du monde de fleuret », *L'Équipe*, 13 juillet 1950.

62. Charles de Beaumont, « Le fleuret féminin », *L'Escrime française*, septembre 1950, p. 6.

63. Armand Lafitte, « Incidents ridicules à Monte-Carlo, Renée Garilhe et Mme Müller-Preiss, championnes du monde *ex aequo* », *L'Équipe*, 16 juillet 1950.

64. Armand Lafitte, « L'escrime française… en déclin », *L'Équipe*, 19 juillet 1950.

65. Commandant Bontemps, « L'épée », *L'Escrime et le Tir*, septembre 1950, p. 7.

66. *Ibid.*

67. Vincenzo Cuccio, « Le sabre », *L'Escrime et le Tir*, septembre 1950, p. 9.

68. Armand Lafitte, « Jean Levavasseur, étourdissant, souffle le titre de champion du monde au sabre aux Italiens trop confiants », *L'Équipe*, 24 juillet 1950.

69. Jacques Coutrot, « Les championnats du monde », *L'Escrime et le Tir*, juillet 1951, p. 2.

70. Le Finlandais Ilmari Vartia est victime d'un accident lors de son match contre le champion du monde en titre à l'épée, le Danois Luchow. Suite à un arrêt dit « arrêt tiroir », la lame du Danois casse et pénètre sous l'aisselle droite d'une profondeur de 12 centimètres. Le poumon est transpercé, le cœur certainement atteint. Le monde de l'escrime est en deuil pour la première fois à l'occasion des championnats du monde. Cf. Armand Lafitte, « Le Finnois Vartia a le poumon traversé », *L'Équipe*, 27 mai 1951.

71. Armand Lafitte, « Huit victoires partout… une touche et la France a reconquis le titre mondial du fleuret par équipe », *L'Équipe*, 23 mai 1951.

72. Louis Asselin, « Le fleuret », *L'Escrime et le Tir*, juillet 1951, p. 3.

73. Armand Lafitte, « L'équipe de France à l'épée arrache la victoire après un match mouvementé contre celle de Suède en progrès », *L'Équipe*, 28 mai 1951.

74. Giorgio Macerata, « L'épée », *L'Escrime et le Tir*, juillet 1951, p. 6.

75. Edgard Mercier, « Le sabre », *L'Escrime et le Tir*, juillet 1951, p. 8.

76. Jacques Coutrot, « Les XVes Jeux olympiques », *L'Escrime et le Tir*, septembre-octobre 1952, p. 9.

77. Anonyme, « 1er titre olympique pour la France : le fleuret par équipe grâce à d'Oriola éblouissant », *L'Équipe*, 23 juillet 1952.

78. Armand Lafitte, « Les fleurettistes français engagent la bataille avec un moral étonnant », *L'Équipe*, 21 juillet 1952.

79. Armand Lafitte, « Un Christian d'Oriola étourdissant nous vaut la médaille d'or du tournoi par équipe au fleuret », *L'Équipe*, 23 juillet 1952.

80. Armand Lafitte, « Christian d'Oriola invaincu enlève le titre individuel au fleuret », *L'Équipe*, 25 juillet 1952.

81. Armand Lafitte, « Vers l'inévitable finale France-Italie pour la place olympique au fleuret par équipe », *L'Équipe*, 22 juillet 1952.

82. Paul Anspach, « L'épée », *L'Escrime française*, septembre-octobre 1952, p. 13.

83. Paul Anspach, « L'épée », *L'Escrime française*, septembre-octobre 1952, p. 13.

84. André Poplimont, « Le fleuret », *L'Escrime française*, septembre-octobre 1953, p. 5.

85. Armand Lafitte, « Nos escrimeuses et nos épéistes ont manqué non de technique mais de préparation physique et d'endurance », *L'Équipe*, 23 juillet 1953.

86. Armand Lafitte, « Victoire du Hongrois Sakovics aux championnats du monde à l'épée », *L'Équipe*, 26 juillet 1953.

87. Vincenzo Cuccia, « L'épée », *L'Escrime et le Tir*, septembre-octobre 1953, p. 10.

88. Armand Laffite, « La Hongrie enlève le titre mondial au sabre », *L'Équipe*, 21 juin 1954.

1956 ~ 1982

Un vent venu d'Oural

Le temps de l'hégémonie soviétique

Entre 1956 et 1982, le paysage de l'élite mondiale demeure très européen. Pourtant, des bouleversements se produisent dans les règlements et les conditions des rencontres, qui favorisent une escrime plus puissante, plus rationnelle, en un mot plus scientifique. Les Soviétiques, à ce jeu, sont en avance. Leurs experts étudient les techniques des grands maîtres. Ils apprennent de leurs erreurs et se préparent en fonction des forces et des faiblesses de leurs adversaires. Ils mobilisent des connaissances sur l'entraînement issues d'autres sports. En peu de temps, les champions soviétiques dominent l'escrime mondiale. Les relations particulières qui existent au sein des nations socialistes produisent un peu plus tard des effets de renforcement de la valeur des escrimeurs d'Europe de l'Est. Face à ces transferts de connaissances, la stagnation de la France et de l'Italie équivaut à un recul.

1. La montée en puissance de l'URSS et le recul franco-italien (1955-1961)

La préparation de l'équipe soviétique commence à porter ses fruits dès la fin des années 1950. « Après les JO d'Helsinki, ses entraîneurs ont étudié les techniques et tactiques des maîtres français, hongrois et italiens », confie le président de la fédération soviétique d'escrime, Popov, en 1959[89]. Dès lors, les progrès sont continus, avec une rupture nette à partir de 1956.

La mode s'empare aussi de l'escrime : ce carré Hermès de 1952 est très recherché.

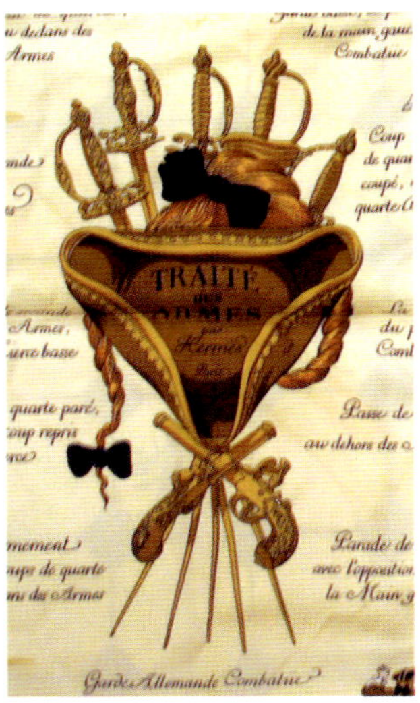

Aux mondiaux de 1956 à Londres, les fleurettistes russes Tatjana Jewplowa et Alexandra Zabelina.

Très belle photo de Rudolf Karpati (Hongrie) et Jerzy Pawlowski (Pologne), les deux formidables finalistes sabreurs des mondiaux de Paris 1957.

En 1955, si la Grande-Bretagne et l'URSS, avec chacune une médaille de bronze, fissurent encore difficilement l'hégémonie des trois nations historiques, ce bel ordre connaît en fait son crépuscule. Dès l'année suivante, aux Jeux olympiques de Melbourne, l'URSS vient le perturber en empochant des médailles au sabre avec le bronze par équipe derrière la Hongrie et une surprenante Pologne, et la troisième place en individuel de Lev Kuznetsov derrière le Hongrois Rudolf Kárpáti[90] et le Polonais Jerzy Pawlowski[91]. Elle ne peut cependant encore lutter ni contre la suprématie à l'épée des Italiens qui réalisent le triplé en individuel (Carlo Pavesi, Giuseppe Delfino, Edoardo Mangiarotti) et empochent l'or par équipe, devant la Hongrie et la France, ni contre les hiérarchies traditionnelles en fleuret : la France monte sur la plus haute marche du podium en individuel avec Christian d'Oriola, le meilleur fleurettiste de l'après-guerre, qui surclasse les deux valeurs sûres italiennes, Giancarlo Bergamini et Antonio Spallino, alors que l'Italie l'emporte par équipe devant la France et la Hongrie.

Le commandant Bontemps remettant les médailles et souvenirs aux gagnants du sabre individuel des mondiaux de Paris.

En fleuret féminin, l'Anglaise Gillian Sheen, chirurgien-dentiste à Londres, donne à l'Angleterre sa première victoire olympique dans l'épreuve devant la Roumaine Olga Orban et la Française Renée Garilhe.
Les épreuves d'escrime ont lieu entre le 23 novembre et le 6 décembre 1956 dans le Saint Kilda Town Hall et sont organisées selon une formule qui continue ponctuellement d'être contestée : chaque poule fait l'objet d'un tournoi interne où chacun rencontre tous les autres adversaires, les seize

Le Hongrois Jozsef Gyuricza qui permit, avec Kamuti et Fulop, de remporter l'or au fleuret par équipe en 1957.

gagnants de chaque poule étant qualifiés pour le tour suivant. En revanche, les rencontres donnent lieu à une innovation importante : au côté de l'épée, déjà habituée depuis longtemps à la signalisation électrique des touches, le fleuret fait ici son apprentissage d'un système équivalent de validation des points.

À Melbourne, la participation en escrime est faible et a pu ainsi faciliter la bonne performance des Soviétiques. Avec 167 tireurs de 23 pays, elle dépasse à peine celle des JO… de 1900 ! Or, six nations présentent de loin les plus gros contingents avec 19 à 20 participants chacune : l'Australie, bien sûr, les États-Unis, l'Italie, la France, la Hongrie… et l'URSS. Ce sera également le cas pour les deux prochaines décennies. Certes, l'URSS ne parvient pas encore, à cette occasion, à renverser les hiérarchies traditionnelles.

Repos et décontraction pour les fleurettistes russes dont Mark Midler (à droite).

Le fleuret fait ainsi l'objet d'un partage entre maîtres italiens et français, le Français Christian d'Oriola remportant l'épreuve individuelle devant les Italiens Giancarlo Bergamini et Antonio Spallino, et les Transalpins s'imposant dans l'épreuve par équipe devant les Français et les Hongrois. L'épée revient en totalité à l'Italie qui, non contente de remporter l'or par équipe devant la Hongrie et la France, place ses trois représentants, Carlo Pavesi, Giuseppe Delfino et Edoardo Mangiarotti, sur les trois marches du podium, dans cet ordre, en individuel. Quant aux épreuves de sabre, elles demeurent l'affaire de la Hongrie, qui prend l'or par équipe devant la Pologne et voit son immense champion Rudolf Kárpáti s'imposer en individuel devant le Polonais Jerzy Pawlowski.

Les Soviétiques se contentent, en la circonstance, de deux médailles de

bronze au sabre. Pourtant, leur percée avait bel et bien été annoncée quelques semaines plus tôt dans les championnats du monde se déroulant à Londres du 14 au 15 septembre dans une formule des plus réduites puisque n'y était organisée que la seule épreuve de fleuret féminin par équipe, absente des Jeux olympiques de Melbourne. Douze nations sont présentes à ces journées londoniennes où « tout a marché à la perfection[92] ». Un an après avoir empoché sa première médaille de bronze lors des championnats du monde de Rome, justement en fleuret féminin par équipe, l'URSS remporte en Angleterre sa première grande victoire, dans un climat tendu[93], devant la France et la Hongrie. Les Italiennes, à la quatrième place, repartent pour leur part sans aucune médaille.
Mais la nouvelle influence de l'URSS se fait aussi rapidement sentir dans la localisation même des championnats du monde. La Hongrie avait ainsi été chargée d'organiser l'événement pour 1957. Or, un an plus tôt, le 23 octobre 1956, les chars de l'Armée rouge envahissent Budapest pour réprimer, dans un bain de sang, le soulèvement de la population. Le sport s'offre alors comme un des rares lieux possibles de résistance symbolique à l'oppression. Les Jeux olympiques de Melbourne, en particulier, deviennent le théâtre d'une lutte aux lourds enjeux politiques lors des confrontations entre sportifs soviétiques et hongrois qui dégénèrent systématiquement[94]. Les réactions des responsables de l'escrime magyare, beaucoup moins connues, sont du même ordre. À Melbourne même, quelques jours avant le fameux match de water-polo du 6 décembre où les deux équipes rougissent l'eau de la piscine de leurs coups de poing, le délégué hongrois fait ainsi peser les premières menaces d'une annulation des prochains championnats du monde d'escrime à Budapest : « C'est à la Hongrie qu'a été confiée l'organisation des championnats du monde 1957. Nous avons déjà commencé la préparation des championnats du monde à Budapest, mais les derniers événements en Hongrie et surtout à Budapest ont mis la Hongrie dans une situation très délicate. En ce moment, nous ne savons pas notamment si nous avons la possibilité d'organiser les championnats du monde[95] ». Budapest se retire finalement, et c'est… Paris qui récupère l'événement après une consultation par correspondance[96], alors que les États-Unis puis le Canada et Tanger s'étaient proposés dans un premier temps.

1957. Après le sabre individuel. L'équipe polonaise fête son héros Jerzy Pawlowski pour l'une de ses dix-huit médailles glanées aux différents mondiaux.

Malgré la procédure d'urgence, la Fédération française d'escrime relève donc le défi de l'organisation des championnats de 1957. René Coty, président de la République, accepte même d'en assurer la présidence d'honneur. 331 tireurs de 29 nations s'y retrouvent, pour voir la Hongrie s'imposer, avec un total de sept médailles, dont trois en or, devant l'Italie (deux médailles d'or, à l'épée par équipe et au fleuret féminin par équipe), mais l'URSS, à la troisième place avec une médaille d'or (Alexandra Zabelina au fleuret féminin) et deux d'argent, est désor-

Très belles affiches de Jacques Darnel pour Paris 1957.

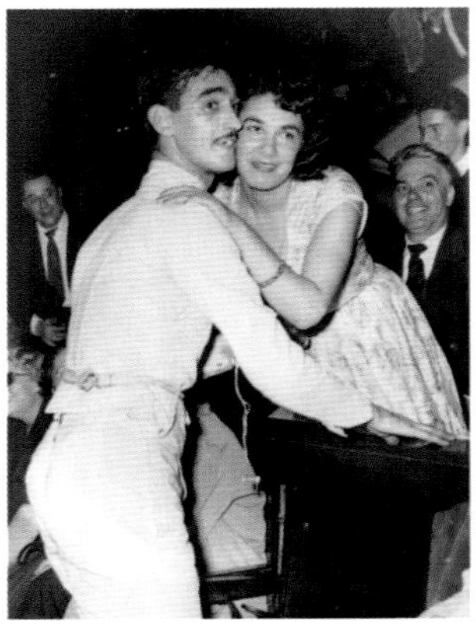

Armand Mouyal, félicité par son épouse après sa brillante victoire sur le Hongrois Baranyi à l'épée (individuelle) en 1957.

L'Anglais Allan Jay (à gauche) termine troisième des mondiaux de Paris : il gagnera ceux de 1959 à Budapest devant Claude Netter.

mais devant la France, déçue, qui n'a pu faire mieux qu'une médaille d'or (Armand Mouyal à l'épée) et une d'argent (fleuret masculin par équipe)[97]. La Grande-Bretagne, venue pleine d'espoir[98], repart avec deux maigres médailles de bronze à l'épée par équipe et au fleuret individuel (Allan Jay).

La domination de la Hongrie demeure alors particulièrement forte au sabre avec l'or par équipe (devant l'URSS et la Pologne), même si Rudolf Kárpáti et Támas Mendelenyi voient la victoire leur échapper en individuel au profit du Polonais Jerzy Pawlowski. Elle repose aussi sur une remarquable performance au fleuret avec le doublé par équipe (devant la France et l'Italie) et en individuel, avec la victoire de Mihály Fülöp qui a sans doute bénéficié du retrait de d'Oriola. Au passage, *The Times* peut conclure que « la France et l'Italie, qui avaient dominé le fleuret masculin depuis un demi-siècle, sont détrônées[99] ».

L'attribution des championnats du monde pour 1958 marque un virage historique car, pour la première fois, l'événement n'est pas organisé en Europe[100]. Deux candidats sont alors en lice : Bruxelles, qui souhaite bénéficier de l'opportunité de l'Exposition universelle, et Philadelphie. Les États-Unis n'ont alors jamais accueilli la compétition, mais les délégués de la FIE expriment deux craintes. L'une est financière, compte tenu du déplacement plus coûteux que d'ordinaire pour des équipes qui sont quasiment toutes européennes, l'autre est politique et concerne la délivrance des visas pour les escrimeurs de toutes les nations à un moment où l'Amérique sort difficilement du maccarthysme[101]. Malgré l'absence de garanties sur ces deux points de la part du délégué de la fédération des États-Unis, le colonel Carhart, la FIE accorde finalement les championnats de 1958 à Philadelphie, avec l'espoir d'un effet sur le développement de l'escrime sur le continent américain. En réalité, le gouvernement des États-Unis ne donnera pas un dollar pour soutenir l'organisation[102]. Du coup, la participation pâtit légèrement de l'éloignement, avec 24 fédérations présentes seulement pour 243 tireurs. Mais comme peut l'annoncer Pierre Ferri au président du CIO : « J'ai tenu à faire accorder aux États-Unis l'organisation des championnats du monde d'escrime prochains dans l'intérêt même du standing mondial de ce sport. Malgré les grandes difficultés financières d'un tel voyage, les plus fortes nations européennes envoient toutes une équipe complète ; notamment la France, la Hongrie, l'Italie, et aussi l'Allemagne de l'Ouest, la Pologne et l'URSS[103]. »

Les épreuves se déroulent dans le gymnase Hutchinson, sur le campus de l'université de Pennsylvanie, du 24 août au 6 septembre 1958, les délégations étant hébergées à l'hôtel Pem-Sherwood proche. Elles ont lieu dans un climat passionné provoqué, moins par la forte chaleur qui règne alors que par la présence de nombreux spectateurs hongrois immigrés aux États-Unis, venus acclamer les leurs tout en conspuant les tireurs soviétiques pour montrer qu'ils n'ont pas pardonné les événements de 1956. L'atmosphère est encore alourdie quand le jeune Yougoslave Branimir Zivkovic, seul représentant de son pays, annonce en pleine compétition son intention de demander l'asile politique aux États-Unis et la naturalisation américaine. On ne parle pas encore de « fuite à l'Ouest », mais cet incident donnera lieu à de longs débats au congrès de la FIE sur ce qu'il advient de faire pour limiter les dérives possibles face aux différentes acceptions de l'« apatride » selon les régimes politiques[104].

Sur des terres américaines hostiles qui décuplent la motivation de ses tireurs, l'URSS achève sa percée en devenant la première nation du monde en escrime, devant les incontournables Italie, Hongrie et France. L'escrime soviétique apparaît pour les observa-

Quelques phases d'armes au fleuret, à l'épée ou au sabre : la technique a évolué depuis 1900, l'équipement et les enjeux aussi, la condition physique prend de l'importance !

L'Escrime, *par Hans Erni,*
(musée des Sports
de Lausanne).

1957. Au stade Coubertin de Paris, Christian d'Oriola, Claude Netter et Rolland Boitelle (capitaine), décontractés.

teurs comme la « grande triomphatrice » des championnats[105], ses compétiteurs, « un exemple pour tous », résultat d'un « parfait équilibre physique et moral[106] ». Face aux spectateurs hongrois « soutenant fanatiquement leurs compatriotes », les tireurs soviétiques brillent tout particulièrement au sabre où Jakow Rylskii et David Tychler prennent les deux premières places en individuel, la Hongrie empochant l'or par équipe devant l'URSS. Chez les femmes, les Soviétiques s'imposent par équipe (devant la RFA et la France) et réalisent le doublé en individuel avec Valentina Kisseliova et Emma Efimova. Ils sont cependant un peu moins présents dans les autres armes. Au fleuret, l'Italien Giancarlo Bergamini, classé troisième en 1954 et deuxième en 1956, l'emporte cette fois-ci, sa victoire récompensant « sans doute l'escrimeur le plus honnête, le plus consciencieux, le plus régulier de la vieille escrime latine[107] ». Par équipe, les Français parviennent à repousser les velléités soviétiques (argent) et italiennes (bronze). À l'épée, on relève la victoire un peu surprenante du Britannique Henry Hoskyns, venu à ses frais à Philadelphie triompher de la coalition italienne[108]. Les Italiens prennent leur revanche par équipe, en s'imposant devant les Hongrois et les Français.

L'URSS s'attache aussi dès le départ à démontrer sa capacité à organiser de futures compétitions mondiales d'escrime. Ainsi l'annonce est-elle faite à la FIE qu'un tournoi international se tiendra dans la capitale soviétique à l'été

Finale du fleuret masculin aux mondiaux de Paris 1957 entre le Hongrois Mihaly Fulop et le Russe Mark Midler.

1957 sur le modèle des championnats du monde, avec promesse du délégué Popov que l'événement ne soit pas associé à une manifestation politique[109]. Dès 1957 et alors que la FIE décide le lieu des championnats uniquement d'une année sur l'autre, l'URSS fait savoir qu'elle souhaite organiser les mondiaux de 1959[110], avant de devoir renoncer en raison de la concurrence des Spartakiades avancées la même année[111]. Un nouvel appel amène alors deux nouvelles candidatures de nations satellites, la Hongrie et la Pologne, celle-ci annonçant finalement son retrait pour que Budapest l'emporte. Dans une déclaration non dénuée d'ambiguïté, M. Rozgonyi, le délégué hongrois, déclare alors au congrès de la FIE : « Chez nous, la vie est redevenue normale, comme en 1957, et je crois que vous pouvez accepter notre demande[112]. » Les 15es championnats se déroulent finalement à Budapest du 12 au 25 juillet 1959. Une première tardive pour la Hongrie, pourtant l'une des nations historiques de l'escrime.

La compétition devait consacrer l'utilisation des nouvelles pointes électriques en fleuret, mais seuls les Italiens et les Français en sont dotés, provoquant au passage une protestation des responsables français au congrès de la FIE[113] et le dépôt d'une réclamation par Rolland Boitelle, capitaine des fleurettistes français[114]. La seule innovation, critiquée par René Mercier[115], concerne en fait l'ordre des épreuves : les épreuves individuelles se déroulent désormais avant les rencontres par équipe, une innovation.

Au fleuret, les favoris sont l'Anglais Henry Hoskyns, le Hongrois Jenö Kamuti et l'Italien Antonio Spallino. Mais c'est un autre tiercé qui monte sur le podium à l'issue d'un barrage à trois : après le bronze en 1957, l'Anglais Allan Jay s'impose devant le Français Claude Netter et le Russe Mark Midler. Cependant, malgré la victoire britannique, la plus forte impression est bien celle laissée par les Soviétiques qui ont amené quatre de leurs tireurs au stade des demi-finales et remportent bientôt l'épreuve par équipe. En outre, chez les femmes, la Soviétique Emma Efimova, favorite, empoche l'or devant… deux

Jules Ranson avait écrit en 1896 : « Le seul inconvénient de l'escrime, mesdames, c'est de vous obliger à vous masquer. » Le masque transparent apportera quelques avantages.

autres Russes, Galina Gorokhova et Tatjana Petrenko ; par équipe, les Hongroises et Russes étaient annoncées[116], les premières l'emportant finalement en consacrant « l'effondrement du fleuret latin[117] ».

Pour les observateurs, le constat de la supériorité soviétique renvoie au glissement de l'escrime d'un art vers un véritable sport[118], avec toutes les conséquences que cela implique. Au niveau technique, d'abord, quand il est affirmé que « la jeune école russe a su faire la synthèse des anciennes et des nouvelles méthodes ». Au niveau du profil – rajeuni et athlétique – des champions, lorsqu'on relève que la moyenne d'âge des finalistes chute, à Budapest, d'une dizaine d'années pour atteindre environ 27 ans. Au niveau technologique, enfin, quand il est conclu que « Budapest a marqué le triomphe de ceux qui se sont adaptés au fleuret électrique[119] ». Toutes choses qui expliquent, par exemple, que les Français se soient largement fait dépasser par quatre Allemands « jeunes, sans complexe et élevés au fleuret électrique[120] ». Au-delà des arguments de circonstance[121], l'inquiétude du camp français est d'ailleurs telle qu'elle justifie aussitôt un véritable plan d'action en rupture avec les modèles traditionnels de préparation[122]. Comme le résume l'envoyé spécial de *L'Équipe*, Jean Marquet, « les profonds bouleversements apportés dans l'escrime par l'introduction de nouvelles valeurs authentiques [l'efficacité] et par la signalisation électrique surprennent les dirigeants et les tireurs français. Une bonne technique n'est plus suffisante. Il ne s'agit plus de faire de jolis coups d'escrime pour impressionner un jury, mais d'"allumer" les lampes du contrôle électrique[123] ».

1957. Aux mondiaux de Paris : Christian d'Oriola et son entraîneur Jean Cottard.

L'épée permet à la déferlante soviétique de se poursuivre, avec le titre du jeune étudiant de l'école polytechnique de Riga, Bruno Khabarov (20 ans)[124] et, là encore, la présence de quatre tireurs en finale. Seule la Hongrie résiste par équipe, en repoussant difficilement l'URSS à la deuxième place (9 à 7) dans une salle déchaînée tout entière acquise à sa cause. La France, troisième, s'en sort plutôt bien en résistant aux velléités de l'équipe italienne, reléguée au pied du podium.

Au sabre, l'affaire est différente, car le Russe Jakow Rylskii, champion du monde l'année précédente, se fait éliminer précocement. Les Hongrois, qui règnent encore sur la discipline malgré les attaques des Polonais et des Italiens, sont dans leur capitale et ne laisseront pas leur spécialité leur échapper. En individuel, ils placent leurs six tireurs en demi-finales, avant de réaliser le doublé, or et argent, en finale, avec Rudolf Kárpáti et Tamás Mendeleny[125].

Oui, l'escrime est un sport pour tous mais aussi un art de vivre, une culture, un loisir : le symbole de l'opposition réglementée !

Mais lors des épreuves par équipe, la salle du Nepstadion se fige quand la Pologne repousse les assauts magyars les uns après les autres, malgré les grossières erreurs du juge italien Tosti, avant de remporter le titre[126]. Les Soviétiques, pour leur part, ajoutent une médaille de bronze supplémentaire à une escarcelle déjà remplie, confirmant la leçon de ces championnats : « L'URSS, en sept années, est devenue n° 1[127] », rapporte Jean Marquet. Si la Hongrie atteint la deuxième place au tableau des médailles, la France, à la cinquième, et l'Italie, à la septième, ont définitivement perdu leur statut. Dans le glissement des hiérarchies, la Hongrie résiste manifestement mieux que l'Italie et la France, parce que les progrès de la préparation physico-technique imposée par l'école soviétique touchent aussi, indirectement, les maîtres hongrois avec qui les rencontres sont fréquentes. En revanche, Français et Italiens ne parviennent pas encore à franchir l'étape d'une escrime technique à une escrime efficace.

Est-ce d'ailleurs le recul des résultats des escrimeurs transalpins qui pousse l'Italie à reprendre la main sur l'organisation des rencontres internationales ? Rome avait déjà les Jeux olympiques de 1960… Turin, seule candidate pour les championnats du monde de 1961, succède donc à Budapest[128]. Or, on ne peut manquer de mettre en relation ce doublé remarquable avec une véritable traversée du désert des tireurs italiens. Alors que l'Italie se classait régulièrement dans les trois nations les plus médaillées des championnats du monde dans les années 1950, 1959 a marqué un coup d'arrêt, avec une régression à la septième place pour une maigre médaille de bronze (Giuseppe Delfino à l'épée). Lors des Jeux olympiques de Rome, l'Italie, surmotivée par un événement qui doit moderniser son image et la repositionner comme une grande puissance[129], parvient, certes, à faire encore illusion. Dans les épreuves d'escrime (29 août-10 septembre) qui n'ont jamais connu une telle participation avec un record de 336 tireurs pour 40 nations représentées, elle remporte l'argent en fleuret masculin par équipe et le bronze en

L'équipe roumaine de fleuret aux mondiaux de Paris 1957 (Ana Ene, Olga Szabo-Orban, Kato Lazar, Maria Vicol, Geta Sachelarie).

Les Hongrois Ferenc Czvikowszky et Jenö Kamuti lors de l'épreuve par équipe de 1957.

Les épéistes français Jack Guittet, Yves Boissier, Claude Bourquard, Jacques Brodin et bien sûr Yves Dreyfus qui remporta onze médailles aux Jeux et aux mondiaux, et l'estime de tous.

Jack Guittet, champion du monde d'escrime en 1961. Double champion du monde par équipe en 1958 à Philadelphie et à Buenos Aires en 1962, au fleuret puis à l'épée, s'il vous plaît ! Il touche le bronze des Jeux de Tokyo en 1964 avec l'équipe d'épée. En 1965, il est champion du monde par équipe à l'épée avec Dreyfus, Bourquard, Brodin et Boissier.

fleuret féminin par équipe, l'or à l'épée en individuel avec Delfino et par équipe, et le bronze au sabre en individuel (Wladimiro Calarese) et par équipe. L'URSS s'impose de son côté au fleuret individuel (doublé Viktor Jdanovitch et Yury Sissikine) et par équipe chez les hommes comme chez les femmes, tout en prenant l'argent chez les femmes en fleuret individuel et le bronze à l'épée, en individuel (Bruno Khabarov) et par équipe. La Hongrie demeure impériale au sabre avec une nouvelle victoire de Rudolf Kárpáti en individuel – sa quatrième[130] – et l'or par équipe. Au-delà, seule la Grande-Bretagne, avec l'argent d'Allan Jay à l'épée et une autre deuxième place par équipe, tire son épingle du jeu[131]. Cependant, signe de la bascule des hiérarchies sportives au détriment de l'Italie, les championnats du monde, organisés au nouveau Palais des sports de Turin du 15 au 31 juillet 1961 pour l'année du centenaire de l'unité italienne, s'avèrent bien plus décevants pour les Transalpins avec un incroyable bilan de zéro médaille[132] ! Parmi les 25 nations présentes[133], ni la Hongrie, cinquième avec trois médailles d'argent (fleuret par équipe hommes et femmes, fleuret individuel hommes) et deux de bronze, ni la France, troisième avec une médaille d'or (Jack Guittet à l'épée) et une d'argent (épée par équipe), ne peuvent contrer les tireurs de l'Est : outre la victoire de Jakow Rylskii au sabre, les Soviétiques s'emparent de tous les titres par équipe, à l'exception du sabre où ils se font battre par les Polonais. Ceux-ci brillent par ailleurs au fleuret individuel avec Ryszard Parulski, « un escrimeur de tempérament[134] », selon Armand Laffite. Seule l'Allemande, Heidi Schmid, championne olympique à Rome, vient perturber cette domination au fleuret féminin pour sa dernière apparition à ce niveau en s'emparant du titre mondial à Turin. Ces championnats de 1961, dont les observateurs regrettent les lacunes de l'organisation, s'achèvent ainsi sur le sentiment qu'une nouvelle étape s'amorce, celle de la domination des nations de l'Est, emmenées par des Soviétiques arrivés à pleine maturité.

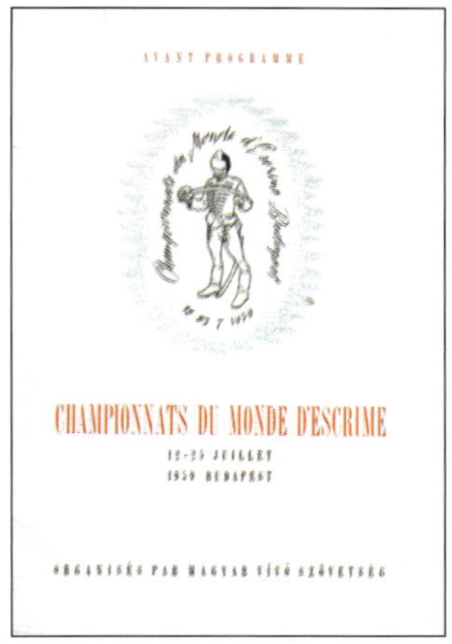

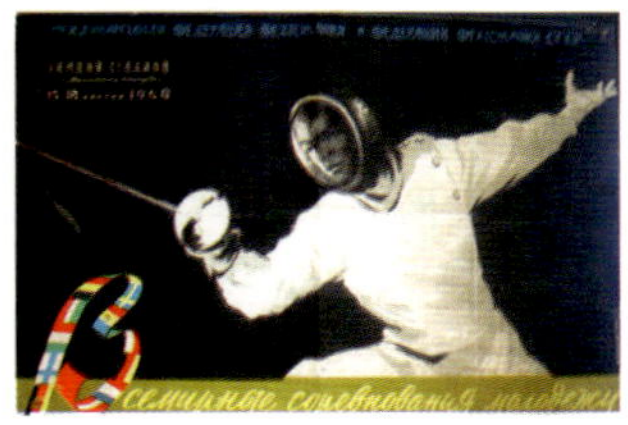

2. Le temps de l'Europe de l'Est (1962-1972)

Les résultats de 1962 viennent très rapidement conforter cette impression. Malgré le coût financier du déplacement pour les fédérations européennes, la FIE a souhaité, pour l'occasion, renouer avec l'essai de 1958 en donnant les championnats du monde à un autre pays du continent américain où le potentiel de développement de l'escrime est fort. Puerto Rico, qui postule, retire cependant sa candidature au dernier moment, laissant l'Argentine d'Arturo Frondizi seule en lice[135]. Buenos Aires organise donc l'événement du 14 au 24 juillet 1962, mais le climat politique fait longtemps planer des doutes sur son maintien. Quelques mois à peine avant les championnats, un coup d'État militaire renverse le gouvernement, une situation que le Dr Levène, président de la Fédération argentine d'escrime, rappelait, avec un certain détachement, quelques jours avant l'ouverture devant le congrès de la FIE en se voulant rassurant : « La situation politique et économique de l'Argentine est un peu difficile [sic], mais le nouveau gouvernement est constitutionnel et il n'y a aucune raison de craindre des développements désagréables[136]. »

L'événement est organisé par une association locale, le club de Gimnasia y Esgrima de Buenos Aires. Malgré la distance pour les équipes européennes, 330 tireurs, représentant 28 pays, font le déplacement. Au classement des nations, l'Europe centrale est reine puisque la Hongrie s'impose devant l'URSS et la Pologne et que dix-huit des vingt-quatre médailles, tous métaux confondus, reviennent aux États d'Europe de l'Est. Bien que personne ne soit dupe quant aux chances tricolores[137], la France est la seule autre délégation à monter sur la plus haute marche du podium grâce à une victoire en épée par équipe célébrée par la presse américaine comme « la première d'une nation non communiste[138] ». Effectivement, les Hongrois, survoltés,

Buenos Aires reçoit les mondiaux d'escrime en 1962. C'est la première fois qu'ils sont organisés en Amérique du Sud et, malgré la situation politique, vingt-sept pays se déplacent.

Délégation européenne d'escrimeurs au retour des mondiaux de Buenos Aires en 1962 avec, entre autres, E. Gardère, Di Rosa, E. Mangiarotti.

Uhlmann

Programme des mondiaux d'escrime de Gdansk en Pologne.

classent trois tireurs à la première place et trois autres à la deuxième. Ils réalisent le doublé à l'épée en individuel (István Kausz et Tamás Gabor), s'imposent au fleuret féminin par équipe et récupèrent le titre au sabre avec Zoltán Horwath, déjà médaille d'argent aux JO de Rome, qui vient à bout de l'étonnant sabreur polonais Jerzy Pawlowski… qui signait là sa dixième finale de championnat du monde ! Pour sa part, l'URSS termine invaincue chez les hommes en fleuret par équipe et en individuel avec la performance, jugée très athlétique, de German Sveshnikov[139]. La Pologne résiste aux Hongrois pour conserver son titre au sabre masculin et c'est une Roumaine, l'inattendue Olga Szabo-Orban, qui s'impose au fleuret féminin sous les acclamations des spectateurs irrités par la mauvaise humeur des fleurettistes soviétiques[140]. Les tireurs les plus jeunes et les plus athlétiques apparaissent avantagés par le système de poules où la résistance physique est un atout. Et, à ce jeu, l'Europe de l'Est s'avère mieux préparée.

L'attribution des 18es championnats du monde d'escrime pour 1963 ne donne pas lieu à une lutte particulière, puisque la ville de Gdansk, en Pologne, est alors la seule candidate[141]. Le dossier présenté est d'autant plus légitime que, depuis une dizaine d'années, le pays s'est progressivement hissé dans le haut de tableau au sabre[142] tout en obtenant plus récemment quelques beaux résultats au fleuret. Quatre ans après Budapest, l'événement se déroule à nouveau, du 15 au 27 juillet 1963, en Europe de l'Est, où la Pologne rafle quinze des vingt-quatre médailles en jeu. Elle parvient même à faire douter l'URSS en s'imposant par équipe à l'épée et au sabre (pour la troisième fois consécutive), mais les Soviétiques s'emparent de l'or au fleuret par équipe chez les hommes, de justesse[143], et chez les femmes, ainsi qu'au sabre où Jakow Rylskii signe le troisième titre individuel de sa carrière depuis 1958.

La Hongrie, troisième au classement général, remporte le fleuret féminin avec Ildikó Ujlaki-Rejto. Certes, la France réalise un beau parcours avec Jean-Claude Magnan, titré au fleuret, et deux médailles d'argent à l'épée en individuel et par équipe ; de même, l'Autrichien Roland Loser crée, de son côté, la surprise à l'épée. Toutefois, toutes ces performances ne remettent pas vraiment en cause l'hégémonie du bloc de l'Est, même si, avec Tony Arbona, l'on feint de penser que « Magnan a ressuscité l'école française au fleuret[144] ». Du reste, l'année suivante, les Jeux olympiques de Tokyo en offrent une éclatante démonstration puisque aucun titre n'échappe aux trois grandes mêmes nations : à l'URSS le fleuret masculin par équipe, l'épée en individuel (Grigory Kriss) et le sabre par équipe, à la Hongrie le fleuret féminin individuel (Ildikó Ujlaki-Rejto) et par équipe, l'épée par équipe et le sabre en individuel (Tibor Pézsa), à la Pologne le fleuret individuel masculin (Egon Franke)[145].

A cette époque, la question financière et la démographie spécifique de l'escrime poussent la FIE à la prudence.

Jerzy Pawlowski au tableau noir ! Tableau lumineux pour lui et très parlant : une seule défaite face à R. Karpati.

Daniel Revenu et J.-C. Magnan dans un combat fratricide mais de haute qualité.

Ainsi, quand, en 1963, le Brésil et le Canada font connaître leur souhait d'organiser respectivement les championnats du monde de 1965 et 1967, il leur est rétorqué que, avec les Jeux olympiques de Tokyo, en 1964, et de Mexico, en 1968, cela entraînerait deux longs voyages consécutifs pour les équipes européennes dont les fédérations ne pourraient pas assurer les coûts[146]. Le Brésil retire donc sa candidature, et le Canada maintenant la sienne pour 1967[147]. En 1964, face à l'absence de nouvelles propositions, le commandant Bontemps propose en séance que la France organise l'édition de 1965[148]. Les épreuves se dérouleront donc à Paris, au stade Pierre-de-Coubertin, entre le 1er et le 13 juillet, sans que la domination est-européenne ne soit ébranlée. Certes, chez elle, la France tire son épingle du jeu en prenant l'or à l'épée par équipe et au fleuret masculin grâce, à nouveau, à Jean-Claude Magnan qui signe ainsi sa deuxième victoire après celle de 1963[149]. Mais les autres épreuves ont un goût de déjà-vu. L'URSS sort invaincue par équipe[150], à l'exception de l'épée, et monte en outre sur la plus haute marche du podium à l'épreuve de fleuret féminin avec Galina Gorokhova qui, après l'argent de Budapest et de Buenos Aires, décroche cette fois l'or. Le tableau s'achève avec le Hongrois Nemere à l'épée et le Polonais Pawlowski au sabre. À la question posée en début de compétition par Armand Lafitte : « Les nations de l'Est encore supérieures aux trois armes[151]? », la réponse ne laisse décidément aucun doute.

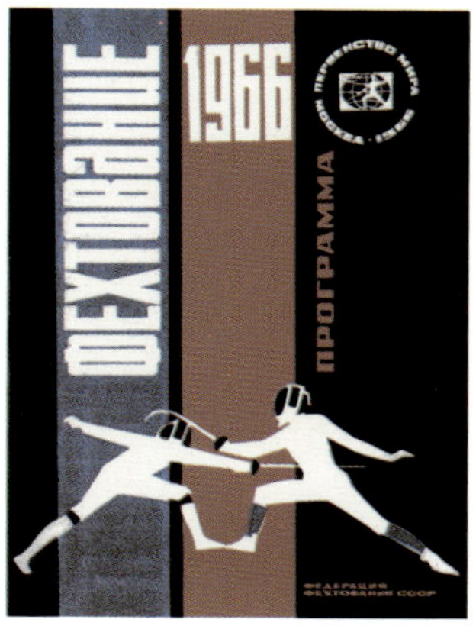

Moscou en 1966 et Montréal en 1967 : deux grands déplacements que ne rateront pas les nations dominantes.

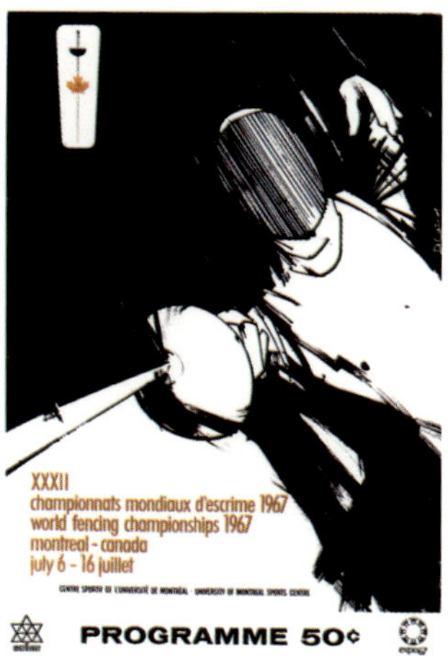

Du reste, l'année suivante, en 1966, l'escrime soviétique atteint son apogée. Elle avait déjà auparavant raflé plusieurs prix comme le Challenge d'honneur (fleuret équipe hommes), créé en 1957 et attribué au vainqueur de cette épreuve aux championnats du monde, qui lui est remis définitivement en 1963 pour l'avoir remporté cinq années consécutivement depuis 1959. De même, toujours en 1963, « le challenge Chevalier-Feyerick est attribué à la fédération d'escrime de l'URSS pour les progrès prodigieux accomplis par elle, sous l'impulsion directe de son habile président, Nicolaï Popov, et pour avoir réussi au cours de ces dix dernières années, et tout particulièrement pendant les deux dernières, à mener ses représentants à la tête de toutes les compétitions mondiales, sans se départir un seul instant du plus pur esprit sportif[152] ». Mais ces résultats atteignent de nouveaux sommets après 1966. Pouvait-il en être autrement alors que les championnats se tiennent cette année-là en URSS ?

Jean-Claude Magnan, l'un des grands vainqueurs des mondiaux de Paris 1965 avec un titre individuel et une médaille de bronze par équipe, avec Jacky Courtillat, Christian Noël, Daniel Revenu et Pierre Rodocanachi.

Après l'essai avorté de 1959, Moscou a en effet clairement affiché sa volonté d'accueillir de grandes compétitions internationales d'escrime. L'organisation du critérium mondial des jeunes en 1960[153] a placé la capitale soviétique en position de force lorsque, en 1965, Nicolaï Lubomirov propose sa candidature pour les championnats du monde de l'année suivante. Mais la République fédérale d'Allemagne a le même projet pour Hanovre et le premier tour de vote donne la ville allemande gagnante par 20 voix contre 19. Les documents disponibles ne rendent pas compte des débats qui suivent, notamment sur la question de l'Allemagne de l'Est, autorisée à participer sans drapeau ni emblèmes si Hanovre est maintenue, mais les arguments sont suffisamment convaincants pour que la fédération allemande, « tenant compte de certaines observations, annonce que, pour éviter des incidents et afin de montrer son désir d'apaisement, (elle) retire sa candidature en faveur de l'URSS[154] ».

Claude Arabo (France) flèche contre le Hongrois Tibor Pesza mais devra s'incliner en remportant tout de même l'argent : première médaille au sabre depuis J. Levavasseur en 1950.

Moscou organise donc pour la première fois de son histoire les championnats du monde au Palais des sports du stade central Lénine, du 6 au 16 juillet 1966. L'organisation s'avère parfois approximative et l'arbitrage discutable[155] mais, sur le plan sportif, la domination des Soviétiques est écrasante. Cinq des huit médailles d'or en jeu leur reviennent. Leur échappent le sabre par équipe arraché par la Hongrie, le sabre individuel grâce à la victoire de l'infatigable Polonais Pawlowski, et l'épée par équipe, remportée par la France. Ils s'imposent, en revanche, de nouveau par équipe en fleuret hommes (pour la huitième fois consécutive !) et femmes. Leur palmarès est complété par les victoires de German Svechnikov au fleuret masculin quatre ans après sa médaille de Buenos Aires, d'Alexei Nikantchikov à l'épée et de Tatjana Samoussenko au fleuret féminin où les deux autres médaillées sont également des compatriotes[156].

En 1967, Montréal accueille les 21es championnats du monde d'escrime. Une piètre consolation pour son maire, Jean Drapeau, qui, un an plus tôt, avait laissé échapper les Jeux olympiques de 1972 au profit de

Cuba recevra ses mondiaux en 1969 malgré les problèmes économiques et politiques.

1965. L'épreuve de fleuret par équipe opposera en finale Russes et Polonais. Ici Mark Midler (URSS) contre Witold Woyda (Pologne), et Woyda contre German Sveschnikov (URSS).

Munich lors de la session du CIO consacrée au choix de la future ville hôte des JO[157]. Mais l'élu québécois, souhaitant de nouveau poser sa candidature pour les Jeux de 1976, avait tout intérêt à démontrer les capacités de Montréal à accueillir des manifestations sportives internationales avant la nouvelle réunion fatidique du CIO, prévue en mai 1970[158].

Les épreuves se déroulent dans le centre sportif de l'université de Montréal et la période est choisie avec soin, du 5 au 16 juillet, afin de ne pas contrarier les Jeux panaméricains qui commencent une semaine plus tard à Winnipeg, mais aussi afin de coïncider avec les célébrations du centenaire de la constitution du Canada et avec l'Exposition universelle de Montréal. Avec seulement 25 nations engagées mais 350 tireurs, la participation est finalement satisfaisante… mais ne change rien au bilan final. L'Europe de l'Est fait le plein de médailles d'or, l'URSS en remportant à elle seule six sur un total de huit ; les deux autres reviennent à la Hongrie en fleuret par équipe féminine et à la Roumanie au fleuret par équipe masculine à la surprise générale[159]. À l'épée par équipe, la France n'a pu conserver son titre ; en individuel, en revanche, Alexei Nikantchikov enchaîne sa seconde victoire consécutive. Mark Rakita au sabre, Viktor Putjatin au fleuret masculin et Alexandra Sabelina au fleuret féminin complètent les victoires soviétiques en individuel.

Le caractère particulier des Jeux olympiques, en 1968, ne change quasiment rien à l'affaire. À Mexico, les épreuves d'escrime, qui ont lieu du 15 au 25 octobre au nouveau gymnase de la Magdanela Mixhuca, accueillent 281 tireurs provenant de 34 nations, mais l'Europe de l'Est règne là encore en maître. L'URSS demeure la plus titrée, grâce à ses performances par équipe au sabre et au fleuret féminin, que complète la médaille d'or d'Elena Novikova dans l'épreuve de fleuret féminin individuel. Elle aurait même pu faire mieux, mais le Polonais Pawlowski, quelques mois après avoir soutenu son doctorat de droit, complète son incroyable palmarès au sabre en battant le tenant du titre, le Russe Mark Rakita, par 5 touches à 4 en barrage, pour un podium exactement inverse à celui de Montréal. À l'épée, les Hongrois font également forte impression en réalisant le doublé individuel (Gyozo Kulcsár) et par

Le podium du fleuret individuel des mondiaux de Paris 1965 avec Daniel Revenu, Jean-Claude Magnan, et German Sveschnikov, le Russe.

Le Roumain Ion Drimba qui remporte l'or par équipe à Montréal en 1967 et en individuel à Mexico.

équipe. Au fleuret, le Roumain Ion Drimba, déjà en or par équipe en 1967, s'impose cette fois en individuel ; la victoire de la France, par équipe, fait d'elle la seule nation à rompre l'hégémonie de l'Europe de l'Est. Une situation que résumera Guy Lagorce pour *L'Équipe* au début des championnats suivants en titrant : « L'escrime française face aux géants de l'Est[160]. »

Malgré la crainte du surcoût financier pour les équipes européennes, les championnats du monde retournent en 1969, pour la troisième fois consécutive – si l'on inclut les Jeux olympiques –, de l'autre côté de l'Atlantique. C'est en effet Cuba qui accueille l'événement du 1er au 13 octobre dans son Colisée, un grand stade couvert de 15 000 places à La Havane. Sur le plan sportif, le choix de Cuba n'est pas aussi surprenant qu'il y paraît. Le pays possède en effet une longue tradition de l'escrime et avait eu plusieurs champions olympiques dès les Jeux olympiques de 1900 et 1904. En outre, en pleine guerre froide, les pays socialistes s'avèrent être « en retard » sur les nations occidentales au

Une belle brochette de fleurettistes avec Ion Drimba (Roumanie), J.-C. Magnan (France), Ryszard Parulski (Pologne), Vassily Stankovitch (URSS), Lech Koziejowski (Pologne), Harald Hein (Allemagne).

bilan de l'organisation des championnats du monde. Cependant, sur le plan politique, cette décision est compliquée car, malgré la promesse faite à la FIE, le doute existe sur la possibilité, pour toutes les fédérations affiliées, d'obtenir un visa pour leurs délégués[161]. En outre, Cuba fait de cette compétition, avec d'autres événements, un moment de célébration du 10e anniversaire de la prise du pouvoir par Fidel Castro[162] et décide, par ailleurs, d'arrêter toutes les épreuves pendant la journée du 8 octobre afin de célébrer la mémoire du « Che » Guevara… Enfin, les États-Unis, qui n'ont pas de relations diplomatiques avec Cuba et ont voté un

Jacky Courtillat à Tokyo en 1964 aux JO contre Ion Drimba.

embargo économique sur l'île depuis 1962, sont réticents et n'envoient une délégation de 25 tireurs qu'en prenant acte des garanties données par la fédération internationale[163].

Avec un calendrier décalé vers la fin de l'année pour la deuxième fois consécutive et sous un climat tropical difficile, les épreuves favorisent les plus résistants, d'autant que l'humidité, combinée aux pannes récurrentes du système de climatisation, crée d'innombrables erreurs de la signalisation électrique et autant d'interruptions des combats. Sous un immense poster du Che, les assauts sont suivis par des spectateurs espérant une médaille d'un local. En vain : les Cubains, pourtant formés à l'école soviétique et œuvrant devant leur public, quittent la compétition les mains vides. C'est en effet encore un tiercé de nations d'Europe de l'Est – URSS, Pologne, Roumanie – qui arrive en tête, avec une URSS au summum de son art et pouvant puiser dans un vivier de 130 000 licenciés. Les Soviétiques, qui tenaient particulièrement à afficher leur suprématie sur les nations de l'Ouest et montrer que Mexico n'était qu'une brève contre-performance[164], s'emparent en effet des trois titres masculins par équipe et ajoutent à leur bilan les victoires de Viktor Sidjak au sabre et d'Elena Novikova, déjà championne olympique à Mexico, au fleuret féminin. Les Soviétiques se classent à la deuxième place dans les deux dernières armes : à l'épée, dans une finale interminable de quatre heures, Bogdan Andrzejewski bat Alexei Nikantchikov, encore affaibli par une opération du genou survenue l'année précédente et Friedrich Wessel, un jeune Allemand de 24 ans entraîné à Bonn par un maître belge, met tous les favoris d'accord au fleuret, dont le Russe Vasili Stankovich. Enfin, les Russes prennent aussi l'argent derrière les Roumaines au fleuret féminin.

À Ankara en 1970, l'équipe d'URSS de fleuret avec Viktor Poutyatine, Leonid Romanov, Anatoli Koteschev, Vassily Stankovitch et Waleri Lukjantschenko.

La décision d'attribuer les championnats de 1970 à la fédération turque est prise pour une fois deux ans plus tôt, Ankara s'étant entendue lors du congrès de 1968 avec la Roumanie afin que celle-ci se porte candidate pour 1969, avant que des difficultés ne l'amènent à renoncer au profit de Cuba[165]. Prévus initialement entre le 1er et le 12 septembre 1970, ils sont reportés du 13 au 24 septembre afin de ne pas entrer en concurrence avec les Universiades à Turin. La salle de sports Atatürk accueille donc l'élite mondiale de l'escrime, en présence du président de la République, Son Excellence Sayin Cevdet Sunay. Les Soviétiques y accaparent tous les titres par équipe, sauf l'épée qui revient à la Hongrie. Galina Gorokhova s'impose au fleuret féminin et Alexei Nikantchikov prend sa revanche en gagnant l'épée en individuel devant un compatriote, Sergej Paramonov. Cette même année, Nikantchikov remporte d'ailleurs la Coupe du monde du meilleur épéiste. Il sera honoré deux ans plus tard du challenge Feyerick en raison de son palmarès. Triple champion du monde à l'épée (Moscou 1966, Montréal 1967, Ankara 1970), champion olympique à Mexico et champion du monde par équipe, il est alors présenté par la FIE comme un « magnifique escrimeur au jeu classique et élégant. Exemple de loyauté et de fair-play, [il] a contribué par sa tenue sur la piste à la meilleure propagande pour la diffusion de notre sport[166]. » Il décède accidentellement,

Elena Novikova-Belova. Très forte escrimeuse de la prestigieuse école soviétique au fleuret, cette icône a remporté quatre titres olympiques : deux médailles d'or en fleuret individuel en 1968 à Mexico et en 1972 à Munich ; deux médailles d'or en fleuret par équipe en 1968 à Mexico et en 1976 à Montréal. Elle gagne aussi l'argent aux mondiaux de 1970 à Ankara.

en février 1972, asphyxié dans sa voiture.

À Ankara, dans une atmosphère orageuse et quelques protestations contre les décisions d'un arbitre, la Hongrie se classe à la deuxième place grâce à un sans-faute au sabre et au retour étonnant de son champion olympique de Tokyo, Tibor Pézsa. L'Allemagne de l'Ouest coiffe la Pologne pour la troisième place grâce au deuxième titre consécutif de Friedrich Wessel à l'épée. Or, ce dernier constat annonce une évolution plus durable : la domination de l'URSS devient moins hégémonique et les autres nations d'Europe de l'Est sont désormais plus en difficulté face à des challengers ouest-européens plus nombreux et mieux préparés.

Vienne 1971 : un bon souvenir pour le fleuret français avec les médailles d'or de Marie-Chantal Demaille et de l'équipe masculine composée de Jean-Claude Magnan, Bernard Talvard, Christian Noël, Daniel Revenu et Bruno Boscherie.

3. Dispersion européenne à l'ombre de l'URSS (1971-1982)

La décennie 1970 demeure certes largement dominée par l'escrime soviétique, mais force est de constater que les années fastes sont derrière. D'une part, des nations d'Europe de l'Ouest – France et Italie, mais aussi de plus en plus souvent Allemagne et Suède – viennent s'intercaler en deuxième ou troisième position au tableau des médailles, devant la Hongrie, la Pologne ou la Roumanie. D'autre part, alors que le nombre de nations remportant au moins une médaille d'un métal ou d'un autre se situait généralement dans une fourchette de 4 à 7, cela devient de moins en moins le cas avec, au contraire, une dispersion un peu plus grande de l'élite. Désormais, une dizaine de pays peuvent revendiquer un podium[167]. Plus précisément, les Soviétiques trouvent désormais sur leur route la France et la Pologne au fleuret masculin, l'Italie et la Hongrie au sabre, la Suède, la RFA et la Hongrie à l'épée, et la Hongrie à nouveau en fleuret féminin.

Les 21es championnats du monde d'escrime se déroulent à Vienne, du 4 au 17 juillet 1971, avec une bonne participation d'environ 300 tireurs de 39 nations. Les observateurs sont conquis par la manière dont les assauts sont filmés par la télévision autrichienne – toutes les finales sont pour la première fois en Eurovision – et plus généralement par la qualité de la couverture médiatique[168]. En revanche, l'organisation n'est pas toujours à la hauteur de l'événement[169].

L'URSS rafle la moitié des huit médailles d'or, par équipe au sabre et au fleuret féminin et, en individuel, au fleuret masculin avec Vasili Stankovich et à l'épée avec Grigory Kriss[170]. Celui-ci, modeste professeur d'éducation physique de Kiev âgé de 31 ans, avait été couronné champion olympique… sept ans plus tôt à Tokyo. Pourtant, tout ne s'est pas passé pour le mieux pour la délégation soviétique, notamment chez les femmes, à l'origine de l'un des scandales de Vienne. Galina Gorokhova, la championne du monde en titre, avait en effet passé un marché secret lors de ses assauts contre la Roumaine Ana Pascu, déjà qualifiée pour la finale, lui permettant de gagner 4 à 0 en toute tranquillité pour accéder ainsi au dernier tour. Or, en finale, la Russe refuse de se laisser battre par la Roumaine comme leur « pacte » le suggérait. En

1970. Ankara ou la suprématie de l'URSS.

M.-Ch. Demaille. Médaillée de bronze par équipe aux mondiaux de 1966 et à ceux de 1970, ainsi qu'aux Jeux de Mexico en 1968, elle obtient la cape suprême en 1971 aux mondiaux de Vienne. Elle continue à tirer au fleuret et à l'épée, aux championnats de France, d'Europe ou aux mondiaux des vétérans, montant régulièrement sur le podium.

outre, à cette occasion, son comportement est tel que le juge décide de l'exclure définitivement de l'épreuve, malgré les protestations des officiels soviétiques et l'absence de toute sanction contre Ana Pascu[171]. Dans cet imbroglio peu glorieux, c'est la Française Marie-Chantal Demaille, 30 ans, qui s'empare de l'or. Première Tricolore victorieuse depuis 1951, revenue au haut niveau après avoir abandonné l'escrime, elle bat la Hongroise Ildikó Rejto. Il est vrai que les Français sont en confiance à Vienne et l'emportent d'ailleurs au fleuret par équipe, grâce à un Jean-Claude Magnan qui dynamise tout le groupe pour une victoire dont on estime alors qu'elle démontre la fausse route suivie par « l'escrime acrobatique »[172] des Européens de l'Est. Au sabre, Michele Maffei donne une belle victoire à l'Italie[173] – la première depuis 1949 – devant Jerzy Pawlowski[174], mais une victoire insuffisante pour que le pays puisse prendre la troisième place à la Hongrie qui, de son côté, a remporté l'or à l'épée par équipe, mais aussi trois médailles d'argent.

Les épreuves d'escrime des Jeux olympiques de Munich, en 1972, constituent le temps fort du début de la décennie. Leur déroulement semble prometteur à en croire M. Güse, membre du comité d'organisation des JO, qui rapporte régulièrement sur l'avancée des travaux de préparation auprès de la FIE. La billetterie pour l'escrime est en effet l'une de celles qui fonctionnent le mieux dès les premiers mois. En réalité, avec à peine 26 000 spectateurs, le bilan sera plutôt décevant. Il est prévu, pour la première fois de l'histoire, qu'un ordinateur soit utilisé ; un tournoi préolympique avec dix nations a été organisé les 13 et 14 mai pour tester les installations… et les jurys. En l'absence des Soviétiques qui n'ont pas souhaité participer à ce test, les Français y brillent, notamment au fleuret[175].

Les Jeux commencent dans la perfection et s'achèvent dans la tragédie de la prise d'otage et l'assassinat de onze athlètes israéliens par l'organisation palestinienne Septembre noir. L'escrime, qui se déroule cependant en grande partie avant le 5 septembre[176], échappe à la chape de plomb qui s'abat sur les Jeux. La France est annoncée comme la nation pouvant alors s'opposer à l'URSS. Les Français ont en effet eu de bons résultats aux derniers championnats du monde, qu'ils ont confirmés par leurs performances dans les challenges des mois précédents. Ils sont jugés encore « un peu tendres » pour le sabre[177], mais Jacques Ladegaillerie est une valeur sûre à l'épée où il a déjà été deux fois finaliste. Selon le Hongrois Jenö Kamuti, dont les propos sont recueillis par *France-Soir*, « depuis 1958, les Français n'ont jamais possédé une équipe de fleuret aussi forte qu'actuellement » et devraient rivaliser à Munich avec les Soviétiques[178]. Avec quatre fleurettistes et quatre épéistes de valeur mondiale[179], même le directeur technique national, Jean Cottard, pronostique « une équipe de France plus forte qu'à Mexico[180] ». À Munich, on attend donc la France… qui termine très loin de ses objectifs avec une médaille d'argent à l'épée individuel et deux médailles de bronze au fleuret masculin. Quatre nations affichent en réalité chacune deux médailles d'or et c'est bien la

1972. Munich, où les combats politiques supplantèrent ceux de l'escrime.

Hongrie qui réussit la meilleure prestation, en prenant la première place au classement des nations devant l'URSS, ce qui ne s'était pas vu depuis une quinzaine d'années. Les Hongrois réalisent notamment le doublé à l'épée équipe/individuel avec Csaba Fenyvesi, et s'emparent de quatre médailles d'argent, alors que l'URSS, invaincue dans les deux épreuves du sabre (avec Viktor Sidjak, déjà champion du monde à La Havane), ne prend que deux deuxièmes places par équipe, au fleuret et au sabre. La Pologne crée la surprise au fleuret en remportant l'épreuve par équipe pour la première fois de son histoire et l'individuel avec Witold Woyda. L'Italie, enfin, qui n'avait pas gagné le sabre par équipe depuis 1950, s'impose cette fois-ci et ajoute à son palmarès l'or d'Antonella Ragno-Lonzi au fleuret féminin, là aussi une première pour le pays depuis 1953[181] !

Pour l'édition de 1973, le Mexique se porte candidat trois ans plus tôt, en faisant valoir les installations et l'expérience des Jeux olympiques de 1968, mais les fédérations suédoise et roumaine sont également sur les rangs. La Suède l'emporte, sans certitude encore sur le choix de la ville, mais avec un dossier où elle expose la possibilité de partager l'événement avec le Danemark[182]. C'est finalement à Göteborg, que le délégué suédois Drakenberg présente comme « le Marseille de la Suède », que se tiennent les championnats, du 2 au 14 juillet 1973. Avec le plus grand port du pays et ses 300 000 habitants, le président du comité d'organisation, Marcel Hellichius, et le président de la fédération suédoise, le général Thofelt, espèrent faire le plein de spectateurs et ont prévu d'utiliser un grand stade couvert de 14 000 places, en plein centre-ville[183]. L'événement rencontre effectivement un beau succès de participation avec 95 fleurettistes engagés et 18 équipes pour le fleuret hommes, 105 concurrentes et 21 équipes pour le fleuret dames (record de participation aux championnats du monde), 90 sabreurs et 18 équipes, et 113 épéistes et 22 équipes[184]. La présence du prince héritier Carl Gustaf contribue aussi incontestablement à en faire un moment fort de la vie nationale.

Sur le plan sportif, l'URSS prend sa revanche sur la Hongrie, mais ne termine en tête que grâce à un nombre plus important de médailles d'argent, les deux nations s'équilibrant pour les victoires avec deux chacune : l'URSS gagne le fleuret par équipe et le fleuret féminin (Valentina Nikonova), la Hongrie, le fleuret féminin par équipe et le sabre par équipe. Mais, à vrai dire, la surprise est ailleurs : avec quatre autres nations sur la plus haute marche du podium, jamais encore la dispersion de l'élite n'aura été

Programme des mondiaux de Vienne en 1971 où Jerzy Pawlowski (Pologne) s'illustrera encore !

1972. Le grand fleurettiste de ces Jeux, Witold Woyda contre Christian Noël, se disputant les places du podium.

1972. Witold Woyda et Jean-Claude Magnan lors des demi-finales des matchs par équipe.

1974. Le Suédois Edling fait gagner son équipe et remporte pour la deuxième fois le titre individuel à l'épée.

aussi grande. Le Français Christian Noël au fleuret, le géant suédois Rolf Edling à l'épée, l'Italien Mario Aldo Montano au sabre montrent, en individuel, que les Soviétiques ne dominent plus autant la scène. Mais ce sont les Allemands de l'Ouest qui attirent particulièrement l'attention en accédant à la finale du fleuret par équipe (médaille d'argent)[185] et en remportant l'or à l'épée. Un résultat plein de promesses pour une équipe encore jeune qui atteindra bientôt sa maturité.

En attendant, les 26es championnats du monde d'escrime reviennent en France, à Grenoble. La ville avait accueilli les Jeux olympiques d'hiver en 1968. À cet effet, la municipalité avait fortement investi, grevant son budget pour plusieurs décennies. Elle espérait retirer de l'investissement de multiples bénéfices allant de l'amélioration du réseau routier et des équipements urbains à la promotion de l'image internationale de la ville. Comme le constate alors François Missoffe dans *L'Équipe*, les sommes investies « dépassent de très loin les estimations initiales pour la simple raison que, en dernière analyse, il a été décidé de mettre à profit le prétexte olympique pour moderniser la ville et la région. Ce qui aurait fait l'objet d'un plan de dix ou quinze ans aura donc été réalisé en moins de deux ans[186]. » Si le bilan économique des Jeux fut finalement médiocre en raison même de cette démesure et de l'absence de simulations objectives, Grenoble a su, en revanche, s'appuyer sur l'événement pour diffuser une image moderniste, jeune et sportive, confirmée par sa nouvelle attractivité pour les firmes étrangères à la recherche de lieux d'implantation en Europe et par l'essor remarquable de son tourisme d'affaire[187]. La conjonction, budgétairement nécessaire pour le maire Hubert Dubedout, de l'ambition d'une poursuite de sa politique événementielle et de la rentabilisation des installations construites pour les Jeux amène la municipalité grenobloise à multiplier les avances en direction des institutions sportives nationales et internationales après 1968. Dès 1970, elle obtient l'organisation des championnats d'athlétisme

L'équipe d'escrime des États-Unis, escrimeurs et entraîneurs rassemblés pour les mondiaux de 1969.

en salle[188] qui ont lieu en février 1972, puis bientôt celle des championnats du monde de tir à l'arc pour 1973 et de hockey sur glace pour l'année suivante. C'est donc riche de cette expérience que M. Vaucelle présente à la FIE la candidature de la cité alpine lors de son congrès de Nice, au printemps 1972[189], en faisant valoir, par exemple, que le Palais de glace de 10000 places des JO de 1968 pourra accueillir les épreuves et que les participants pourront être hébergés dans les tours constituant l'ancien village olympique. L'ordinateur, qui a fait ses preuves à Vienne, est de nouveau là. Il sera désormais de tous les championnats, aussi bien pour la transmission des informations à la presse que pour la gestion des poules et des résultats. Dans ces mondiaux de 1974, la participation est exceptionnelle : 473 escrimeurs de 42 nations sont présents, se partageant en 152 tireurs et 21 équipes en fleuret hommes, 104 escrimeuses et 19 équipes en fleuret dames, 90 tireurs et 17 équipes au sabre, 128 tireurs et 23 équipes à l'épée[190]. Un premier cas de dopage est relevé, qui passe relativement inaperçu car sans conséquence sur le classement[191].

Daniel Revenu prenant la leçon avec Jean Cottard à l'Institut national des sports de Paris.

Après la France en 1971, l'Italie (*ex aequo* avec la Pologne) en 1972, l'Allemagne en 1973, c'est la Suède qui, cette fois, s'intercale dans le tiercé de tête habituellement trusté par les équipes d'Europe de l'Est, sans toutefois mettre l'URSS en péril. Celle-ci retrouve en effet son rang au fleuret féminin par équipe et s'impose aussi au sabre par équipe. En fleuret, elle a su renouveler ses forces. Alexandre Romankov, le fleurettiste de Minsk qui remporte l'or en individuel et contribue largement à la victoire de l'équipe soviétique par équipe, n'est alors qu'un étudiant de 21 ans. De son côté, le Suédois Rolf Edling conserve son titre à l'épée et empoche également l'or avec l'équipe de Suède. Une performance remarquable pour un escrimeur dont l'essentiel du temps est en fait consacré à l'archéologie[192] ! L'Italien Mario Montano réalise aussi le doublé Göteborg-Grenoble au sabre. Enfin, la Hongroise Ildikó Bóbis, médaille d'argent à Munich, remporte le fleuret.

B. Talvard, Christian Noël et V. Denissov (URSS) sur le podium de 1975 à Budapest.

Seule candidate pour 1975[193], la fédération hongroise organise les 27es championnats du monde à Budapest, du 11 au 21 juillet, après avoir failli renoncer quelques mois plus tôt en raison des difficultés de la préparation[194]. Son secrétaire, István Tábor, assure la présidence du comité d'organisation. L'escrime est alors toujours, en Hongrie, un sport important, apprécié par la population et soutenu par les autorités politiques. Le président de la fédération nationale, István Tömbe, est d'ailleurs secrétaire d'État. L'équipe s'est bien préparée et s'appuie sur quelques valeurs sûres : Ildikó Sági (née Rejto) au fleuret féminin, Győző Kulcsár à l'épée, Péter Marót au sabre, Jenö Kamuti au fleuret[195]. Mais comme l'Italie à Rome quelques années plus tôt, la Hongrie passe totalement à côté de ses championnats, en ne remportant aucune médaille d'or...

Le sabreur Mario Aldo Montano (Italie), triple médaillé d'or en 1972, 1973 et 1974.

« À diverses époques l'escrime s'est insensiblement modifiée et cet art s'est perfectionné et simplifié, sous certains points de vue. Les vieilles théories ont disparu pour faire place à de nouvelles doctrines. C'est la loi commune de toutes choses. » Guillaume Danet, L'Art des armes, *1766.*

Les épreuves ont lieu dans divers lieux du Nepstadion : le hall olympique, le stade circulaire et, pour les finales, le Palais des sports de Budapest où règne une température de 30 à 35 °C. Elles sont retransmises en Eurovision et 80 journalistes alimentent la presse nationale et internationale. Avec 464 compétiteurs représentant 39 nations, la participation est très forte : 129 tireurs et 21 équipes en fleuret masculin, 120 escrimeuses et 20 équipes en fleuret féminin, 82 tireurs et 17 équipes en sabre, 143 tireurs et 26 équipes à l'épée[196].

À Budapest, France et RFA se classent respectivement derrière l'URSS, toujours invaincue en fleuret féminin par équipe et qui s'impose en outre dans les deux épreuves du sabre, avec Vladimir Naslymov en individuel dont la patience est enfin récompensée après les trois médailles de bronze de 1970, 1972 et 1973 et les deux quatrièmes places de 1967 et 1968[197]. Les Français réalisent notamment un parcours exceptionnel en fleuret. Christian Noël et Bernard Talvard glanent l'or et l'argent en individuel et contribuent à la victoire par équipe devant les Russes, il est vrai privés de Vasili Strankovich. Certains y voient un « triomphe de l'école française de fleuret[198] ». D'autres, tel Christian Noël lui-même, estiment que le résultat tient surtout à un déclin des pays de l'Est[199]. Il est vrai que, même à l'épée, les médailles d'or reviennent à un jeune Allemand de 20 ans, Alexander Pusch, en individuel[200], et à nouveau à la Suède par équipe. La Roumaine Ecaterina Stahl, 29 ans, déjà championne du monde junior en 1965 et quatre fois en bronze par équipe, remporte le fleuret féminin. En réalité, l'ajustement des hiérarchies dans cette année préolympique n'est que provisoire.

En 1976, les épreuves d'escrime se déroulent du 21 au 29 juillet dans le cadre des Jeux olympiques dans le centre sportif de l'université de Montréal où avaient eu lieu les championnats du monde de 1967. Le boycott de 28 nations africaines contestant la présence de la Nouvelle-Zélande pour l'envoi de son équipe de rugby en Afrique du Sud et l'absence de la Chine ne perturbent pas vraiment les épreuves d'escrime où l'élite demeure concentrée en Europe.

Un nombre relativement limité de 24517 spectateurs assiste aux assauts. Si aucun incident particulier n'est relevé, les experts s'inquiètent cependant d'un constat moins spectaculaire. Le contrôle du matériel opéré sur 529 objets au total avait amené 19,16% de refus de la commission à Budapest pour un

Bernard Talvard reçoit une de ses deux médailles de bronze aux Jeux de Montréal en 1976 sous les applaudissements de F. dal Zotto (Italie).

1976. À Montréal en fleuret, Alexandre Romankov (URSS) ne remportera pas le titre promis à cause de Fabio dal Zotto (Italie).

pourcentage de 16,31 % à Grenoble. À Montréal, l'augmentation est cette fois beaucoup plus forte : plus de 26 % des 2 009 épées, masques, plastrons et autres objets présentés aux contrôles refusés, dont plus d'une arme sur trois[201]. Certaines nations semblent très éloignées des standards imposés par la FIE et se heurtent à une non-homologation de plus des deux tiers de leur matériel (Paraguay, Chili, Luxembourg, Puerto Rico, Brésil...).

Comme lors des précédents championnats du monde, huit nations remportent au moins une médaille, tous métaux confondus, et cinq d'entre elles montent sur la plus haute marche du podium, confirmant ainsi la plus grande dispersion de l'élite. L'URSS, toujours en tête au classement des nations, a pu compter sur son équipe féminine au fleuret, mais elle réalise surtout un parcours époustouflant au sabre où elle place ses trois tireurs aux trois premières places, Viktor Krovopouskov en tête, tout en remportant l'or par équipe. Deux nations d'Europe de l'Ouest, l'Allemagne et l'Italie, suivent l'URSS. Le tireur allemand Alexander Pusch conserve en effet le titre acquis l'année précédente à l'épée et la RFA remporte par ailleurs le fleuret masculin par équipe. Quant aux Transalpins, ils brillent avec Fabio Dal Zotto en fleuret masculin, première médaille d'or dans cette arme depuis Bergamini en 1958. La Hongrie, qui n'a pas pu placer un seul sabreur sur le podium, récupère quand même l'or au fleuret féminin avec Ildikó Schwarzenberger. Enfin, la Suède remporte l'épée par équipe pour la troisième fois consécutivement, et une nouvelle fois au détriment de l'Allemagne. Seule candidate, Buenos Aires renvoie à nouveau l'élite de l'escrime mondiale sur le continent sud-américain en 1977[202]. Au pays du football, la petite fédération argentine relève un défi difficile[203] et, de l'aveu même du comité exécutif de la FIE, l'organisation des épreuves n'a pas donné entière satisfaction[204]. Les escrimeurs s'affrontent dans

L'arbitrage et le contrôle du matériel : deux sujets essentiels des congrès de la FIE.

Le « tsar du fleuret », Alexandre Romankov, est un modèle de loyauté et de technique. Escrimeur unique, tirant aussi bien en individuel que par équipe, ses qualités intellectuelles et morales le placent au sommet et ont été récompensées par de nombreuses distinctions, dont la médaille d'honneur de la FIE, l'ordre de l'amitié des peuples, l'ordre d'honneur ; il a reçu deux médailles « pour la vaillance au travail ».

la salle d'exposition de la ville, d'une capacité raisonnable de 4 000 places, mais avec un système de chauffage déficient qui ne met pas les participants et les spectateurs dans les meilleures conditions. La participation est en légère baisse avec 300 compétiteurs de 30 nations. À nouveau, deux nations d'Europe de l'Ouest, la Suède et la RFA, se placent derrière l'URSS, mais devant la Hongrie. La Pologne, elle, n'apparaît plus dans les tablettes.

Aux victoires dans les deux épreuves du fleuret féminin[205], l'URSS ajoute cette fois le titre d'Alexandre Romankov, déjà en or à Grenoble au fleuret, et le sabre par équipe malgré un groupe où manquaient les meilleurs, blessés ou retirés ; elle empoche huit des vingt-quatre médailles délivrées au total. Au terme d'un superbe parcours, les Suédois confirment leur suprématie du moment à l'épée (la Suède ne dispose que de 1 200 licenciés) avec une quatrième victoire consécutive par équipe et le doublé Johan Harmenberg-Rolf Edling en individuel. Une position qui n'est pas aussi surprenante que cela : la Suède, fortement influencée par les maîtres français (Eugène Fillol, A. Merloz, Alfred Hubert…) au début du XXe siècle, est déjà la meilleure nation en Scandinavie dans l'entre-deux-guerres. La difficile période des années 1950 pour l'escrime suédoise, endeuillée par le décès du prince héritier Gustave-Adolphe, triple champion national au sabre et soutien financier important, s'achève avec l'arrivée d'un réfugié hongrois, Béla Rerrich, qui révolutionne la préparation technique et physique des épéistes avec des éléments pris aux nations de l'Est. C'est lui qui, avec des moyens dérisoires, sort la plupart des champions suédois des années 1960 et 1970, la génération qui arrive précisément à maturité aux championnats du monde des années 1974-1977[206].

Le Hongrois Pál Gerevich au sabre et l'équipe de RFA au fleuret masculin complètent le palmarès des championnats de Buenos Aires. Les observateurs relèvent cependant la montée en puissance de l'Allemagne, la poussée des jeunes Italiens et, plus généralement, l'arrivée d'une nouvelle génération, très bien préparée physiquement et très solide mentalement[207].

La fédération australienne, soucieuse de laisser les championnats à l'Europe après les éditions plus lointaines de 1976 et 1977, annonce trois ans en avance sa candidature pour 1979[208], laissant un trou provisoire pour 1978 que l'Allemagne vient combler quelques mois plus tard en proposant Hambourg[209]. L'argument de la fédération allemande pour organiser les 29es championnats du monde tient simplement dans le fait qu'elle n'a statistiquement pas souvent eu l'occasion de les accueillir. Un argumentaire certes limité, mais qui suffit au regard de la progression régulière de l'escrime allemande et de l'absence d'autres propositions[210]. Hambourg accueille donc l'événement du 12 au 22 juillet 1978, dans le gymnase de la Sporthalle, avec une remarquable participation de 456 compétiteurs pour

Maître Ernest Revenu est décédé à 80 ans après avoir formé de très nombreux champions français et mondiaux, ainsi que de nombreux maîtres d'armes à qui il transmit sa technique et surtout sa passion. Notons entre autres les Courtillat, Gapais, Boscherie, Pietruszka, Leseur, Revenu.

34 nations (132 tireurs et 24 équipes en fleuret masculin, 105 escrimeuses et 19 équipes en fleuret féminin, 85 tireurs et 14 équipes au sabre, 134 tireurs et 25 équipes à l'épée)[211]. Les spectateurs et les observateurs s'avèrent satisfaits, bien qu'au moment du bilan, le président du comité d'organisation et de la fédération allemande, Klaus-Dieter Guse, fasse une autocritique sans concession : « Tout le monde était fatigué [...]. En un mot, tout est trop long, trop fatigant et trop peu spectaculaire, et il y a eu trop de barrages. En outre, j'ajoute, et trop cher. Cela a coûté 600 000 marks. Sérieusement, je vous dis, [...] il vous revient de faire en sorte que ce soit moins cher et plus spectaculaire[212]. »

L'URSS s'impose de nouveau avec le médaillé d'argent de Grenoble, Viktor Krovopuskov, au sabre et, chez les femmes, au fleuret par équipe et en individuel où Valentina Sidorova, à 19 ans, conserve son titre. Derrière vient la Hongrie, qui glane l'or par équipe à l'épée et au sabre où elle met fin à une série de quatre titres soviétiques. La France, en troisième position grâce à l'or de Didier Flament au fleuret, avait espéré mieux malgré les retraites sportives des Magnan, Noël et autres Revenu. Suite à une décision du directoire technique prise lors de la finale de l'épreuve individuelle d'épée, la Fédération française d'escrime exerce en effet son droit de recours en cassation devant le congrès de la FIE. Cette procédure – la première dans l'histoire de la FIE – concerne la dernière touche de Philippe Riboud sur le Polonais Jablukowski, donnée valable avant qu'un vote des membres du directoire technique ne donne une conclusion inverse. Malgré un long plaidoyer préparé par un avocat, les Français sont cependant déboutés et la victoire de l'épreuve revient du coup à l'Allemand Alexander Pusch qui signe ainsi son troisième titre individuel en quatre ans. Un moindre mal pour une équipe allemande qui, chez elle, avait d'autres ambitions. Le fleuret par équipe revient, pour sa part, à la Pologne, que personne n'attendait à ce niveau.

1978 à la FIE : le congrès ordinaire de Paris, en 1976, a renouvelé pour quatre ans le mandat de M. Pierre Ferri, président. Ce dernier a maintenu en fonction M. Edgard Mercier, comme secrétaire général, et M. Emmanuel Rodocanachi, comme secrétaire trésorier.

À Melbourne, les championnats du monde sont accueillis dans les infrastructures de l'université Monash, du 18 au 28 août 1979. Avec 321 compétiteurs de 29 nations (78 tireurs et 15 équipes en fleuret masculin, 71 escrimeuses et 13 équipes en fleuret féminin, 69 tireurs et 13 équipes au sabre, 103 tireurs et 10 équipes à l'épée)[213], la participation est satisfaisante compte tenu de l'éloignement. Ces championnats du bout du monde devaient favoriser la promotion de l'escrime en Australie. Certes, un coup de projecteur est mis un temps sur l'escrime[214], mais la presse nationale, qui aurait pu relayer l'événement, demeure relativement timide, sans doute parce que tous les Australiens et Néo-Zélandais engagés se font éliminer dès le premier tour[215]. En outre, la supériorité des Soviétiques est telle qu'elle en accable les participants. Comme l'indique alors un officiel australien, « gagner un championnat russe doit être presque aussi difficile que gagner un championnat du monde ; ils ont probablement autant d'escrimeurs que le reste du monde réuni »[216]. Avant de conclure que, lorsqu'un Soviétique échoue, c'est un autre Européen qui prend le relais[217].

PRIEUR
PRIEUR

Molière, dans Le Bourgeois gentilhomme, *écrit fort justement : « Je vous l'ai déjà dit, tout le secret des armes ne consiste qu'en deux choses : à donner et à ne point recevoir ; et, comme je vous fis voir l'autre jour par raison démonstrative, il est impossible que vous receviez, si vous savez détourner l'épée de votre ennemi de la ligne de votre corps... » ou si vous esquivez !*

Si les scénarios de Hambourg avaient pu paraître incertains[218], le bilan de Melbourne confirme en revanche pleinement les craintes australiennes. Malgré les fatigues des Spartakiades, les Soviétiques l'emportent en effet haut la main, en cumulant six des huit médailles d'or des championnats, seules la RFA et la France montant sur la plus haute marche du podium grâce, respectivement, à Cornelia Hanisch en fleuret féminin et à Philippe Riboud, qui survole littéralement le concours à l'épée[219]. Dans les autres épreuves, le rouleau compresseur soviétique est sans faille. Alexandre Romankov reprend au fleuret le titre acquis à Buenos Aires et Vladimir Naslymov au sabre celui qu'il avait conquis à Budapest. Quant aux quatre épreuves par équipe, elles reviennent toutes sans exception à l'URSS, y compris à l'épée où elle n'était pas forcément attendue ! L'impression est telle que tous les observateurs pronostiquent déjà un résultat exceptionnel de cette formidable équipe pour les Jeux olympiques devant se dérouler l'année suivante à Moscou. Au fleuret notamment, son avance sur les autres nations est immense, tant chez les femmes que chez les hommes où Alexandre Romankov et, de plus en plus, Vladimir Smirnov semblent invincibles[220].

Les Jeux olympiques de Moscou s'annoncent donc pour l'escrime comme une simple démonstration des tireurs soviétiques. Les bilans réalisés l'année précédente sont époustouflants. Depuis 1956, l'URSS a remporté 73 titres de champion du monde ou de champion olympique : 19 au fleuret masculin, 28 au fleuret féminin, 6 à l'épée et 20 au sabre[221]. Avec leurs trois entraînements quotidiens, la préparation est loin de ce que la plupart des autres nations peuvent alors offrir à leurs tireurs. En outre, plusieurs des prétendants étrangers les plus sérieux sont absents à Moscou. La RFA et la Suisse ont en effet suivi l'appel au boycott américain pour protester contre l'invasion de l'Afghanistan par les troupes soviétiques et, par ailleurs, l'équipe italienne se présente, pour la même raison, sans ses fleurettistes, tous militaires. Toutes les autres grandes nations européennes qui constituent l'élite de la discipline sont toutefois bien présentes. Jean-François Renault estime alors que le niveau oscillera entre 60% (fleuret) et 100% (sabre) de ce qu'il aurait pu être[222]. Et pourtant, dans ces conditions pour le moins favorables, Moscou marquera le premier

Vladimir Smirnov (1954-1982), champion olympique individuel aux Jeux de Moscou en 1980 et médaille d'argent au fleuret par équipe, et médaille de bronze à l'épée par équipe aux mêmes Jeux de 1980 ; champion du monde individuel en 1981 et par équipe en 1979, 1980, 1981 ; champion d'URSS en 1977, 1978 et 1979.

véritable échec des Soviétiques en un quart de siècle !

Les épreuves se déroulent au centre de football du CSKA de Moscou du 22 au 31 juillet 1980, sur les installations essayées l'année précédente lors des Spartakiades. Et l'impensable se produit ! Sur ses terres, l'URSS est battue par une équipe de France qui s'était pourtant effondrée à Buenos Aires avec zéro médaille mais à qui tout réussit en cette année olympique. Les Tricolores passent en tête au classement des nations avec quatre médailles d'or contre trois aux Soviétiques et une à la Suède. La concentration des résultats est forte : seules trois autres nations, la Hongrie, l'Italie et la Pologne, parviennent à glaner quelques médailles d'argent ou de bronze.

Formidable barrage en finale du fleuret individuel des Jeux de Moscou 1980 où Pascal Jolyot et V. Smirnov (et A. Romankov) montrèrent une escrime de légende.

La France écrit à Moscou la plus belle page de son histoire. Les 15 tireurs composant la délégation sont jeunes – la plupart n'ont pas 25 ans – mais déjà expérimentés puisqu'ils comptent six champions du monde dans leurs rangs, en individuel ou par équipe : Isabelle Boéri-Bégard et Brigitte Latrille-Gaudin chez les femmes, Bruno Boscherie, Didier Flament, Frédéric Pietruszka et Philippe Riboud chez les hommes[223]. Ils reviendront avec… quinze médailles d'or[224]. Favorisée par le tirage au sort, l'équipe de France retire surtout les bénéfices d'un renforcement des volumes d'entraînement imposés à ses tireurs. Elle remporte notamment trois épreuves par équipe au fleuret masculin, au fleuret féminin et à l'épée, et Pascale Trinquet ajoute le titre du fleuret féminin pour la première fois de l'histoire. Les Soviétiques, sous pression, manquant totalement de fraîcheur et victimes d'un accident qui les prive sans doute d'une médaille[225], passent à côté de leurs Jeux olympiques. Chez les femmes, en particulier, ils ne placent personne en finale et laissent échapper un titre par équipe qu'ils détenaient depuis 1974. Malgré tout, Vladimir Smirnov, qui avait excellé toute l'année dans les challenges, s'impose brillamment au fleuret[226], et Viktor Krovopouskov, sans doute le meilleur sabreur des dernières années, reprend le titre que son compatriote Naslymov lui avait confisqué à Melbourne, tout en contribuant à la victoire soviétique par équipe. À l'épée, le Suédois Johan Harmemberg parvient à repousser le Hongrois Ernö Kolczonay et le Français Philippe Riboud pour renouer avec la victoire trois ans après son titre acquis à Buenos Aires.

L'incroyable deuxième place des Soviétiques provoque en URSS une intense réflexion[227], d'autant que les championnats du monde doivent se dérouler l'année suivante en France. Seule candidate pour 1981, Clermont-Ferrand n'a en effet guère de mal à convaincre le congrès de la FIE[228]. En matière d'escrime, avec 17 clubs et

570 licenciés, la ligue d'Auvergne n'est pas une région première, mais la motivation est ailleurs. Le projet est porté par un passionné, Yves Dreyfus[229], mais la ville de Clermont-Ferrand, qui compte alors 158 000 habitants, est surtout en demande de reconnaissance afin de relancer un tourisme thermal qui stagne et pour sortir de son isolement. L'événementiel est une stratégie intéressante en ce sens, justifiant d'ailleurs la construction en cours du Palais des congrès, qui servira pour les manifestations annexes aux 31es championnats du monde d'escrime. Les épreuves elles-mêmes se déroulent dans la Maison des sports du 2 au 13 juillet 1981 où 470 tireurs s'affrontent… devant un nombre à peu près équivalent de spectateurs payants[230]. Chacun attend évidemment un duel franco-soviétique. Certes, malgré les résultats historiques de Moscou, les pronostics ne sont pas aussi favorables pour la France[231], même si trois à cinq médailles sont espérées[232]. Et puis, en mettant fin aux poules, le nouveau système par élimination directe dès le début du tournoi ajoute une pression psychologique dont on ne sait pas exactement à qui elle peut profiter. Cependant, personne n'aurait pu prévoir le bilan catastrophique des Français, incapables chez eux de décrocher la moindre médaille. Une grande désillusion[233] ! Huit nations, en revanche, montent au moins une fois sur le podium, dont pour la première fois la Chine[234], avec la médaille d'argent de Luan Jujie, 23 ans, au fleuret féminin[235].

L'équipe soviétique reprend son titre au fleuret féminin. Elle ignore que c'est la dernière fois avant longtemps. Elle s'impose aussi par équipe en fleuret et à l'épée, retrouvant ainsi les deux podiums conquis à Melbourne. Enfin, Vladimir Smirnov demeure indétrônable au fleuret et continue de forger une légende qui, bientôt, trouvera une issue dramatique. La déroute de Moscou semble oubliée, mais les apparences sont trompeuses.

La Hongrie, de son côté, arrive en seconde position avec les podiums de l'ancien pentathlète Zoltán Székely à l'épée et du

Pascal Jolyot pouvait faire la une de Escrime magazine. *Sa prestation à Moscou ainsi que celles de ses équipiers ont marqué les esprits.*

sabre par équipe en réussissant, pour la quatrième fois depuis le début des années 1960, à briser la suprématie soviétique. Si le Polonais Mariusz Wodke remporte le sabre individuel, c'est la RFA qui prend la troisième place au classement des nations et, ce faisant, confirme le maintien de l'Europe de l'Ouest dans le tiercé mondial. Dans les années 1970, les Allemands de l'Ouest ont en effet rejoint les nations historiques de l'escrime en glanant plus de vingt médailles de tous métaux, dont deux titres olympiques, grâce à un travail physique important, mais aussi, plus ponctuellement, grâce à l'action singulière de quelques individus. Plutôt que la résultante d'une organisation nationale éprouvée, comme en URSS, le succès allemand repose davantage sur le système mis en place localement par un entraîneur touche-à-tout comme Emil Beck dit « le sorcier ». Avec l'appui des élus régionaux, il a fait de sa petite ville de 10 000 habitants, Tauberbischofsheim, le principal centre de production de l'élite de l'escrime du pays en assurant aux tireurs un environnement social et économique particulièrement favorable[236]. Absente à Moscou en raison du boycott, la RFA réalise à Clermont-Ferrand une excellente performance au fleuret féminin en empochant l'or chez les femmes en individuel avec Cornelia Hanisch qui récupère le titre acquis à Melbourne et l'argent par équipe.

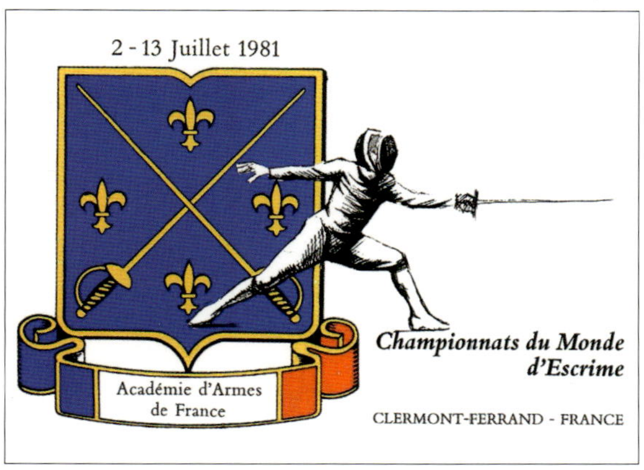

L'édition 1982 des mondiaux d'escrime fait l'objet d'une candidature de la fédération américaine qui ne tranche cependant pas immédiatement entre les deux hypothèses de South Bend (Indiana) et Princeton (New Jersey)[237]. Mais ces championnats sont finalement organisés du 15 au 24 juillet 1982… à Rome par la fédération italienne, à qui la fédération internationale les confie à la suite de la défection des États-Unis[238]. Les Italiens, qui souhaitent faire de ces 32es championnats du monde ceux du renouveau pour leur escrime, se donnent les moyens financiers de la réussite[239]. Non sans quelques succès d'ailleurs : avec l'inattendue médaille d'or du fleuret féminin par équipe – la première depuis 1957 –, trois médailles d'argent (fleuret masculin, fleuret féminin et sabre par équipe) et une de bronze (fleuret masculin), l'Italie se replace en effet en troisième position, derrière l'URSS et la Hongrie, de nouveau en tête, mais devant la France (médaille d'or par équipe à l'épée), ces quatre nations montant au moins une fois chacune sur la plus haute marche du podium. La RFA, décevante comme si les recettes de Tauberbischofsheim ne suffisaient plus, se classe au même rang que la RDA avec une médaille de bronze chacune. Tassement des résultats d'un côté, montée en puissance de l'autre, l'escrime devient pour la première fois l'objet d'une lutte symbolique équilibrée entre les deux sœurs ennemies. Bientôt, le sursaut de l'Allemagne de l'Ouest

marquera l'histoire de l'escrime de son empreinte.
À Rome, la Hongrie, avec l'or de Jenö Papp à l'épée et la conservation du titre au sabre par équipe, est à sa place. Quant à l'URSS, les championnats commencent pour le mieux pour elle avec les trois médailles d'or glanées par Alexandre Romankov au fleuret, Viktor Krovopouskov au sabre (son quatrième titre individuel en sept ans) et Naila Giliasova au fleuret féminin. Mais la suite est une tragédie. Le 19 juillet, les quarts de finale de l'épreuve de fleuret par équipe opposent l'URSS et la RFA. Deux « athlètes au physique très dense et qui n'ont pas l'habitude de se ménager[240] » sont alors face à face : Vladimir Smirnov et Matthias Behr. À 12 h 06 précises, la lame de l'Allemand se brise sur la poitrine du Soviétique avant de perforer son masque au niveau de la bouche, s'enfonçant alors de 15 centimètres dans le cerveau entre l'œil gauche et le nez[241]. Vladimir Smirnov s'effondre, plongé dans un coma de second degré. Âgé de 28 ans, il décède dans une clinique de Rome quelques jours plus tard, le 27 juillet, laissant une épouse et deux filles de 5 et 6 ans, Dima et Olga[242].
Lorsque Vladimir Smirnov s'écroule sur la piste dans un cri, il est immédiatement évacué sans que ses coéquipiers ou les spectateurs soient informés de son état. L'équipe médicale des championnats pratique la respiration artificielle, le bouche-à-bouche et un massage cardiaque[243]. Devant l'inefficacité des soins, l'escrimeur est transporté

Palais des sports ou palais des glaces, l'escrime a toujours aimé unir tradition et modernité, soigner image et représentation.

La notoriété de Jacques Darnel, en tant qu'artiste, est grande aussi bien en France qu'à l'étranger. Ses peintures sont inspirées de sa brillante pratique de sabreur et de fleurettiste.

en ambulance à la clinique Sant' Eugenio proche puis, dans un second temps, à l'hôpital Agostino-Gemelli d'où l'on apprend, à 17h30, que son pronostic vital est réservé[244]. Toutefois, les responsables de la compétition ont fait reprendre les assauts qui s'achèvent par la victoire de l'équipe soviétique emmenée par Alexandre Romankov. Le lendemain, placé sous respiration artificielle, Smirnov entre dans un coma profond[245]. Ses coéquipiers, transcendés par l'émotion, remportent les tours suivants face à des adversaires qui accusent le poids de la situation[246] : Vladimir Smirnov, mourant sur son lit d'hôpital, devient champion du monde de fleuret par équipe[247].

Le décès de Smirnov va profondément secouer le monde de l'escrime en raison de sa personnalité[248], de son gabarit[249], mais aussi des conditions dans lesquelles se produit l'accident. Né le 20 mai 1954 à Prokunino, en Ukraine, où, après s'être essayé au hockey, au football et au basket, son potentiel d'escrimeur est repéré localement, Vladimir Smirnov passe bientôt entre les mains d'un maître d'armes réputé, Victor Bykov. Celui-ci l'amène en 1977 à un premier titre national qu'il conserve en 1978 et 1979, année où, avec l'équipe d'Union soviétique, il devient champion du monde par équipe[250]. Peu après, lors des Jeux olympiques de Moscou, en 1980, la concurrence de ses camarades russes et de quelques Français est féroce, mais il décroche l'or au fleuret individuel dans une phase finale à suspense, l'argent par équipe au fleuret et le bronze à l'épée par équipe. Il s'impose dès lors comme le meilleur fleurettiste du moment avec Romankov, montant sur la plus haute marche du podium aux championnats du monde en individuel à Clermont-Ferrand où il apparaît comme le tireur vedette[251] ainsi que par équipe en 1980 et 1981, années où il enlève d'ailleurs les coupes du monde. À l'approche des championnats du monde de Rome de 1982, il est considéré comme le grand favori au fleuret, malgré des résultats quelque peu décevants en individuel[252].

L'accident lui-même était imprévisible. L'arbitre de l'assaut entre Smirnov et Behr, le maître d'armes français Thierry Brouquier, était expérimenté. L'équipement de l'équipe soviétique, contrôlé

En escrime comme en photographie, il faut savoir saisir le bon moment pour déclencher !

selon les procédures de l'époque, fut jugé de bonne qualité. Le masque, de marque Prieur, était neuf, contrôlé et conforme au règlement, selon le rapport réalisé sur place par Tadeusz Fukala, le délégué de la commission de la Signalisation électrique du matériel et des installations (SEMI) de la FIE, qui s'était rendu immédiatement sur les lieux pour prendre les informations nécessaires à l'enquête. La lame brisée ne dit, quant à elle, rien de plus que le constat navrant d'une trace de sang de 12 centimètres, qui ne permet pas de mettre en doute sa qualité.

Au-delà du drame humain, l'accident de Smirnov constitue un électrochoc au sein de la FIE qui fera désormais de la sécurité la grande priorité de son action. Il accompagne aussi un mouvement de déclin de l'escrime soviétique, perceptible lors des Jeux olympiques de Moscou mais que le sursaut de Clermont-Ferrand avait, encore un temps, camouflé.

Affiche de J. Darnel pour les mondiaux de Paris de 1965.

Entre 1956 et 1982, la FIE reste sous la domination des fondateurs de l'escrime sportive que sont la France et l'Italie, mais le couple sulfureux a mieux résisté institutionnellement que sportivement à l'arrivée des maîtres soviétiques. D'ailleurs, les tensions franco-italiennes sont moins fortes pendant cette période que durant l'entre-deux-guerres et, des deux côtés des Alpes, les journaux lancent moins de déclarations hostiles ou ambiguës en direction de l'autre, tout en prenant acte de l'inexorable progression des escrimeurs d'URSS. Pendant ce grand quart de siècle, les championnats du monde et les Jeux olympiques voient en effet l'école soviétique prendre durablement l'ascendant sur ses concurrentes, puis rayonner au sein des pays d'Europe de l'Est qui, à leur tour, rattrapent en partie leur retard sur la France et l'Italie. Celles-ci, avec l'aide de la Suède et de l'Allemagne, permettent cependant à l'Europe de l'Ouest de rester à proximité de l'URSS et du bloc de l'Est dans les années 1970.

Ce glissement des hiérarchies au bénéfice de l'URSS ne s'explique pas vraiment par une transformation radicale des conditions de la compétition en escrime de haut niveau. Certes, des modifications réglementaires multiples ont lieu, qui touchent, par exemple, le système des poules, l'électrification du fleuret ou les caractéristiques des armes et des costumes, mais il s'agit d'évolutions, non de révolutions. L'escrime demeure toujours une pratique d'amateurs, réservée à une communauté relativement fermée sur elle-même, et dont

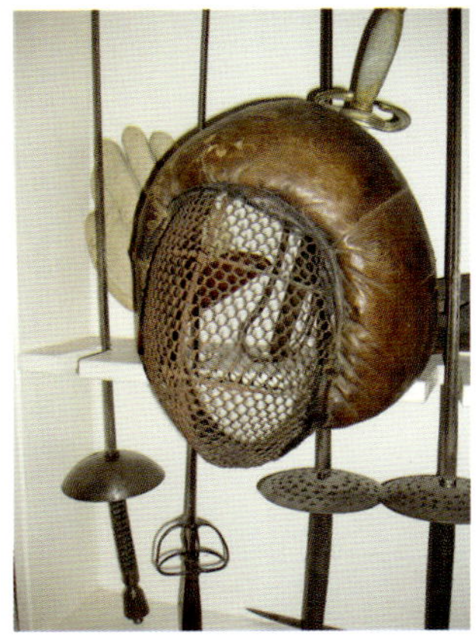

Les armes et les équipements seront au centre des préoccupations de la FIE après Rome 1982, et les changements seront révolutionnaires.

le spectacle est souvent incompréhensible pour les spectateurs en raison des subtilités techniques et réglementaires qui le caractérisent et de décisions arbitrales souvent discutables. Les enjeux de ces transformations relèvent davantage de la protection, de la sécurité et de l'équité entre escrimeurs que de la médiatisation ou de la professionnalisation de l'escrime. Les promesses de la télévision ne sont d'ailleurs qu'à peine évoquées.

Par ailleurs, techniquement et tactiquement, les grandes compétitions témoignent finalement d'assez faibles transformations. Les bases des écoles historiques française, italienne et hongroise demeurent globalement les mêmes, et bien que les Soviétiques parviennent à reprendre, synthétiser et maîtriser ce qui est le meilleur au sein de chacune d'entre elles, cela n'explique que partiellement leur supériorité du moment. En revanche, à une époque où l'escrime repose encore en Europe de l'Ouest sur des structures amateurs et un entraînement d'abord pensé comme un affinement technique, le modèle développé en URSS se place en rupture. Sans exclure l'existence d'opportunités singulières ou de circonstances dans lesquelles des escrimeurs surdoués mais méconnus ont pu révéler leur potentiel, ce modèle repose d'abord sur un système de détection précoce systématique, qui produit un vivier d'escrimeurs jeunes et formés là où les nations de l'Ouest peinent à renouveler leurs troupes. Il s'appuie ensuite sur un type d'entraînement où l'équilibre entre les dimensions physiques et technico-tactiques est plus fort au regard des habitudes françaises ou italiennes notamment, tout en bénéficiant de recherches scientifiques sur le mouvement là où les nations historiques continuent à ne parler que de « l'art » de l'escrime. Or, à niveau technique égal, l'écart d'engagement physique fait la différence. Enfin, la prise en charge financière des escrimeurs par l'État soviétique fournit des conditions (matérielles, horaires, etc.) que les champions de l'Ouest n'ont généralement pas quand ils sont encore étudiants et peu lorsqu'ils s'engagent dans la vie professionnelle. Pourtant, dans la période qui s'annonce, les hiérarchies se déplacent à nouveau. Les nations historiques ont enfin intégré les nouvelles exigences de la préparation physique, technique et psychologique, alors que de nouvelles équipes sont, à leur tour, prêtes à entrer en piste.

Autre préoccupation de la FIE, l'arbitrage au fleuret et au sabre : vaste programme !

89. Jean Marquet, « L'URSS, en sept années, est devenue n° 1 », *L'Équipe*, 29 juillet 1959.

90. Le gaucher avait déjà été sacré champion du monde en 1954 en individuel et en 1953, 1954 et 1955 par équipe.

91. Carl Posey, The Olympic Century, vol. 14 : « *The XVI Olympiad: Melbourne 1956, Squaw Valley 1960* », Los Angeles, World Sport Research & Publications, 1998, pp. 66-69.

92. Procès-verbal du XXXVIIIe congrès de la FIE, Paris, 10 mai 1957, p. 17.

93. En effet, le déplacement à Londres se produit au moment où Nina Ponomareva, une lanceuse de disque soviétique, vient d'être arrêtée à Londres pour un vol dans une boutique de chapeaux. Sa détention provoque le retrait immédiat de l'équipe d'athlétisme d'URSS des « *White City Games* ». Voir « New Soviet Team Sent », *New York Times*, 11 septembre 1956.

94. Robert E. Rinehart, « Fists flew and blood flowed : Symbolic Resistance and International Response in Hungarian Water Polo at the Melbourne Olympics, 1956 », in *Journal of Sport History*, vol. 23, n° 2, été 1996. Pour des éléments en français : Thierry Terret, « Identité nationale ou identité confessionnelle ? Le cas des poloïstes hongrois (1924-1956) », in Serge Fauché, Jean-Louis Gay-Lescot, Jean-Paul Laplagne, Jean-Paul Callède, *Sport et identité*, Paris, L'Harmattan, 2000, pp. 111-121. L'escrime, toutefois, ne semble pas avoir été trop touchée par les événements, seul le sabre ayant mis aux prises les deux délégations.

95. Intervention de M. Rerrich, procès-verbal du congrès extraordinaire olympique de la FIE, Melbourne, 22 novembre 1956, p. 12.

96. Procès-verbal du XXXVIIIe congrès de la FIE, Paris, 10 mai 1957.

97. Viennent ensuite la Pologne, la RFA, la Grande-Bretagne et l'Autriche.

98. « *British Fencers for Paris* », *The Times*, 28 août 1957.

99. « *Success For Youth And Fitness In Fencing Championship* », *The Times*, 2 octobre 1957.

100. Exception faite du Caire en 1949.

101. Procès-verbal du XXXVIIIe congrès de la FIE, Paris, 10 mai 1957.

102. Procès-verbal du XLe congrès de la FIE, Paris, 17 avril 1959.

103. Lettre de Pierre Ferri à Avery Brundage, 15 juillet 1958, archives CIO, correspondance de la Fédération internationale d'escrime, FI-ESCRI-FIE-CORR, 1921-1963, 77'770 SIM DGI 9571.

104. En 1959, les apatrides ont le droit de participer aux championnats du monde s'ils sont inscrits sur la liste d'une fédération nationale, mais dans la limite de deux tireurs par arme.

105. Édouard Seidler, « L'escrime soviétique, grande triomphatrice, s'adjuge un troisième titre », *L'Équipe*, 1er septembre 1958.

106. Édouard Seidler, « Les escrimeurs soviétiques ont été un exemple pour tous », *L'Équipe*, 2 septembre 1958.

107. Édouard Seidler, « À Bergamini, méritant, le titre de champion du monde au fleuret », *L'Équipe*, 23-24 août 1958. Le deuxième est le Hongrois Czwikowski, le troisième, le Français Baudoux.

108. Édouard Seidler, « Surprise sympathique à Philadelphie. Hoskyns (Grande-Bretagne) champion à l'épée », *L'Équipe*, septembre 1958. L'Italien Mangiarotti est deuxième, le Soviétique Tchernouchevitch, troisième.

109. Procès-verbal du congrès extraordinaire olympique de la FIE, Melbourne, 22 novembre 1956, p. 12.

110. Procès-verbal du XXXVIIIe congrès de la FIE, Paris, 10 mai 1957, p. 50.

111. Procès-verbal du XXXIXe congrès de la FIE, Paris, 9 mai 1958, p. 35.

112. Procès-verbal du XXXIXe congrès de la FIE, Paris, 9 mai 1958, p. 35.

113. Procès-verbal du congrès extraordinaire de la FIE, Budapest, 17 juillet 1959, p. 7.

114. *L'Équipe*, 16 juillet 1959.

115. *L'Équipe*, 14 juillet 1959. Cette formule existait cependant déjà dans l'entre-deux-guerres.

116. Armand Lafitte, « Comment prévoir, à Budapest, une autre victoire que celle d'une Russe ou d'une Hongroise ? », *L'Équipe*, 16 juillet 1959.

117. Jean Marquet, « L'effondrement du fleuret latin confirmé ? », *L'Équipe*, 20 juillet 1959 ; Armand Laffite, « Le prestige latin sera-t-il sauvé par l'épée ? », *L'Équipe*, 21 juillet 1959.

118. *L'Équipe*, 16 juillet 1959.

119. Jean Marquet, « Le titre du fleuret par équipe aux Russes », *L'Équipe*, 20 juillet 1959.

120. *Ibid. Cf.* aussi, l'année suivante, les commentaires d'Armand Lafitte : « Le fleuret électrique, arme favorable aux "jeunes" qui récupèrent facilement » ; « Le fleuret a évolué dans un sens détestable, intelligence et finesse devant céder le pas aux qualités physiques » (*L'Équipe*, 15-17 juillet 1961). Les mêmes critiques se retrouvent chez les Italiens, déplorant que le fleuret soit « devenu une gymnastique et non plus de l'escrime ».

121. Jean Marquet, « Les Français, mal logés, se plaignent de la chaleur », *L'Équipe*, 14 juillet 1959 (à propos du contrôle électrique). « Querelle des "anciens" et des "modernes" », *L'Équipe*, 20 juillet 1962.

122. Jean Marquet, « Rolland Boitelle veut imposer un plan en vue des JO », *L'Équipe*, 20 juillet 1959, qui fustige « l'escrime de papa ».

123. Jean Marquet, « Avertissement sérieux avant les Jeux olympiques de Rome », *L'Équipe*, 28 juillet 1959.

124. L'Anglais Jay, décidément en grande forme après sa victoire au fleuret, et l'Italien Delfino prennent respectivement l'argent et le bronze.

125. La troisième place revient au Polonais Pawlowski.

126. Jean Marquet, « Sensation à Budapest : la Hongrie battue au sabre par la Pologne », *L'Équipe*, 27 juillet 1959.

127. *L'Équipe*, 29 juillet 1959. Voir aussi « *British Fencing Team Nicely Balanced* », *The Times*, 21 juillet 1960.

128. Procès-verbal du XLIe congrès de la FIE, Paris, 6 mai 1960, p. 31.

129. Stéphane Mourlane, « Les Jeux olympiques de Rome (1960). Une image de renouveau de l'Italie », in Pierre Milza, François Jéquier et Philippe Tétart (Éd.), *op. cit.*, pp. 239-262.

130. 1954, 1956, 1959 et 1960, auxquelles il convient d'ajouter les deux médailles d'argent de 1955 et 1957 et la troisième place de 1953. Un palmarès étourdissant !

131. « *Epee Team Lose to Italy* », *The Times*, 10 septembre 1960. Les courageux Britanniques battent d'ailleurs les Hongrois champions du monde.

132. « Un grand vaincu, l'Italie », *L'Équipe*, 31 juillet 1961.

133. Pour 300 participants.

134. *L'Équipe*, 19 juillet 1961.

135. Procès-verbal du XLIIe congrès de la FIE, Oslo, 26 mai 1961, p. 31. Arturo Frondizi est devenu président de la République en 1958 en bénéficiant du soutien occulte du péronisme.

136. Procès-verbal du XLIIIe congrès de la FIE, Madrid, 2-4 mai 1962, p. 34.

137. Edgard Mercier, « L'escrime française doit retrouver la place qu'elle a perdue », *L'Équipe*, 14 juillet 1962.

138. « *France Takes Epee Crown in World Fencing Tourney* », *The Times*, 28 juillet 1962.

139. « La victoire du Russe Sveshnikov est due à son extraordinaire condition physique », *L'Équipe*, 20 juillet 1962.

140. « Une championne du monde acclamée : la Roumaine Szabo », *L'Équipe*, 21-22 juillet 1962.

141. Procès-verbal du XLIIIe congrès de la FIE, Madrid, 2-4 mai 1962, p. 34.

142. La Pologne remporte, par exemple, le sabre par équipe à Buenos Aires.

143. Par une touche de différence et à égalité de victoire avec la Pologne.

144. *L'Équipe*, 19 juillet 1963.

145. L'escrime se déroule du 13 au 23 octobre 1964 dans le Waseda Memorial Hall du parc olympique de Tokyo.

146. Procès-verbal du XLIVe congrès de la FIE, Paris, 29 novembre 1963, p. 49.

147. La décision en faveur de Montréal est prise lors du congrès de Tokyo, en 1964.

148. Procès-verbal du XLVe congrès de la FIE, Neuchâtel, 25 au 25 juin 1964, p. 29.

149. Il prend l'argent à Tokyo.

150. À noter au sabre par équipe l'un des rares incidents des championnats, l'équipe de Hongrie ayant décidé de ne pas combattre la France pour la troisième place afin de protester contre les décisions du juge dans la demi-finale qui les opposait à l'Italie. Voir « *Russia Become World Sabre Champions* », *The Times*, 13 juillet 1965.

151. *L'Équipe*, 2 juillet 1965.

152. Procès-verbal du XLIVe congrès de la FIE, Paris, 29 novembre 1963, p. 48.

153. Procès-verbal du XLe congrès de la FIE, Paris, 17 avril 1959, p. 33.

154. Procès-verbal du XLVIe congrès de la FIE, Paris, 9 avril 1965, p. 49.

155. Michel Lis, « Jean-Claude Magnan battu par le Russe Svechnikov mais aussi par un arbitrage délirant », *L'Équipe*, 8 juillet 1966. L'arbitrage est critiqué aussi par la presse soviétique (« La révolte gronde », *L'Équipe*, 14 juillet 1966).

156. Bien que la médaille de bronze de Gorokhova soit en réalité partagée avec la Hongroise Bobic et la Polonaise Lencic.

157. Décision prise lors de la 64e session du CIO tenue à Rome le 26 avril 1966.

158. Montréal l'emportera devant… Moscou.

159. Guy Lagorce, « Victoire historique de la Roumanie sur l'URSS en fleuret », *L'Équipe*, 11 juillet 1967.

160. *L'Équipe*, 30 septembre 1969.

161. Procès-verbal du congrès de la FIE, Paris, 22-23 mai 1969, p. 64.

162. Guy Lagorce, « L'escrime française face aux géants de l'Est », *L'Équipe*, 30 septembre 1969.

163. Juan de Oniss, « *US Fencers Off to Title Event in Cuba* », *The New York Times*, 1er octobre 1969.

164. Guy Lagorce, « Les raisons de craindre et celles d'espérer », *L'Équipe*, 1er octobre 1969.

165. Procès-verbal du XLIXe congrès de la FIE, Paris, 16-17 mai 1968, p. 83.

166. Procès-verbal du LIIe congrès de la FIE, Monte-Carlo, 28-29 mai 1971, p. 65.

167. La Tchécoslovaquie et la Suisse glanent ainsi quelques médailles dans cette décennie.

168. Procès-verbal du LIIIe congrès de la FIE, Nice, 19-20 mai 1972, p. 12 et p. 40.

169. *L'Équipe*, 6 juillet 1971.

170. « *Kriss, Soviet Union Fencer, Regains World Epee Crown* », *The New York Times*, 13 juillet 1971.

171. Fernand Albaret, « Demaille, une fille en or », *L'Équipe*, 12 juillet 1971. Le cas est bien entendu cité par la France dans son plaidoyer pour l'abandon du système des poules au profit de l'élimination directe.

172. « Nos fleurettistes ont remis les choses en place », *L'Équipe*, 12 juillet 1971.

173. Son contrôle antidopage est, dans un premier temps, jugé positif, mais le résultat n'est pas confirmé par la contre-expertise.

174. Le Polonais, champion olympique et triple champion du monde (1957, 1965 et 1966), est élu meilleur sabreur de tous les temps par la FIE en 1967. Proche de Jaruzelski, il est accusé d'espionnage au service de la CIA et arrêté en 1975. Condamné à vingt-cinq ans de prison, mais libéré au bout de dix, son nom est supprimé des bilans sportifs par son pays, bien qu'il ait refusé de passer à l'Ouest à sa libération. La presse américaine a émis l'hypothèse qu'il travaillait en réalité pour la France ; il semble qu'il ait surtout été sanctionné pour avoir refusé de servir d'agent double pour la Pologne. Voir « *Jerzy Pawlowski : "Polish champion fencer and spy arrested in the 1970s on charges of spying for the CIA* », *The Times*, 21 février 2005.

175. Fernand Albaret, « Les Français invincibles », *L'Équipe*, 15 mai 1972 ; Fernand Albaret, « Le fleuret, c'est indéniablement l'affaire des Français », *L'Équipe*, 17 mai 1972.

176. Les épreuves ont commencé le 29 août.

177. *Nice-Matin*, 18 mars 1971.

178. Guy Benamou, « Le Hongrois Kamuti : "Français et Soviétiques domineront à Munich" », *France-Soir*, 4 février 1972.

179. « Problème à l'épée : quatre vedettes pour trois places à Munich », *France-Soir*, 22 juin 1972.

180. Louis Vincent, « Jean Cottard : "À Munich, une équipe d'escrime plus forte qu'à Mexico" », *Le Figaro*, 26 février 1972.

181. L'Italienne était cependant loin d'être une inconnue et avait même remporté l'argent à Montréal.

182. Procès-verbal du LIe congrès de la FIE, Paris, 7-8 mai 1970, pp. 42-44.

183. Procès-verbal du LIIe congrès de la FIE, Monte-Carlo, 28-29 mai 1971, pp. 62-63.

184. Procès-verbal du LVe congrès de la FIE, Monte-Carlo, 16-17 mai 1974, p. 9.

185. Yvonne Jeanne, L'exemple allemand, *L'Équipe*, 17 juillet 1973.

186. *L'Équipe*, 9-10 décembre 1967.

187. L'analyse de ces retombées socio-économiques est faite dans Pierre Arnaud et Thierry Terret, *Le Rêve blanc, olympisme et sports d'hiver*, Bordeaux, Presses universitaires de Bordeaux, 1993.

188. Procès-verbal de la première réunion de l'Association européenne d'athlétisme, Paris, 8 novembre 1970. Grenoble était la seule candidate.

189. Procès-verbal du LIIIe congrès de la FIE, Nice, 19-20 mai 1972, pp. 68-69. La décision officielle est prise trois mois plus tard lors du congrès extraordinaire de Munich.

190. Rappelons qu'un système mixte avec des poules de quatre tireurs, desquelles émergent les seize premiers pour accéder aux éliminatoires, existe depuis 1972.

191. Il s'agit du sabreur roumain Alexandre Nilca.

192. Programme des 32es championnats du monde d'escrime, Budapest, 1975, archives FFE [il s'agit cependant bien des 27es championnats. *Cf.* première partie, note 13].

193. Procès-verbal du LIVe congrès de la FIE, Paris, 11-12 mai 1973, p. 54.

194. Procès-verbal du LVe congrès de la FIE, Paris, 16-17 mai 1974, p. 51.

195. Programme des 32es championnats du monde d'escrime, Budapest, 1975, archives FFE.

196. Procès-verbal du LVIIe congrès de la FIE, Paris, 6-7 mai 1976, p. 9.

197. Il remporte encore l'argent en 1976 et 1977 après dix an au plus haut niveau. À Budapest, il s'impose malgré la présence de trois Hongrois en finale.

198. «Joseph Leal, Christian Noël et Bernard Talvard : le triomphe de l'école française de fleuret», *Le Figaro*, 19 juillet 1975.

199. Jean-François Renault, «La sixte du fleuret français», *L'Équipe*, 21 juillet 1975.

200. Jean-François Renault, « Pusch (20 ans) crée la surprise », *L'Équipe*, 18 juillet 1975.

201. Procès-verbal du LVIIIe congrès de la FIE, Deauville, 25-26 mai 1977, p. 48.

202. Procès-verbal du LVIe congrès de la FIE, Nice, 8-9 mai 1975, p. 70.

203. Jean-François Brisson, «L'escrime argentine : rompre l'isolement», *L'Escrime*, n° 2, 15 octobre 1977, p. 18.

204. Procès-verbal du LIXe congrès de la FIE, Monte-Carlo, 18-19 mai 1978, p. 11.

205. Valentina Sidorova, déjà championne du monde des moins de 20 ans à Buenos Aires en 1973, s'impose en individuel.

206. Voir le texte édifiant de P. C. J. Wackermann, « L'escrime en Suède », *L'Escrime*, n° 37, janvier-février 1982, pp. 14-19.

207. Jean-François Renault, « Du changement dans la continuité », *L'Escrime*, n° 1 (nouvelle série), 15 septembre 1977, pp. 7-13. Cette revue, née en 1881 comme *L'Escrime, gazette des salles d'armes, des tirs et des sports*, change de titre et de sous-titre plusieurs dizaines de fois jusqu'en 1977 où, sous son nouveau format, elle demeure l'organe officiel de la FIE et de la FFE. Voir l'éditorial de Jack Guittet dans le n° 1 (nouvelle série), 15 septembre 1977. Jean-François Renault, qui signe de nombreux articles dans la presse lors des championnats du monde d'escrime, en est alors directeur adjoint.

208. Procès-verbal du congrès extraordinaire de la FIE, Montréal, 18 juillet 1976, p. 61. Le vote officiel a lieu un an plus tard, lors du congrès de Deauville, en l'absence d'autres candidatures.

209. Procès-verbal du LVIIIe congrès de la FIE, Deauville, 25-26 mai 1977, p. 11.

210. Procès-verbal du LVIIIe congrès de la FIE, Deauville, 25-26 mai 1977, p. 60.

211. Procès-verbal du LXe congrès de la FIE, Paris, 10-11 mai 1979, p. 13. Mais Pierre Ferri annonce 565 présents dans *L'Escrime*, n° 11, août-septembre 1978, p. 5.

212. Procès-verbal du LXe congrès de la FIE, Paris, 10-11 mai 1979, p. 50.

213. Procès-verbal du LXIe congrès de la FIE, Paris, 22-23 mai 1980, p. 21.

214. Jean-François Renault, «Australie : l'escrime au bout du monde», *L'Escrime*, n° 24, avril 1980, p. 25.

215. «*Sabres Hopes Set Down*», *Age*, 21 août 1979, p. 38. *Age* est le principal quotidien de Melbourne et de la région.

216. *Ibid.*

217. Andrew Rule, « Russian Wins Third Title », *Age*, 20 août 1979, p. 31.

218. Jean-François Renault et Jean-Marie Safra, « Une nouvelle ère s'annonce », *L'Escrime*, n° 11, août-septembre 1978, p. 11.

219. Riboud ne concède que 5 touches à ses 5 adversaires en finale, après avoir enchaîné 26 victoires.

220. Jean-François Renault, «Smirnov, l'image du changement», *L'Escrime*, n° 16, avril 1979, pp. 6-9.

221. Jean-Marie Safra, «73 titres soviétiques depuis 1956 et ce n'est pas fini», *L'Escrime*, n° 16, avril 1979, p. 13.

222. Jean-François Renault, «Le fleuret masculin le plus touché», *L'Équipe*, 16 juillet 1980.

223. «Moscou 1980. Les Français sélectionnés olympiques», *L'Escrime*, n° 26, juin 1980, pp. 14-15.

224. En cumulant évidemment les médailles par équipe.

225. Le Soviétique Lapitski est transpercé par une lame en demi-finale du fleuret par équipe. Le règlement ne prévoyant pas un nombre

suffisant de remplaçants, c'est finalement un spécialiste d'épée, Karagian, qui le remplace en finale.

226. Jean-François Renault, « Challenge Rommel. Smirnov double la mise », *L'Équipe*, 17 mars 1980 ; Jean-François Renault, « Après le Rommel. Smirnov tireur spatial », *L'Équipe*, 18 mars 1980.

227. G. E. Gorokhova, M. G. Topeha, *The Analysis of the Preparation and Participation of the USSR Fencing Team at the World Cup 1981 : Method recommendations*, Moscow, Committee on Physical Education and Sport of the Council of Ministers of the USSR, 1981 ; A. V. Perekal'skiy, A. V. Rodionov, *Analysis of the Preparation and Performance of the USSR Men's Foil Fencing Team at the World Championships of 1982 : Method recommendations*, Moscow, Committee on Physical Education and Sport of the Council of Ministers of the USSR, 1982 ; G. E. Gorokhova, O. N. Vizgunov, *Analysis of the Results of the Competition of Foil Fencers of the 8 th, Summer Spartakiada of the Nations of the USSR and the Analysis of Preparation and Performance of the USSR Team at the World Cup of 1983 : Method recommendations*, Moscow, Committee on Physical Education and Sport of the Council of Ministers of the USSR, 1983.

228. Procès-verbal du LXe congrès de la FIE, Paris, 10-11 mai 1979, pp. 54-55.

229. Triple champion du monde à l'épée par équipe en 1962, 1965 et 1966, médaille d'argent aux championnats du monde de 1962, médaille de bronze aux championnats du monde de 1963 en individuel.

230. Le seul problème rencontré fut le désaccord entre le souhait des organisateurs locaux de rapprocher les panneaux publicitaires des pistes et les exigences de l'Eurovision qui interdit une telle gêne.

231. Jean-François Renault, « Sabre, les Français, cibles désignées », *L'Équipe*, 3 juillet 1981, p. 10.

232. Jean-Michel Oprendek, « Entre trois et cinq médailles », *L'Escrime*, n° 33, juin 1981, p. 12.

233. « Championnats du monde d'escrime. La grande désillusion », *L'Escrime*, n° 34, août 1981, pp. 6-25.

234. La Chine ne compte alors que 3 000 licenciés et de 20 à 30 000 pratiquants.

235. La présence de la Chine à ce niveau n'est alors pas une surprise. En 1977, Luan Jujie était déjà vice-championne du monde junior, malgré un bras transpercé par une lame.

236. Patrick Vajda, « Emil ou "le contrat social" », *L'Escrime*, n° 23, mars 1980, pp. 11-13.

237. Procès-verbal du LXIe congrès de la FIE, Paris, 22-23 mai 1980, p. 43.

238. Procès-verbal du LXIe congrès de la FIE, Paris, 22-23 mai 1980.

239. Jean-Marie Safra, « Les championnats d'escrime de Rome. Premières passes d'armes », *Le Monde*, 17 juillet 1982.

240. Selon *L'Équipe* du 20 juillet 1982.

241. La description de l'accident par les journalistes est généralement conforme au constat du rapport d'enquête. *Cf.*, par exemple, Jean-François Renault, « 12h10 : Smirnov tombe », *L'Équipe*, 20 juillet 1982.

242. Le gouvernement soviétique s'engagera à verser une pension aux deux enfants jusqu'à leur majorité. Lettre de Giancarlo Brusati, président de la FIE, à Juan Antonio Samaranch, président du CIO, 20 mars 1984, archives CIO, Lausanne. Voir aussi l'hommage que lui rend *L'Équipe* (« Adieu Smirnov », *L'Équipe*, 29 juillet 1982). Aujourd'hui, en Ukraine, un tournoi en sa mémoire a lieu chaque année.

243. Giancarlo Brusati, président de la FIE, à Juan Antonio Samaranch, rapport sur le grave accident survenu à l'escrimeur Vladimir Smirnov, 21 juillet 1982, archives CIO, Lausanne. Samaranch, alors en déplacement en Amérique du Sud, ne répondra que le 26 août 1982, puis à nouveau le 4 novembre 1982 (archives CIO, dossier FIE-CIO).

244. Communication de presse, Rome, 19 juillet 1982, 17 h 30, archives CIO, Lausanne, dossier FIE-CIO.

245. Communication de presse, Rome, 20 juillet 1982, 12 h 30, archives CIO, Lausanne, dossier FIE-CIO.

246. C'est du moins l'analyse de Jean-François Renault, « Ils pensaient à Vladimir », *L'Équipe*, 20 juillet 1982.

247. Ses partenaires n'ont pas été informés de la détérioration de son état afin de ne pas être démobilisés dans la finale (Jean-François Renault, « Smirnov cliniquement mort », *L'Équipe*, 21 juillet 1982). Voir aussi Jean-François Renault, « Romankov et ses frères de larmes », *L'Escrime*, août-septembre 1982, pp. 12-13.

248. *The Times* (29 juillet 1982) le décrit, par exemple, en ces termes : « *He was a man who was dedicated to his profession and attracted the admiration of other fencers. In combat he was courteous, fair and never violent toward an opponent [...]. As a fencer, he was widely regarded as a master of the art, and respected for his sportsmanship. In victory he was modest, and in defeat he was always quick to congratulate his opponent. He had a happy temperament, and it was rare to see him without a smile on his face.* »

249. Selon *L'Équipe* du 20 juillet 1982, Smirnov mesure 1,84 m pour 82 kg. Selon *L'Équipe* du 29 juillet 1982, il mesure 1,93 m pour 90 kg. L'approximation des chiffres témoigne incontestablement d'une volonté de fasciner le lecteur.

250. Selon le site de la Fondation internationale de bienfaisance pour l'avenir de l'escrime : http://escrime-avenir.org/cntnt/fra/zvezdy_feh5/vladimir_smirnov.html, consulté le 8 juillet 2009.

251. « Vladimir Smirnov : un exploit à la d'Oriola », *L'Escrime*, n° 34, août 1981, p. 14.

252. Aux premiers jours des championnats, Smirnov ne semble pas au mieux de sa forme (Jean-François Renault, « Ils se sont ouvert la voie », *L'Équipe*, 16 juillet 1982). Il est jugé fébrile par Jean-Marie Safra, « Les championnats du monde à Rome », *Le Monde*, 19 juillet 1982. Le Russe est d'ailleurs éliminé lors des repêchages du troisième tour en fleuret individuel.

1983 ~ 2010

« Le coup des deux veuves »

Le retour en grâce des écoles historiques

Alors que s'amorcent les années 1980, les hiérarchies sportives se font moins nettes. Le boycott des Jeux olympiques de Moscou n'a pas permis de fixer les positions de départ ; l'amateurisme semble en passe d'être relégué au rang de curiosité historique et l'économie n'a jamais joué un tel rôle dans l'accès au cercle fermé des puissances sportives. D'un siècle à l'autre, l'escrime résiste pourtant à la mondialisation, concentrant toujours l'essentiel de ses champions dans la vieille Europe. Non sans changement, toutefois. En Suède, une génération exceptionnelle d'épéistes quitte ainsi les pistes, laissant le pays dans un malaise que l'absence de tradition technique, le vieillissement des cadres et la faiblesse du vivier des maîtres d'armes ne parviennent pas à guérir[253]. En Hongrie comme en Pologne, les réalités économiques rendent difficile le retour d'une élite en escrime. La France, pour sa part, modernise ses structures, fait appel à de nouvelles compétences, y compris des entraîneurs étrangers[254], et se montre offensive en matière de formation. Quant à l'Italie, la politique menée par Attilio Fini à la fédération nationale permet aux Transalpins de se maintenir comme l'une des meilleures équipes du monde sur toute la période.

Sur ces trois décennies, pourtant, l'escrime doit surtout faire face à une double révolution. L'une est médiatique, qui voit les formes mêmes des compétitions transformées par l'influence du petit écran. L'autre est politique, si l'on considère que plusieurs des grandes nations européennes de l'escrime sont traversées par une crise internationale qui brise l'URSS et réunit les deux Allemagne. C'est d'ailleurs l'Allemagne qui profite le mieux du contexte des années 1980, mais l'escrime allemande ne tire pas vraiment parti de la réunification de 1989. Au contraire, à la période de réorganisation et de transition qui suit au tournant des années 1990 succède une entrée dans le troisième millénaire marquée par un retour en force des écoles historiques : l'ancienne passe d'armes entre l'Italie et la France donne lieu à un étonnant « coup des deux veuves »[255].

1. Le temps de l'Allemagne (1983-1990)

Les bilans des championnats du monde et des Jeux olympiques entre 1983 et 1990 confirment un élargissement de l'élite de l'escrime puisqu'une dizaine de nations par-viennent à décrocher une médaille d'un métal ou d'un autre. Toutefois, la plus haute marche des podiums demeure réservée à un cercle toujours réduit où l'Allemagne s'impose comme l'équipe la plus régulière. Les championnats du monde de 1983 sont, à cet égard, exemplaires. Douze ans après ceux de 1971, ils retournent à Vienne, en Autriche, seule candidate à l'organisation[256]. Les observateurs

Elmar Bormann sera une des vedettes des mondiaux de Vienne de 1983 en gagnant deux médailles d'or et d'argent en individuel et par équipe.

annoncent un renouvellement des hiérarchies que confirme bien le résultat des épreuves qui se déroulent du 20 au 30 juillet[257].

L'URSS apparaît en effet, en Autriche, comme la grande perdante de la compétition : « Jamais depuis leur entrée dans le circuit international au milieu des années 1950, les Soviétiques ne furent autant ballottés, ni absents des podiums[258]. » Des championnats révélateurs de la fin d'une époque : « Il semble bien que c'est l'édifice entier de l'escrime soviétique qui soit remis en cause[259]. » Certes, l'URSS remporte l'or au sabre par équipe et au fleuret individuel avec l'éternel Alexandre Romankov qui, avec ce cinquième titre pour huit médailles, dépasse Christian d'Oriola et s'impose comme « le plus grand fleurettiste de l'histoire[260] ». Pourtant, à ce jeu-là, les Soviétiques terminent loin des Allemands et des Italiens, les deux grands vainqueurs de Vienne. Les premiers remportent un total de cinq médailles, dont trois en or et deux en argent, les seconds glanent sept médailles dont deux en or, deux en argent et deux en bronze, tout en raflant la Coupe des nations que l'URSS détenait depuis dix ans.

L'Allemand Mathias Gey sera un des grands fleurettistes des années 1980 avec Matthias Behr, Ulrich Schreck, Thomas Endres et Thorsten Weidner.

Les Allemands de l'Ouest brillent tout particulièrement au fleuret en l'emportant par équipe devant la sœur est-allemande et en prenant l'argent avec Matthias Gey qui ne s'incline qu'en finale devant Romankov. À l'épée, Elmar Bormann décroche l'or et offre l'argent par équipe à son pays. Les Transalpins, de leur côté, doivent leur succès à la performance éblouissante de leurs fleurettistes femmes qui réalisent le doublé en individuel avec Dorina Vaccaroni[261] et Carola Cicconetti[262] et s'imposent logiquement par équipe devant l'Allemagne. Gianfranco Dalla Barba augmente le bilan italien d'une médaille d'argent au sabre, mais la première place revient ici à un Bulgare, Vasil Etropolski, dont le frère jumeau prend le bronze dans la même épreuve. Les jumeaux, qui offrent le premier titre mondial de l'histoire à leur pays, ne sont alors qu'au début d'une remarquable carrière internationale.

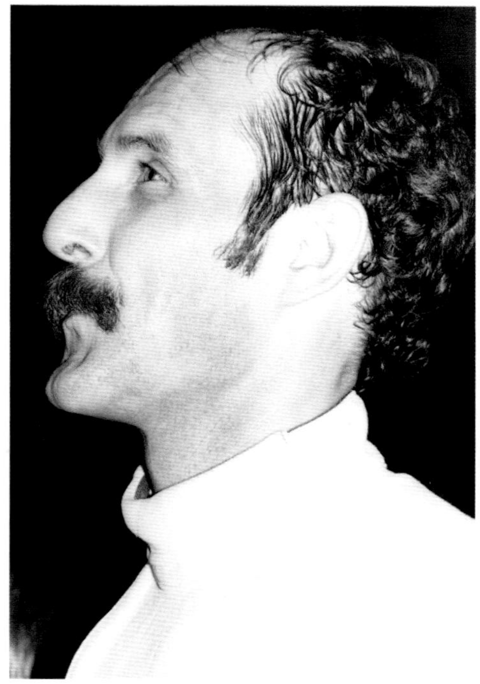

Sacha Romankov au palmarès incroyable : champion olympique par équipe aux JO de 1988, médaille d'argent individuelle aux JO de 1976, médaille d'argent par équipe aux JO de 1980 et deux médailles de bronze individuelles aux JO de 1980 et 1988 ; champion du monde individuel en 1974, 1977, 1979, 1982 et 1983 et par équipe en 1974, 1979, 1981, 1982 et 1989. Dix-sept fois champion d'URSS individuel et par équipe.

Le succès allemand est mis sur le compte d'une reprise en main d'Emil Beck à Tauberbischofsheim, celui des Italiens à la politique de formation impulsée par Attilio Fini[263]. Quant aux Français, malgré une prestation au fleuret très décevante[264] et une équipe d'épéistes à la dérive[265], ils sauvent l'honneur en conservant leur titre à l'épée à la surprise générale[266]. Les Hongrois, avec l'argent au sabre par équipe et le bronze au fleuret féminin par équipe, limitent eux aussi les dégâts, mais ils ne profitent pas vraiment de « la déconfiture soviétique[267] ». Hongrois et Russes n'auront pas l'opportunité de se rattraper l'année suivante. Les Jeux olympiques de Los Angeles, célébrés du 28 juillet au 12 août 1984, prennent en effet place dans l'histoire comme ceux du boycott des pays de l'Est. La décision de l'URSS de ne pas participer aux Jeux, prise officiellement en mai 1984 pour protester contre la politisation de l'événement imposée par les États-Unis et les restrictions infligées aux sportifs soviétiques en pleine guerre froide[268], est suivie par de nombreux pays alliés, dont plusieurs nations majeures de l'escrime : outre l'URSS, la RDA, Cuba, la Hongrie, la Pologne et la Tchécoslovaquie ne se rendent pas à Los Angeles. Dans les seules épreuves individuelles, on compte toutefois encore 58 participants au fleuret masculin pour 26 nations, 42 participantes pour 18 nations au fleuret féminin, 33 participants au sabre pour 14 nations et 63 participants à l'épée pour 26 nations qui s'affrontent au centre de conventions de Long Beach. Dans ce contexte particulier, auquel s'ajoute la nouvelle formule du tableau avec élimination directe, l'Italie, la RFA et la France se partagent à elles seules dix-neuf des vingt-quatre médailles distribuées. Un seul titre leur échappe, celui de la fleurettiste chinoise Luan Jujie, qui offre à son pays la première médaille d'or en escrime de son histoire.

Avec respectivement Mauro Numa et Stefano Cerioni, l'Italie impose sa domination au fleuret en prenant l'or et le bronze en individuel[269] et l'or par équipe devant l'Allemagne et la France. Elle complète son palmarès avec le sabre par équipe. L'Allemagne, pour sa part, l'emporte au fleuret par équipe féminine et à l'épée par équipe masculine tout en échouant à la deuxième place au fleuret féminin (Cornelia Hanisch), à l'épée homme par équipe et au fleuret masculin par équipe. Quant à la France, elle emporte le grand prix des nations et doit sa troisième place au classement des médailles à la belle performance de ses sabreurs et de ses épéistes. Les premiers empochent l'argent par équipe et consacrent Jean-François Lamour en individuel pour un titre que la France n'avait pas obtenu... depuis 1900. Les seconds prennent l'or et le bronze en individuel avec respectivement Philippe Boisse et Philippe Riboud, et ajoutent l'argent par équipe à leur bilan.

Après le boycott des Jeux, l'année post-olympique doit être pour l'escrime celle d'une véritable comparaison des valeurs entre toutes les équipes du monde, désormais réunies. La scène se joue à Barcelone. La cité catalane, qui avait besoin de peaufiner son expérience de l'organisation d'événements sportifs internationaux en vue de sa candidature aux Jeux olympiques de 1992[270], accueille les championnats du monde de 1985 « dans une température élevée et quelques difficultés d'organisation[271] ». Sept pays décrochent au moins une médaille, soit autant qu'à Los Angeles, mais les podiums vont surtout à l'Allemagne et à l'Italie. La France ne tient pas le rang qu'elle avait atteint l'année précédente. Avec les seules médailles d'or de Philippe Boisse et de bronze de Philippe Riboud à l'épée,

Philippe Boisse remporte l'or à Los Angeles. Il est aussi médaillé d'or aux mondiaux de 1985. Il gagne quatre victoires en Coupe du monde à l'épée et le Monal en 1984 et 1986. Formidable battant et habile tacticien, il est un équipier exemplaire pendant les « quatre glorieuses », où son équipe est championne olympique en 1980, championne du monde en 1982 et 1983, et médaille d'argent aux JO de 1984.

1984 à Los Angeles, l'entraîneur italien Di Rosa conseille Stefano Cerioni qui remportera le bronze en individuel et l'or par équipe.

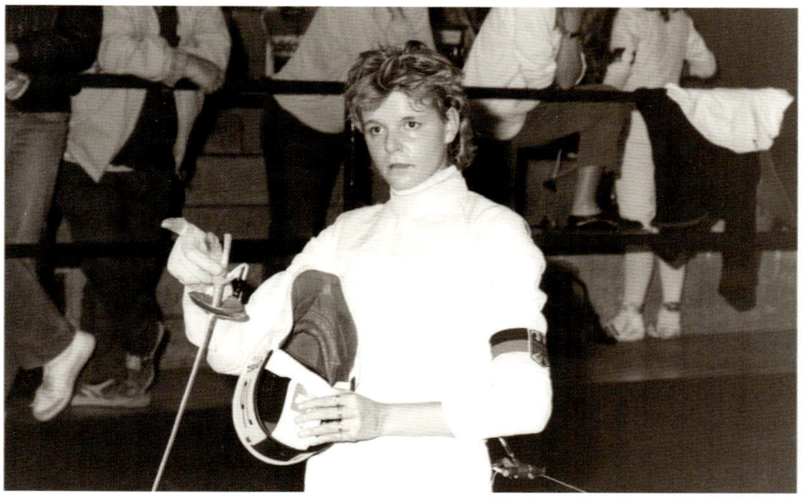

Anja Fichtel en 1988. Les années 1980 sont dominées par les Allemandes et notamment par Anja qui remporte deux titres olympiques et quatre titres mondiaux tant en individuel que par équipe. Sabine Bischoff (ci-dessous) fut une équipière exemplaire de l'équipe d'Allemagne des années 80.

elle termine même derrière la Hongrie et l'URSS, qui remportent respectivement l'or au sabre individuel (György Nébald) et par équipe, plus quelques accessits. Le sabre, décidément très disputé, voit aussi la Bulgarie réussir une belle performance avec l'argent par équipe et les deux médailles d'argent et de bronze des jumeaux Etropolski en individuel.

Mais c'est bien l'Allemagne et l'Italie qui dominent ici les débats en trustant la moitié de l'ensemble des médailles mises en jeu. Les Allemandes confirment notamment leur mainmise sur le fleuret mondial. Outre le titre par équipe, elles réalisent le doublé en individuel grâce à Cornelia Hanisch, la vice-championne olympique qui récupère son titre quatre ans après Clermont-Ferrand, et Sabine Bischoff, laissant l'Italienne Anna Rita Sparaciari à la troisième place. L'Allemagne, championne olympique en titre, s'impose aussi à l'épée par équipe devant les Transalpins qui, de leur côté, confirment également leur récente prestation olympique, en particulier au fleuret masculin. À cette occasion, le champion de Los Angeles Mauro Numa monte sur la plus haute marche du podium en battant en finale son compatriote Andrea Cipressa, deuxième, l'Allemand Harald Hein restant sur la troisième marche. L'Italie remporte d'ailleurs l'épreuve par équipe devant l'Allemagne.
Vancouver, la cité canadienne entre Rocheuses et océan, avait annoncé en 1983 son souhait d'organiser les championnats du monde en 1986, mais la compétition demeure finalement en Europe, où la Bulgarie, avec ses 1 200 escrimeurs dont la moitié de sabreurs, a voulu célébrer le 60e anniversaire de sa fédération d'escrime, tout en peaufinant son image dans la perspective de l'attribution prochaine des Jeux olympiques d'hiver de 1992. Les épreuves ont lieu dans la salle Septembri ultramoderne de Sofia du 25 juillet au 3 août, en bénéficiant d'une organisation jugée « impeccable » par la FIE. Les spectateurs bulgares attendent un exploit de leurs sabreurs ; ils devront se contenter de deux médailles de bronze, l'une par équipe, l'autre en individuel avec Vasil Etropolski. Au cœur du bloc de l'Est, les Soviétiques se rappellent, en revanche, au souvenir de ceux qui les voyaient définitivement dépassés par les Allemands et les Italiens en leur soufflant la première place au classement des médailles et en remportant la Coupe des nations. Si dix pays décrochent au moins une médaille, ces trois

Harald Hein (1950-2008) était grand par l'estoc de son fleuret et non par sa taille (1,70 mètre) ; pur produit de l'école allemande, il fut plusieurs fois champion du monde ou olympique individuel et par équipe de 1976 à 1985. Il décède d'une tumeur au cerveau en mai 2008.

Emil Beck fut l'entraîneur en chef de la Fédération allemande d'escrime de 1986 à 2000. L'escrime allemande a remporté, grâce à ses talents, pas moins de 163 médailles, Jeux olympiques, championnats du monde et championnats d'Europe confondus. Il rencontra son premier succès lors des championnats du monde de 1973 en Suède avec la médaille d'or que décrocha son équipe d'épée masculine. Il obtint son plus grand succès en 1988 aux Jeux olympiques de Séoul alors que les fleurettistes allemandes (Anja Fichtel, Sabine Bau et Zita Funkenhauser) remportaient les médailles d'or, d'argent et de bronze lors de la compétition individuelle ainsi que la médaille d'or par équipe.

nations en glanent à elles seules quinze sur les vingt-quatre décernées au total. L'URSS construit essentiellement son succès au sabre masculin (victoire par équipe et en individuel avec Sergej Mindirgassow) et au fleuret féminin (victoire par équipe et bronze d'Olga Vostschakina en individuel), tout en obtenant l'argent à l'épée par équipe. Malgré une relative modeste troisième place par équipe au fleuret féminin, l'Allemagne maintient son emprise dans cette arme en dépit de la retraite de Cornelia Hanisch en réalisant le doublé en individuel avec Anja Fichtel et Sabine Bau, toutes deux élèves d'Emil Beck dans l'usine à champions et championnes de Tauberbischofsheim. Par équipe, elle arrache aussi l'or à l'épée et l'argent au fleuret masculin. Cette dernière arme, toutefois, est d'abord l'affaire des Italiens. Leur victoire par équipe s'ajoute au titre olympique de Los Angeles et au titre mondial déjà obtenu à Barcelone l'année précédente ; et, en individuel, si Mauro Numa ne peut cette fois faire mieux que troisième, c'est son compatriote Andrea Borella, ancien champion du monde junior en 1979, qui remporte l'épreuve[272]. La France, pour sa part, doit à ses épéistes de rester dans le peloton de tête de l'escrime mondiale, malgré son élimination précoce par équipe. Sept ans après le titre conquis à Melbourne, Philippe Riboud s'impose en effet dans l'épreuve individuelle devant le surprenant Roumain Miklós Bodoczy, alors que son compatriote Olivier Lenglet termine troisième.

À un an des Jeux olympiques, les championnats du monde de 1987 constituent une étape importante pour la plupart des équipes. Ils se tiennent du 17 au 26 juillet dans le palais de Beaulieu de Lausanne, en Suisse, où les championnats juniors avaient déjà eu lieu en 1981. Près de 800 tireurs provenant de 42 pays s'y retrouvent pour se partager huit titres. Bien que possédant une certaine tradition à l'épée, la Suisse n'est pourtant pas une grande nation d'escrime[273] ; seuls 14 ressortissants helvétiques sont d'ailleurs sélectionnés à Lausanne. Les championnats du monde doivent donc jouer un rôle de promotion de l'activité dans la confédération. L'initiative en revient à Ada Wild, la cheville ouvrière du Cercle des armes de Lausanne, qui avait déjà organisé les mondiaux juniors six ans plus tôt. Avec peu de moyens, elle mobilise son entourage. Elle préside le comité d'organisation, son mari en est vice-président et sa fille, qui fait aussi partie des 14 escrimeurs de l'équipe nationale, en est également membre. Une escrimeuse de Lucerne, Ursula Grob, prend sur ses vacances pour venir gracieusement à Lausanne gérer l'ordinateur de la compétition, mobilisant au passage son fils à la photocopieuse[274]. Mais pour sympathique qu'elle soit, cette organisation familiale a ses limites. Ainsi, quand, peu avant l'ouverture des champion-

1986. Indispensable Sabine Bau : elle porte bien son nom et ses armes qu'elle transforme en or ou en argent pour elle ou pour l'équipe pendant plus de quinze ans.

nats, le principal sponsor décide de se retirer, le budget devient intenable. Ni l'aide des collectivités (300 000 francs suisses), ni les droits télé (45 000 francs suisses), ni la billetterie (4 000 spectateurs pour des recettes de l'ordre de 18 000 francs suisses) ne suffisent à couvrir les 800 000 francs suisses nécessaires[275]. Par ailleurs, les organisateurs seront parfois dépassés par l'événement. Dans l'énervement, ils blessent accidentellement un agent de sécurité, accusant ensuite les journalistes qui, on s'en doute, n'apprécieront pas[276] !

Sur un plan plus sportif, les têtes changent, mais les nations restent et, si dix nations décrochent au moins une médaille, l'Allemagne est une nouvelle fois la grande gagnante de l'événement, devant l'URSS, la France et la Hongrie. Les Allemands apparaissent d'abord comme les nouveaux rois du fleuret en remplaçant l'esthétique par l'efficacité. Chez les hommes, ils mettent fin de façon magistrale à une longue série de victoires italiennes en remportant l'épreuve par équipe, devant la France et la Hongrie, et en réalisant un superbe doublé en individuel avec Matthias Gey et Matthias Behr qui relèguent l'Italien Federico Cervi à la troisième place. Chez les femmes, l'Allemande Zita Funkenhauser s'incline en finale devant la Roumaine Elisabetta Tufan. À l'épée, Volker Fischer, du haut de ses 37 ans, est intraitable en individuel où il s'impose dans une finale ennuyeuse[277] devant le Soviétique Andrei Chouvalov ; il contribue aussi à propulser son équipe en finale où elle perd cependant son titre au profit de l'URSS. Cette médaille est d'ailleurs fortement symbolique pour les Soviétiques, puisqu'elle est leur centième du plus beau métal en quatre-vingt-douze ans d'histoire des championnats du monde et des Jeux olympiques. Un record. Les championnats s'achèvent pour eux avec une cent unième médaille d'or, au sabre par équipe cette fois, où l'URSS conserve son titre pour la troisième année consécutive, devant la Bulgarie et la France. Celle-ci, en progrès constant dans cette arme, voit la victoire de Jean-François Lamour qui, à 31 ans, s'impose devant le Hongrois György Nébald et le Polonais Robert Koscielniakowski, en démontrant que son titre olympique de 1984 n'était pas usurpé en raison du boycott. Enfin, au fleuret féminin, la Hongrie et la Roumanie font leur retour, la première s'imposant logiquement sur la seconde. Mais Lausanne a aussi son lot de déceptions et de surprises comme

1986 à Sofia : les vainqueurs du fleuret par équipe, les Italiens Andrea Borella, Mauro Numa, Andrea Cipressa, Angelo Scuri et Frederico Cervi.

Formé par les maîtres Augustin Parent et Laszlo Szepesi, Jean-François Lamour domine le sabre français (recordman des titres de champion de France avec treize capes) et atteindra la consécration aux Jeux olympiques de Los Angeles et à ceux de Séoul où il monte sur la première marche du podium aux épreuves individuelles. Également champion du monde en 1987 à Lausanne, il remporte au total huit médailles olympiques et mondiales. Ancien ministre des Sports, il est aujourd'hui député et conseiller de Paris, et président du groupe UMP de Paris. Un champion d'exception !

1988 marque la consécration de J.-F. Lamour après un deuxième titre olympique et son titre mondial de l'année précédente. Il a montré la voie pour le sabre français !

l'Italie qui repart « la tête basse » et la Suisse, pour qui « c'est un échec et mat cuisant[278] », ou encore l'élimination précoce du quintuple médaillé Alexandre Romankov au fleuret.
En 1988, l'élite mondiale de l'escrime doit se retrouver aux Jeux de la XXIVe Olympiade, à Séoul en Corée du Sud, du 17 septembre au 2 octobre, mais, en raison de l'absence de l'épée féminine au programme des Jeux, des championnats du monde qui n'en portent pas encore le nom sont organisés à Orléans, en France, quelques semaines plus tôt (1er-3 juillet) pour les deux épreuves concernées. À cette occasion, l'Allemagne reçoit un véritable avertissement de la France. Brigitte Benon et Sophie Moressée-Pichot réalisent en effet un superbe doublé en individuel, même si les Tricolores échouent en finale derrière les Allemandes dans l'épreuve par équipe.
À Séoul, du 20 au 30 septembre 1988, les épreuves d'escrime réunissent dans le gymnase olympique tous les favoris, à l'exception des Cubains qui, par solidarité, ont suivi l'appel au boycott lancé par la Corée du Nord. Pourtant, au moment du bilan, force est bien de constater que l'élite demeure resserrée autour des nations européennes puisque, derrière la RFA, seules la France, l'URSS, l'Italie, la Hongrie, la RDA et la Pologne accèdent à un podium.
L'équipe de RFA repousse les velléités françaises en prenant la première place au classement des médailles : sept au total dont trois en or et trois en argent. Au fleuret féminin notamment, les Allemandes, au sommet de leur art, dégoûtent littéralement leurs adversaires. Anja Fichtel, Sabine Bau et Zita Funkenhauser réalisent en effet un triplé unique dans l'histoire en individuel et s'imposent naturellement par équipe, devant l'Italie de Dorina Vaccaroni et la Hongrie. À l'épée, l'Allemand Arnd Schmitt, après avoir repoussé le Russe Andrei Chouvalov à la troisième place, brise en finale, et pour une petite touche, le rêve du Français Philippe Riboud qui ambitionnait de finir sa carrière sur un troisième titre mondial. Celui-ci se consolera avec l'or à l'épée par équipe, devant l'Allemagne et l'URSS, confirmant la mainmise des Français sur cette arme dans la décennie. Jean-François Lamour, quelques jours plus tôt, avait déjà fait retentir *La Marseillaise* en battant facilement le Polonais Janusz Olech en finale du sabre individuel.
L'URSS, l'Italie et la Hongrie, avec respectivement cinq, quatre et trois médail-

1988. La belle Italienne Dorina Vaccaroni marquera le fleuret féminin des années 1980 de sa touche personnelle et collective.

1987. Lausanne, où Lamour triomphe et où les nations traditionnelles de l'escrime se répartissent les médailles laissant peu de place aux nouvelles nations émergentes.

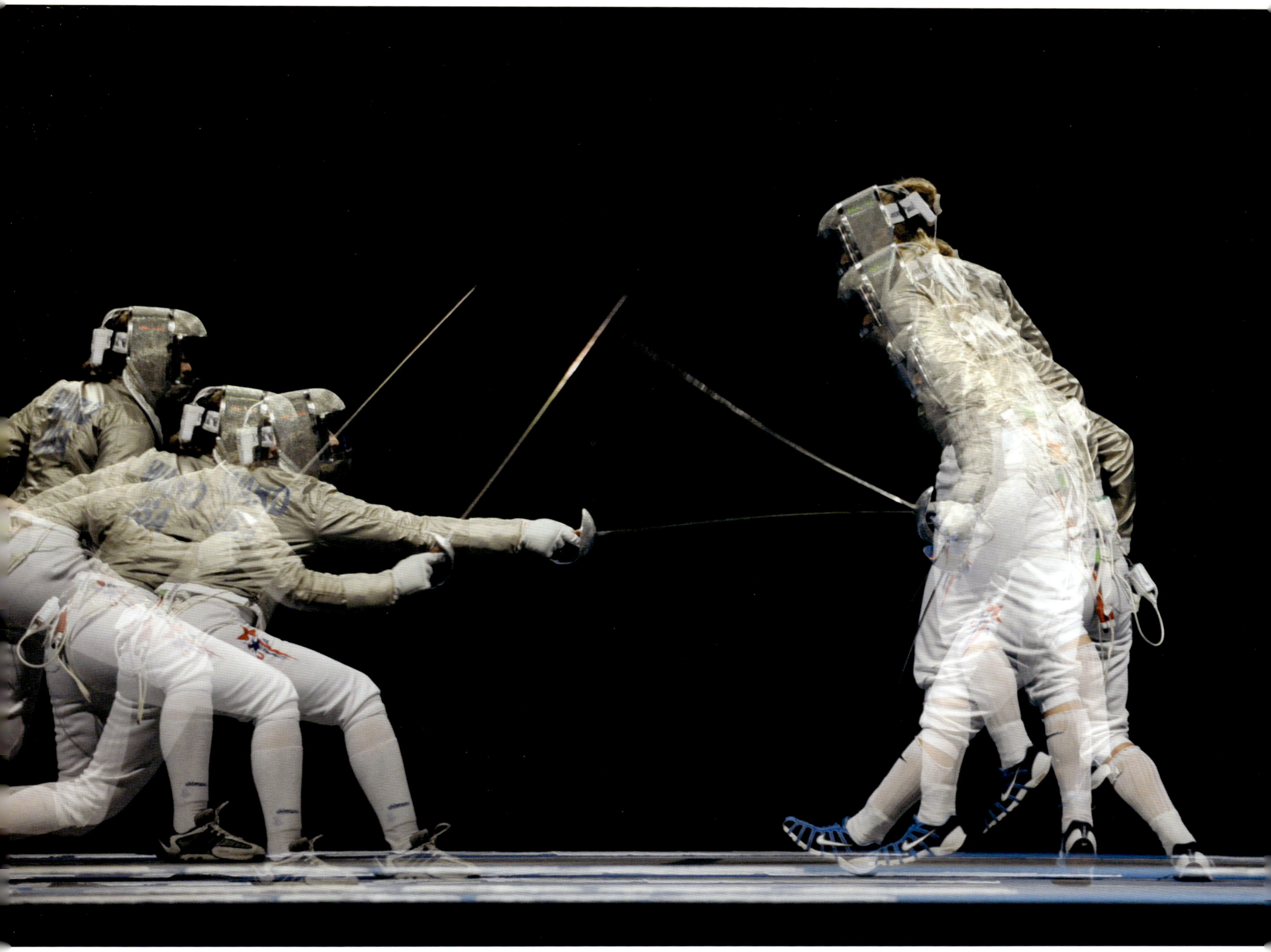

Étienne-Jules Marey et Georges Demeny inventèrent la chronophotographie à la fin du XIXe siècle. Qui en renierait l'utilité et l'évident esthétisme en escrime ?

les au total dont une en or chacune, ne sont pas loin. L'URSS remporte le fleuret masculin par équipe, l'Italie le fleuret masculin individuel avec le fougueux Stefano Cerioni, pourtant interdit par la FIE de toute compétition internationale pendant quinze mois l'année précédente en raison de son attitude, et la Hongrie le sabre masculin par équipe.

L'Allemagne de l'Ouest, impériale à Séoul, impressionne de nouveau lors des 37es championnats du monde, du 5 juillet au 15 juillet 1989, en raflant neuf des vingt-huit médailles mises en jeu. Certes, les Soviétiques, avec quatre médailles d'or contre deux à l'Allemagne, leur soufflent la vedette au classement par médaille, mais les tireurs de Tauberbischofsheim maintiennent clairement leur domination sur la discipline. Pour l'organisation de l'événement, Lisbonne avait présenté une candidature

« Un pour tous et tous pour un » mais aussi « Gloire à Dieu, honneur aux armes et respect aux maîtres ».

dès 1986, de même que les États-Unis, mais, l'année suivante, seuls les Américains maintiennent leur demande sans toutefois encore trancher entre Cleveland et Indianapolis[279]. Indianapolis, choisie, se rétracte trois mois avant les championnats. Ce sera finalement… Denver. Malgré des délais minimaux, la capitale du Colorado parvient à offrir une organisation parfaite, mais ternie par les dysfonctionnements du directoire technique. Celui-ci, par exemple, décide une modification de l'horaire des épreuves par rapport au programme distribué aux équipes par les organisateurs le premier jour. L'équipe de sabre de Bulgarie se présente pour cette raison, malgré elle, avec douze minutes de retard en quart de finale contre l'Allemagne qui, profitant d'une clause réglementaire, demande et obtient la disqualification des Bulgares.

Arnd Schmitt (RFA), ici en 1988, fut avec Volker Fischer et Elmar Bormann l'un des grands épéistes allemands des années 1980.

À Denver, Soviétiques et Allemands se partagent assez largement les victoires. Chez les hommes, au fleuret par équipe, les premiers s'imposent sur les seconds, exactement comme l'année précédente[280]. En individuel, l'Allemand Alexander Koch bat en finale le Français Philippe Omnès 12 touches à 11. Chez les femmes, l'équipe des fleurettistes allemandes prend l'ascendant sur l'équipe soviétique, deuxième, et l'Italie, troisième, répondant en cela à la domination en individuel de la Russe Olga Velichko sur les Allemandes Anja Fichtel, championne olympique en titre, et Zita Funkenhauser.
Au sabre, les Soviétiques réalisent un sans-faute avec la victoire par équipe devant l'Allemagne et « la bande à Lamour[280] », et celle de Grigori Kirienko en individuel devant le Polonais Jaroslaw Koniusz et l'Allemand Felix Becker. À l'épée, en revanche, les surprises s'accumulent et déjouent les pronostics. Certes, dans l'épreuve masculine par équipe, l'Italie de Sandro Cuomo bat l'Allemagne et Cuba. Cependant, en individuel, c'est un Espagnol relativement inconnu, Manuel Pereira, qui défait Sandro Cuomo en finale et relègue le Russe Pavel Kolobkov sur la dernière marche du podium. Le Madrilène, qui n'avait jamais terminé dans les huit premiers d'une compétition internationale, ne reviendra plus jamais à ce niveau. Quant à l'épée féminine, qui fait son entrée officielle dans le grand bain des championnats du monde, les Françaises étaient évidemment attendues après leur performance au critérium mondial d'Orléans l'année précédente, mais, dans une arme qui cherche encore sa hiérarchie, c'est finalement une Suisse,

Françaises, Allemandes, Italiennes et Hongroises fourbissent leurs épées et entrent dans le grand bain des mondiaux en 1988 et surtout en 1989 à Denver (USA).

Anja Straub, qui l'emporte devant la colossale Allemande Ute Schäper et l'Italienne Annalisa Coltorti. Par équipe, les Hongroises s'imposent plus logiquement devant les Italiennes et les Suisses dans une victoire qui, pour les Magyares, en annonce bien d'autres pour les dix ans à venir.

Après la contre-performance de Clermont-Ferrand en 1981, les Français souhaitent et redoutent en même temps des championnats du monde sur le sol national. Dès 1986, pourtant, la France fait connaître son souhait d'accueillir l'élite de l'escrime en 1990. L'événement se tient finalement à Lyon, lieu historique de l'escrime, dans la superbe halle Tony-Garnier de 18 000 m^2[282], mais où les baies vitrées, associées à la température étouffante qui règne sur la capitale des Gaules du 7 juillet au 15 juillet, créent des conditions peu propices pour les tireurs. Le choix du calendrier n'est cependant pas critiqué pour cette raison, mais pour la densité des événements sportifs au même moment, qui rend problématique toute retransmission télévisée : entre le Tour de France, le Grand Prix du Castellet, la finale de Wimbledon et la Coupe du monde de football[283], la concurrence est bien peu propice à l'escrime[284] qui ne bénéficiera à Lyon d'aucun direct et d'une présence quasiment nulle des télévisions étrangères et françaises (seule FR3 accepte d'assurer les retransmissions). Des difficultés budgétaires sont dès lors prévisibles avec un déficit attendu de 500 000 francs sur les 3,5 millions des frais d'organisation[285]. Car si les sponsors ont fait un effort (1,2 million de francs), les droits télé sont dérisoires (100 000 francs), autant que la billetterie. Quant à l'État et aux collectivités, leur apport de 1,1 million correspond à peu près à ce qu'ils avaient déjà donné pour les championnats de Clermont-Ferrand, neuf ans plus tôt.

Les critiques portent aussi sur le déroulement des poules, complexe et incohérent : « Les trente-deux premiers au classement mondial sont exempts du tour de poules, qui élimine environ 20 % des participants. Formation ensuite d'un tableau d'élimination directe sans repêchages jusqu'aux seizièmes de finale. Où, là, débutent les repêchages. Puis tableau final à huit, comme par le passé. On en arrive à ceci : ce sport, ésotérique dans son fond, en devient abscons dans sa forme. Les escrimeurs sont des gens curieux. Ils désirent le beurre et l'argent du beurre et la crémière. Le beurre,

Philippe Omnès dans un de ses combats homériques avec Sergej Golubitzki (Ukraine) ou Elvis Grégory (Cuba).

Rolland Boitelle représente toute l'escrime pendant près de quatre-vingts ans : tireur, arbitre et capitaine, secrétaire général ou président. Arbitre international aux trois armes pendant trente ans, il est capitaine des équipes de France de fleuret de 1955 à 1976. Président de la FFE de 1981 à 1984 après en avoir été le secrétaire général, il s'entoure d'une direction technique efficace et complémentaire avec J.-M. Oprendek et Daniel Revenu. Il ne quitte cette présidence que pour accepter celle, tout aussi prenante, de la FIE de 1984 à 1992. Il symbolisa assurément cette devise des escrimeurs : « Donner plus qu'on ne reçoit ! »

c'est la reconnaissance *urbi et orbi*, alors qu'ils ne veulent pas dépoussiérer les règles de leur sport. L'argent du beurre, c'est la télé et ses millions, alors qu'ils choisissent des dates aberrantes et des formules à méandres. La crémière, c'est le fait de repousser la défaite[286] »

« Omnes pro uno », la devise de Philippe qui se transforme parfois par « Omnes pro Omnes », et la une de L'Équipe.

Avec 46 nations et 1 200 escrimeurs engagés, Lyon bat pourtant des records de participation… et de durée, les championnats étant réduits à neuf jours seulement. La France est prête. Son objectif est de deux médailles en fleuret, une en individuel et une par équipe[287], avec Philippe Omnès, 34 ans, numéro 2 mondial, en pleine confiance[288]. Une médaille au sabre au minimum est également attendue[289] et les cinq épéistes tricolores sont annoncés chez les hommes comme pouvant décrocher l'or[290]. En fin de compte, le contrat ne sera pas rempli[291], malgré la performance d'Omnès qui remporte bien le tournoi individuel en fleuret. À l'épée, toutefois, le Lyonnais Philippe Riboud ne parvient pas, chez lui, à s'imposer. Trop de pression, admet-il, à l'issue des rencontres[292]. Il se contentera de l'argent dans l'épreuve par équipe.

L'Italie et l'URSS, avec huit médailles au total chacune, profitent d'un léger recul de la RFA[293] qui, avec quand même trois médailles d'or et deux de bronze, se maintient néanmoins au deuxième rang au classement des nations par médaille. C'est encore une fois au fleuret que les Transalpins font la différence. Non contents de remporter les deux épreuves par équipe chez les hommes et chez les femmes, Andrea Borella chez les premiers et Giovanna Trillini chez les secondes parviennent en finale dans les deux épreuves individuelles où ils échouent, pour l'un, face à Philippe Omnès, pour l'autre, face à Anja Fichtel, la championne olympique et championne du monde de 1986 qui survole le concours[294]. À l'épée masculine, les Italiens s'imposent par équipe devant des Français déçus mais, en individuel, Angelo Mazzoni, double vainqueur de la Coupe du monde, se fait battre en finale par un surprenant Thomas Gerull, l'Allemand de Tauberbischofsheim remportant ici le premier titre individuel de sa carrière. À l'épée féminine, la RFA prend l'ascendant sur la Hongrie et l'Italie mais, en individuel, c'est contre toute attente Taime Chappe, 21 ans et vingt-sixième

Philippe Riboud est un premier cru toujours classé ! De la tenue sur la piste et du corps, le Riboud des années 1980 est charpenté à l'envi, équilibré en tout, étoffé et généreux, plutôt rond mais nerveux et très souple. Une pointe d'amertume en 1978 où Philippe un peu vert a été volé de son titre, mais le grand Philippe est un tireur de garde, d'épée, dont le bouquet (global et final) se déguste aussi par les yeux et par l'esprit : deux titres olympiques et trois titres mondiaux.

Avec l'arrivée de l'appareil électrique de sabre en 1989, la suppression du non-valable et de la passe avant, la technique et l'arbitrage du sabre ont beaucoup évolué. La lisibilité de l'assaut aussi, en gardant son côté spectaculaire !

au classement mondial, qui offre à Cuba sa première médaille d'or depuis 1904, en se débarrassant de la surprenante Hongroise Diana Eory (6-4, 6-5). Le Hongrois György Nébald, déjà champion du monde en 1985, remporte, à 33 ans, l'épreuve individuelle de sabre mais son équipe doit s'incliner devant celle de l'URSS qui prend là sa seule médaille d'or.

Gravures de G. von Münchhausen.

À Lyon, le tassement des résultats de l'équipe de RFA, toujours conduite par Emil Beck, est interprété par les observateurs comme durable. Mais la chute du mur de la honte quelques mois plus tôt, en novembre 1989, et la promesse d'une réunification prochaine des deux Allemagne invitent à reconsidérer le constat. En réalité, les années qui s'annoncent constituent une période de transition, en politique comme dans le sport.

2. Transition : le club des cinq (1991-1995)

Le début de la décennie rebat les cartes du jeu géopolitique. La réunification des deux Allemagnes en octobre 1990, l'éclatement de l'URSS à l'automne 1991, l'autonomisation des ex-nations satellites, l'embrasement des Balkans et le déclin de l'apartheid en Afrique du Sud réorganisent assez radicalement le paysage sportif. La transition est particulièrement forte en 1991 et 1992. Dès 1991, une seule équipe d'Allemagne prend ainsi part aux championnats du monde d'escrime. L'année suivante, aux Jeux olympiques de Barcelone, de nouvelles nations font leur retour comme l'Estonie, la Lettonie et la Lituanie, mais les autres pays de l'ex-URSS sont encore regroupés au sein d'une équipe unifiée représentant la Communauté des États indépendants[295]. Chacun participera aux championnats du monde sous son propre drapeau à compter de 1993.

Pour l'escrime, la situation est aussi nouvelle en raison de transformations réglementaires importantes que l'élection de René Roch à la présidence de la FIE ne cessera d'amplifier après 1992. Le tableau des compétiteurs est revu, par exemple, selon une formule où tous les tireurs passent par un premier tour de poule, suivi par deux tours d'élimination directe pour les 128 meilleurs. Sur proposition de la France, la FIE décide par ailleurs d'abandonner les assauts pour la troisième place dans les épreuves de championnats du monde, mais pas aux Jeux olympiques[296]. Deux médailles de bronze seront donc désormais remises à chaque fois. Les débuts de l'épée féminine sont pleins d'incertitudes ; si les Hongroises, par équipe, imposent leur modèle, aucun véritable leadership ne parvient à se dessiner individuellement. Pendant une petite décennie, l'escrime est plus largement entraînée dans un mouvement qui voit les hiérarchies traditionnelles ébranlées. Une dizaine de nations montent d'ailleurs régulièrement sur les podiums des championnats du monde. À croire que la mondialisation a rattrapé l'escrime ; rien n'est moins sûr : la transition est en réalité un temps de nivellement des valeurs entre les

René Roch occupe le poste de président de la FIE de 1993 à 2008, succédant à Rolland Boitelle (France) et laissant son poste à Alicher Ousmanov (Russie). Il défend ardemment les valeurs d'une escrime francophone par la langue mais de plus en plus mondiale par la pratique, plus spectaculaire et télégénique où s'associent modernité et traditions. Entre concessions, innovations et traditions, les combats de la FIE sont parfois difficiles entre tireurs et élus, entre représentants des fédérations nationales, et surtout face au CIO.

cinq grands de l'escrime – Allemagne, France, Hongrie, Italie, Russie –, combiné à une certaine spécialisation par arme et par épreuve : au fleuret masculin, les Allemands et les Italiens, au jeu duquel Ukrainiens et Cubains viennent parfois se mêler ; à l'épée masculine, les Français et les Russes, mais Allemands et Italiens ne sont jamais très loin ; au sabre, les Russes et les Hongrois, suivis de près par les Allemands et les Italiens. Chez les femmes, les sabreuses sont italiennes et roumaines, les épéistes, hongroises.

En 1991, c'est d'ailleurs à Budapest, dans le fief historique des sabreurs magyars, que se déroulent les 39es championnats du monde. Les compétiteurs se retrouvent du 13 au 23 juin au Nep Stadion, loué pour l'occasion une petite fortune par la fédération hongroise[297]. Un public de connaisseurs est là. Outre la télévision hongroise, on compte aussi trois télévisions étrangères, A2 (France), ZDF (Allemagne) et la RAI (Italie) pour assister à un chant du cygne réussi de l'URSS qui, en pleine perestroïka, termine le tournoi avec dix médailles dont trois en or. Sa première place au tableau par médaille et au classement par point des nations en atteste. L'Allemagne unifiée, présente à peu près partout, remporte neuf médailles, mais une seule en or pour une quatrième place au tableau des médailles. Elle est battue par la Hongrie qui n'a pas raté ce rendez-vous de Budapest et remporte sept médailles dont trois en or, et l'Italie, qui rate totalement ces championnats mais qui, avec deux médailles d'or en fleuret féminin… sur deux au total, sauve l'honneur[298]. La France présente pour sa part un bilan mitigé avec, certes, cinq médailles, mais pas une seule du plus noble des métaux. Les surprises sont ailleurs. D'une part, au fleuret, Cuba parvient à dominer l'Allemagne en finale sur le score de 9 à 6. Formés auprès des maîtres russes, polonais et hongrois[299], les Cubains signent ici l'emprise des artistes sur les athlètes[300] et s'offrent la première victoire par équipe de leur histoire. D'autre part, les Allemands, en général, ne bénéficient pas autant de l'apport des escrimeurs de l'ex-RDA que d'aucuns le pressentaient. Il est vrai qu'à y regarder de plus près, l'équipe allemande unifiée d'escrime compte en fait une majorité d'ex-Allemands de l'Ouest, même si la finale du fleuret individuel oppose un ex-Allemand de l'Est, Ingo Weißenborn, à un ex-Allemand de l'Ouest, Thorsten Weidner, tous les deux entraînés à Tauberbischofsheim. C'est le premier qui l'emporte. Les Français Youssef Hocine et Laurent Bel prennent les deux médailles de bronze dans l'épreuve.

L'URSS, pour son ultime apparition, se tire du piège d'une formule de poules affligeante et propulse Andrei Shuvalov, un habitué des podiums, à la première place de l'épée individuelle devant l'Allemand Robert Felisiak et un autre Soviétique, Sergej Kostarev, qui partage le bronze avec le Hongrois Iván Kovács. C'était le premier titre depuis

Encore un produit de l'école de Tauberbischofsheim : Thorsten Weidner ; il terminera en 1991, deuxième derrière son camarade Ingo Weissenborn aux championnats du monde de Bupapet en 1991.

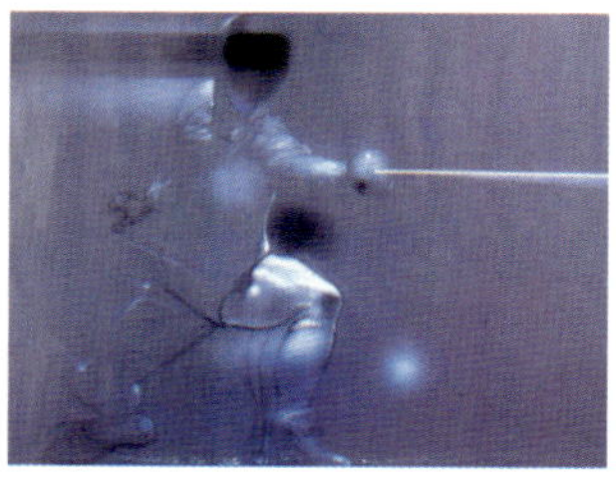

1990. Affiche des mondiaux de Lyon où, pour nombre de tireurs français : maître de soi n'est pas maître chez soi !

vingt ans en individuel pour un Soviétique ! Et dans la foulée, l'URSS, qui n'avait effectivement pas été à ce niveau depuis longtemps, remporte également l'épreuve par équipe devant la France et l'Allemagne. Au sabre, en revanche, elle doit partager les honneurs avec la Hongrie. Par équipe, les Hongrois s'imposent en effet devant les Soviétiques mais, en individuel, Grigori Kirienko devance Peter Abay, le Russe Vadim Gutzeit et le Hongrois Nébald prenant la troisième place. Toutefois, à Budapest, la Hongrie ne laisse pas passer sa chance chez les femmes qui, à l'épée, raflent les deux médailles d'or en individuel (Marianne Horváth) et par équipe. 1992 est une année olympique mais, pour l'escrime, le calendrier est scindé en deux. Le CIO refusant d'inclure les douze épreuves réclamées par la FIE, l'épée féminine se déroule à part, à Cuba, sous la forme de championnats du monde, alors que les autres épreuves ont lieu à Barcelone deux semaines plus tard dans le cadre des Jeux olympiques qui, du 25 juillet au 9 août, accueillent la jeunesse du monde et 169 nations dans un contexte international renouvelé. À La Havane, le résultat confirme la récente domination des Hongroises à l'épée aussi bien par équipe qu'en individuel où Marianne Horváth conserve son titre en battant, le 11 juillet, la Française Sophie Moressée-Pichot. Ces deux médailles ajoutées au bilan de Barcelone (victoire au sabre de Bence Szabo) auraient d'ailleurs donné à la Hongrie la première place au tableau des médailles, mais c'est finalement la France qui, avec cinq médailles dont deux en or, s'impose officiellement en haut de la hiérarchie mondiale.

Barcelone sonne le glas de l'amateurisme aux Jeux olympiques, mais peu d'escrimeurs sont vraiment concernés. En revanche, les droits de télévision s'envolent et fournissent à la FIE des ressources essentielles, malgré le piètre spectacle offert par l'organisation de l'escrime et ses horaires chaotiques qui

Presse et escrime : l'information permanente et pertinente du spectateur ou du téléspectateur : vaste et juste programme !

1991. L'Italienne Giovanna Trillini : une très grande dame de l'escrime mondiale comme l'Italie sait en découvrir et en former. Elle détient huit médailles olympiques dont un titre individuel aux Jeux de 1992 à Barcelone et trois titres consécutifs par équipe. Aux championnats du monde, elle remporte neuf médailles d'or dont deux individuelles en 1991 et 1997.

voient Juan Antonio Samaranch arriver sur place à 17 heures le deuxième jour, alors que tout était déjà terminé ! Sur les pistes, si neuf nations décrochent un podium au palais de la Métallurgie de Barcelone, les membres du « club des cinq », si l'on y place provisoirement l'équipe unifiée de l'ex-URSS, sont les seuls à obtenir une médaille d'or à Barcelone. Les Français Philippe Omnès au fleuret et, en l'absence de Philippe Riboud qui a pris sa retraite dix-huit mois plus tôt[301], Éric Srecki à l'épée offrent aux Tricolores un bilan inespéré[302]. L'Italie, de son côté, confirme sa supériorité au fleuret féminin : la favorite, Giovanna Trillini, championne olympique en titre, l'emporte dans l'épreuve individuelle devant la Chinoise Huefeng Wang et les Transalpines conquièrent également l'or par équipe face aux Allemandes. L'Allemagne se rattrape en s'imposant chez les hommes dans les épreuves par équipe au fleuret (devant les Hongrois) comme à l'épée (devant les Cubains champions du monde en titre). Enfin, l'équipe unifiée de l'ex-URSS, pour son unique apparition aux Jeux olympiques, glane cinq médailles. Par équipe, chez les hommes, elle remporte l'or au sabre et le bronze à l'épée ; mais l'on se demande déjà ce qu'il adviendra de ce groupe quand chacun défendra son propre drapeau. De même, les médailles d'argent de Sergei Golubitsky au fleuret masculin et de Pavel Kolobkov à l'épée masculine comme, chez les femmes, la médaille de bronze au fleuret de Tatiana Sadovskaia, ne peuvent faire oublier que Kolobkov et Sadovskaia sont russes, mais que Golubitsky est ukrainien.

L'interrogation sera levée en juillet de l'année suivante, lors des 41es championnats du monde organisés à Essen, en Allemagne. Bien que 11 pays décrochent au moins une médaille, aucune des ex-nations soviétiques ne remporte une médaille d'or par équipe. En individuel, en revanche, Oksana Jermakova à l'épée féminine pour l'Estonie et Grigori Kirienko au sabre et Pavel Kolobkov à l'épée pour la Russie démontrent que leur talent n'a pas disparu avec l'éclatement de l'URSS. Les Hongrois, par ailleurs, répondent une nouvelle fois présents avec une victoire chez les hommes au sabre par équipe, devant l'Italie, une troisième médaille d'or consécutive chez les femmes à l'épée, devant l'Allemagne, et l'argent d'Aida Mohamed au fleuret féminin et de Bence Szabó au sabre masculin. Mais à Essen, ce sont naturellement les Allemands, suivis des Italiens, qui profitent de la conjoncture. Les premiers remportent onze médailles dont trois en or et deux en argent, les Transalpins, sept dont deux en or et trois en argent. Les élèves d'Emil Beck ne laissent

« Je cherchais à me rendre compte de cette sorte d'aimant qu'il y a pour nous dans l'acier d'une lame. » Alfred de Vigny.

La presse, les archives, les livres d'escrime, autant de sources importantes pour mieux connaître un sport riche par son passé et en promesses d'avenir.

aucune chance à leurs adversaires au fleuret avec, chez les hommes, les victoires en individuel d'Alexander Koch[303], déjà en or à Denver en 1989, et par équipe, devant l'Italie. Chez les femmes, les Allemandes l'emportent par équipe devant la Roumanie et l'Italie, mais elles doivent se contenter de deux médailles de bronze dans l'épreuve individuelle (Zita Funkenhauser et Simone Bauer), remportée par l'Italienne Francesca Bortolozzi. À l'épée masculine, l'Allemagne prend l'argent en individuel (Arnd Schmitt) et le bronze par équipe dans une épreuve également remportée par l'Italie devant la France. Au palmarès des Allemands s'ajoutent enfin l'argent par équipe à l'épée féminine et les deux médailles de bronze du sabre individuel. Si les Allemands ont incontestablement survolé les championnats d'Essen, le « club des cinq » y présente toutefois une exception, la France, qui manque totalement la compétition. Mais la hiérarchie reviendra dans la norme dès l'année suivante, lors des 42es championnats du monde.

Ceux-ci ont lieu à Athènes, du 4 au 11 juillet 1994, dans une véritable fournaise. La participation est satisfaisante : le nombre de tireurs est en légère baisse – 621, contre 644 à Budapest et 743 à Essen –, mais le nombre de nations est en hausse : 216 contre 161 et 194 respectivement en cumulé sur les épreuves. Une première lecture des résultats semble rendre compte d'un élargissement géographique de l'élite. Car non seulement ce sont désormais douze délégations qui reviennent de Grèce avec une médaille, mais, surtout, certaines d'entre elles étaient encore considérées comme des nations mineures sur le plan de l'escrime, comme, par exemple, la Corée du Sud qui obtient le bronze en épée par équipe ou la Chine qui est récompensée du même métal en fleuret masculin par équipe. L'épée féminine, qui se cherche encore, ne contribue d'ailleurs pas à éclaircir le paysage, avec l'or de l'équipe espagnole qui donne un coup d'arrêt à la suprématie hongroise, et le bronze de la Finlandaise Minna Lehtola. Pour autant, dans les autres épreuves, Italie, Russie, Allemagne et France se détachent bien toujours sur la plus haute marche des podiums. Avec la Hongrie, un peu en retrait mais qui remporte malgré tout quatre médailles, ces pays s'accaparent au total vingt-cinq des trente-cinq médailles en jeu. Seules deux nations parviennent à se glisser dans ce club fermé. Cuba, d'abord, grâce à ses épéistes : Rolando Tuckers devance en effet l'Italien Alessandro Puccini et l'Allemand Thorsten Weidner qui partage le bronze avec un autre Cubain, Oscar Garcia. La Roumanie, ensuite, grâce à ses fleurettistes féminines : l'équipe de Roumanie, qui était en progrès constant depuis plusieurs années (quatrième à Budapest, troisième à Barcelone,

L'Italienne Francesca Bortolozzi, médaillée d'or en 1991, 1992 et 1993 individuellement ou par équipe.

deuxième à Essen), remporte une victoire méritée déjà annoncée par celle de sa leader Reka Szabo-Lazar en individuel, devant l'Italienne Valentina Vezzali.

Les autres épreuves s'achèvent, en revanche, avec moins de surprises. L'Italie prend l'ascendant sur l'Allemagne en fleuret masculin par équipe et dans l'épreuve de fleuret féminin, où son épéiste, Laura Chiesa, s'impose devant Katja Nass. La France brille, pour sa part, dans son épreuve favorite, l'épée : médaille d'argent par équipe lors des trois derniers championnats du monde, elle reprend cette fois-ci le titre conquis à Séoul, devant l'Allemagne, mais elle voit la victoire lui échapper en individuel au profit du Russe et champion en titre, Pavel Kolobkov, et doit se contenter du bronze de Jean-Michel Henry, partagé avec l'Allemand Arnd Schmitt. La Russie, enfin, excelle au sabre. Outre sa victoire par équipe devant la Hongrie tenante du titre, elle place Stanislav Pozdniakov et Grigori Kirienko aux deuxième et troisième places en individuel, laissant la victoire à l'Allemand Felix Becker.

Jean-François Lamour, porte-drapeau à Barcelone en 1992 : il est déjà double champion olympique et champion du monde.

82 pays représentés aux Jeux paralympiques de Barcelone pour 3 000 athlètes, dont les escrimeurs français souvent médaillés.

Décidés lors du congrès de la FIE en 1993[304], les 43es championnats du monde se déroulent à La Haye, aux Pays-Bas, du 18 au 23 juillet 1995. La participation bat un nouveau record avec 660 tireurs et 152 équipes représentant 66 pays, mais les spectateurs, eux, ne répondent pas présents. «À La Haye, les championnats du monde d'escrime n'auront pas déchaîné les passions populaires. Ici, comme ailleurs, on préfère la bicyclette ou le ballon rond à la lame de fer», admet Stéphane Joby dans *Le Monde*[305]. Aux Pays-Bas, les cinq nations favorites raflent une nouvelle fois vingt-cinq des trente-cinq médailles mises en jeu. Au tableau final des médailles, la Russie devance en effet l'Italie, la France, la Hongrie et l'Allemagne. Au nombre total de médailles, l'Italie (8) prend cette fois l'ascendant devant la France (6), la Russie (4), la Hongrie (4) et l'Allemagne (3).

Si, au sabre, les Transalpins décrochent, devant les favoris russes et hongrois, un titre après lequel ils couraient depuis... 1972, c'est encore une fois grâce à leur équipe féminine de fleuret qu'ils font la différence. En individuel, trois Italiennes sont en effet encore

Jean-François Lamour, dit « Jef », quitte la scène olympique avec deux nouvelles médailles de bronze : une en individuel, l'autre par équipe. Comme à Los Angeles huit ans plus tôt, les épéistes gagnent l'or, avec Éric Srecki, et le bronze, avec Jean-Michel Henry. Philippe Omnès remporte le fleuret individuel, trente-six ans après le succès de Christian d'Oriola à Melbourne.

présentes en demi-finale… mais elles se heurtent là à la formidable Roumaine Laura Badea qui monte sur la plus haute marche du podium en leur laissant les places d'honneur. En revanche, par équipe, les Giovanna Trillini (argent en individuel), Valentina Vezzali (bronze en individuel) Diana Bianchedi (bronze en individuel), et Francesca Bortolozzi ne laissent aucune chance aux Roumaines de Laura Badea et aux Allemandes d'Anja Fichtel.

Au fleuret masculin, l'affaire se joue entre Russes et Cubains. Par équipe, Cuba l'emporte devant la Russie. Dans l'épreuve individuelle, le Russe Dimitri Chevtchenko s'impose en finale devant l'Espagnol Josef Guerra ; le Cubain Elvis Gregory et l'Ukrainien Sergei Golubitsky, deux habitués des podiums, se partagent le bronze. Le Russe Grigori Kirienko, déjà triple champion du monde (Denver 1989, Budapest 1991, Essen 1993), ajoute une nouvelle ligne à son extraordinaire palmarès en s'imposant au sabre devant l'Allemand Felix Becker et les deux Italiens Toni Terenzi et Luigi Tarantino.

La France brille une nouvelle fois à l'épée. Éric Srecki, surnommé « le Suédois » pour son flegme remarquable et qui avait dû se contenter des places d'honneur depuis dix ans[306], et Robert Leroux réalisent le doublé en individuel dans une finale franco-française. Par équipe, les Tricolores s'inclinent cependant derrière les Allemands, mais devant les Hongrois, qui prennent leur revanche chez les femmes en battant cette fois la France, deuxième, et

Les sabreurs français Lamour, Guichot, Granger-Veyron, Ducheix et Daurelle : médaillés de bronze aux Jeux de Barcelone grâce à leur entraîneur Laszlo Szepesi, entraîneur national venu de Hongrie.

USA

l'Allemagne, troisième. Dans l'épreuve individuelle d'épée féminine, les deux Françaises Laura Flessel et Sophie Moréssée-Pichot décrochent par ailleurs le bronze, laissant la finale aux assauts de la Polonaise Joanna Jakimiuk (médaille d'or) et de la Hongroise Gyöngyi Szalay (médaille d'argent).

Robert Leroux, brillant épéiste et équipier des années 1990. Il termine deuxième aux championnats du monde par équipe en 1991, 1993 et 1995, premier en 1994 et troisième en individuel en 1997.

D'une certaine manière, avec La Haye s'achève une phase de transition. La fusion des deux Allemagnes n'a pas permis aux tireurs de Tauberbischofsheim d'enrayer le déclin amorcé plus tôt. Dans certaines épreuves, Hongrois, Polonais et Cubains jouent les trouble-fête, mais ils ne pèsent ni sur la durée ni sur la totalité de la gamme des armes. De l'ex-URSS, seule la Russie parvient à se maintenir au plus haut niveau. L'Italie et la France rayonnent, l'une au fleuret, l'autre à l'épée. Les incertitudes de la fin des années 1990 sont en voie de disparition. Chez les femmes, le sabre féminin frappe à la porte des Jeux olympiques, mais l'épée a désormais pris ses marques. Au moment où l'escrime entreprend son virage, toutes proportions gardées, vers l'ère du spectacle et de la professionnalisation, l'Europe – politiquement reconfigurée – reste plus que jamais à la pointe. Et dans ce resserrement des valeurs, trois pays paraissent sortir du lot.

3. Ménage à trois : France, Italie, Russie (1996-2009)

L'histoire ne se répète pas, dit-on. En escrime, il lui arrive assurément de bégayer. Car l'entrée dans le nouveau millénaire voit les deux nations historiques de l'escrime, la France et l'Italie, prendre l'ascendant sur leurs concurrents directs que sont l'Allemagne et la Hongrie, et, dans une moindre mesure, la Pologne et la Roumanie, voire l'Azerbaïdjan et les États-Unis. Seule la Russie parvient sérieusement à perturber le couple franco-italien. Les Français se montrent en effet les plus réguliers au sommet des podiums à l'épée, les Italiens au fleuret, les deux nations se partageant le sabre en compagnie de la Russie. L'escrime française vit même son âge d'or pendant cette période, bien qu'en proie à des difficultés avec ses sponsors[307].

Si la domination de ces trois nations pouvait laisser penser à un retour des grandes traditions historiques d'escrime, l'école russe remplaçant en l'occurrence l'école hongroise au sabre, la réalité semble cependant différente. Si chaque pays possède bien une arme privilégiée, l'observation des techniques de

l'élite, des formes d'entraînement et des stratégies fédérales de formation met plutôt en évidence une grande perméabilité des modèles au-delà des frontières, que confortent la diffusion des innovations[308] et l'accélération des flux de personnes. Christian Bauer, ancien entraîneur national du sabre masculin français, ne va-t-il pas entraîner les sabreurs italiens à partir de janvier 2002 en remplacement de Pierluigi Chicca[309] ? Le trio de tête correspond donc plutôt aux nations qui possèdent une forte tradition de l'escrime – synonyme de vivier et d'expérience – et qui, parce qu'elles en ont les moyens économiques, ont su le mieux négocier le virage de l'activité vers davantage de professionnalisme. La fédération française, par exemple, réalise des efforts considérables, ces années durant en direction de la formation, de la recherche de sponsors et de la publicité, y compris selon la formule de spots télévisés en 2005[310]. À ce double registre culturel et économique, le cas allemand vient certes opposer son exception. Mais l'escrime allemande avait historiquement fondé sa performance sur la concentration de son élite en un lieu particulier, Tauberbischofsheim, et auprès d'un entraîneur-organisateur hors pair, Emil Beck, également en charge de l'équipe nationale. Or, l'homme et son système disparaissent en 2000[311], laissant l'Allemagne dans un temps de reconstruction qui ne lui permet de jouer les premiers rôles qu'irrégulièrement, avant un retour au premier plan beaucoup plus récemment. La Hongrie et la Pologne, pour leur part, possèdent la tradition, mais pas les moyens de la faire fructifier. Leurs effectifs fondent au tournant du siècle, rendant difficile le maintien de leur élite au plus haut niveau.

Éric Srecki, champion du monde par équipe en 1994, deuxième en 1995, 1993, 1991 et 1990, troisième en 1987. Il remporte les titres de champion olympique en 1992 et se classe troisième aux Jeux de 1996. Champion du monde individuel en 1995 et 1997 et vice-champion du monde en 1990, 1991, 1993, 1995 et 1998, il termine troisième aux mondiaux de 1987. Un formidable champion, actuellement directeur technique national de la Fédération française d'escrime !

Cette nouvelle période commence incontestablement avec les Jeux olympiques d'Atlanta. Là, du 19 juillet au 4 août 1996, près de 200 nations et plus de 10 000 athlètes sont réunis pour les Jeux du centenaire. Pour la première fois aux JO, les nations de l'ex-Union soviétique concourent sous leur propre bannière. Ni les problèmes de transport et de communication, ni même l'attentat à la bombe de fondamentalistes chrétiens d'extrême droite au milieu du parc du Centenaire n'ont raison de la fête olympique. L'escrime fait partie des 26 sports d'un pro-

gramme que le CIO envisage de refonder. Atlanta a en effet été présenté aux fédérations internationales comme un test. L'escrime joue gros. Elle a obtenu un élargissement de son programme à l'épée féminine[312] pour un total de dix épreuves mais, dans les salles du Georgia World Congress Center où sont opposés les 233 tireurs sélectionnés, l'attention des observateurs patentés du CIO se porte autant sur les performances des compétiteurs que sur

Quel chemin parcouru depuis le XVIe siècle ou même le XIXe : l'escrime a changé d'armes, changé son image et son public mais n'a pas perdu son âme !

celles des jurys, du directoire technique et de la mise en scène.

L'escrime, resserrée sur un calendrier de six jours, passe le test olympique avec succès, mais ne peut pas grand-chose contre les critiques relevant son manque d'universalité. Seules huit nations montent sur un podium, dont sept d'Europe. Quant aux médailles d'or, elles n'en concernent que quatre : outre la Roumanie qui, grâce à sa championne du monde en titre, Laura Badea, remporte le fleuret féminin devant les deux Italiennes Valentina Vezzali et Giovanna Trillini, seules la France, l'Italie et la Russie obtiennent la consécration suprême. Ces trois pays raflent même sept médailles chacun, soit vingt et une sur un total de trente mises en jeu ! La Russie l'emporte au tableau des médailles (quatre en or), la France au Grand Prix des Nations sur l'ensemble du tournoi.

La tradition est, à Atlanta, largement respectée : la Russie domine le sabre, la France brille à l'épée, l'Italie contrôle le fleuret. Qu'on en juge. Chez les hommes, les sabreurs russes, Stanislav Pozdniakov, vice-champion du monde à Athènes, et Sergei Sharikov, réalisent le doublé en individuel devant le Français Damien Touya, troisième. Ils s'imposent aussi par équipe, reléguant respectivement la Hongrie et l'Italie aux deuxième et troisième places. À l'épée masculine, Aleksandr Beketov prend l'or en individuel devant le Cubain Ivan Trevejo Perez ; cependant, les Russes échouent en finale derrière les Italiens, mais devant les Français. La Russie remporte aussi le fleuret hommes par équipe devant la Pologne et Cuba. Au fleuret individuel, toutefois, l'Italien Alessandro Puccini, vice-champion du monde à Athènes, s'impose et renvoie les Français Lionel Plumenail et Franck Boidin aux places d'honneur chez les hommes, tandis que, chez les filles, l'équipe transalpine emmenée par Valentina Vezzali bat la Roumanie et l'Allemagne.

Côté français, l'équipe de fleuret ne participe pas aux Jeux pour la première

1996 voit l'entrée des épéistes féminines aux JO et le triomphe des Françaises avec Laura Flessel et aussi Valérie Barlois : belle escrime et belles armes !

fois de son histoire[313], mais c'est à l'épée féminine, cette nouvelle épreuve olympique, que l'impression laissée est la plus forte. Laura Flessel remporte en effet le titre individuel en battant en finale sa compatriote Valérie Barlois. Fortes de ce doublé, les Françaises ne laissent aucune chance aux Italiennes et aux Russes dans l'épreuve par équipe.

L'année post-olympique est généralement difficile pour les Français. Mais les championnats du monde de 1997 en sont un parfait… contre-exemple, puisque les Tricolores restent sur leur lancée d'Atlanta en finissant en tête au tableau des médailles (sept dont trois en or) devant Cuba et l'Italie et en s'emparant du Grand Prix des Nations, devant l'Italie. Ces championnats se déroulent au Cap, dans l'Afrique du Sud de Nelson Mandela, celle de l'après-apartheid, désireuse de s'ouvrir au monde et de favoriser la réconciliation nationale en accueillant des événements sportifs internationaux. La Coupe du monde de rugby, en 1995, avait joué ce rôle[314]. Les championnats du monde de 1997, défendus lors du congrès de la FIE trois ans plus tôt à Athènes[315], sont pensés dans le même esprit.

La France avait affiché ses ambitions six mois plus tôt en prenant la première place des championnats d'Europe

Aux Jeux de 1996 côté fleuret féminin, l'Italie, la Roumanie et l'Allemagne se partagent les médailles sauf celle de Laurence Modaine (France) qui gagne le bronze.

PHILIPPE
FRA

d'escrime, disputés à Limoges en novembre[316]. Au Cap, elle parvient à décrocher une médaille d'or dans toutes les armes, démontrant ainsi sa polyvalence. Si sa performance dans l'épreuve d'épée individuelle était attendue, Éric Srecki conservant pour une touche son titre face au Russe Pavel Kolobkov[317] et Robert Leroux partageant le bronze avec le Polonais Robert Andrzejuk, elle est en revanche plus surprenante au fleuret masculin par équipe[318] où elle l'emporte devant Cuba et l'Italie, et encore davantage au sabre par équipe, une épreuve qu'elle n'avait jamais remportée de son histoire[319] et dans laquelle elle parvient, décomplexée, à repousser à la fois les Russes et les Hongrois aux deuxième et troisième places.

Les Italiens s'en sortent une nouvelle fois grâce à leurs fleurettistes de charme : en individuel, Giovanna Trillini, déjà championne du monde en 1991 et championne olympique l'année suivante, repousse les velléités des Allemandes : Sabine Bau est médaille d'argent, Monika Weber de bronze, à égalité avec l'Italienne Diana Bianchedi qui contribue, avec Trillini, à la victoire par équipe, devant les Roumaines et les Allemandes. Cuba réalise, pour sa part, une belle performance à l'épée en remportant l'épreuve par équipe chez les hommes pour la première fois de son histoire, devant l'Allemagne et l'Italie, et en réalisant un magnifique doublé en individuel chez les femmes, avec une finale entre Miraida Garcia-Soto et Zuleydis Ortiz-Puente. Au fleuret masculin, l'épreuve subit un sérieux dépoussiérage. Si Sergei Golubitzky, déjà vice-champion olympique à Barcelone et vice-champion du monde à Essen en 1993, donne à l'Ukraine sa seule médaille d'or, il bat en en finale un Sud-Coréen, Kim Young-Ho, et c'est un Chinois, Wang Haibin, qui partage le bronze avec le Français Lionel Plumenail. La Russie double la mise avec l'or au sabre de son champion olympique en titre, Stanislav Pozdniakov, qui bat en finale l'Italien Luigi Tarantino[320]. La Hongrie sauve l'honneur en décrochant la victoire à l'épée féminine par équipe, devant l'Allemagne et la France.

L'année suivante, en 1998, les championnats du monde se tiennent à La

1997. De capes et d'épées, le programme des mondiaux du Cap.

L'équipe de France d'épée vainqueur des mondiaux de Séoul 99 avec Rémy Delhomme, Jean-Francois Di Martino, Hugues Obry et Éric Srecki.

D'estoc ou de taille, Roger Ducret fut l'équipier exemplaire de l'équipe de France de fleuret, de sabre et d'épée. Aux Jeux olympiques de 1924, il réussit l'exploit d'être médaillé dans ces trois disciplines. Seul Nedo Nadi fit mieux que lui ! Un exploit impossible actuellement !

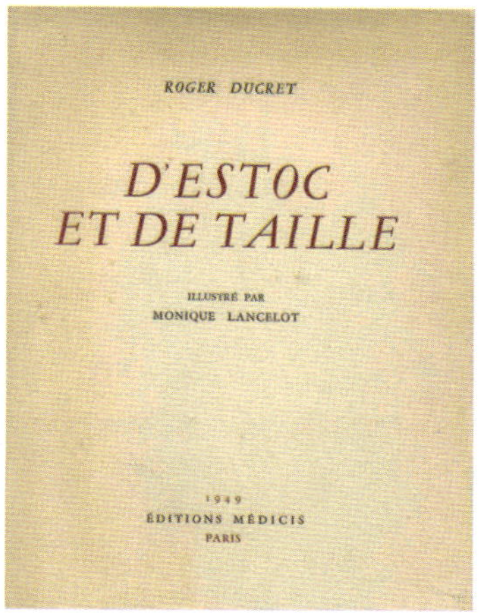

Chaux-de-Fonds, en Suisse, sur une décision de la FIE prise en 1996 en l'absence d'autres candidatures[321]. La France ambitionne d'y défendre son rang de numéro 1 mondial[322], mais un changement de calendrier vient perturber la préparation des équipes en brouillant quelque peu les pronostics. Les organisateurs suisses, qui avaient d'abord proposé le mois de juillet, reviennent en effet sur leur choix en 1996 et demandent que la période du 5 au 15 octobre 1998 soit retenue, suivant en cela les recommandations de l'UER qui privilégie la Coupe du monde de football en juillet. Or, ce choix, qui ne correspond pas aux statuts de la FIE, oblige à modifier les cycles d'entraînement des escrimeurs et aurait également des répercussions sur le calendrier de 1999 où la préparation physique devrait aussi tenir compte du calendrier des Jeux olympiques de Sydney l'année suivante[323] ! Entre contraintes de la préparation et exigences de la télévision, les secondes l'emportent et les championnats de La Chaux-de-Fonds débutent finalement le 6 octobre pour s'achever le 11.

Avec trois médailles d'or et autant d'argent, la France obtient un résultat jugé encore meilleur qu'au Cap en se classant une nouvelle fois en tête du tableau des médailles et du Grand Prix des Nations[324]. Elle domine singulièrement dans son arme de prédilection, l'épée. Certes, chez les hommes, on attendait Éric Srecki, fort d'un palmarès éblouissant de dix-huit victoires en Coupe du monde, un titre de champion olympique et deux de champion du monde, mais le Français est sorti en tour d'élimination par un modeste Autrichien, Markus Robatsch. Qu'à cela ne tienne : c'est un autre Français, Hugues Obry, à qui il reviendra finalement de défendre brillamment la tradition en remportant le tournoi devant le Suédois Peter Vanky[325]. Par équipe, la France doit cependant laisser filer la Hongrie[326]. Chez les femmes, Laura Flessel offre un doublé historique à la France. La double championne olympique domine

l'Allemande Denise Holzkamp en finale de l'épreuve individuelle et conduit son équipe au titre mondial devant les Cubaines[327]. Les Français complètent leur performance collective avec deux médailles d'argent par équipe chez les

« Il faut que le jugement agisse dans toutes les actions que l'on veut entreprendre quand on a l'épée à la main, parce qu'il faut pour le moins autant combattre de la tête que de la main. » Philibert Morin, sieur de La Touche, Les Vrais Principes de l'espée seule, *1670.*

1999. Le sabre féminin fait son entrée dans l'escrime mondiale : il était temps ! Italie, France et Azerbaïdjan s'approprient les premières médailles !

hommes au fleuret, où ils s'inclinent devant les Polonais, et au sabre, où les Hongrois reprennent le titre après lequel ils couraient depuis Essen.
L'Italie se classe deuxième dans ces championnats. Au fleuret féminin, si Giovanna Trillini et Valentina Vezzali, médailles de bronze, doivent laisser l'or à l'Allemande Sabine Bau et l'argent à la Russe Svetlana Bojko, le titre par équipe ne leur échappe pas. Chez les hommes, les Transalpins réussissent par ailleurs un superbe doublé au sabre avec une victoire de Luigi Tarantino sur son compatriote Raffaello Caserta qui met fin à une domination de trois ans des Russes. Enfin, au fleuret masculin, le champion du monde en titre, l'Ukrainien Sergei Golubitzky, s'impose sur le Cubain Elvis Gregory.
Pour les championnats du monde de 1999, il était dit que les escrimeurs devraient partir loin de leur base européenne. Sydney, candidate dans un premier temps, retire son dossier ; Bogotá, en Colombie, envisage à son tour d'en déposer un, mais renonce également. Les championnats ont donc finalement lieu à Séoul, en Corée du Sud, entre le 1er et le 8 novembre[328], avec une excellente participation : respectivement 83 tireurs et 19 nations au fleuret féminin dans les épreuves individuelles et par équipe, 116 et 23 en fleuret masculin, 104 et 23 à l'épée féminine, 132 et 28 à l'épée masculine, 59 et 14 au sabre féminin et 86 et 20 au sabre masculin.
Douze pays étaient montés sur le podium à La Chaux-de-Fonds ; ils sont quinze à Séoul. Un nouveau record ! Le chiffre met en évidence le processus de mondialisation dans lequel est engagée l'escrime, mais il doit être nuancé par la concentration des victoires entre les mains d'une demi-douzaine de pays

Le sabre et l'épée, pour des raisons fonctionnelles ou symboliques, furent longtemps interdits aux femmes.

« *Quand les lumières de l'esprit se joignent à l'adresse du corps, c'est alors que les armes sont dans leur plus beau lustre.* »
Philibert Morin, sieur de La Touche, Les Vrais Principes de l'espée seule, *1670.*

seulement. La France, avec huit médailles dont cinq en or, maintient son rang de leader[329], suivie de l'Allemagne et de l'Italie, avec six médailles dont deux en or chacune. La Corée, qui avait découvert l'escrime après la Seconde Guerre mondiale grâce à quelques étudiants partis au Japon[330], avait placé de nombreux espoirs dans la compétition ; elle devra se contenter de la médaille de bronze de Young-Ho Kim au fleuret masculin, lui qui avait déjà décroché l'argent deux ans plus tôt. La Russie, pour sa part, glane quatre médailles, mais n'affiche pas une seule victoire.

La France est présente cette année dans toutes les armes. Signe d'une domination mondiale exceptionnelle, elle remporte les trois épreuves masculines par équipe : le fleuret, devant une accrocheuse équipe de Chine (victoire par 45 touches à 44), l'épée masculine, devant une solide équipe d'Allemagne (45-40), le sabre, devant une Pologne dépassée (45-27). En individuel, Laura Flessel-Colovic conserve son titre à l'épée féminine au détriment de la Suisse Diana Romagnoli. Quant au Tarbais Damien Touya, il s'impose au sabre masculin en repoussant deux champions du monde, le Russe Stanislav Pozdniakov et l'Italien Luigi Tarantino, aux deuxième et troisième places[331].

Au fleuret, l'irrésistible Ukrainien Sergei Golubitsky conserve son titre pour la troisième année consécutive, au détriment de l'Italien Matteo Zennaro. Chez les femmes, l'Italienne Valentina Vezzali bat en finale la championne en titre, l'Allemande Sabine Bau, qui s'impose cependant par équipe où, avec ses compatriotes, elle devance les Polonaises et les Chinoises. À l'épée individuelle masculine, l'Allemand Arnd

L'escrime transforme le fer en or et l'histoire en collections : livres, gravures, bronzes ou armes n'en sont que des aspects !

La Fédération française d'escrime trouve ses racines institutionnelles en 1882 et voit le jour en 1906. Fédération mère de l'escrime et de la FIE, la FFE revendique le leadership aux championnats des nations, aux trois armes et au niveau culturel. Sur le plan international, la FFE a toujours joué un rôle important avec ses 65 000 licenciés et ses 750 salles d'armes, sa féminisation de 33 % et la qualité de sa maîtrise d'armes.

Schmitt s'impose sur le Suédois Peter Vanky, battu en finale comme l'année précédente. Dans l'épreuve féminine par équipe, la Hongrie l'emporte sur la Chine, qui fait une entrée remarquée au plus haut niveau, et l'Allemagne.

À Séoul, le sabre féminin fait aussi son apparition officielle au programme des championnats du monde. Le résultat montre la domination de trois nations dont la caractéristique commune est de posséder une tradition du sabre masculin et un vivier de fleurettistes femmes : l'Azerbaïdjan, l'Italie et la France. Par équipe, l'Italie prend ainsi l'ascendant sur la France et l'Azerbaïdjan. En individuel, l'Azérie Elena Jemayeva, qui s'entraîne à Moscou où elle est mariée au fleurettiste russe Mamedov, remporte le titre devant l'Italienne Ilaria Bianco. La jeune Française Ève Pouteil-Noble, 18 ans, partage le bronze avec l'Italienne Anna Ferraro. Mais, dans cette jeune épreuve, les hiérarchies sont encore loin d'être arrêtées.

Les championnats du monde de Séoul étaient d'ailleurs qualificatifs pour les Jeux olympiques de 2000, à Sydney, à l'exception, justement, du sabre féminin, encore non inclus dans le programme des Jeux et qui fait l'objet de championnats spécifiques, à Budapest, du 30 juin au 2 juillet 2000. Ceux-ci regroupent 65 participantes en individuel et 17 équipes. En individuel, le classement est sans surprise, puisqu'il voit l'Azérie Elena Jemayeva et l'Italienne Ilaria Bianco terminer aux deux premières places exactement comme l'année précédente, les deux médailles de bronze revenant à la Française Anne-Lise Touya et à l'Allemande Sandra Benad. Par équipe, toutefois, l'Italie (deuxième) et la France (troisième) se font bousculer par une conquérante équipe américaine qui trouve dans cette nouvelle arme le moyen d'intégrer le gotha mondial à moindres frais.

Les deux délégations, italienne et française, se rattraperont à Sydney, dans le Convention and Exhibition Center du cœur de la ville, finalement préféré au Hordern Pavillon et au Royal Hall of Industry situés en banlieue. Aux Jeux olympiques, du 15 septembre au 1er octobre 2000, les épreuves d'escrime qui réunissent 200 compétiteurs permettent en effet à l'Italie de s'imposer au tableau des médailles avec trois victoires et autant de troisièmes places, et à la France de revenir avec le plus grand nombre de médailles (six), même si ses quatre médailles d'argent laissent un goût d'inachevé[332]. La Russie réalise également de très bons Jeux avec quatre podiums au total, dont trois victoires.

Première escrimeuse à remporter trois fois le titre olympique individuel (en 2000, 2004 et 2008), la Vezzali est la plus grande dame de l'escrime mondiale, remportant en l'espace de dix ans plus de 50 médailles d'or au niveau mondial ! Valentina incarne le fleuret féminin mais donne également l'image d'un caractère aussi bien trempé que son fleuret et d'une volonté extraordinaire à être la meilleure pour marquer l'histoire de son nom. Volonté, motivation et travail imprègnent sa vie jusqu'à l'obsession, depuis qu'elle a découvert l'escrime à l'âge de 6 ans au célèbre club de Jesi qui alimente l'équipe italienne en tireurs internationaux.

La tradition italienne du fleuret féminin se poursuit avec la victoire de la championne du monde en titre, Valentina Vezzali, et le bronze de sa compatriote Giovanna Trillini, elle-même ancienne championne du monde, l'Allemande Rita König venant s'intercaler entre elles. Par équipe, les Transalpines ne laissent aucune chance aux Polonaises et aux Allemandes. L'Italie refait aussi le coup d'Atlanta en remportant l'épée par équipe chez les hommes, à la grande frustration des Français, deuxièmes, et des Cubains, troisièmes. En revanche, on assiste à la victoire historique d'un Asiatique au fleuret masculin avec le Sud-Coréen Young-Ho Kim qui se défait en finale de l'Allemand Ralf Bisdorff. Le Russe Dimitri Chevtchenko, déjà médaillé à Lyon dix ans plus tôt, remporte de nouveau le bronze. La Russie, plus éclectique que jamais, repousse d'ailleurs chez les hommes les velléités françaises au sabre par équipe, laissant l'Allemagne à la troisième place, et se joue facilement des Suisses et des Chinoises chez les femmes. À l'épée, Pavel Kolobkov domine le Français champion du monde Hugues Obry, la médaille de bronze revenant à un Sud-Coréen, Sang-Ki Lee.

Abonnés à la deuxième place, les Français obtiennent une nouvelle médaille d'argent dans l'arme de taille, Matthieu Gourdain étant défait en finale par le Roumain Mihai Covaliu, mais ils obtiennent une victoire attendue au fleuret par équipe hommes en battant, comme l'année d'avant et sur le même score serré de 45 à 44, la Chine[333]. À l'épée féminine, la championne du monde en titre, la Française Laura Flessel-Colovic, se contente cette fois du bronze, laissant en finale la Hongroise Timea Nagy venir à bout de l'Helvète Gianna Halbluetzel-Bürki.

La déception des Français a peut-être à voir avec la perturbation de leur préparation consécutive à la tempête qui a détruit quelques mois plus tôt les bâtiments de l'Institut national des sports et

Combien de leçons, combien de touches reçues pour obtenir le geste juste au bon moment ?

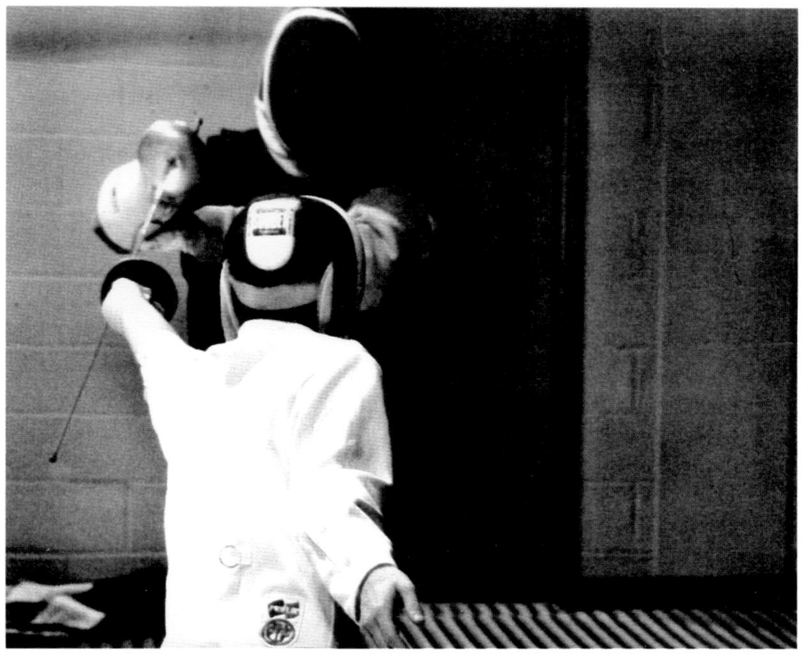

de l'éducation physique où ils s'entraînaient[334]. Toujours est-il que les Tricolores comptent bien rebondir du 26 octobre au 1er novembre 2001 en profitant d'un retour des championnats du monde en France pour la neuvième fois de leur histoire. Le lieu choisi est plus précisément Nîmes, préférée à Lisbonne, et les phases finales sont prévues dans les magnifiques arènes romaines de la ville, que l'on a couvertes pour l'occasion. Suite au succès de l'escrime à Sydney, le président du CIO a fait le déplacement, mais la compétition est marquée par des scènes de passivité tactique dans les assauts qui amoindrissent fortement la qualité du spectacle[335].

La France vise alors cinq ou six médailles[336] ; elle en obtient dix – un record national – même si, au classement, elle se fait devancer par l'Italie et la Russie[337]. Les arènes de Nîmes sont celles de l'exploit pour ces trois nations qui totalisent dix médailles d'or sur douze, ne laissant aux Allemands que la victoire à l'épée féminine de Claudia Bokel sur la Française Laura Flessel-Colovic qui revient au plus haut niveau après sa maternité[338], et aux Hongrois celle de l'épée masculine par équipe.

L'Italie demeure impériale au fleuret en s'imposant par équipe chez les femmes, tout en remportant les deux victoires individuelles avec Salvatore Sanzo et la championne olympique Valentina Vezzali qui, du haut de son 1,64 mètre, continue de construire sa légende[339].

Chez les hommes, les Français font cependant mieux que résister puisque, non contents de s'imposer par équipe en remontant douze points en finale sur les Polonais, ils remportent l'argent (Loïc Attely) et les deux médailles de bronze en individuel (Brice Guyart et Franck Boidin), récoltant ici le résultat

Laura Flessel : alliance de la beauté et du talent, unissant travail et volonté, l'épéiste gauchère du Lagardère Paris Racing, surnommée « la guêpe », est la figure emblématique de l'escrime française sinon du sport français.

Anne-Lise Touya a su concilier vies familiale, professionnelle et sportive. Et les mener au plus haut niveau ! Un bel exemple à suivre !

d'un durcissement des entraînements voulu par l'entraîneur national Patrice Menon[340]. Paolo Milanoli complète, par ailleurs, à l'épée masculine le palmarès italien alors que, côté français, Anne-Lise Touya repousse au sabre féminin les velléités des Transalpines, en battant Ilaria Bianco qui échoue donc une troisième année consécutive en finale, de même que Gioia Marzocca et la championne azérie en titre Elena Jemayeva, qui restent sur la troisième marche du podium.

Outre sa victoire à l'épée féminine devant la Suisse, exactement comme à Sydney, la Russie conserve surtout, quant à elle, son leadership dans l'arme de taille, en prenant l'or dans les deux épreuves par équipe et en bénéficiant de la victoire de Stanislav Pozdniakov sur le Français Julien Pillet en individuel. Ce bon résultat la place sur une trajectoire ascendante qui l'amène l'année suivante à un niveau qu'elle n'avait pas connu depuis longtemps. L'affaire se joue alors à Lisbonne, préférée à la cité italienne de Bari. D'abord prévus du 12 au 18 août, ces championnats du monde se déroulent finalement du 18 au 23 août 2002[341], afin de satisfaire les récriminations du principal sponsor et de la télévision qui annonçaient de très mauvais taux d'écoute sur une telle période[342]. La Russie revient du Portugal avec neuf médailles dont six en or, très loin devant tous ses concurrents directs. Chez les femmes, à l'épreuve individuelle du fleuret, Svetlana Boyko, première, et Yekaterina Youcheva, deuxième, mettent ainsi très provisoirement un terme, dans une finale entièrement russe, à la domination de Valentina Vezzali qui ne monte même pas sur le podium. Les Russes s'imposent en outre par deux fois par équipe, d'abord au fleuret, pour la première fois de leur histoire, devant la Pologne, puis au sabre, en conservant leur titre devant la Hongrie. Dans l'arme d'estoc et de taille, l'école russe vit d'ailleurs plus que jamais un âge d'or puisque, chez les hommes, ses sabreurs poursuivent leur lancée en demeurant invaincus depuis Sydney par équipe, cette fois devant l'Italie et l'Allemagne, alors que, en individuel, Stanislav Pozdniakov, impérial, ajoute une quatrième médaille d'or depuis Atlanta à son palmarès, ici au détriment du Français Julien Pillet. À l'épée, les Russes doivent cependant tenir compte des Français. Certes, Pavel Kolobkov tient le jeune Martiniquais Fabrice Jeannet à distance dans la finale de l'épreuve individuelle mais, par équipe, les Russes doivent s'incliner devant les Tricolores. Pour la France, cette victoire est d'ailleurs la seule. Un maigre lot de consolation, obtenu le dernier jour des

Les sept différentes étapes importantes de la fabrication d'une lame dans les forges Prieur.

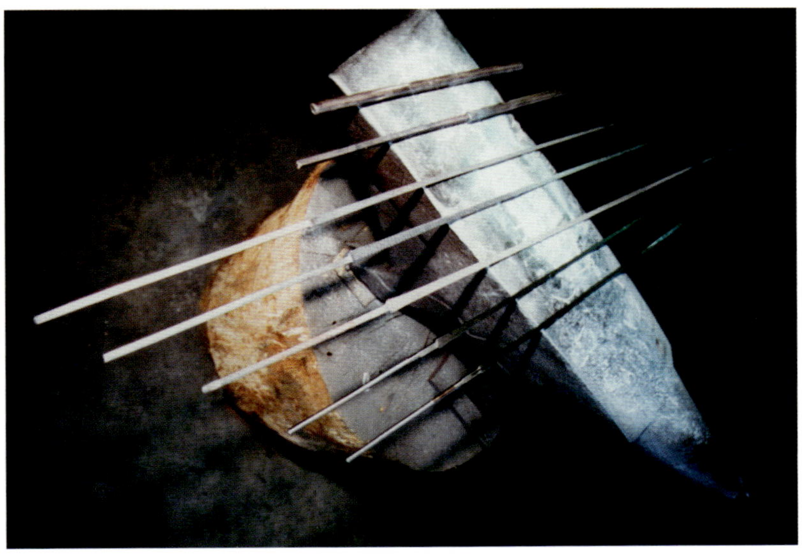

Si le sport de haut niveau reste une préoccupation essentielle, les formes d'escrime se multiplient afin d'assurer sa diffusion auprès d'un large public : l'escrime artistique, l'escrime rééducative et éducative handisport, l'escrime éducative scolaire et universitaire, l'escrime loisir, à une arme ou à plusieurs, et le ludoescrime.

championnats, pour un bilan mitigé[343], malgré la deuxième place au tableau des médailles. Il est vrai que les Français ont eu à gérer deux situations de crise. La première est institutionnelle. Quelques mois avant que ne débutent les championnats du monde, en effet, « le conflit qui oppose le directeur technique national de l'escrime, Philippe Omnès, à l'entraîneur national du sabre masculin, Christian Bauer, menace de dégénérer en crise fédérale[344] ». La seconde est individuelle, mais a des conséquences sur toute la délégation, car elle touche l'une des plus grandes épéistes françaises, Laura Flessel, contrôlée positive à la coramine glucose lors d'un contrôle antidopage réalisé quelques jours plus tôt[345]. La pression subie par la Guadeloupéenne, double championne du monde à cette occasion, sera responsable de son élimination précoce en quart de finale de l'épée face à une jeune Sud-Coréenne, Hyun Hee[346], et d'une relative contre-performance dans l'épreuve par équipe où les Françaises terminent sixièmes.

La France limite malgré tout les dégâts avec un total de cinq médailles dont une en or. C'est aussi avec une seule victoire chacune que l'Allemagne, la Hongrie et l'Italie repartent de Lisbonne : au fleuret masculin, l'Allemagne détrône la France par équipe alors que l'Italien Simone Vanni bat en finale l'Allemand André Wessels en individuel. L'épée féminine par équipe est remportée par la Hongrie devant l'Estonie. La véritable surprise provient en fait moins de cette dispersion des résultats au pied des Russes que de la montée en puissance de l'Asie depuis les derniers Jeux olympiques de Sydney. « Les escrimeurs

Fabrice Jeannet et Benjamin Steffen, en action lors du match France-Suisse du challenge Monal au stade Pierre de Coubertin à Paris.

asiatiques s'invitent sur les podiums mondiaux », note Gilles Van Kote dans *Le Monde*[347]. Effectivement, la percée de la Corée du Sud, en épée d'abord, se confirme. La tombeuse de Laura Flessel, Hyun Hee, bat ainsi en finale l'Allemande Imke Duplitzer et, chez les hommes, les épéistes sud-coréens remportent deux médailles de bronze, en individuel avec Ku Kyo-Dong, et par équipe. Quant à la Chine, présente en escrime depuis 1974, la médaille d'argent de Luan Jujie aux championnats du monde de 1981 avait sonné comme un avertissement, certains pronostiquant une arrivée au plus haut niveau des tireurs chinois au mitan des années 1980[348]. Le chemin a duré plus longtemps que prévu, mais les progrès sont incontestables puisque, à Lisbonne, les Chinois obtiennent une troisième place au fleuret masculin, Wu Hanxiong partageant le bronze avec le Polonais Piotr Kielpikowski, et

Commencer l'escrime par le fleuret ou se spécialiser très tôt n'est pas obligatoire en escrime ; diversifier les pratiques est souvent plus enrichissant pour les jeunes escrimeurs et futurs champions.

à l'épée féminine par équipe. En outre, au sabre, Tan Xue se défait de la championne en titre Anne-Lise Touya en huitièmes de finale, puis parvient en finale où elle s'impose face à l'Azérie Elena Jemayeva, championne du monde en 2000[349]. Néanmoins, les nations historiques ne sont pas encore vraiment menacées, comme le confirment les championnats du monde suivants.

La compétition quitte pourtant une nouvelle fois l'Europe. Bien que l'Espagne ait émis le vœu d'être candidate pour 2003, elle n'envoie finalement pas de dossier, laissant dès lors Cuba plébiscitée par la FIE pour l'organiser[350]. C'est en effet La Havane qui accueille l'événement du 5 au 11 octobre 2003. L'île, où l'escrime fut importée par quelques riches Européens au début du XXe siècle, ne l'avait plus accueilli depuis 1969. Pour les autorités locales, ces 50es championnats du monde sont un moyen de relancer un sport où les résultats, brillants quelques années plus tôt à l'épée grâce à l'apport des maîtres soviétiques, s'essoufflent désormais sur fond d'embargo américain[351]. Objectif non atteint : les Cubains repartent bredouilles de la compétition.

Les vétérans ont aussi leurs championnats du monde tous les ans ; les premiers eurent lieu en 1937 mais le véritable départ fut en 1997.

À dix mois des Jeux olympiques d'Athènes, la participation atteint des records, puisqu'un millier de compétiteurs de 85 nations font le déplacement dans les Caraïbes, nouvelle terre d'accueil de l'escrime mondiale[352]… sans les Russes au départ, retardés à Paris par des problèmes d'avion et qui ratent la première journée. Les conditions sont spartiates ; les médias, eux, ne sont pas vraiment au rendez-vous pour assister à une nouvelle démonstration de l'Italie, neuf médailles dont quatre en or, de la Russie, quatre médailles dont trois en or, et de l'Allemagne, cinq médailles dont une en or. Suivent à distance, avec une victoire chacune, la France, la Roumanie, la Pologne et l'Ukraine. À la différence des épéistes sud-coréens, absents des podiums, les Chinoises confirment leur performance de l'année précédente avec trois médailles d'argent et une de bronze.

L'artiste peintre Julia Houlbreque et sa technique réaliste : touche après touche, elle retranscrit la vérité du combat !

Si l'Italie rate le podium au fleuret féminin par équipe, en laissant la victoire aux Polonaises suivies des Russes, sa délégation féminine confirme plus généralement sa domination mondiale dans toutes les armes. Dans l'épreuve individuelle de fleuret, Valentina Vezzali reprend ainsi le titre perdu l'année précédente en s'imposant en finale devant la Polonaise Sylwia Gruchala. À l'épée féminine, Natalia Conrad repousse la Française Maureen Nisima pour la première place et sa compatriote Cristiana Cascioli partage le bronze avec la Chinoise Li Na, tombeuse de Laura Flessel-Colovic en quart de finale pour une petite touche. Au sabre, les Italiennes montent également sur la plus haute marche du podium, devant la Chine et, en individuel, prennent le bronze avec Gioia Marzocca dans une épreuve qui voit, en finale, la Roumaine Dorina Mihai dominer la Chinoise Tan Xue.

Chez les hommes, les fleurettistes transalpins sont encore plus impressionnants que leurs homologues féminines. Ils s'imposent par équipe devant la Chine et l'Allemagne, championne en titre, et, en individuel, prennent l'argent (Simone Vanni) et le bronze (Andrea Cassarà), en laissant la victoire à l'Allemand Peter Joppich[353].

Pour sa part, la Russie prend trois médailles d'or par équipe, chez les hommes à l'épée devant l'Allemagne et la Suède et au sabre devant la Hongrie et l'Allemagne, et chez les femmes à l'épée devant… l'Allemagne et la Hongrie. À Cuba, la France sauve l'honneur avec ses épéistes des Caraïbes : le Martiniquais Fabrice Jeannet, à 23 ans, s'impose dans l'épreuve individuelle face à l'Ukrainien Maksym Khvorost; le Guyanais Ulrich Robeiri partage le bronze avec le Biélorusse Vitali Zakharov. Enfin, on attendait un Russe au sabre : la finale oppose finalement un Ukrainien, Vladimir Lukashenko, à un Roumain, Mihai Covaliu.

En 2004, année olympique, deux épreuves féminines – non encore retenues par le CIO dans le programme des Jeux d'Athènes –, constituent des championnats du monde réduits et mal raccrochés au tournoi olympique puisqu'ils ont lieu loin de Grèce, à New York, le 11 juin[354]. Le programme lui-même apparaît éclectique – sabre par équipe et fleuret par équipe – et incompréhensible pour un néophyte n'ayant pas suivi les réflexions du petit monde de l'escrime. Le sabre par équipe est remporté par la Russie, qui retrouve le titre perdu l'an dernier ;

« L'arbitre est maintenant aidé par la vidéo. Et ça marche très bien, ça a beaucoup calmé les comédiens… et les ardeurs des uns et des autres. »
J.-F. Lamour

Fabuleux Fabrice Jeannet : deux médailles d'or à l'épée aux JO de 2008 et 2004 par équipe ; médaille d'argent aux Jeux de 2008 ; Aux mondiaux : médailles d'or par équipe en 2007, 2006, 2005 et 2002 ; médaille d'or individuel en 2003, médaille d'argent en individuel en 2005 et en 2002, médailles de bronze en individuel et par équipe en 2001.

l'argent revient à une surprenante équipe américaine, la France ne terminant qu'à la troisième place. Le fleuret revient aux Italiennes qui l'emportent devant les Roumaines et les Polonaises.

L'indifférence dans laquelle se déroulent ces brefs championnats du monde contraste avec la forte médiatisation des Jeux olympiques qui ont lieu deux mois plus tard, du 13 au 29 août, à Athènes. Là, 10 625 athlètes de 201 nations sont opposés dans 28 sports et 301 épreuves, dont les escrimeurs, localisés dans le complexe d'Helliniko, à 30 kilomètres du village olympique. Avec respectivement sept et six médailles (sur un total de trente) pour trois victoires chacune, l'Italie et la France sont les grands vainqueurs de la compétition. Si l'on tient compte simultanément des résultats de New York et d'Athènes, le bilan de la Russie est également remarquable bien que, du strict point de vue des statistiques officielles des Jeux olympiques, la Hongrie soit devant elle.

Les Transalpins construisent encore une fois leur succès au fleuret. Chez les femmes, à la suite de leur victoire par équipe à New York, Valentina Vezzali y bat sa compatriote Giovanna Trillini en finale et offre un doublé à son pays en individuel. Chez les hommes, l'Italie, championne du monde en titre, remporte aussi l'épreuve par équipe, devant la Chine et la Russie, et place deux fleurettistes sur le podium en individuel où la victoire revient cependant au Français Brice Guyart. Le jeune Parisien de 23 ans bat en effet le champion du monde de Nîmes, Salvatore Sanzo, par 15 touches à 13 en finale[355], après s'être difficilement débarrassé d'Andrea Cassarà (15-14) qui finira à la troisième place. L'Italie réalise aussi un beau parcours au sabre masculin. Aldo Montano parvient à y repousser les assauts du Hongrois Zsolt Nemcsik (15-14) en individuel et conquiert l'argent par équipe dans une épreuve dominée par la France pour la première fois en cent huit ans d'histoire olympique et après cent huit médailles obtenues dans toutes les armes[356].

L'équipe italienne d'épée, championne olympique en titre, ne s'est pas qualifiée à la surprise générale, laissant, à Athènes, la voie libre aux Français. Par équipe, chez les hommes, ceux-ci y éliminent difficilement les Allemands (troisièmes), avant de battre plus aisément les Hongrois en finale. Chez les femmes, la championne olympique en titre, la Hongroise Timea Nagy, repousse cependant les deux Françaises Laura Flessel-Colovic et Maureen Nisima aux deuxième et troisième places sur des scores serrés (15-12 et 15-14). En compensation, les Tricolores décrochent le bronze par équipe, laissant les plus hautes places du podium aux Russes et aux Allemandes. Les deux dernières épreuves donnent lieu à des résultats pour le moins inattendus. D'une part, à l'épée masculine, la finale oppose un Suisse, Marcel Fischer, à un Chinois, Lei Wang, et consacre l'Helvète premier escrimeur suisse champion olympique[357]. D'autre part, dans le sabre individuel féminin qui est présent pour la première fois aux Jeux olympiques, les Américaines se propulsent au premier rang, en empochant l'or et l'argent avec Mariel Zagunis et Sada Jacobson dans un classement final où vient s'intercaler la Chinoise et ancienne championne du monde, Tan Xue. Profitant de la jeunesse de l'épreuve, Mariel Zagunis, 19 ans à peine, offre ainsi aux États-Unis la première médaille d'or en escrime de leur histoire[358] !

Timbre des mondiaux de Lisbonne 2002.

En 2003, un accord entre Leipzig et Turin, avant même la phase de vote de la FIE, avait donné les 52es championnats du monde à l'Allemagne en 2005 et ceux de 2006 à l'Italie[359]. Dans l'année postolympique, du 9 au 15 octobre, 15 nations montent une nouvelle fois sur le podium, mais sept seulement décrochent une médaille d'or. À Leipzig, l'Allemagne, à la surprise de tous, ne fait pas partie de ce dernier groupe ; elle devra se contenter de deux breloques en argent et autant en bronze. France, Russie et Italie, dans cet ordre, sont en revanche encore une fois à l'honneur en s'accaparant plus de

Du haut de son 1,90 mètre, Jérôme Jeannet est double champion olympique par équipe en 2004 et 2008. Triple champion du monde par équipe en 2005, 2007 et 2009. Bronzé en individuel aux mondiaux de 2009. Double champion d'Europe par équipe en 2002 et 2008. Champion d'Europe individuel en 2007.

la moitié des quarante médailles mises en jeu et huit des douze médailles d'or. Avec 10 podiums et 4 titres, et 21 médaillés sur 24 sélectionnés, la France, qui n'espérait initialement que trois à cinq médailles[360], survole littéralement la compétition et remporte haut la lame la Coupe des nations. C'est bien sûr dans leur spécialité, l'épée, que les Tricolores frappent le plus fort en emportant les deux épreuves par équipe : chez les hommes, les champions olympiques d'Athènes en 2004 ne laissent aucune chance à l'Allemagne ; chez les femmes, les Françaises dominent la Hongrie. Au sabre féminin, Anne-Lise Touya reprend le titre décroché à Nîmes, après quatre ans de problèmes et de blessures[361], au détriment de la Russe Sophia Velikaia, médaille d'argent, et des deux Italiennes Alessandra Lucchino et Ilaria Bianco, médailles de bronze. Enfin, l'équipe tricolore de fleuret masculin prend le dessus sur l'Italie, championne en titre, et l'Allemagne.

De leur côté, les Russes font parler l'expérience. Ainsi, à l'épée masculine, Pavel Kolobkov, à 36 ans, ajoute une quatrième et ultime médaille d'or à son palmarès en reprenant, sur la dernière touche de la finale qui l'oppose au Français Fabrice Jeannet, de douze ans son cadet, le titre que celui-ci lui avait ravi à La Havane en 2003[362]. Les Russes brillent aussi dans leur spécialité, le sabre. Ils conservent leur titre par équipe chez les hommes, devant l'Italie

Affiche des mondiaux de 2005 à Leipzig (Allemagne).

Athènes : il manque le sourire de Jérôme mais la joie est palpable chez les imbattables épéistes français accompagnés de leur excellent entraîneur Michel Sicard (Fabrice Jeannet, Hugues Obry, Érik Boisse).

et la France. En individuel, en revanche, le tsar du sabre, Stanislav Pozdniakov, se fait battre en finale par le Roumain Mihai Covaliu, déjà vice-champion du monde à La Havane. Quant au sabre féminin, après l'argent en individuel de Sophia Velikaia, la Russie, championne du monde en titre, se fait battre par les États-Unis qui renouvellent là leur exploit de Budapest et sont en passe de faire du sabre féminin leur spécialité.

L'Italie maintient, quant à elle, sa mainmise sur le fleuret individuel. Chez les femmes, Valentina Vezzali, championne du monde et championne olympique en titre, ne laisse pas passer l'occasion de glaner une médaille d'or supplémentaire, à 30 ans et quatre mois après l'accouchement de son fils Piedro[363]. Chez les hommes, Salvatore Sanzo se défait en finale du Chinois Zhang Liangliang[364]. Avec la victoire de la Corée du Sud dans l'épreuve du fleuret féminin par équipe devant la Roumanie et la France, ces résultats confirment la percée de cette arme en Asie. Enfin, à l'épée féminine, on attendait une finale entre la Hongroise Timea Nagy et la Française Laura Flessel-Colovic[365]. C'est finalement la Polonaise Danuta Dmowska qui l'emporte, devant l'Estonienne Maarika Vosu. La Hongroise n'est pas sur le podium ; seule Laura Flessel-Colovic arrache le bronze en compagnie de la Canadienne Sherraine McKay[366].

En 2006, les trois grandes nations de l'escrime du nouveau millénaire se donnent rendez-vous en Italie, du 30 septembre au 7 octobre, une période choisie avec attention pour écarter la concurrence d'autres événements sportifs et attirer plus facilement sponsors et télévisions. Non sans résultats, d'ailleurs. Comme le souligne Olivier Zilbertin, le correspondant du *Monde* à Turin : « À côté du football, du tennis et de la formule 1, omniprésents sur les écrans, des disciplines comme l'escrime, le ski, la natation ou le judo cherchent à se rendre plus télégéniques. On ne s'escrime certes pas tous les jours en si bonne compagnie. Entre les invités de "Taratata" et les *Escrocs mais pas trop*, de Woody Allen, les escrimeurs et escrimeuses tricolores vont connaître ce dimanche 1er octobre des honneurs inédits : ceux du direct sur une chaîne gratuite. L'ordinaire est rarement aussi glorieux. Les championnats du monde d'escrime fréquentent de fait plus souvent la pénombre des nuits blanches que les lumières des fins d'après-midi et de *l'access prime time*. Mais pas cette fois[367]. »

2004. Hommage de la Hongrie à ses grands champions.

Turin présente aussi deux innovations. L'une est sociale : les championnats du monde d'escrime en fauteuil roulant ont lieu en même temps que ceux des valides. L'autre est réglementaire : l'arbitrage par vidéo fait son apparition au fleuret et au sabre et permet à l'arbitre de revoir les deux dernières secondes de l'action en cas de contestations des tireurs, limitées à trois par match[368].

Chez elle, l'Italie compte bien faire de ces championnats du monde un moment fort. Avec sept podiums, elle est effectivement la nation la plus médaillée, mais elle n'occupe que la quatrième position au classement des médailles, derrière la France et ses quatre titres, suivie de la Russie et de la

Carte postale représentant une peinture d'Irolla.

L'escrime handisport (représentée ici par Robert Citerne qui gagne l'épée en 2006), grande pourvoyeuse de médailles aux Jeux et aux mondiaux.

Chine, avec deux titres chacune. Comme à l'accoutumée, les Transalpins s'imposent essentiellement au fleuret. Si l'épreuve féminine par équipe leur échappe au profit de la Russie, ils placent trois des leurs sur le podium en individuel où Margherita Granbassi l'emporte devant ses compatriotes Valentina Vezzali, deuxième, et Giovanna Trillini, troisième avec la Hongroise Aida Mohamed[369]. Au fleuret masculin, Andrea Baldini, médaille d'argent, se fait certes battre par l'Allemand Peter Joppich en finale, mais les Italiens glanent aussi une médaille de bronze grâce à Stefano Barrera[370].

Par équipe, ils s'inclinent devant les Français, qui conservent leur titre, et les Allemands. Mais la France, dans une belle démonstration d'homogénéité, brille cette année par équipe dans toutes les armes, puisqu'elle s'impose aussi en sabre masculin et féminin (première historique), ainsi qu'à l'épée masculine (à la « mort subite » en une prolongation d'une minute), tout en terminant deuxième à l'épée féminine où elle doit cependant céder son titre à la Chine.
Dans les épreuves individuelles, les résultats sont plus partagés. Chez les hommes, le Russe Stanislav Pozdniakov

POL
POLSKA

ajoute une cinquième couronne à son palmarès au sabre, au détriment du Hongrois Zsolt Nemcsik, et le Chinois Wang Lei bat en finale le Portugais Joaquim Videira à l'épée.

Chez les femmes, les États-Unis confirment leur performance de l'année précédente en réalisant un exceptionnel triplé au sabre : Rebecca Ward récolte l'or, Mariel Zagunis, l'argent et Sada Jacobson, le bronze[371]. À l'épée, la double championne olympique Timea Nagy (Sydney 2000 et Athènes 2004) ajoute à son palmarès le titre mondial qui lui manquait encore en battant en finale l'Estonienne Irina Embrich ; la Française Laura Flessel et la Hongroise Emese Szasz se partagent la troisième place.

Il faut remonter à 1966 pour retrouver les championnats du monde d'escrime organisés en URSS, à Moscou, avant que, quarante ans plus tard, et dans un tout autre contexte politique, la Russie accueille l'événement. C'est en effet Saint-Pétersbourg qui est choisi pour le rendez-vous annuel de l'élite mondiale en cette année préolympique, du 28 septembre au 7 octobre 2007. Comme l'année précédente, si l'Italie remporte la Coupe des nations grâce à ses neuf podiums, la France continue à faire cavalier seul en remportant le classement officieux par médaille avec, une nouvelle fois, huit médailles et quatre victoires, toutes par équipe, à l'épée dans les deux sexes (devant l'Italie pour les hommes, devant la Russie pour les femmes), au fleuret masculin (devant l'Allemagne) et au sabre féminin (devant l'Ukraine). Les Français perdent leur couronne au sabre masculin par équipe où ils terminent deuxièmes derrière la Hongrie, et placent deux épéistes sur le podium en individuel, Erik Boisse et Jérôme Jeannet, dans une épreuve remportée par le Hongrois Krisztián Kulcsár. La Russie, deuxième, s'en tire honorablement avec deux titres au sabre, mais l'on pressent qu'un cycle s'achève. Elle doit en effet encore à Stanislav Pozdniakov, qui vient de fêter son 34e anniversaire, de briller chez les hommes : le Russe entre dans la légende en remportant son cinquième titre individuel dans cette arme[372], au détriment du champion olympique en titre, l'Italien Aldo Montano. Chez les femmes, Elena Netchaeva se défait en finale de la Chinoise Tan Xue. Les Russes obtiennent également une deuxième place au fleuret féminin par équipe derrière la Pologne victorieuse et devant une surprenante équipe japonaise.

Saint-Pétersbourg consacre l'Italie au fleuret féminin, parce que trois Transalpines montent sur le podium, mais aussi et surtout parce que, comme Stanislav Pozdniakov au sabre, la championne olympique Valentina Vezzali remporte ici son cinquième titre individuel en battant sa compatriote Margherita Granbassi en finale.

La finale du fleuret masculin est une réplique de celle de Turin, pour un résultat identique : l'Allemand Peter Joppich s'y impose de nouveau sur l'Italien Andrea Baldini. L'Allemagne double la mise avec Britta Heidemann à l'épée féminine, victorieuse de la Chinoise

Les handisports en escrime : Ludovic Lemoine, de la Rapière de Chamalières, contre un sabreur polonais.

La Fédération française handisport, créée en 1957, est devenue membre du Comité national olympique et sportif français (CNOSF) en 1973. Cette fédération conventionnée à la FFE comporte de très nombreux et talentueux escrimeurs.

Li Na. Les velléités allemandes s'avèrent d'ailleurs de plus en plus sérieuses ; la crise dont a souffert Tauberbischofsheim semble s'éloigner. Les trois nations leaders devront désormais compter avec elle.
En 2008, l'intransigeance du CIO qui n'accepte toujours que dix épreuves pour l'escrime oblige la FIE à organiser de nouveau des championnats du monde réduits quelques semaines avant les Jeux olympiques de Pékin. Cette fois, la règle de la parité que la FIE s'est donnée aboutit au choix de deux épreuves par équipe, l'une chez les hommes (le fleuret), l'autre chez les femmes (l'épée). Pour bien montrer l'articulation entre les deux événements, les championnats du monde ont lieu au Palais d'escrime de Pékin, c'est-à-dire exactement au même endroit que le tournoi olympique à qui ils serviront de répétition.
Du 18 au 20 avril 2008, le test grandeur nature révèle finalement peu de surprises. Le fleuret est remporté par les Italiens devant les Allemands, dans une épreuve où le masque à visière en Plexiglas est devenu obligatoire, malgré la réticence d'une grande partie des tireurs. À l'épée, la finale se joue entre la France et la Chine, dans un contexte politique particulièrement tendu[373]. Afin de protester contre l'attitude de la Chine au Tibet et plus généralement dénoncer sa politique contre les droits de l'homme, le parcours de la flamme olympique avait en effet donné lieu à plusieurs manifestations dans les grandes villes occidentales. Lors de son passage à Paris, le 7 avril, des militants de l'association Reporters sans frontières perturbent le rituel de façon spectaculaire : la flamme, éteinte puis rallumée, finit son trajet dans un bus sécurisé. À cette occasion, de nombreux représentants du monde politique et sportif affichent alors ostensiblement leur hostilité à la gestion du dossier tibétain par Pékin, qui n'appréciera évidemment pas cette position. Le 19 avril, des manifestations sont organisées en Chine pour protester contre les positions « antichinoises » de la France.

Dans la famille Boisse, il y a aussi le fils, Érik, médaille d'or par équipe en 2004 et quatrième en individuel aux mêmes Jeux. Trois médailles d'or par équipe à l'épée lors des mondiaux de 2007, 2006, 2005, et médaille d'argent en individuel lors des mondiaux de 2007 à Saint-Pétersbourg.

Le même jour, les Françaises jouent le titre mondial à l'épée contre les Chinoises ; elles l'emportent par 32 touches à 30, en conservant le titre conquis en 2007. Dans l'opération, la quintuple championne olympique, Laura

Les champions du monde de Turin en 2006 au fleuret : les Français (Erwann Le Péchoux, Loïc Attely, Marcel Marcilloux, Nicolas Beaudan), en second les Allemands (Peter Joppich, Benjamin Kleibrink, Richard Breutner, Dominik Behr) et enfin les Italiens (Salvatore Sanzo, Andrea Baldini, Andrea Cassarà, Simone Vanni).

Flessel, repart bien avec une nouvelle médaille, mais se voit privée d'un sixième titre olympique[374].

Pour autant, les victoires française et italienne aux championnats du monde augurent assez fidèlement de ce qui va suivre aux Jeux olympiques, du 8 au 24 août. Parmi les 212 participants sélectionnés pour les 10 épreuves d'escrime, l'Italie obtient 7 podiums sur 30 possibles. Elle ne termine cependant que deuxième derrière la France au tableau des médailles où 12 nations apparaissent cette fois, et malgré les déconvenues qui touchent son équipe. En effet, quelques jours avant la cérémonie d'ouverture, son fleurettiste vedette et leader mondial, Andrea Baldini, est contrôlé positif au furosémide, un diurétique interdit, lors des championnats d'Europe à Kiev[375]. Aussitôt suspendu par le Comité olympique italien en attente de la contre-expertise, Baldini ne sera pas du voyage en Chine. De ces Jeux olympiques, on retient aussi la confirmation de la percée américaine (6 podiums), qui peine cependant à ébranler la forteresse européenne.

Les Français maintiennent leur domination par équipe chez les hommes à l'épée et au sabre. Dans ces mêmes armes, Fabrice Jeannet et Nicolas Lopez obtiennent en outre chacun une médaille d'argent en individuel, en échouant respectivement en finale face à l'Italien Matteo Tagliariol et au Chinois Zhong Man. Au fleuret féminin, Valentina Vezzali inscrit une nouvelle fois son nom en haut du palmarès. Véritable phénomène de l'escrime, l'Italienne de 34 ans aura alors cumulé huit titres de championne du monde ou de championne olympique en dix ans et remporté sept autres titres par équipe. Sa compatriote se classe troisième de l'épreuve, la Sud-Coréenne Nam Hyun-hee venant s'intercaler entre elles. Par équipe, les Transalpines doivent cependant se contenter du bronze derrière la Russie et les États-Unis. L'Allemagne maintient, pour sa part, son emprise du moment sur le fleuret masculin : chez les femmes, Britta Heidemann, la championne du monde en titre, défait la Roumaine Ana Branza en finale de l'épée ; chez les hommes,

Turin 2006 : les sabreuses françaises (Anne-Lise Touya, Léonore Perrus, Cécile Argiolas, Solenne Mary) sont radieuses et partagent le podium avec les États-Unis (Ward, Zagunis, Jacobson, Thompson) et la Russie (Diatchenko, Fedorkina, Netchaeva, Velikaia).

Benjamin Kleibrink succède à Peter Joppich en battant le Japonais Yuki Ota en finale du fleuret. Enfin, au sabre féminin, la démonstration est américaine car non seulement Mariel Zagunis conserve son titre, mais, avec Sada Jacobson et Rebecca Ward, les États-Unis réalisent un triplé en individuel. Ils s'inclinent cependant derrière l'Ukraine et la Chine dans l'épreuve par équipe. Un an après la division des épreuves imposée à la FIE par le CIO, Antalya, plus connue pour ses plages que pour ses traditions de l'escrime, prend, au dernier moment, la place de Copenhague pour l'organisation des championnats du monde, en raison des problèmes financiers rencontrés par la fédération danoise d'escrime[376]. La « Riviera turque » organise donc ces mondiaux à l'Antalya Expo Center, un complexe de 65 000 m^2 répartis sur deux étages et pouvant accueillir 10 000 personnes. 700 tireurs de

L'équipe de France de sabre 2009 composée des champions olympiques 2008 (Julien Pillet, Vincent Anstett, Boris Sanson, Nicolas Lopez), de leur suppléant Bolade Apithy et de leur entraîneur Jean-Philippe Daurelle.

81 pays s'y retrouvent du 30 septembre au 8 octobre 2009 pour des championnats où la formule est significativement modifiée pour faciliter les retransmissions télévisées. En effet, plutôt que de prévoir les éliminatoires la veille du tableau d'élimination directe, ils sont désormais regroupés avant le début des phases finales, celles-ci pouvant dès lors être resserrées sur six jours au lieu de huit. La cérémonie d'ouverture est du coup orchestrée le 3 octobre seulement, soit quatre jours après les premiers assauts. Cette poussée de médiatisation n'est d'ailleurs pas sans répercussion sur l'instrumentalisation de l'événement. Lors des phases éliminatoires du fleuret masculin, l'Iranien Mohammad Hossein Ebrahimi refuse ainsi d'affronter l'Israélien Or Tomer qui l'emporte par forfait.

Les résultats d'Antalya confirment, plus que jamais, que l'escrime d'élite demeure une affaire européenne. Quelques années plus tôt, René Roch se réjouissait pourtant des résultats des diverses épreuves internationales, preuves irréfutables de la marche de l'escrime vers l'universalisation : « Comment ne pas être satisfait de voir un tireur des États-Unis, premier à la Coupe du monde, et les athlètes chinois et coréens disputer les premières places dans les tournois européens ? L'escrime a changé et nous sommes bien loin des duels italo-français d'il y a vingt ans[377]. » Est-ce vraiment certain ? Les hiérarchies, certes, apparaissent non figées, mais la réalité des championnats du monde et des Jeux olympiques oblige à nuancer l'optimisme des dirigeants. À Antalya, sur les quarante-

deux médailles récompensant les compétiteurs, seules quatre échappent aux nations européennes, les États-Unis, la Chine, le Canada et la Corée du Sud parvenant à monter une fois chacun sur le podium. Un seul des douze titres mis en jeu échappe d'ailleurs à l'Europe. En outre, Italiens, Russes, Français et, désormais, Allemands, constituent toujours le premier cercle, sans changement notable depuis une trentaine d'années, puisque ces quatre pays remportent vingt-quatre des quarante-deux médailles et neuf des douze titres remis.

Avec ses neuf médailles et quatre titres, l'Italie ressort grande gagnante de ces championnats du monde. En fleuret, sa domination est écrasante. Le retour d'Andrea Baldini, ses problèmes de dopage soldés, lui permet de prendre l'or chez les hommes face au Chinois Zhu Jun (15-11) et de contribuer largement à la victoire italienne par équipe, qui conserve son titre contre l'Allemagne, comme l'année précé-

De 1952 à 1958, l'équipe d'épée italienne (avec notamment Edoardo Mangiarotti, Giuseppe Delfino et Carlo Pavesi) avait dominé l'épée mondiale en remportant tous les titres majeurs de ces sept années. L'équipe de France d'épée actuelle avec Gauthier Grumier, Jérôme Jeannet, Jean-Michel Lucenay et Ulrich Robeiri peut égaler ce record en 2010.

dente. Chez les femmes, Elisa Di Francisca et Arianna Errigo se partagent le bronze mais doivent cependant laisser le titre à la Russe Aida Shanaeva. Par équipe, les Transalpines championnes olympiques s'imposent une nouvelle fois devant les Russes en offrant au passage un nouveau titre mondial à Valentina Vezzali. L'Italie euphorique arrache même sa première médaille d'or à l'épée féminine par équipe, devant la Pologne.
À l'épée, on assiste à un nouveau duel entre Russes et Français. Les premiers remportent les deux épreuves individuelles : chez les hommes, Anton Avdeev au détriment de l'Italien Matteo Tagliariol[378], chez les femmes, Lubov Shutova face à la Canadienne Sherraine Schalm. Les seconds battent les Hongrois dans la finale par équipe, mais la France ressort globalement déçue de ces championnats où elle se situe dans la fourchette basse de ses objectifs[379]. L'une de ses rares satisfactions provient du sabre féminin où les Tricolores s'inclinent par équipe en finale face aux Ukrainiennes et où Carole Vergne arrache le bronze en individuel après avoir été battue par la double championne olympique en titre, l'Américaine Mariel Zagunis, qui remporte l'épreuve. Chez les hommes, en revanche, les Français champions olympiques par équipe ne sont sur aucun podium. L'épreuve individuelle est remportée par l'Allemand Nicolas Limbach devant le Roumain Rares Dumitrescu – l'Allemagne n'avait pas été à l'honneur dans cette arme depuis 1994 – et l'épreuve par équipe par la Roumanie devant l'Italie et la Hongrie. Mais la France n'a d'autre choix que celui de réagir, car le prochain rendez-vous mondial est… à Paris en 2010. Une opportunité assurément à ne pas manquer pour prendre définitivement l'ascendant sur les trois autres mousquetaires : l'Italie, la Russie et l'Allemagne.

Qui de l'Italie, de l'Allemagne, de la Pologne, de la Russie ou de la France montera sur le prestigieux podium du fleuret au Grand-Palais de Paris 2010 ? Les paris sont ouverts.

FEDERATION INTERNATIONALE D'ESCRIME

OFFICIEL
C.O.F
VIIIe OLYMPIADE · PARIS · 1924
WAC
1896
1921
1ers JEUX
MEDITERRANEENS
ALEXANDRIE
1951
CHAMPIONNATS du MONDE
D'ESCRIME
MONACO
1950
LE CAIRE
1949
XIV·OLYMPI
LONDON
1948
HELSINKI
HELSINGFORS
1952
VILLE DE PARIS
CONCURRENT
C.O.F
VIIIe OLYMPIADE · PARIS · 1924

253. R.-C. W., « Malaises de l'escrime suédoise », *L'Escrime*, n° 47, juin 1983, pp. 24-27.

254. Par exemple, avec le Hongrois Laszlo Szepesi, appelé en 1982 sur un contrat de trois ans avec la mission de sauver le sabre français (*cf.* Jean-François Renault, « Sabre, les Français avant le Mondial », *L'Équipe*, 1er juillet 1983, p. 10). C'est lui qui fait passer Jean-François Lamour à sept entraînements par semaine.

255. Le « coup des deux veuves » désigne un ensemble d'actions offensives portées simultanément par les deux adversaires.

256. Archives FFE, procès-verbal du LXIIIe congrès de la FIE, San Remo, 13-14 mai 1982, p. 38.

257. Jean-François Renault, « Les championnats du monde de Vienne. Les tenants sérieusement menacés », *L'Escrime*, n° 48, juillet-août 1983, p. 6 ; Jean-François Renault, « Les championnats du monde de Vienne. Des remises en ordre attendues », *L'Escrime*, n° 49, septembre-octobre 1983, pp. 6-12.

258. Jean-François Renault, « Les championnats du monde de Vienne. Des remises en ordre attendues », *L'Escrime*, n° 49, septembre-octobre 1983, p. 7.

259. *Ibid.*

260. Jean-François Renault, « Alexandre le plus grand », *L'Équipe*, 23-24 juillet 1983 ; Jean-François Renault, « Alexandre Romankov le tsar », *L'Équipe*, 25 juillet 1983.

261. La Vénitienne avait remporté le titre européen en novembre et était devenue championne du monde des moins de 20 ans en avril.

262. Jean-François Renault, « Carton plein des Italiennes », *L'Équipe*, 27 juillet 1983, p. 9. À noter que la Chinoise Luan Jujie, l'une des rares non-Européennes à monter sur un podium, prend la troisième place.

263. Jean-François Renault, « Championnats du monde d'escrime. Des remises en ordre attendues… », *L'Escrime*, n° 49, septembre-octobre 1983, p. 9. À Vienne, l'Italie présente d'ailleurs l'équipe la plus jeune du circuit.

264. L'équipe de France de fleuret est alors championne olympique et vice-championne du monde. Les cinq Français sont classés dans les onze meilleurs mondiaux en Coupe du monde.

265. Philippe Riboud est cloué au lit par un mauvais virus et Olivier Lenglet, qui vient de rater le CAPEPS, est en demi-teinte.

266. « Quiconque aurait imaginé sérieusement que l'équipe de France d'épée conserverait son titre […] aurait été considéré comme un aimable plaisantin », indique Jean-François Renault dans *L'Équipe*, 1er août 1983.

267. Jean-François Renault, « La déconfiture soviétique », *L'Équipe*, 3 août 1983, p. 7

268. Jérôme Gygax, « Le retrait soviétique des Jeux de Los Angeles. Enjeux idéologiques et diplomatie publique américaine (1983-1984) », in Pierre Milza, François Jéquier, Philippe Tétart (Éd.), op. cit., pp. 299-325.

269. L'Allemand Matthias Behr est deuxième.

270. Le vote du CIO pour l'attribution du site des JO est alors prévu en octobre 1986.

271. Archives FFE, procès-verbal du LXVIIe congrès de la FIE, Paris, 23-24 mai 1986, p. 7.

272. Le Cubain Tulio Diaz se classe deuxième, donnant à son pays sa première médaille dans cette arme depuis quatre-vingt-deux ans. L'Italie obtient par ailleurs l'argent au fleuret féminin par équipe.

273. Évelyne Boyer, « Suisse : l'année des changements », *La Gazette de Lausanne*, 16 juillet 1987, p. 21.

274. A. F. Hebeisen, « Les coulisses de l'exploit », *La Gazette de Lausanne*, 28 juillet 1987.

275. B. M., « Une affaire de famille », *Le Matin*, 16 juillet 1987 ; A. F. Hebeisen, « Lausanne sabre au clair », *La Gazette de Lausanne*, 16 juillet 1987.

276. « Lausanne, championnats du monde », *Nouvelle Revue de Lausanne*, 20 juillet 1987.

277. Bernard Morel, « L'audace récompensée », *Le Matin*, 27 juillet 1987.

278. Isabelle Nussbaum, « À l'heure des bilans », *24 heures*, 27 juillet 1987. L'Italie doit se contenter de deux médailles de bronze. La Suisse, pour sa part, ne monte sur aucun podium.

279. Archives FFE, procès-verbal du LXVIIIe congrès de la FIE, Versailles, 5-6 juin 1987, p. 92.

280. La France obtient le bronze.

281. « Championnat du monde », *Le Monde*, 15 juillet 1989.

282. « Escrime. Records à Lyon », *L'Équipe*, 19 juin 1990.

283. La finale, en Italie, a lieu le 8 juillet.

284. Jean-François Renault, « Prêts à rugir », *L'Équipe*, 7-8 juillet 1990 ; Jean-François Renault, « Hors du temps, » *L'Équipe*, 9 juillet 1990.

285. *L'Équipe magazine*, 19 juillet 1990.

286. Sur le dernier point, le journaliste fait référence à l'absence d'élimination directe et à la demande de deux médailles de bronze au lieu d'une seule. Jean-François Renault, « Prêts à rugir », *L'Équipe*, 7-8 juillet 1990.

287. Sylvie Josse, « Trois questions à Christian Martin, entraîneur national », *L'Équipe*, 3 juillet 1990.

288. « Omnès est serein », *L'Équipe*, 3 juillet 1990.

289. Sylvie Josse, « Trois questions à Laszlo Szepesi, entraîneur national », *L'Équipe*, 4 juillet 1990.

290. Sylvie Josse, « Carré d'as et joker », *L'Équipe*, 6 juillet 1990 ; Sylvie Josse, « Trois questions à Stéphane Wolinetz », *L'Équipe*, 6 juillet 1990.

291. Sylvie Josse, « La grande désillusion », *L'Équipe*, 12 juillet 1990 ; Sylvie Josse, « Lefin : "Travail, offensive, jeunesse" », *L'Équipe*, 17 juillet 1990. « Au fleuret par équipe, la France disparaît dès les huitièmes de finale pour la première fois de son histoire, battue par la Corée du Sud ! » (Jean-François Renault, « L'incroyable débâcle », *L'Équipe*, 12 juillet 1990.)

292. Nicolas Brun, « Riboud, Lyonnais au cœur d'or », *Le Journal du dimanche*, 15 juillet 1990.

293. Jean-François Renault, « L'Italie en fanfare, l'URSS en douceur », *L'Équipe*, 18 juillet 1990.

294. Avec une troisième place, les Chinoises rapportent la première médaille par équipe de leur histoire.

295. D'autres nations sont également nouvellement présentes ou signent leur retour comme l'Albanie, la Bosnie-Herzégovine, la Croatie, la Namibie, la Slovénie et l'Afrique du Sud.

296. Archives FFE, procès-verbal du LXXIIe congrès de la FIE, Paris, 17-18 mai 1991.

297. Environ 700 000 francs, soit près de 10 % du budget annuel de la fédération (*Escrime magazine*, n° 29, juin-juillet 1991, p. 16).

298. C'est Giovanna Trillini qui remporte le fleuret individuel, après avoir éliminé la tenante du titre donnée comme favorite, l'Allemande Anja Fichtel, en trente-deuxième de finale.

299. « Cuba, si ! », *Escrime magazine*, n° 31, janvier-décembre 1991, p. 16.

300. Sylvie Josse, « Arriba Cuba », *L'Équipe*, 22-23 juin 1991. L'équipe de France est troisième.

301. Alain Giraudo, « La retraite de Philippe Riboud, gaucher magnifique », *Le Monde*, 22 janvier ; « Philippe Riboud s'en va ! », *Le Parisien*, 19-20 janvier 1991 ; Sylvie Josse, « Riboud dépose les armes », *L'Équipe*, 19-20 janvier 1991.

302. Les trois médailles de bronze sont gagnées dans l'épreuve de sabre par équipe, en sabre individuel par Jean-François Lamour et à l'épée individuelle par Jean-Michel Henry.

303. Si l'Ukrainien Sergei Golubitsky est deuxième, la médaille de bronze revient de nouveau à un Allemand, Uwe Römer, à égalité avec le Français Philippe Omnès.

304. Archives FFE, procès-verbal du LXXIVe congrès ordinaire de la FIE, Paris, 27-28 juin 1993.

305. Stéphane Joby, « L'escrime souhaite se moderniser en conservant ses traditions », *Le Monde*, 25 juillet 1995.

306. Stéphane Joby, « L'escrimeur français Éric Srecki tient enfin le monde au bout de son épée », *Le Monde*, 21 juillet 1995.

307. La FFE perd successivement le soutien de ses principaux sponsors pour diverses raisons : Martini en 1990, suite à la loi Évin, puis Fabergé en 1995, puis c'est au tour de l'UAP, rachetée par AXA en 1997. Voir « La fédération perd encore un partenaire », *Le Monde*, 30 juillet 1997.

308. « L'école russe » favorise, par exemple, un retard de l'allongement du bras lors de la fente avant, mais la technique est largement reprise par les escrimeurs des autres nations.

309. « Le sabre français change d'entraîneur national », *Le Monde*, 25 décembre 2001.

310. Séquences où l'on peut voir une boulangère, un cuisinier ou des promeneurs se transformer subitement en escrimeurs (Olivier Zilbertin, « À la veille des championnats du monde, l'escrime française veut attirer des licenciés », *Le Monde*, 7 octobre 2005).

311. Emil Beck cesse ses fonctions d'entraîneur national en 2000, après avoir donné 163 médailles à l'Allemagne aux Jeux olympiques, championnats du monde et championnats d'Europe. Il décède en 2006. *Cf. Escrime internationale*, n° 55, 2006, p. 42, pour l'hommage que lui rend René Roch.

312. Stéphane Joby, « L'épée fait ses preuves au féminin », *Le Monde*, 26 décembre 1995.

313. Stéphane Joby, « L'équipe de France de fleuret perd ses habitudes olympiques », *Le Monde*, 28 novembre 1995.

314. John Nauright, *Sport, Cultures and Identities in South Africa*, London, Leicester University Press, 1997.

315. Archives FFE, procès-verbal du LXXVe congrès ordinaire de la FIE, Athènes, 10-11 juillet 1994.

316. Stéphane Lauer, « Les sabreurs français ont confirmé aux championnats d'Europe leur ambition de dominer l'escrime internationale », *Le Monde*, 12 novembre 1996.

317. « Éric Srecki conserve son titre de champion du monde à l'épée », *Le Monde*, 17 juillet 1997.

318. La France n'avait pas remporté cette épreuve en championnat du monde depuis Budapest, en 1975.

319. Stéphane Lauer, « L'assaut victorieux des sabreurs français », *Le Monde*, 30 juillet 1997.

320. Le Français Damien Touya et le Polonais Rafael Sznajder partagent la troisième place.

321. Procès-verbal du LXXVIIe congrès ordinaire de la FIE, Atlanta, 16-17 juillet 1996, p. 27.

322. Stéphane Lauer, « La France devra défendre son rang de numéro 1 mondial », *Le Monde*, 7 octobre 1998.

323. Archives FFE, procès-verbal du LXXVIIe congrès ordinaire de la FIE, Atlanta, 16-17 juillet 1996, pp. 50-51.

324. Stéphane Lauer interviewant Philippe Omnès dans *Le Monde*, 13 octobre 1998.

325. Stéphane Lauer, « Éric Srecki reste à la pointe de l'épée », *Le Monde*, 7 octobre 1998 ; Stéphane Lauer, « Le titre mondial d'Hugues Obry fait oublier la déconvenue d'Éric Srecki », *Le Monde*, 9 octobre 1998 ; Stéphane Lauer, « Le "Suédois" a fini par chuter », *Le Monde*, 9 octobre 1998.

326. La Russie prend la troisième place.

327. Stéphane Lauer, « L'épéiste Laura Flessel offre un doublé historique à l'escrime française », *Le Monde*, 13 octobre 1998.

328. Archives FFE, procès-verbal du LXXVIIe congrès ordinaire de la FIE, Atlanta, 16-17 juillet 1996, p. 27.

329. Stéphane Lauer, « Les Français réalisent à Séoul leurs meilleurs championnats du monde d'escrime », *Le Monde*, 9 novembre 1999.

330. La Fédération d'escrime de Corée du Sud est fondée en 1960 et intégrée à la FIE dès l'année suivante. En 1999, la KFF compte environ 1 000 tireurs (*L'Escrime internationale*, n° 29, 1999, p. 18).

331. Stanislav Pozdniakov avait remporté le titre en 1997 après avoir gagné l'épreuve aux Jeux olympiques à Atlanta ; Luigi Tarantino était le champion du monde en titre ; à Séoul, il partage le bronze avec le Français Jean-Philippe Daurelle.

332. Benoît Hopquin, « Soucis de riche pour l'escrime française », *Le Monde*, 26 septembre 2000.

333. À Séoul, l'année précédente, la victoire française avait suscité la polémique en raison d'une dernière touche litigieuse (« Les fleurettistes français en finale face à la Chine », *Le Monde*, 23 septembre 2000). Cette fois, elle ne souffre d'aucune contestation (Benoît Hopquin, « Trois ferrailleurs en or, vingt ans après », *Le Monde*, 23 septembre 2000). L'Italie est troisième.

334. Bénédicte Mathieu, « La tempête perturbe la préparation des escrimeurs français », *Le Monde*, 15 janvier 2000.

335. Notamment l'Estonien Meelis Loit qui refuse le combat face aux Hongrois Iván Kovács et Krisztián Kulczár en finale de l'épée par équipe.

336. Selon le président de la fédération, Pierre Abric, cité dans « Finales dans les arènes », *Le Monde*, 26 octobre 2001.

337. « Avec dix médailles, la France est un peu déçue ! », *Le Monde*, 3 novembre 2001. Treize nations au total décrochent au moins une médaille.

338. « Laura Flessel retrouve la compétition », *Le Monde*, 28 octobre 2001.

339. Gilles Van Kote, « L'obsession de la fleurettiste italienne Valentina Vezzali : marquer l'histoire de l'escrime », *Le Monde*, 31 octobre 2001.

340. Gilles Van Kote, « L'école française de fleuret confirme sa bonne santé », *Le Monde*, 30 octobre 2001 ; Gilles Van Kote, « Pour retrouver la première place, le fleuret français s'est "virilisé" », *Le Monde*, 2 novembre 2001.

341. Aucun autre candidat ne s'était présenté. *Cf.* procès-verbal du LXXXIe congrès ordinaire de la FIE, Paris, 9 décembre 2000, p. 29.

342. Archives FFE, procès-verbal du LXXXIIe congrès ordinaire de la FIE, La Havane, 8-9 décembre 2001, p. 92.

343. Gilles Van Kote, « Les épéistes français achèvent le Mondial sur une touche dorée », *Le Monde*, 25 août 2002.

344. Gilles Van Kote, « Des querelles de personnes provoquent un début de crise à la Fédération française d'escrime », *Le Monde*, 8 décembre 2001.

345. Interview de Philippe Omnès, directeur technique national, sur le bilan des championnats du monde, recueilli par Anthony Guillet (*L'Est républicain*) et cité dans *Escrime magazine*, n° 80, juillet-août 2002, p. 12. La responsabilité de cette affaire revient largement au kinésithérapeute de l'équipe de France, *cf.* supra.

346. Gilles Van Kote, « Escrime. Julien Pillet console l'escrime française des déboires de Laura Flessel », *Le Monde*, 20 août 2002.

347. *Le Monde*, 21 août 2002.

348. « Luan Jujie, porte-drapeau de la Chine en marche », *L'Escrime*, n° 34, août 1981, p. 11.

349. La Française Cécile Argiolas, championne d'Europe, et la Russe Yelena Netchayeva se partagent le bronze.

350. Lors du congrès de la FIE, opportunément organisé à La Havane les 8 et 9 décembre 2001.

351. Olivier Zilbertin, « Exsangue, l'escrime cubaine ne survit que grâce à la solidarité internationale », *Le Monde*, 7 octobre 2003. La crise économique rend notamment difficile la participation des Cubains aux épreuves de coupe du monde. Faute de contacts réguliers au plus haut niveau de l'escrime, son élite décline irrémédiablement. Quant à la masse, la détérioration progressive des conditions matérielles ne favorise pas son développement. Voir Christophe Bel, « Dossier La Havane 2003 », *Escrime magazine*, 2002, p. 16-19.

352. Olivier Zilbertin, « Les Caraïbes sont devenues une terre d'élection pour l'escrime », *Le Monde*, 5 octobre 2003.

353. Le Français Brice Guyart décroche aussi une médaille de bronze.

354. La Hongrie était aussi candidate à l'organisation.

355. Olivier Zilbertin, « La grande parade de Brice Guyart », *Le Monde*, 18 août 2004.

356. Olivier Zilbertin, « Le sabre français se réconcilie et gagne », *Le Monde*, 21 août 2004.

357. Le Russe Pavel Kolobkov est troisième.

358. Olivier Zilbertin, « Les mousquetaires américains poursuivent leur ascension », *Le Monde*, 19 août 2004.

359. Procès-verbal du LXXXIVe congrès ordinaire de la FIE, Leipzig, 22-23 novembre 2003, p. 103.

360. « Dossier championnats du monde Leipzig 2005 », *Escrime magazine*, n° 90, juillet-août 2005, p. 25.

361. Olivier Zilbertin, « Anne-Lise Touya sacrée pour la deuxième fois », *Le Monde*, 13 octobre 2005.

362. Olivier Zilbertin, « Pavel Kolobkov et Valentina Vezzali, deux bretteurs trentenaires très dominateurs », *Le Monde*, 11 octobre 2005.

363. Ibid. L'Allemande Anja Müller est deuxième, la Française Adeline Wuillème et la Hongroise Edina Knapek, troisièmes.

364. Brice Guyart, champion olympique en titre, ayant été éliminé au premier tour, c'est un autre Français, Nicolas Beaudan, qui parvient à monter sur le podium pour prendre la troisième place (voir Olivier Zilbertin, « Nicolas Beaudan a attendu l'année de ses 30 ans pour briller », *Le Monde*, 13 octobre 2005).

365. Olivier Zilbertin, « Pour Laura Flessel, l'argent ne suffit pas », *Le Monde*, 17 août 2005.

366. Olivier Zilbertin, « Laura Flessel, une médaille de bronze à l'épée et des regrets », *Le Monde*, 12 octobre 2005.

367. Olivier Zilbertin, « Des sports en quête d'images », *Le Monde*, 1er octobre 2006.

368. Bénédicte Mathieu, « Escrime : deux secondes qui comptent », *Le Monde*, 4 novembre 2006.

369. Bénédicte Mathieu, « Les Italiennes font mouche et monopolisent le podium du fleuret », *Le Monde*, 3 octobre 2006.

370. Le Chinois Lei Cheng termine également à la troisième place.

371. La troisième place est partagée avec la Sud-Coréenne Kim Hye-lim.

372. Le Russe aura gagné au total 14 titres olympiques ou de champion du monde en individuel ou par équipe.

373. « Le parcours de la flamme olympique en Chine fait débat », *Le Monde*, 25 avril 2008.

374. Gilles Van Kote, « L'épée française s'impose à Pékin », *Le Monde*, 22 avril 2008.

375. « Andrea Baldini, numéro 1 mondial de fleuret, a été contrôlé positif », *Le Monde*, 1er août 2008 ; « JO, escrime, dopage : Baldini nie en bloc », *L'Équipe*, 2 août 2008.

376. Archives FFE, procès-verbal du congrès de la FIE, Madrid, 27 novembre 2007. Cf. aussi *L'Escrime XXI*, n° 67, 2009, p. 7.

377. René Roch, « Éditorial : achevons la métamorphose », *Escrime internationale*, n° 44, 2003, p. 2.

378. Le Français Jérôme Jeannet et l'Espagnol José Luis Abajo sont troisièmes.

379. Interview de Patrice Menon, directeur du haut niveau à la Fédération française d'escrime, par Frédéric Roullier, *Le Monde*, 30 septembre 2009.

Conclusion : vers Paris 2010

L'escrime sportive, héritée des traditions du XVIe siècle, est intégrée dans le programme des premiers Jeux olympiques de l'ère moderne, en 1896. Dès cette époque, elle possède ses compétitions internationales bien avant que ne soit fondée une fédération pour les réguler[380]. Les championnats du monde ne sont pourtant organisés qu'après la Première Guerre mondiale, à Paris. Et c'est de nouveau à Paris qu'ils seront célébrés en 2010, près de quatre-vingt-dix ans plus tard. Une unité de lieu qui ne doit toutefois pas tromper. Car, dans ce grand voyage temporel, l'escrime a grandi. Les défis des grands maîtres sont toujours là, incarnations formidables des d'Artagnan, Maupin, Cyrano et Zorro, mais les règlements sont rénovés, les équipements modernisés, les conditions de préparation améliorées. Entre 1921 et 1936, sous l'impulsion d'une fédération internationale à l'aune de son existence, l'escrime lutte pour dépasser ses spécificités nationales et s'unifier autour d'une définition sportive de l'activité dont le premier enjeu est la constitution et le partage international des règlements sportifs. La vieille Europe est aux commandes, plus particulièrement la France, bien que rapidement concurrencée par les élans expansionnistes de l'Italie fasciste au tournant de l'entre-deux-guerres. Si dans les rangs de la Fédération internationale d'escrime l'expertise française reste dominante, sur la piste, les Transalpins s'imposent, aux mi-temps des années 1930 dans les armes d'estoc et secondent brillamment les Hongrois dans l'arme de taille. La traversée du désert n'est cependant pas trop longue pour la France. À la veille de la Seconde Guerre mondiale, l'escrime se pare des couleurs tricolores à l'épée, grâce à des Pécheux ou des Schmetz, mais aussi grâce à une relative stabilisation des règlements et des modes de jugement avec l'avènement de la signalisation électrique à l'épée. Après guerre, elle prolonge sa régénérescence entre les mains héroïques du jeune Christian d'Oriola, une étoile de l'escrime moderne. Ainsi, jusqu'en 1956, l'opposition France-Italie au fleuret et à l'épée ou l'opposition Italie-Hongrie au sabre demeurent des classiques du genre, malgré la montée en puissance et les surprises causées par les tireurs d'Égypte, de Suède, de Belgique ou de Suisse. Contrairement aux origines,

Présentation des mondiaux de Paris 2010 par le président de la Fédération française d'escrime Frédéric Pietruszka.

l'escrime féminine ne fait plus exception et les Françaises comme les Italiennes s'intercalent pompeusement dans la domination des nations du centre ou du nord de l'Europe, celles qui possèdent une tradition du sport et de l'escrime féminine.

Car l'escrime mondiale reste encore, dans la période des Trente Glorieuses, une affaire de traditions, même si les résistances s'intensifient pour défendre et promouvoir une conception plus moderne, plus sportive et plus mondiale à travers l'utilisation de la signalétique électrique au fleuret et la formule de l'élimination directe dans les championnats. Cependant, bien qu'alternativement à la direction de l'escrime mondiale, la France et l'Italie peinent à transformer les pratiques de l'élite. Au prétexte légitime du maintien des traditions, les ajustements réglementaires, techniques et technologiques ne procèdent que par touches modestes. À ce jeu, les performances des escrimeurs soviétiques, rapidement acquis aux techniques des maîtres hongrois, italiens et français, et bénéficiant de méthodes d'entraînement plus modernes, modifient radicalement les hiérarchies à partir des Jeux olympiques de 1956. L'Europe reste à la pointe mais, sur fond de guerre froide qui voit les championnats du monde organisés tantôt à l'Ouest, tantôt à l'Est, les grandes compétitions traduisent, dès le début des années 1960, une domination sportive durable de l'équipe d'URSS dans les trois armes, que Français, Hongrois, Italiens, puis Suédois et Allemands, ont du mal à remettre en question.

Les transformations de l'escrime sont pourtant en route. Son élargissement toujours plus important vers de nouvelles nations et son extension démographique vont de pair avec une vague de réformes de fond qui connaît une remarquable accélération depuis les années 1990 en touchant les techniques, les équipements, l'arbitrage, les profils des escrimeurs et l'environnement socio-économique et médiatique dans lequel ils baignent. L'escrime intensifie son internationalisation tout en demeurant une affaire européenne. Dans un monde qui présente deux visages bien différents de part et d'autre de 1992, l'hégémonie soviétique doit cependant laisser la place à une domination de l'Allemagne de l'Ouest dès les années 1980 avant que, progressivement, Italie et France ne reviennent sur le devant d'une scène qu'elles ont largement contribué à fonder.

Forte de ses champions et championnes qui multiplient désormais les podiums, Paris accueille d'ailleurs les 57es championnats du monde du 6 au 13 novembre 2010. En s'imposant sur les pistes comme un siècle plus tôt, il était logique que la France reprenne l'initiative sur le terrain événementiel. L'idée était en

Le bronze, l'argent et les ors de l'escrime dans leur écrin de verre.

germe depuis plusieurs années, mais c'est par un vote du 17 septembre 2005 que le comité directeur de la Fédération française d'escrime décide de présenter Paris pour l'organisation de ces mondiaux. Le projet bénéficie alors de la candidature (malheureuse) de la capitale française pour les Jeux olympiques de 2008 dont le dossier technique est repris pour l'occasion. Le lieu, en particulier, se veut à lui seul déterminant, même s'il pose à la FFE quelques problèmes de financement[381]. Le Grand Palais, splendide bâtiment Belle Époque aux monumentales verrières, est situé au cœur de la capitale, à côté des Champs-Élysées[382]. Les 13 500 m^2 de sa nef, qui se dresse à 45 mètres de hauteur, sont prévus pour accueillir plus de 5 000 spectateurs. Comme à Turin en 2006, les compétitions valides et handisports sont au programme. Pour la France, il s'agit simultanément d'accroître la médiatisation de l'escrime au niveau national et de se rapprocher de l'objectif des 100000 licenciés en 2012, de maintenir son leadership sportif dans l'activité en préparant déjà les Jeux olympiques de Londres et de demeurer un animateur essentiel de l'activité. Le dossier est en tout cas suffisamment solide pour que les autres candidatures s'effacent avant même le vote sans surprise de la FIE à Madrid, le 25 novembre 2007.

Sept jours de compétition sont prévus pour un budget prévisionnel de 6,6 millions d'euros[383]. Afin d'augmenter l'audience de l'événement, un programme culturel, axé sur les richesses de l'escrime, dans toutes ses dimensions historiques, scientifiques, pédagogiques et artistiques, accompagne l'agenda proprement sportif. L'objectif annoncé est de 40 000 spectateurs. Les Français, qui comptent dans leurs rangs plusieurs escrimeurs classés dans les tout premiers mondiaux, sont en effet confiants et visent de quatre à six médailles[384]. Patrice Menon, directeur du haut niveau à la Fédération française d'escrime, indique que « l'équipe de France compte 24 athlètes et les 24 ont la capacité d'aller chercher quelque chose[385] ». À l'évidence, cependant, Italiens, Russes et Allemands se tiennent prêts à déjouer ces pronostics... Une seule certitude : si la passion de l'arme est intacte, l'escrime a définitivement tranché entre tradition et modernité pour réaliser, des mondiaux de Paris en 1921 à ceux de 2010, une véritable révolution sur fond d'enjeux sportifs, politiques, technologiques et, de plus en plus, économiques et médiatiques.

380. En 1882, la Société d'encouragement à l'escrime tente de fédérer l'activité sur le territoire français. S'intéressant principalement au fleuret, elle se voit cependant concurrencée par d'autres groupements qui défendent davantage l'esprit d'une arme de pointe pour l'escrime. Ce n'est que le 20 décembre 1906 que la Fédération nationale des sociétés d'escrime et salles d'armes de France devient l'organe des intérêts généraux de l'escrime en France.

381. Olivier Zilbertin, « L'escrime française en panne de sponsor pour ses mondiaux », *Le Monde*, 10 octobre 2009.

382. Construit pour l'Exposition universelle de 1900, il a été rénové entre 1995 et 2005.

383. *Les Échos*, 4 décembre 2007.

384. Site du *Monde*, 30 septembre 2009.

385. *Ibid.*

ANNEXES

Adresses utiles :

Musée de l'Escrime (AUTOWORLD)
Parc du Cinquantenaire 11, 1000 Bruxelles
Tél. : +32 (2) 736 41 65 / Fax : +32 (2) 736 51 36
Animateur : Pierre Raes Tél. : +32 2 648 69 32

National Fencing Museum
Pyndar Lodge, Hanley Swan, Nr Malvern, Worcestershire
Tél. : 01684 311197 / malcolm.fare@crossword.demon.co.uk

Musée de l'Escrime Van Oeveren
Clos de Bel Air, Route d'Orléans, 45130 Meung-sur-Loire FRANCE
Tél. : 0033(0) 2 38 45 35 82 / mobile 06 74 55 91 88

Antiquité
Mr J. CASTANET – Mobile : 06 64 37 77 76 / Email : castanet@antiquaire-escrime.com.fr
JEANNE-ÉLISE d'ANTAN
8, place Beaumarchais (clair village) 91600 Savigny-sur-Orge - France
Tél. : +33 (0)1 69 44 07 77 / Fax. : +33 (0)1 69 05 98 63

Fédération française d'escrime
Tour Galliéni II 36 avenue du Général-de-Gaulle 93170 BAGNOLET
Tél. : 01 43 62 20 50 / Fax : 01 43 62 20 99

FIE
USMANOV Alisher – RUS President
Noviy Arbat 36/9 – 121205 Moscow – RUSSIE
Tél. : +7 495 980-07-77 / Fax : +7 495 980-22-31 / E-mail : president@fie.ch

FIE
Maison du sport international
Avenue de Rhodanie 54 – 1007 Lausanne – Suisse
Tél. : +41 21 320 31 15 / Fax : +41 21 320 31 16
E-mail : info@fie.ch / URL : http://www.fie.ch

Fleuret féminin – individuels

Année	cht	Or	Argent	Bronze	Bronze
1924 Paris (Fra)	jo	Osiier Ellen (Dan)	Davis Gladis (GBR)	Heckscher Grete (Dan)	
1928 Amsterdam (P.-Bas)	jo	Mayer Helene (All)	Freeman Muriel (GBR)	Oelkers Olga (All)	
1929 Naples (Ita)	cm	Helene Mayer (All)	Johanna de Boer (P.-Bas)	Margit Dany (Hon)	
1930 Liège (Belg)	cm	Jenny Addams (Belg)	Germana Schwaiger (Ita)	Mary Ann Venables (GBR)	
1931 Vienne (Aut)	cm	Helene Mayer (All)	Erna Bogathy (Hon)	Muller Preis Ellen (Aut)	
1932 Los Angeles (USA)	jo	Muller Preis Ellen (Aut)	Heather Seymour Guinness (GBR)	Erna Bogathy (Hon)	
1933 Budapest (Hon)	cm	Gwendoline Neligan (GBR)	Erna Bogathy (Hon)	Mitzi With (Den)	
1934 Varsovie (Pol)	cm	Elek Ilona (Hon)	Elek Margit (Hon)	Hedwig Hass (All)	
1935 Lausanne (Sui)	cm	Elek Ilona (Hon)	Muller Preis Ellen (Aut)	Jenny Addams (Belg)	
1936 Berlin (All)	jo	Elek Ilona (Hon)	Mayer Helene (All)	Muller Preis Ellen (Aut)	
1937 Paris (Fra)	cm	Helene Mayer (All)	Elek Ilona (Hon)	Muller Preis Ellen (Aut)	
1938 Piestany (Tch)	cm	Marie Sediva (Tch)	Carmen Slabocova (Tch)	Jenny Addams (Belg)	
1947 Lisbonne (Por)	cm	Ellen Müller-Preiss (Aut)	Silvia Strukel (Ita)	Louisette Malherbaud (Fra)	
1948 Londres (GBR)	jo	Elek Ilona (Hon)	Lachman Karen (Dan)	Muller Preis Ellen (Aut)	
1949 Le Caire (Égyp)	cm	Ellen Müller-Preiss (Aut)	Lachman Karen (Dan)	Jacqueline Baudot (Fra)	
1950 Monte-Carlo (Mon)	cm	Ellen Müller-Preiss (Aut) et Garilhe Renée (Fra)	Sans	Frederike Filz (Aut)	
1951 Stockholm (Suè)	cm	Elek Ilona (Hon)	Lachman Karen (Dan)	Magda Nyari (Hon)	
1952 Helsinki (Fin)	jo	Irene Camber (Ita)	Elek Ilona (Hon) I.	Lachman Karen (Dan)	
1953 Bruxelles (Belg)	cm	Irene Camber (Ita)	Garilhe Renée (Fra)	Ilse Keydel (RFA)	
1954 Luxembourg (Lux)	cm	Lachman Karen (Dan)	Elek Ilona (Hon)	Garilhe Renée (Fra)	
1955 Rome (Ita)	cm	Lidia Dömölki (Hon)	Bruna Colombetti (Ita)	Elek Ilona (Hon)	
1956 Melbourne (Aus)	jo	Gillian Sheen (GBR)	Olga Szabo Orban (Rou)	Garilhe Renée (Fra)	
1957 Paris (Fra)	cm	Alexandra Sabelina (URSS)	Heidi Schmidt (RFA)	Irene Camber (Ita)	
1958 Philadelphie (USA)	cm	Walentina Kiseljewa (URSS)	Emma Gitnikowa (URSS)	Ildiko Rejtö (Hon)	
1959 Budapest (Hon)	cm	Jelina Jefimowa (URSS)	Galina Gorochowa (URSS)	Tatjana Petrenko (URSS)	
1960 Rome (Ita)	jo	Heidi Schmidt (RFA)	Valentina Rastvorova (URSS)	Maria Vicol (Rou)	
1961 Turin (Ita) Turin (Ita)	cm	Heidi Schmid (RFA)	Alexandra Sabelina (URSS)	Valentina Rastvorova (URSS)	
1962 Buenos Aires (Arg)	cm	Olga Szabo-Orban (Rou)	Galina Gorochowa (URSS)	Katalin Juhasz (Hon)	
1963 Gdansk (Pol)	cm	Ildiko Rejtö (Hon)	Lidia Sakovits (Hon)	Katalin Juhasz (Hon)	
1964 Tokyo (Jap)	jo	Ildiko Rejtö (Hon)	Mees Helga (RFA)	Ragno Antonella (Ita)	
1965 Paris (Fra)	cm	Galina Gorochowa (URSS)	Olga Szabo-Orban (Rou)	Walentina Prudskowa (URSS)	
1966 Moscou (URSS)	cm	Tatjana Samussenko (URSS)	Alexandra Sabelina (URSS)	Galina Gorochowa (URSS)	
1967 Montréal (Can)	cm	Alexandra Sabelina (URSS)	Antonella Ragno (Ita)	Bobis Ildiko (Hon)	
1968 Mexico (Mex)	jo	Jelena Novikova (URSS)	Roldan Pilar (Mex)	Ildiko Rejtö (Hon)	
1969 La Havane (Cub)	cm	Jelena Novikova (URSS)	Ileana Drimba (Rou)	Swetlana Tschirkowa (URSS)	
1970 Ankara (Turq.)	cm	Galina Gorochowa (URSS)	Jelena Novikova Belova (URSS)	Olga Szabo (Rou)	
1971 Vienne (Aut)	cm	Marie-Chantale Demaille (Fra)	Ildiko Rejtö (Hon)	Ana Pascu (Rou)	
1972 Munich (All)	jo	Ragno - Lonzi (Ita)	Bobis Ildiko (Hon)	Galina Gorochowa (URSS)	
1973 Göteborg (Suè)	cm	Walentina Nikonowa (URSS)	Ildiko Tordasi-Schwarczenberger (Hon)	Ildiko Rejtö (Hon)	
1974 Grenoble (Fra)	cm	Bobis Ildiko (Hon)	Ildiko Tordasi-Schwarczenberger (Hon)	Nailija Giljasova (URSS)	
1975 Budapest (Hon)	cm	Ecaterina Stahl (Rou)	Olga Knjaseva (URSS)	Bobis Ildiko (Hon)	
1976 Montréal (Can)	jo	Ildiko Tordasi-Schwarczenberger (Hon)	Collino M. Consolata (Ita)	Jelena Belova (URSS)	
1977 Buenos Aires (Arg)	cm	Walentina Sidorova (URSS)	Jelena Belova (URSS)	Ildiko Tordasi-Schwarczenberger (Hon)	
1978 Hambourg (All)	cm	Walentina Sidorova (URSS)	Catherina Raczova (Tch)	Cornelia Hanisch (RFA)	
1979 Melbourne (Aus)	cm	Cornelia Hanisch (RFA)	Walentina Sidorova (URSS)	Ildiko Schwarczenberger (Hon)	
1980 Moscou (URSS)	jo	Trinquet Pascale (Fra)	Magda Maros (Hon)	Wiezoczanska Maria (Pol)	
1981 Clermont-Ferrand (Fra)	cm	Cornelia Hanisch (RFA)	Luan Jujie (Chi)	Dorina Vaccaroni (Ita)	
1982 Rome (Ita)	cm	Naila Giliasowa (URSS)	Dorina Vaccaroni (Ita)	Mandy Niklaus (GDR)	
1983 Vienne (Aut)	cm	Dorina Vaccaroni (Ita)	Carola Cicconetti (Ita)	Luan Jujie (Chi)	

1984 Los Angeles (USA)	jo	Luan Jujie (Chi)	Cornelia Hanisch (RFA)	Dorina Vaccaroni (Ita)	
1985 Barcelone (Esp)	cm	Cornelia Hanisch (RFA)	Sabine Bischoff (RFA)	Pascale Hachin (Fra)	
1986 Sofia (Bulg)	cm	Anja Fichtel (RFA)	Sabine Bau (All)	Olga Wostschakina (URSS)	
1987 Lausanne (Sui)	cm	Elisabeta Tufan (Rou)	Zita Funkenhauser (RFA)	Luan Jujie (Chi)	
1988 Séoul (Cor)	jo	Anja Fichtel (RFA)	Sabine Bau (All)	Zita Funkenhauser (RFA)	
1989 Denver (USA)	cm	Olga Welitschko (URSS)	Anja Fichtel (RFA)	Zita Funkenhauser (RFA)	
1990 Lyon (Fra)	cm	Anja Fichtel (All)	Giovanna Trillini (Ita)	Olga Welitschko (URSS)	
1991 Budapest (Hon)	cm	Giovanna Trillini (Ita)	Claudia Grigorescu (Rou)	Sabine Bau (All)	
1992 Barcelone (Esp)	jo	Giovanna Trillini (Ita)	Wang Huefeng (Chi)	Tatjana Sadovskaja (EUN)	
1993 Essen (All)	cm	Francesca Bortolozzi (Ita)	Aida Mohamed (Hon)	Zita Funkenhauser (All)	Simone Bauer (All)
1994 Athènes (Grè)	cm	Reka Szabo-Lazar (Rou)	Valentina Vezzali (Ita)	Francesca Bortolozzi (Ita)	Laurence Modaine (Fra)
1995 La Haye (Hol)	cm	Laura Badea (Rou)	Giovanna Trillini (Ita)	Valentina Vezzali (Ita)	Diana Bianchedi (Ita)
1996 Atlanta (USA)	jo	Badea Laura (Rou)	Valentina Vezzali (Ita)	Modaine - Cessac Laurence (Fra)	
1997 Le Cap (Afr. Sud)	cm	Giovanna Trillini (Ita)	Sabine Bau (All)	Monika Weber (All)	Diana Bianchedi (Ita)
1998 La Chaux-de-Fonds (Sui)	cm	Sabine Bau (All)	Swetlana Bojko (URSS)	Valentina Vezzali (Ita)	Giovanna Trillini (Ita)
1999 Séoul (Cor)	cm	Valentina Vezzali (Ita)	Sabine Bau (All)	Swetlana Bojko (URSS)	Iris Zimmermann (USA)
2000 Sydney (Aus)	jo	Valentina Vezzali (Ita)	Koenig Rita (All)	Giovanna Trillini (Ita)	
2001 Nîmes (Fra)	cm	Valentina Vezzali (Ita)	Sabine Bau (All)	Roxana Scarlat (Rou)	Jekaterina Jutscheva (URSS)
2002 Lisbonne (Por)	cm	Swetlana Bojko (URSS)	Jekaterina Jutscheva (URSS)	Edina Knapek (Hon)	Aida Mohamed (Hon)
2003 La Havane (Cub)	cm	Valentina Vezzali (Ita)	Sylwia Gruchala (Pol)	Aida Mohamed (Hon)	Roxana Scarlat (Rou)
2004 Athènes (Grè)	jo	Valentina Vezzali (Ita)	Giovanna Trillini (Ita)	Gruchala Silvia (Pol)	
2005 Leipzig (All)	cm	Valentina Vezzali (Ita)	Anja Müller (All)	Adeline Wuillème (Fra)	Edina Knapek (Hon)
2006 Turin (Ita)	cm	Margherita Granbassi (Ita)	Valentina Vezzali (Ita)	Giovanna Trillini (Ita)	Aida Mohamed (Hon)
2007 Saint-Petersbourg (URSS)	cm	Valentina Vezzali (Ita)	Margherita Granbassi (Ita)	Giovanna Trillini (Ita)	Aida Mohamed (Hon)
2008 Pékin (Chine)	jo	Valentina Vezzali (Ita)	Nam Hyunhee (Cor)	Margherita Granbassi (Ita)	
2009 Antalya (Turq)	cm	Aida Shanaeva (URSS)	Jeon Hee-sook (Cor)	Arianna Errigo (Ita)	Elisa Di Francisca (Ita)

Fleuret féminin – Équipes

Année	cht	Or	Argent	Bronze
1932 Copenhage (Dan)	cm	Danemark (Ulla Barding, Aase Holgersen, Inger Klingt, Gerda Munck, Grete Olsen, Mitzi With)	Autriche (Grete Friedmann, Elisabeth Grasser, Ellen Preis, Frieda von Gregurich, Fritzi Wenisch)	Allemagne (Roething Lindinger, Tilly Merz, Erna Sondheim, Rotraud von Wachter)
1933 Budapest (Hon)	cm	Hongrie (Erna Bogathy, Margit Dany, Ilona Elek, Margit Elek)	Grande-Bretagne (E. Carnegy Arbuthnott, Mary Geddes, Heather Judy Guiness, Gwendoline Neligan)	Autriche (Grete Friedmann, Elisabeth Grasser, Minna Kastner, Anni Roth, Frieda von Gregurich)
1934 Varsovie (Pol)	cm	Hongrie (Erna Bogathy, Margit Dany, Ilona Elek, Margit Elek, Katalin Horvath, Ilona Vargha)	Allemagne (Hedwig Hass, Henni Jüngst, Olga Oelkers, Leni Oslob)	Grande-Bretagne (Mary Geddes, Heather Judy Guiness, Gwendoline Neligan, Kathleen Stanbury-Statbourg) et Italie (Ada Biagini, Marisa Cerani, Letizia Meneghelli, Germana Schwaiger)
1935 Lausanne (Sui)	cm	Hongrie (Erna Bogathy, Ilona Elek, Margit Elek, Györgyné Rozgonyi, Ilona Vargha)	Autriche (Elisabeth Grasser, Hilde Misof, Ellen Preis, Frieda von Gregurich, Fritzi Wenisch)	Allemagne (Hedwig Hass, Henni Jüngst, Olga Oelkers, Leni Oslob)
1936 San Remo (Ita)	cm	Allemagne (Hedwig Hass, Henni Jüngst, Olga Oelkers, Leni Oslob)	Hongrie (Erna Bogathy, Ilona Elek, Margit Elek, Katalin Horvath, Ilona Vargha)	Autriche (Elisabeth Grasser, Ellen Preis, Frieda von Gregurich, Fritzi Wenisch)
1937 Paris (Fra)	cm	Hongrie (Erna Bogathy, Ilona Elek, Margit Elek, Katalin Horvath, Györgyné Rozgonyi, Ilona Vargha)	Allemagne (Hedwig Hass, Helene Mayer, Olga Oelkers, Rotraud von Wachter)	Danemark (Ulla Barding, Karen Lachman, Kate Mahaut, Grete Olsen, Aya Pedersen, Mitzi With)
1947 Lisbonne (Por)	cm	Danemark (Karen Lachmann, Kate Mahaut, Grete Olsen, Ulla Poulsen)	France (Jacqueline Baudot-Boisson, Renée Garilhe, Françoise Gouny, Alice Karren, Louisette Malherbaud)	Italie (Cleo Balbo, Welleda Cesari, Elena Libera, Alberta Lorenzoni, Silvia Strukel)

1948 La Haye (P.-bas)	cm	Danemark (Solveig Jörgensen, Karen Lachmann, Kate Mahaut, Grete Olsen, Ulla Poulsen, Kirsten Suhr-Hansen)	Hongrie (Ilona Elek, Margit Elek, Eva Kun, Katalin Majorne Horvath, Magda Nyari, Ilona Vargha)	France (Jacqueline Baudot, Renée Garilhe, Françoise Gouny, Alice Karren, Louisette Malherbaud)
1950 Monte-Carlo (Mon)	cm	France (Jacqueline Baudot, Odette Drand, Renée Garilhe, Françoise Gouny, Liliane Guyonneau)	Danemark (Solveig Jörgensen, Edith Knudsen, Kate Mahaut, Grete Olsen, Ulla Poulsen)	Grande-Bretagne (E. Carnegy Arbuthnott, Caroline Drew, Mary Glen Haig, Gillian Sheen, Margaret Somerville)
1951 Stockholm (Suè)	cm	France (Jacqueline Baudot, Odette Drand, Renée Garilhe, Françoise Gouny, Liliane Guyonneau, Therese Sanlaville)	Hongrie (Ilona Elek, Margit Elek, Katalin Horvath, Magda Nyari, Ilona Sakovics, Ilona Vargha)	Danemark (Ella Dam-Larsen, Solveig Jörgensen, Edith Knudsen, Kate Mahaut, Grete Olsen, Ulla Poulsen)
1952 Copenhague (Dan)	cm	Hongrie (Ilona Elek, Margit Elek, Magda Nyari, Magda Zsabka)	France (Kate Bernheim, Odette Drand, Renée Garilhe, Françoise Gouny, Liliane Guyonneaue, Françoise Mailliard)	Italie (Irene Camber, Welleda Cesari, Alberta Lorenzoni, Silvia Strukel, Jenny Zanelli)
1953 Bruxelles (Belg)	cm	Hongrie (Ilona Elek, Margit Elek, Katalin Kiss, Magda Zsabka)	France (Kate Bernheim, Renée Garilhe, Marguerite Lavagne, Françoise Mailliard, Raymonde Pécheux, Régine Veronnet)	Italie (Irene Camber, Welleda Cesari, Alberta Lorenzoni, Silvia Strukel, Jenny Zanelli)
1954 Luxembourg (Lux)	cm	Hongrie (Ilona Elek, Margit Elek, Katalin Kiss, Magda Kovacsné Nyari, Zsusza Morvay, Magda Zsabka)	Italie (Irene Camber, Welleda Cesari, Bruna Colombetti, Vera Mantovani, Silvia Strukel)	France (Kate Bernheim, Renée Garilhe, Françoise Guittet-Gouny, Marguerite Lavagne, Françoise Mailliard, Régine Veronnet)
1955 Rome (Ita)	cm	Hongrie (Lidia Dömölky, Ilona Elek, Margit Elek, Katalin Kiss, Magda Kovacsné Nyari, Zsusza Morvay)	France (Kate Delbarre-Bernheim, Renée Garilhe, Jacqueline Lorient, Françoise Mailliard, Jacqueline Thomas, Régine Veronnet)	Italie (Irene Camber, Welleda Cesari, Bruna Colombetti, Vera Mantovani, Leopolda Predaroli, Silvia Strukel)
1956 Londres (GBR)	cm	URSS (Wiwetta Jagogjina, Emma Jefimowa, Tatjana Jewplowa, Walentina Rastworowa, Nadeschda Sidikowa, Alexandra Sabelina)	France (Kate Delbarre, Renée Garilhe, Liliane Lecomte-Guyonneau, Françoise Mailliard, Régine Veronnet)	Hongrie (Lidia Dömölky, Ilona Elek, Margit Elek, Katalin Kiss, Magda Kovacsné Nyari, Györgyi Szekelyne Marvalits)
1957 Paris (Fra)	cm	Italie (Cristiana Bortolotti, Irene Camber, Velleda Cesari, Bruna Colombetti, Leopolda Predaroli, Jenny Zanelli)	RFA (Helmi Höhle, Ilse Keydel, Else Ommerborn, Heidi Schmidt, Helga Stroh)	Autriche (Waltraut Ebert, Helga Gnauer, Maria Grötzer, Luise Gruss, Helga Kathlein, Ellen Müller-Preis)
1958 Philadelphie (USA)	cm	URSS (Galina Gorochowa, Emma Jefimowa-Sitnikowa, Walentina Kisseljewa-Rastworowa, Walentina Prudskowa, Alexandra Sabelina)	RFA (Astrid Berndt, Helmi Höhle, Ilse Keydel, Helga Mees Heidi Schmidt)	France (Kate Delbarre, Renée Garilhe, Françoise Mailliard, Régine Veronnet)
1959 Budapest (Hon)	cm	Hongrie (Katalin Juhasz, Magda Kovacsné Nyari, Ildiko Rejtö, Lidia Sakovicsné Dömölky, Györgyi Székelyné Marvalits)	URSS (Galina Gorochowa, Emma Jefimowa, Tatjana Petrenko, Walentina Prudskowa, Alexandra Sabelina)	RFA (Helmi Höhle, Helga Mees Heidi Schmidt, Rosemarie Weiss)
1960 Rome (Ita)	jo	Union Soviétique (Aleksandra Zabelina, Galina Gorokhova, Valentina Prudskova, Valentina Rastvorova, Tatyana Samusenko-Petrenko, Lyudmila Shishova)	Hongrie (Katalin Juhaszne-Nagy, Magdolna Kovacsne-Nyari, Ildiko Sagine-Ujlakine-Rejto, Lidia Sakovitsne-Domolky, Gyorgyi Szekelyne -Marvalics)	Italie (Claudia Pasini, Antonella Lonzi-Ragno, Welleda Cesari, Irene Camber, Bruna Colombetti)
1961 Turin (Ita)	cm	URSS (Galina Gorochowa, Diana Nikantschikowa-Jasjukewitsch, Tatjana Ljubeckaja, Walentina Prudskowa, Walentina Rastworowa, Alexandra Sabelina)	Hongrie (Katalin Juhasz, Ildiko Rejtö, Magda Kovacsné Nyari, Lidia Sakovicsné Dömölky, Judit Mendelenyine Agoston)	Roumanie (Ana Ene, Olga Szabo-Orban, Kato Lazar, Maria Vicol, Geta Sachelarie)
1962 Buenos Aires (Arg)	cm	Hongrie (Maria Gulacsy, Magda Kovacsné Nyari, Katalin Juhasz, Ildiko Rejtö, Paula Marosi)	URSS (Swetlana Baranowa-Sodatowa, Galina Gorochowa, Walentina Prudskowa, Walentina Rastworowa, Tatjana Samusenko, Alexandra Sabelina)	Italie (Irene Camber, Bruna Colombetti, Giovanna Masciotta, Antonella Ragno, Natalina Sanguinetti)
1963 Gdansk (Pol)	cm	URSS (Galina Gorochowa, Alexandra Sabelina, Alla Schepelewa, Diana Nikantschikowa, Tatjana Samusenko)	Hongrie (Magda Kovacsné Nyari, Katalin Juhasz, Ildiko Rejtö, Lidia Sakovicsné Dömölky, Katalin Szalontay)	Italie (Bruna Colombetti, Giovanna Masciotta, Antonella Ragno, Natalina Sanguinetti)
1964 Tokyo (Jap)	jo	Hongrie (Katalin Juhaszne-Nagy, Ildiko Sagine-Ujlakine-Rejt, Lidia Sakovitsne-Domolky, Judit Agoston-Mendelenyi, Paula Marosi-Foldesi)	Union Soviétique (Galina Gorokhova, Valentina Prudskova, Valentina Rastvorova, Tatyana Samusenko-Petrenko, Lyudmila Shishova)	Équipe unifiée d'Allemagne (Helga Mees, Rosemarie Scherberger, Gudrun Theuerkauff, Heidi Schmid)

1965 Paris (Fra)	cm	URSS (Galina Gorochowa, Walentina Prudskowa, Walentina Rastworowa, Nadeschda Kondratjewa, Tatjana Samusenko)	Roumanie (Ileana Drimba-Ghiulai, Ecaterina Iencic, Olga Szabo-Orban, Suzana Tasi, Maria Vicol)	Italie (Bruna Colombetti, Maria Angela Fissone, Giulia Lorenzoni, Giovanna Masciotta, Antonella Ragno)
1966 Moscou (URSS)	cm	URSS (Tatjana Samusenko, Alexandra Sabelina, Galina Gorochowa, Walentina Prudskowa, Diana Nikantschikowa)	Hongrie (Ildiko Bobis, Maria Gulacsy, Paula Marosi, Ildiko Rejtö, Lidia Sakovicsné Dömölky)	France (Marie-Chantale Depetris, Brigitte Gapais, Claudette Herbster, Annick Level, Catherine Rousselet)
1967 Montréal (Can)	cm	Hongrie (Ildiko Bobis, Ildiko Rejtö, Maria Gulacsy, Lidia Sakovits-Dömölky, Katalin Juhasz)	URSS (Galina Gorochowa, Nadeschda Kondratjewa, Walentina Rastworowa, Tatjana Samusenko, Alexandra Sabelina)	Roumanie (Ileana Drimba, Ana Ene, Ecaterina Iencic, Marina Stanca, Olga Szabo-Orban)
1968 Mexico (Mex)	jo	URSS (Novikova Yelena, Chirkova Svetlana, Gorokhova Galina, Samusenko Tatyana, Zabelina Aleksandra)	Hongrie (Bobis Ildiko, Ildiko Ujlakine-Rejto, Lidia Sakovitsne-Domolky, Gulacsy Maria, Paula Marosi-Foldesi)	Roumanie (Drimba Ileana, Ene Ana, Vicol Maria, Stahl-Iencic Ecaterina, Szabo-Orban Olga)
1969 La Havane (Cub)	cm	Roumanie (Ileana Drimba, Olga Szabo-Orban, Maria Vicol, Ana Ene, Suzana Ardeleanu)	URSS (Alexandra Sabelina, Jelena Nowikowa, Swetlana Tschirkowa, Tatjana Samussenko, Galina Gorochowa)	Hongrie (Katalin Kollanyi, Judit Mendelenyi Agoston, Agnes Simonffy, Maria Szölnöki, Ildiko Rejtö)
1970 Ankara (Turq)	cm	URSS (Galina Gorochowa, Jelena Nowikowa, Alexandra Sabelina, Swetlana Tschirkowa, Tatjana Samusenko)	Roumanie (Olga Szabo, Ecaterina Stahl-Iencic, Ileana Drimba, Ana Pascu, Maria Vicol)	France (Catherine Ceretti-Rousselet, Brigitte Gapais, Annick Level, Claudie Josland, Marie-Chantale Demaille-Depetris)
1971 Vienne (Aut)	cm	URSS (Galina Gorochowa, Jelena Belova, Alexandra Sabelina, Swetlana Tschirkowa, Nadja Iwanowa)	Hongrie (Ildiko Rejtö, Ildiko Tordasi-Schwarczenberger, Ildiko Bobis, Maria Szolnoki, Judit Mendelenyi Agoston)	Pologne (Krystyna Urbanska, Halina Balon, Elzbieta Franke, Anna Rzymowska, Barbara Szeja)
1972 Munich (All)	jo	URSS (Belova Yelena, Chirkova Svetlana, Gorokhova Galina, Samusenko Tatyana, Zabelina Aleksandra)	Hongrie (Bobis Ildiko, Ildiko Sagi-Rejto, Matuscak-Ronay Ildiko, Szolnoki Maria, Tordasi Ildiko)	Roumanie (Gyulai Ileana, Pascu Ana, Stahl-Iencic Ecaterina, Szabo-Orban Olga)
1973 Göteborg (Suè)	cm	Hongrie (Ildiko Bobis, Maria Szolnoki, Ildiko Rejtö, Ildiko Tordasi-Schwarczenberger, Magda Maros)	URSS (Soja Gjerassinskaja, Olga Knjaseva, Walentina Nikonowa, Walentina Burotschkina), Jelena Bjelowa)	Roumanie (Ana Pascu, Ecaterina Stahl, Suzana Ardeleanu, Magdalena Bartos, Ileana Ghiulai)
1974 Grenoble (Fra)	cm	URSS (Olga Knjaseva, Walentina Sidorova, Nailija Giljasova, Jelena Belova/ Walentina Nikonowa)	Hongrie (Ildiko Bobis, Ildiko Tordasi-Schwarczenberger, Ildiko Rejtö, Maria Szolnoki, Magda Maros)	Roumanie (Ana Pascu, Ecaterina Stahl, Ileana Gulay, Suzana Ardeleanu, Magdalena Bartos)
1975 Budapest (Hon)	cm	URSS (Olga Knjaseva, Walentina Sidorova, Nailija Giljasova, Jelena Belova)	Hongrie (Ildiko Bobis, Ildiko Tordasi-Schwarczenberger, Magda Maros, Ildiko Rejtö)	Roumanie (Ecaterina Stahl, Suzana Ardeleanu, Magdalena Bartos, Pricop)
1976 Montréal (Can)	jo	URSS (Belova Yelena, Gilyazova Nailya, Sidorova Valentina, Kniazeva Olga, Nikonova Valentina)	France (Dumont-Gapais Brigitte, Josland Claudie, Latrille Brigitte, Muzio Christine, Trinquet-Hachin Pascale)	Hongrie (Bobis Ildiko, Ildiko Sagi-Rejto, Kovacs Edit, Maros Magda, Tordasi Ildiko)
1977 Buenos Aires (Arg)	cm	URSS (Olga Knjaseva, Walentina Sidorova, Nailija Giljasova, Jelena Belova)	RFA (Karin Rutz, Ute Kircheis, Brigitte Oertel, Cornelia Hanisch)	Roumanie (Ecaterina Stahl, Suzana Ardeleanu, Magdalena Bartos/Moldovan)
1978 Hambourg (All)	cm	URSS (Olga Knjaseva, Walentina Sidorova, Nailija Giljasova, Jelena Belova)	Pologne (Jolanta Krolikowska, Barbara Wysoczanska, Agnieszka Dubrawska, Delfina Skabska-Holek)	Roumanie (Suzana Ardeleanu, Turcan, Chezzan, Moldovan)
1979 Melbourne (Aus)	cm	URSS (Jelena Belova, Walentina Sidorova, Irina Uschakowa, Nailija Giljasova, Olga Dimitrenko)	Hongrie (Ildiko Schwarczenberger, Edit Kovacs, Zsuzsa Szöcz, Gertrud Stefanek, Magda Maros)	RFA (Cornelia Hanisch, Ingrid Losert, Sabine Bischoff, Ute Wessel, Jutta Höhne)
1980 Moscou (URSS)	jo	France (Brouquier Veronique, Gaudin Brigitte, Boeri-Begard Isabelle, Muzio Christine, Trinquet-Hachin Pascale)	URSS (Belova Yelena, Gilyazova Nailya, Sidorova Valentina, Ushakova Irina, Zagareva Larissa)	Hongrie (Stefanek Gertrud, Szocs Zsuzsa, Kovacs Edit, Maros Magda, Tordasi Ildiko)
1981 Clermont-Ferrand (Fra)	cm	URSS (Larissa Zagarajewa, Marina Soboleva, Walentina Sidorova, Nailija Giljasova)	RFA (Cornelia Hanisch, Ute Wessel, Ingrid Losert, Sabine Bischoff)	Hongrie (Ildiko Schwarczenberger, Edit Kovacs, Zsuzsa Szöcz, Gertrud Stefanek)
1982 Rome (Ita)	cm	Italie (Dorina Vaccaroni, Carola Cicconetti, Anna Rita Sparaciari, Clara Mocchi)	Hongrie (Edit Kovacs, Magda Maros, Zsuzsa Szöcz, Gertrud Stefanek, Ildiko Schwarczenberger)	RFA (Cornelia Hanisch, Lotter/Ingrid Losert, Sabine Bischoff, Christiane Weber)

1983 Vienne (Aut)	cm	Italie (Dorina Vaccaroni, Carola Cicconetti, Anna Rita Sparaciari, Clara Mocchi)	RFA (Cornelia Hanisch, Ute Wessel/ Ingrid Losert, Sabine Bischoff, Christiane Weber)	Hongrie (Edit Kovacs, Janosi, Györffy, Gertrud Stefanek)
1984 Los Angeles (USA)	jo	Allemagne (Bischoff Sabine, Hanisch Cornelia, Funkenhauser Zita, Wessel Ute, Weber Christiane)	Roumanie (Dan Aurora, Guzganu Elisabeta, Oros Rozalia, Schreck Weber Monika, Zsak Marcela)	France (Brouquier Veronique, Gaudin Brigitte, Meygret Anne, Modaine-Cessac Laurence, Trinquet-Hachin Pascale)
1985 Barcelone (Esp)	cm	RFA (Cornelia Hanisch, Sabine Bischoff, Susanne Lang, Anja Fichtel, Zita Funkenhauser)	Hongrie (Gertrud Stefanek, Janosi, Edit Kovacs, Zsuzsa Szöcz, Györffy)	URSS (Walentina Sidorova, Olga Welitschko, M. Soboleva, Olga Wostschakina, Otschakova)
1986 Sofia (Bulg)	cm	URSS (Walentina Sidorova, Olga Welitschko, Olga Wostschakina, Marina Soboleva)	Italie (Margherita Zalaffi, Annapia Gandolfi, Giovanna Trillini, Lucia Traversa)	RFA (Sabine Bau, Anja Fichtel, Sabine Bischoff, Christiane Weber, Zita Funkenhauser)
1987 Lausanne (Sui)	cm	Hongrie (Zsusza Janosi, Edit Kovacs, Gertrude Stefanek, Katalin Tuschak, Zsuszanna Szöcs)	Roumanie (Tufan, Reka Lazar, Claudia Grigorescu, Beca, Husti)	Italie (Annapia Gandolfi, Dorina Vaccaroni, Margherita Zalaffi, Francesca Bortolozzi)
1988 Séoul (Cor)	jo	Allemagne (Bau Sabine, Fichtel Anja, Funkenhauser Zita, Klug Anette, Weber Christiane)	Italie (Bortolozzi Francesca, Gandolfi Annapia, Traversa Vaccaroni Dorina, Zalaffi Margherita)	Hongrie (Tuschak Katalin, Janosi Zsuzsa, Kovacs Edit, Stefanek Gertrud, Szocs Zsuzsa)
1989 Denver (USA)	cm	RFA (Anja Fichtel, Sabine Bau, Susanne Lang, Zita Funkenhauser, Annette Dobmeier)	URSS (Olga Welitschko, Tatjana Sadovskaja, Olga Wostschakina, Jelena Grischina, Jelena Glikina)	Italie (Francesca Bartolozzi, Diana Bianchedi, Giovanna Trillini, Margherita Zalaffi)
1990 Lyon (Fra)	cm	Italie (Giovanna Trillini, Margeritha Zalaffi, Dorina Vaccaroni, Lucia Traversa)	URSS (Olga Welitschko, Tatjana Sadovskaja, Jelena Grischina, Olga Sidorova)	Chine (Jun Liang, Hongyun Sun, Aihua Xiao, Jie E)
1991 Budapest (Hon)	cm	Italie (Diana Bianchedi, Francesca Bortolozzi, Giovanna Trillini, Dorina Vaccaroni, Margherita Zalaffi)	URSS (Tatjana Sadovskaja, Olga Welitschko, Jelena Glikina, Olga Sidorova, Tatjana Napalkova)	Allemagne (Sabine Bau, Zita Funkenhauser, Rosalia Huszti, Anja Fichtel)
1992 Barcelone (Esp)	jo	Italie (Bortolozzi Francesca, Trillini Giovanna, Vaccaroni Dorina, Zalaffi Margherita, Bianchedi Diana,)	Allemagne (Bau Sabine, Fichtel Anja, Funkenhauser Zita, Dobmeier Annette, Schreck Weber Monika)	Roumanie (Carlescu Badea Laura, Grigorescu Claudia, Dulitrescu Roxana, Tufan-Guzganu Elisabeta, Szabo-Lazar Reka)
1993 Essen (All)	cm	Allemagne (Zita Funkenhauser, Anja Fichtel-Mauritz, Sabine Bau, Simone Bauer, Monika Weber)	Roumanie (Laura Badea, Elisabeta Tufan, Mioara David, Claudia Grigorescu)	Italie (Francesca Bortolozzi, Valentina Vezzali, Diana Bianchedi, Giovanna Trillini)
1994 Athènes (Grè)	cm	Roumanie (Claudia Grigorescu, Laura Badea, Reka Szabo-Lazar, Elisabeta Tufan)	Italie (Valentina Vezzali, Francesca Bortolozzi, Diana Bianchedi, Giovanna Trillini)	Hongrie (Gabriella Lantos, Aida Mohamed, Zsuzsa Janosi, Ildiko Mincza)
1995 La Haye (Hol)	cm	Italie (Giovanna Trillini, Diana Bianchedi, Francesca Bortolozzi, Valentina Vezzali)	Roumanie (Laura Badea, Claudia Grigorescu, Reka Szabo-Lazar, Elisabeta Tufan)	Allemagne (Anja Fichtel-Mauritz, Sabine Bau, Zita Funkenhauser, Christiane Weber)
1996 Atlanta (USA)	jo	Italie (Bortolozzi Francesca, Trillini Giovanna, Vezzali Valentina)	Roumanie (Carlescu Badea Laura, Scarlat Roxana, Szabo-Lazar Reka)	Allemagne (Bau Sabine, Fichtel Anja, Schreck Weber Monika)
1997 Le Cap (Afr. Sud)	cm	Italie (Diana Bianchedi, Giovanna Trillini, Valentina Vezzali, Annamaria Giacometti)	Roumanie (Laura Badea, Reka Szabo-Lazar, Roxana Scarlat, Mioara David)	Allemagne (Sabine Bau, Rita König, Gesine Schiel, Monika Weber)
1998 La Chaux-de-Fond (Sui)	cm	Italie (Giovanna Trillini, Valentina Vezzali, D iana Bianchedi, Annamaria Giacometti)	Roumanie (Roxana Scarlat, Reka Szabo-Lazar, Laura Badea, Claudia Grigorescu-Vanta)	Pologne (Barbara Wolnicka, Sylwia Gruchala, Anna Rybicka, Magdalena Mroczkiewicz)
1999 Séoul (Cor)	cm	Allemagne (Sabine Bau, Monika Weber, Simone Bauer, Rita König)	Pologne (Sylwia Gruchala, Barbara Wolnicka, Magdalena Mroczkiewicz, Alicja Kryczalo)	Chine (Aihua Xiao, Jie Meng, Li Yuan, Haiying Shi)
2000 Sydney (Aus)	jo	Italie (Bianchedi Diana, Trillini Giovanna, Vezzali Valentina)	Pologne (Gruchala Sylwia, Mroczkiewicz Magdalena, Rybicka Anna, Wolnicka Barbara)	Allemagne (Bau Sabine, Konig-Romer Rita, Schreck Weber Monika)
2001 Nîmes (Fra)	cm	Italie (Diana Bianchedi, Giovanna Trillini, Valentina Vezzali, Frida Scarpa)	URSS (Jekaterina Jutscheva, Swetlana Bojko, Olga Lobyntsewa, Jana Khakimova)	USA (Erinn Smart, Ann Marsh, Iris Zimmermann, Felicia Zimmermann)

2002 Lisbonne (Por)	cm	URSS (Swetlana Bojko, Jekaterina Jutscheva, Olga Lobineseva, Julia Khakimova)	Pologne (Sylwia Gruchala, Malgorzata Wojtkowiak, Anna Rybicka, Magdalena Mroczkiewicz)	Roumanie (Laura Carlescu Badea, Roxana Scarlat, Reka Szabo-Lazar, Cristina Stahl)
2003 La Havane (Cub)	cm	Pologne (Sylwia Gruchala, Magda Mroczkiewicz, Anna Rybicka, Malgorzata Wojtkowiak)	URSS (Jekaterina Juchewa, Swetlana Bojko, Jewgenja Lamonowa, Wiktoria Nikichina)	Roumanie (Laura Gabriela Carlescu Badea, Roxana Scarlat, Cristina Stahl, Reka Szabo)
2004 Athènes (Grè)	jo	Sans	Sans	Sans
2004 New York (USA)	cm	Italie (Margherita Granbassi, Giovanna Trillini, Valentina Vezzali, Elisa Di Francisca)	Roumanie (Roxana Scarlat, Laura Badea, Cristina Stahl)	Pologne (Sylwia Gruchala, Mroczkiewicz, Anna Rybicka, Malgorzata Wojtkowiak)
2005 Leipzig (All)	cm	Corée (Jung Kil-ok, Seo Mi-jung, Nam Hyun-hee, Hye Sun Lee)	Roumanie (Andreea Andrei , Cristina Ghita, Roxana Scarlat, Cristina Stahl)	France (Adeline Wuillème , Céline Seigneur, Astrid Guyart, Corinne Maitrejean)
2006 Turin (Ita)	cm	URSS (Svetlana Boiko, Aida Chanaeva, Julia Khakimova, Ianna Rouzavina)	Italie (Elisa di Francisca, Margherita Granbassi, Giovanna Trillini, Valentina Vezzali)	Corée du Sud (Jeon Hee-Sok, Jung Gil-Ok, Nam Hyun-Hee, Seo Mi-Jung)
2007 Saint-Petersbourg (URSS)	cm	Pologne (Sylwia Gruchala, Katarzyna Kryczalo, Magda Mroczkiewicz, Malgorzata Wojtkowiak)	Russie (Aida Chanaeva, Julia Khakimova, Eugyenia Lamonova, Ianna Rouzavina)	Japon (Kanae Ikehata, Maki Kawanishi, Yoko Makishita, Chieko Sugawara)
2008 Pékin (Chi)	jo	URSS (Aida Shanaeva, Svetlana Boyko, Eugyenia Lamonova, Victoria Nikichina)	États-Unis (Emily Cross, Hanna Thompson, Erinn Smart)	Italie (Margherita Granbassi, Giovanna Trillini, Valentina Vezzali, Ilaria Salvatori)
2009 Antalya (Turq) Antalya	cm	Italie (Elisa Di Francisca, Arianna Errigo, Margherita ranbassi, Valentina Vezzali)	URSS (Julia Birioukova, Kamilla Gafurzianova, Larisa Korobeinikova, Aida Shanaeva)	Allemagne (Maria Bartkowki, Carolin Golubytskyi, Anja Schache, Katja Waechter)

Épée féminine – Individuels

Année		Or	Argent	Bronze	Bronze
1988 Orléans (Fra)	cm	Brigitte Benon (Fra)	Sophie Moressée-Pichot (Fra)	Ninni Eglen (Suè)	
1989 Denver (USA)	cm	Anja Straub (Sui)	Ute Schaeper (RFA)	Annalisa Coltorti (Ita)	
1990 Lyon (Fra)	cm	Taime Chappe (Cub)	Diana Eori (Ita)	Maria Mazina (URSS)	
1991 Budapest (Hon)	cm	Marianne Horvath (Hon)	Eva-Maria Ittner (All)	Marina Varkonyi (Hon)	
1992 La Havane (Cub)	cm	Marianna Horvath (Hon)	Sophie Moressée-Pichot (Fra)	Maria Masina (EUN)	Pernette Osinga (P.-Bas)
1993 Essen (All)	cm	Oksana Jermakowa (Est)	Laura Chiesa (Ita)	Sophie Moressée-Pichot (Fra)	Helene Elinder (Suè)
1994 Athènes (Grè)	cm	Laura Chiesa (Ita)	Katja Nass (All)	Minna Lehtola (Fin)	Corinna Panzeri (Ita)
1995 La Haye (P.-Bas)	cm	Joanna Jakimiuk (Pol)	Gyöngyi Szalay (Hon)	Laura Flessel (Fra)	Sophie Moressée-Pichot (Fra)
1996 Atlanta (USA)	jo	Laura Flessel-Colovic (Fra)	Valérie Barlois (Fra)	Györgyi Horváth-Szalay (Hon)	
1997 Le Cap (Afr. Sud)	cm	Miraida Garcia-Soto (Cub)	Zuleydis Ortiz-Puente (Cub)	Gyöngyi Szalay (Hon)	Taimi Chappe (Esp)
1998 La Chaux-de-Fonds (Sui)	cm	Laura Flessel (Fra)	Denise Holzkamp (All)	Hajnalka Toth (Hon)	Gyöngyi Szalay (Hon)
1999 Séoul (Cor)	cm	Laura Flessel (Fra)	Diana Romagnoli (Sui)	Ildiko Mincza (Hon)	Miranda Garcia-Soto (Cub)
2000 Sydney (Aus)	jo	Timea Nagy (Hon)	Gianna Halbluetzel (Sui)	Laura Flessel-Colovic (Fra)	
2001 Nîmes (Fra)	cm	Claudia Bokel (All)	Laura Flessel-Colovic (Fra)	Maria Isaksson (Suè)	Gianna Halblützel-Bürki (Sui)
2002 Lisbonne (Por)	cm	Hee Hyun (Cor)	Imke Duplitzer (All)	Ana Branza (Rou)	Britta Heidemann (All)
2003 La Havane (Cub)	cm	Natalja Conrad (Ukr)	Maureen Nisima (Fra)	Cristiana Cascioli (Ita)	Na Li (Chi)
2004 Athènes (Grè)	jo	Timea Nagy (Hon)	Laura Flessel-Colovic (Fra)	Maureen Nisima (Fra)	
2005 Leipzig (All)	cm	Danuta Dmowska (Pol)	Maarika Vosu (Est)	Laura Flessel-Colovic (Fra)	Sherraine Mackay (Can)
2006 Turin (Ita)	cm	Timea Nagy (Hon)	Irina Embrich (Est)	Laura Flessel (Fra)	Emese Szasz (Hon)
2007 Saint-Petersbourg (URSS)	cm	Britta Heidemann (All)	Li Na (Chi)	Maureen Nisima (Fra)	Irina Embrich (Est)
2008 Pékin (Chi)	jo	Brita Heidemann (All)	Ana Branza (Rou)	Ildiko Mincza-Nebald (Hon)	
2009 Antalya (Turq)	cm	Lubov Shutova (URSS)	Sherraine Schalm (Can)	Anfisa Pochkalova (Ukr)	Sonja Tol (P.-Bas)

Épée féminine – Équipes

Année	cht	Or	Argent	Bronze
1988 Orléans (Fra)	cm	Allemagne (Eva-Maria Ittner, Ute Schaeper, Renate Riebandt-Kaspar, Monika Ritz, Sabine Krapf)	France (Brigitte Benon, Sophie Moressée-Pichot, Marie Hauterville, Valérie Devaux)	Italie (Saba Amendolara, Alessandra Anglesio, Cecilia Salvioli, Elisa Uga, Natalie Vezzali)
1989 Denver (USA)	cm	Hongrie (Gyöngyi Szalay, Mariann Horvath, Marina Varkonyi, Diana Eöri, Zsuszanna Szöcs)	Suisse (Susanne Rompza, Isabelle Pentucci, Anja Straub)	Italie (Annalisa Coltorti, Laura Chiesa, Elisa Uga, Alessandra Anglesio, Saba Amendolara)
1990 Lyon (Fra)	cm	Allemagne (Eva-Maria Ittner, Ute Schaeper, Renate Riebandt-Kaspar, Monika Ritz, Sabine Krapf)	Hongrie (Diana Eöri, Gyöngyi Szalay, Marina Varkonyi, Marianna Horvath, Zsuszanna Szöcs)	Italie (Alessandra Anglesio, Elisa Uga, Annalisa Coltorti, Saba Amendolara, Laura Chiesa)
1991 Budapest (Hon)	cm	Hongrie (Diana Eöri, Marianna Horvath, Gyöngyi Szalay, Zsuszanna Szöcs, Marina Varkonyi)	France (Marie Hauterville, Brigitte Benon, Valérie Devaux, Valérie Barlois)	URSS (Oksana Jermakowa, Maria Masina, Wiktoria Titowa, Jekaterina Lebedjewa-Gorskaja)
1992 La Havane (Cub)	cm	Hongrie (Marianna Horvath, Marina Varkonyi, Timea Nagy, Zsuszanna Szöcs)	Allemagne (Renata Riebandt-Kaspar, Dagmar Ophardt, Imke Duplitzer, Eva-Maria Ittner)	Italie (Laura Chiesa, Elisa Uga, Corinna Panzeri, Saba Amendolara)
1993 Essen (All)	cm	Hongrie (Marianna Horvath, Gyöngyi Szalay, Hajnalka Kiraly, Marina Varkonyi, Timea Nagy)	Allemagne (Katja Nass, Eva-Maria Ittner, Claudia Bokel, Hedwig Funkenhauser, Imke Duplitzer)	Ukraine (Alla Mironjuk, Lilia Iwatschko, Wiktoria Titowa)
1994 Athènes (Grè)	cm	Spanien (Taimé Chappe, Rosa Castillejo, Carnen Ruiz Hervias, Cristina Vargas)	Hongrie (Hajnalka Kiraly, Gyöngyi Szalay, Marianna Horvath, Adrienne Hormay)	Pologne (Dominika Butkiewicz, Dorota Slominska, Magdalena Jeziorowska, Joanna Jakimiuk)
1995 La Haye (Hol)	cm	Hongrie (Hajnalka Kiraly, Adrienne Hormay, Timea Nagy, Gyöngyi Szalay)	France (Laura Flessel, Sophie Moresée-Pichot, Valérie Barlois, Sanghita Tripathi)	Estonie (Marika Vosu, Merle Esken, Oksana Jermakowa, Heidi Rohi)
1996 Atlanta (USA)	jo	France (Laura Flessel, Sophie Moressée-Pichot, Valérie Barlois)	Italie (Laura Chiesa, Elisa Uga, Margherita Zalaffi)	URSS (Mariya Mazina, Yuliya Garayeva, Karina Aznavuryan)
1997 Le Cap (Afr. Sud)	cm	Hongrie (Gyöngyi Szalay, Adrienne Hormay, Timea Nagy, Hajnalka Kiraly)	Allemagne (Katja Nass, Imke Duplitzer, Claudia Bokel, Eva-Maria Ittner)	France (Laura Flessel, Sophie Moresée-Pichot, Valérie Barlois, Elsa Girardot)
1998 La Chaux-de-Fonds (Sui)	cm	France (Laura Flessel, Sophie Moresée-Pichot, Valérie Barlois, Sangita Tripathi)	Cuba (Tamara Estery-Almeida, Miraida Garcia-Soto, Zuleidis Ortiz-Fuente, Milagros Palma-Gonzalez)	Ukraine (Eva Wybornowa, Wiktoria Titowa, Alla Mironiouk, Anna Garina)
1999 Séoul (Cor)	cm	Hongrie (Ildiko Mincza, Gyöngyi Szalay, Timea Nagy, Hajnalka Toth)	Chine (Shaogi Yang, Na Li, Qin Liang)	Allemagne (Imke Duplitzer, Claudia Bokel, Kristina Ophardt, Katja Nass)
2000 Sydney (Aus)	jo	URSS (Karina Asnawurjan, Oksana Jermakowa, Tatjana Logunowa, Maria Mazina)	Suisse (Gianna Halbluetzel-Bürki, Sophie Lamon, Diana Romagnoli, Tabea Steffen)	Chine (Na Li (escrime), Qin Liang, Yinqinq Liu, Shaoqi Yang)
2001 Nîmes (Fra)	cm	URSS (Tatjana Logunowa, Anna Siwkowa, Maria Masina, Tatjana Fachrutdinowa)	Suisse (Gianna Halblützel-Bürki, Sophie Lamon, Diana Romagnoli Takouk, Tabea Steffen)	Italie (Cristiana Cascioli, Margherita Zalaffi, Elisa Uga, Veronica Rossi)
2002 Lisbonne (Por)	cm	Hongrie (Hajnalka Toth, Adrien Hormay, Hajnalka Kiraly)	Estonie (Marika Vosu, Irina Embrich, Olga Aleksejeva, Heidi Rohi)	Chine (Xiaojuan Luo, Na Li, Wei Wei Shen, Wei Ping Zhong)
2003 La Havane (Cub)	cm	URSS (Karina Asnawurjan, Oxana Ermakowa, Tatjana Logunowa, Anna Siwkowa)	Allemagne (Claudia Bokel, Imke Duplitzer, Britta Heidemann, Marijana Markovic)	Hongrie (Adrienn Hormay, Ildiko Mincza, Timea Nagy, Hajnalka Toth)
2004 Athènes (Grè)	jo	URSS (Tatiana Logounova, Karina Aznavourian, Oksana Jermakova, Anna Sivkova)	Allemagne (Imke Duplitzer, Britta Heidemann, Claudia Bokel, Marijana Markovic)	France (Maureen Nisima, Picot Hajnalka Kiraly, Laura Flessel-Colovic, Sarah Daninthe)
2005 Leipzig (All)	cm	France (Laura Flessel, Hajnalka Kiraly Picot, Sarah Daninthe , Maureen Nisima)	Hongrie (Hajnalka Toth, Adrienn Hormay, Julia Revesz, Emese Szasz)	Allemagne (Imke Duplitzer, Britta Heidemann, Monika Sozanska, Claudia Bokel)
2006 Turin (Ita)	cm	Chine (Li Na, Luo Xiaojuan, Zhang Li, Zhong Weiping)	France (Laura Flessel, Maureen Nisima, Marisa Baradji-Duchene, Hajnalka Kiraly)	Allemagne (Claudia Bokel, Imke Duplitzer, Britta Heidemann, Marijana Markovic)
2007 Saint-Petersbourg (URSS)	cm	France (Audrey Descouts, Laura Flessel, Hajnalka Kiraly, Maureen Nisima)	URSS (Tatiana Logounova, Lubov Shutova, Anna Sivkova, Eugenia Stroganova)	Allemagne (Claudia Bokel, Imke Duplitzer, Britta Heidemann, Marijana Markovic)

2008 Pékin (Chi)	jo	absent	absent	absent
2008 Pékin (Chi)	cm	France (Laura Flessel, Hajnalka Kiraly-Picot, Maureen Nisima, Sarah Daninthe)	Chine (Li Na, Luo Xiaojuan, Zhang Li, Zhong Weiping)	Allemagne (Imke Duplitzer, Britta Heidemann, Marijana Markovic, Monika Sozanska)
2009 Antalya (Turq)	cm	Italie (Cristiana Cascioli, Bianca Del Carretto, Nathalie Moellhausen, Francesca Quondamcarlo)	Pologne (Malgorzata Bereza, Danuta Dmowska-Andrzejuk, Ewa Nelip, Magdalena Piekarska)	Allemagne (Imke Duplitzer, Britta Heidemann, Marijana Markovic, Monika Sozanska)

Sabre féminin – Individuels

Année		Or	Argent	Bronze	Bronze
1999 Séoul (Cor)	cm	Jelena Jemajewa (Aze)	Ilario Bianco (Ita)	Eva Pouteil-Noble (Fra)	Anna Ferraro (Ita)
2000 Budapest (Hon)	cm	Jelena Jemajewa (Aze)	Ilario Bianco (Ita)	Sandra Benad (All)	Anne-Lise Touya (Fra)
2001 Nîmes (Fra)	cm	Anne-Lise Touya (Fra)	Ilario Bianco (Ita)	Jelena Jemajewa (Aze)	Gioia Marzocca (Ita)
2002 Lisbonne (Por)	cm	Xue Tan (Chi)	Jelena Jemajewa (Aze)	Jelena Netschajewa (URSS)	Cécile Argiolas (Fra)
2003 La Havane (Cub)	cm	Dorina Mihai (Rou)	Xue Tan (Chi)	Gioia Marzocca (Ita)	Aleksandra Socha (Pol)
2004 Athènes (Grè)	jo	Mariel Zagunis (USA)	Tan Xue (Chi)	Sada Jacobson (USA)	
2005 Leipzig (All)	cm	Anne-Lise Touya (Fra)	Sophia Velikaia (URSS)	Alessandra Lucchino (Ita)	Ilaria Bianco (Ita)
2006 Turin (Ita)	cm	Rebecca Ward (USA)	Mariel Zagunis (USA)	Kim Hye Lim (Cor)	Sada Jacobson (USA)
2007 Saint-Petersb. (URSS)	cm	Elena Netchaeva (URSS)	Tan Xue (Chi)	Gioia Marzocca (Ita)	Bogna Jozwiak (Pol)
2008 Pékin (Chi)	jo	Mariel Zagunis (USA)	Sada Jacobson (USA)	Rebecca Ward (USA)	
2009 Antalya (Turq)	cm	Mariel Zagunis (USA)	Olga Kharlan (Ukr)	Carole Vergne (Fra)	Orsolya Nagy (Hon)

Sabre féminin – Équipes

Année	cht	Or	Argent	Bronze
1999 Séoul (Cor)	cm	Italie (Ilaria Bianco, Anna Ferraro, Alessia Tognolli, Daniela Colaiacomo)	France (Eve Pouteil-Noble, Cecile Argiolas, Anne-Lise Touya, Magali Carrier)	Azerbaïdjan (Jelena Jemajewa, Anjela Wolkowa, Tatjana Djatschenko)
2000 Budapest (Hon)	cm	USA (Christine Becker, Nicole Mustilli, Mariel Zagunis)	Italie (Ilaria Bianco, Gioia Marzocca, Alessia Tognolli, Anna Ferraro)	France (Anne-Lise Touya, Cecile Argiolas, Eve Pouteil-Noble, Magali Carrier)
2001 Nîmes (Fra)	cm	URSS (Jelena Netschajewa, Natalja Makejewa, Irina Baschenowa, Jelisaweta Gorst)	Roumanie (Andrea Pelei, Catalina Gheorgitoaia, Irina Draghici)	Allemagne (Sandra Benad, Sabine Thieltges, Doren Haentsch, Stefanie Kubissa)
2002 Lisbonne (Por)	cm	URSS (Jelena Netschajewa, Margarita Jukowa, Irina Baschenowa, Natalja Makejewa)	Hongrie (Edina Csaba, Orsolya Nagy, Annamaria Nagy, Gabriella Sznopek)	Azerbaïdjan (Jelena Jemajewa, Anjela Wolkowa, Janna Sjukajewa, Jelena Amirowa)
2003 La Havane (Cub)	cm	Italie (Ilaria Bianco, Alessandra Lucchino, Gioia Marzocca, Rosanna Pagano)	Chine (Yingying Bao, Haiyang Huang, Ying Zhang, Xue Tan)	Azerbaïdjan (Jelena Amirowa, Jelena Jemajewa, Anjela Wolkowa, Janna Siukajewa)
2004 New York (USA)	cm	URSS (Sofiya Velikaya, Yekaterina Fedorkina, Yelena Nechayeva, Svetlana Kormilitsyna)	USA (Emma Baratta, Emily Jacobson, Sada Jacobson, Mariel Zagunis)	France (Anne-Lise Touya, Léonore Perrus, Cécile Argiolas)
2005 Leipzig (All)	cm	USA (Sada Jacobson, Caitlin Thompson, Rebecca Ward, Mariel Zagunis)	URSS (Ekaterina Fedorkina, Svetlana Kormilitsyna, Elena Netchaeva, Sophia Velikaia)	Hongrie (Edina Csaba, Orsolya Nagy, Gabriella Sznopek, Dora Varga)
2006 Turin (Ita)	cm	France (Anne-Lise Touya, Léonore Perrus, Cécile Argiolas, Solenne Mary)	USA (Rebecca Ward, Mariel Zagunis, Sada Jacobson, Caitlin Thompson)	URSS (Ekaterina Diatchenko, Ekaterina Fedorkina, Elena Netchaeva, Sophia Velikaia)
2007 Saint-Petersbourg (URSS)	cm	France (Anne-Lise Touya, Léonore Perrus, Carole Vergne, Cécile Argiolas)	Ukraine (Olga Kharlan, Olena Khomrova, Halyna Pundyk, Nina Kozlova)	URSS (Ekaterina Fedorkina, Svetlana Kormilitsyna, Elena Netchaeva, Sophia Velikaia)
2008 Pékin (Chi)	jo	Ukraine (Olena Khomrova, Olga Kharlan, Olga Zhovnir)	Chine (Tan Xue, Ni Hong, Bao Yingying)	États-Unis (Mariel Zagunis, Sada Jacobson, Rebecca Ward)
2009 Antalya (Turq)	cm	Ukraine (Olga Kharlan, Olena Khomrova, Halyna Pundyk, Olga Zhovnir)	France (Carole Vergne, Léonore Perrus, Solenne Mary, Cécilia Berder)	Chine (Bao Yingying, Chen Xiaodong, Li Fei, Ni Hong)

Fleuret masculin – Individuels

Année	cht	Or	Argent	Bronze	Bronze
1896 Athènes (Grè)	jo	Etienne Gravelotte (Fra)	Callot Henri (Fra)	Pierrakos Pericles (Gre)	
1896 Athènes (maîtres) (Grè)	jo	Leonídas P¨rgos (Gre)	Jean Maurice Perronet (FRA)		
1900 Paris (fra)	jo	Emile Coste (Fra)	Henri Masson (Fra)	Jacques Boulenger (Fra)	
1900 Paris (maîtres) (fra)	jo	Lucien Mérignac (Fra)	Alphonse Kirchhoffer (Fra)	Jean-Baptiste Mimiague (Fra)	
1904 Saint-Louis (USA)	jo	Ramón Fonst (Cub)	Albertson Van Zo Post (Cub)	Charles Tatham (USA)	
1906 Athènes (J.O. I.) (Grè)	jo	Dillon-Kavanagh Georges (Fra)	Casmir Gustav (All)	Hughes Pierre Comte d' (Fra)	
1912 Stockholm (Suè)	jo	Nadi Nedo (Ita)	Speciale Petro (Ita)	Verderber Richard (Aut)	
1920 Anvers (Belg)	jo	Nadi Nedo (Ita)	Cattiau Philippe (Fra)	Ducret Roger (Fra)	
1924 Paris (Fra)	jo	Ducret Roger (Fra)	Cattiau Philippe (Fra)	Van Damme Maurice (Belg)	
1926 Budapest (Hon)	eur - cm	Giorgio Chiavacci (Ita)	Laszlo Berty (Hon)	Ugo Pignotti (Ita)	
1927 Vichy (Fra)	eur - cm	Oreste Puliti (Ita)	Philippe Cattiau (Fra)	Gioacchino Guaragna (Ita)	
1928 Amsterdam (P.-Bas)	jo	Gaudin Lucien (Fra)Lucien (Fra)	Erwin Casmir (All)	Giulio Gaudini (Ita)	
1929 Naples (Ita)	eur - cm	Oreste Puliti (Ita)	Philippe Cattiau (Fra)	Giulio Gaudini (Ita)	
1930 Liège (Belg)	eur - cm	Giulio Gaudini (Ita)	Gustavo Marzi (Ita)	Gioacchino Guaragna (Ita)	
1931 Vienne (Aut)	eur - cm	René Lemoine (Fra)	Gustavo Marzi (Ita)	John Emrys Lloyd (GBR)	
1932 Los Angeles (USA)	jo	Gustavo Marzi (Ita)	Joseph Lewis (USA)	Giulio Gaudini (Ita)	
1933 Budapest (Hon)	eur - cm	Gioacchino Guaragna (Ita)	Giulio Gaudini (Ita)	John Emrys Lloyd (GBR)	
1934 Varsovie (Pol)	eur - cm	Giulio Gaudini (Ita)	Gustavo Marzi (Ita)	Giorgio Bocchino (Ita)	
1935 Lausanne (Sui)	eur - cm	Edward Gardere (Fra), Giorgio Bocchino (Ita), Gustavo Marzi (Ita), Rene Lemoine (Fra)	Non attribué	Non attribué	
1936 Berlin (All)	jo	Giulio Gaudini (Ita)	Edward Gardere (Fra)	Giorgio Bocchino (Ita)	
1937 Paris (Fra)	cm	Gustavo Marzi (Ita)	Edward Garderé (Fra)	René Lemoine (Fra)	
1938 Piestany (Tch)	cm	Gioacchino Guaragna (Ita)	Giorgio Bocchino (Ita)	Edward Garderé (Fra)	
1947 Lisbonne (Por)	cm	Christian d'Oriola (Fra)	Manlio Di Rosa (Ita)	Edoardo Mangiarotti (Ita)	
1948 Londres (GBR)	jo	Jehan Buhan (Fra)	Christian d'Oriola (Fra)	Lajos Maszlay (Hon)	
1949 Le Caire (Égyp)	cm	Christian d'Oriola (Fra)	Renzo Nostini (Ita)	Edoardo Mangiarotti (Ita)	
1950 Monte-Carlo (Mon)	cm	Renzo Nostini (Ita)	Jehan Buhan (Fra)	Jacques Lataste (Fra)	
1951 Stockholm (Suè)	cm	Manlio Di Rosa (Ita)	Edoardo Mangiarotti (Ita)	Jehan Buhan (Fra)	
1952 Helsinki (Fin)	jo	Christian d'Oriola (Fra)	Edoardo Mangiarotti (Ita)	Manlio Di Rosa (Ita)	
1953 Bruxelles (Belg)	cm	Christian d'Oriola (Fra)	Edoardo Mangiarotti (Ita)	Manlio Di Rosa (Ita)	
1954 Luxembourg (Lux)	cm	Christian d'Oriola (Fra)	Edoardo Mangiarotti (Ita)	Gian-Carlo Bergamini (Ita)	
1955 Rome (Ita)	cm	Jozsef Gyuricza (Hon)	Christian d'Oriola (Fra)	Jacques Lataste (Fra)	
1956 Melbourne (Aus)	jo	Christian d'Oriola (Fra)	Giancarlo Bergamini (Ita)	Antonio Spallino (Ita)	
1957 Paris (Fra)	cm	Mihaly Fülöp (Hon)	Mark Midler (URSS)	Allan Jay (GBR)	
1958 Philadelphie (USA)	cm	Giancarlo Bergamini (Ita)	Ferenc Czvikovszky (Hon)	Bernard Baudoux (Fra)	
1959 Budapest (Hon)	cm	Allan Jay (GBR)	Claude Netter (Fra)	Mark Midler (URSS)	
1960 Rome (Ita)	jo	Victor Jdanovitch (URSS)	Yury Sisikin (URSS)	Albert Axelrode (USA)	
1961 Turin (Ita)	cm	Ryszard Parulski (Pol)	Jenö Kamuti (Hon)	Mark Midler (URSS)	
1962 Buenos Aires (Arg)	cm	German Sveschnikov (URSS)	Witold Woyda (Pol)	Jürgen Brecht (FRG)	
1963 Gdansk (Pol)	cm	Jean-Claude Magnan (Fra)	Ryszard Parulski (Pol)	Egon Franke (Pol)	
1964 Tokyo (Jap)	jo	Egon Francke (Pol)	Jean Claude Magnan (Fra)	Daniel Revenu (Fra)	
1965 Paris (Fra)	cm	Jean-Claude Magnan (Fra)	Daniel Revenu (Fra)	German Sveschnikov (URSS)	
1966 Moscou (URSS)	cm	German Sveschnikov (URSS)	Jean-Claude Magnan (Fra)	Viktor Poutyatine (URSS)	
1967 Montréal (Can)	cm	Viktor Poutyatine (URSS)	Dr. Jenö Kamuti (Hon)	Bernard Talvard (Fra)	
1968 Mexico (Mex)	jo	Ion Drimba (Rou)	Jéno Kamuti (Hon)	Daniel Revenu (Fra)	
1969 La Havane (Cub)	cm	Friedrich Wessel (FRG)	Vassily Stankovitch (URSS)	Ryszard Parulski (Pol)	
1970 Ankara (Turq)	cm	Friedrich Wessel (FRG)	Leonid Romanov, (URSS)	Marek Dabrowski (Pol)	
1971 Vienne (Aut)	cm	Vassily Stankovitch (URSS)	Marek Dabrowski (Pol)	Leonid Romanov, (URSS)	
1972 Munich (All)	jo	Vitold Woyda (Pol)	Jéno Kamuti (Hon)	Christian Noel (Fra)	
1973 Göteborg (Suè)	cm	Christian Noèl (Fra)	Juri Tschish (URSS)	Dr. Jenö Kamuti (Hon)	

1974 Grenoble (Fra)	cm	Alexander Romankov (URSS)	Carlo Montano (Ita)	Frédéric Pietruska (Fra)	
1975 Budapest (Hon)	cm	Christian Noèl (Fra)	Bernard Talvard (Fra)	Vladimir Denissov (URSS)	
1976 Montréal (Can)	jo	Fabio Dal Zotto (Ita)	Alexandre Romankov (URSS)	Bernard Talvard (Fra)	
1977 Buenos Aires (Arg)	cm	Alexander Romankov (URSS)	Harald Hein (FRG)	Carlo Montano (Ita)	
1978 Hambourg (All)	cm	Didier Flament (Fra)	Alexander Romankov (URSS)	Harald Hein (FRG)	
1979 Melbourne (Aus)	cm	Alexander Romankov (URSS)	Pascal Jolyot (Fra)	Fabio dal Zotto (Ita)	
1980 Moscou (URSS)	jo	Vladimir Smirnov (URSS)	Pascal Jolyot (Fra)	Alexandre Romankov (URSS)	
1981 Clermont-Ferrand (Fra)	cm	Vladimir Smirnov (URSS)	Petru Kuki (Rou)	Angelo Scuri (Ita)	
1982 Rome (Ita)	cm	Alexander Romankov (URSS)	Mauro Numa (Ita)	Cervi (Ita)	
1983 Vienne (Aut)	cm	Alexander Romankov (URSS)	Matthias Gey (FRG)	Marian Sypniewski (Pol)	
1984 Los Angeles (USA)	jo	Mauro Numa (Ita)	Mathias Behr (All)	Stafano Cerioni (Ita)	
1985 Barcelone (Esp)	cm	Mauro Numa (Ita)	Andrea Cipressa (Ita)	Harald Hein (FRG)	
1986 Sofia (Bulg)	cm	Andrea Borella (Ita)	Diaz (Cub)	Mauro Numa (Ita)	
1987 Lausanne (Sui)	cm	Mathias Gey (FRG)	Matthias Behr (FRG)	Frederico Cervi (Ita)	
1988 Séoul (Cor)	jo	Stafano Cerioni (Ita)	Udo Wagner (RDA)	Alexandre Romankov (URSS)	
1989 Denver (USA)	cm	Alexander Koch (FRG)	Philippe Omnès (Fra)	Mauro Numa (Ita)	
1990 Lyon (Fra)	cm	Philippe Omnès (Fra)	Andrea Borella (Ita)	Dimitri Schewtschenko (URSS)	
1991 Budapest (Hon)	cm	Ingo Weissenborn (All)	Thorsten Weidner (All)	Youssef Hocine (Fra)	
1992 Barcelone (Esp)	jo	Philippe Omnes (Fra)	Sergei Goloubitski (ex-URSS)	Elvis Grégory (Cub)	
1993 Essen (All)	cm	Alexander Koch (All)	Sergej Golubitzki (Ukr)	Uwe Römer (All)	Philippe Omnès (Fra)
1994 Athènes (Grè)	cm	Rolando Tuckers (Cub)	Alessandro Puccini (Ita)	Thorsten Weidner (All)	Oscar Garcia (Cub)
1995 La Haye (P.-Bas)	cm	Dimitri Schewtschenko (URSS)	Josef F. Guerra (Esp)	Sergej Golubitzki (Ukr)	Elvis Gregory-Gil (Cub)
1996 Atlanta (USA)	jo	Alessandro Puccini (Ita)	Lionel Plumenail (Fra)	Franck Boidin (Fra)	
1997 Le Cap (Afr. Sud)	cm	Sergej Golubitzki (Ukr)	Young-Ho Kim (Cor)	Haibin Wang (Chi)	Lionel Plumenail (Fra)
1998 La Chaux-de-Fonds (Sui)	cm	Sergej Golubitzki (Ukr)	Elvis Gregory (Cub)	Piotr Kielpikowski (Pol)	Salvatore Sanzo (Ita)
1999 Séoul (Cor)	cm	Sergej Golubitzki (Ukr)	Matteo Zennaro (Ita)	Wolfgang Wienand (All)	Young-Ho Kim (Cor)
2000 Sydney (Aus)	jo	Young Ho Kim (Cor)	Ralf Bissdorf (All)	Dimitri Chevtchenko (URSS)	
2001 Nîmes (Fra)	cm	Salvatore Sanzo (Ita)	Loic Attelly (Fra)	Franck Boidin (Fra)	Brice Guyart (Fra)
2002 Lisbonne (Por)	cm	Simone Vanni (Ita)	André Wessels (All)	Piotr Kielpikowski (Pol)	Hanxiong Wu (Chi)
2003 La Havane (Cub)	cm	Peter Joppich (All)	Simone Vanni (Ita)	Andrea Cassara (Ita)	Brice Guyart (Fra)
2004 Athènes (Grè)	jo	Brice Guyart (Fra)	Salvatore Sanzo (Ita)	Cassara andréa (Ita)	
2005 Leipzig (All)	cm	Salvatore Sanzob (Ita)	Liangliang Zhang (Chi)	Andrei Deev (URSS)	Nicolas Beaudan (Fra)
2006 Turin (Ita)	cm	Peter Joppich (All)	Andrea Baldini (Ita)	Stefano Barrera (Ita)	Sheng Lei (Chi)
2007 Saint-Petersbourg (URSS)	cm	Peter Joppich (All)	Andrea Baldini (Ita)	Benjamin Kleibrink (All)	Sheng Lei (Chi)
2008 Pékin (Chi)	jo	Benjamin Kleibrink (All)	Yuki Ota (Jap)	Salvatore Sanzo (Ita)	
2009 Antalya (Turq) Antalya (Turq)	cm	Andrea Baldini (Ita)	Jun Zhu (Chi)	Peter Joppich (All)	Artem Sedov (URSS)

Fleuret masculin – Équipes

Année	cht	Or	Argent	Bronze
1904 Saint-Louis (USA)	jo	Cuba (Ramón Fonst, Albertson Van Zo Post, Manuel Díaz)	USA (Charles Townsend, Arthur Fox, Charles Tatham)	
1920 Anvers (Belg)	jo	Italie (Aldo Nadi, Nedo Nadi, Olivier Abelardo, Pietro Speciale, Rodolpho Terlizzi, Oreste Puliti, Tommaso Constantino, Baldo Baldi)	France (Roger Ducret, Philippe Cattiau, André Labatut, Lucien Gaudin, Georges Trombert, Marcel Perrot, Gaston Amson, Lionel Bony de Castellane)	États-Unis (Francis Webster Honeycutt, Arthur St Clair Lyon, Robert Sears, Henry Cabell Breckinridge, Harold Rayner)
1924 Paris (Fra)	jo	France (Roger Ducret, Guy de Luget, André Labatut, Philippe Cattiau, Jacques Coutrot, Josef Péroteaux, Henri Jobier, Lucien Gaudin)	Belgique (Maurice Van Damme, Marcel Berre, Charles Crahay, Albert De Roocker, Fernand de Montigny, Désiré Beurain)	Hongrie (Zoltan Schenker, Sándor Pósta, Odon Tersztyanszky, Istvan Lichteneckert, Laszlo Berti)
1928 Amsterdam (P.-Bas)	jo	Italie (Ugo Pignotti, Gioacchino Guaragna, Oreste Puliti, Giorgio Pessina, Giulio Gaudini, Giorgio Chiavacci)	France (Roger François Ducret, Philippe Cattiau, André Labatut, Lucien Gaudin, Raymond Flacher, André Gaboriaud)	Argentine (Roberto Larraz, Raul Anganuzzi, Luis Lucchetti, Hector Pablo Lucchetti, Carmelo Camet)
1929 Naples (Ita)	eur - cm	Italie (Dante Carniel, Giulio Gaudini, Nicola Girace, Gioacchino Guaragna, Gustavo Marzi, Ugo Pignotti, Oreste Puliti, Ciro Verratti)	Belgique (Raymond Bru, Xavier de Beukelaer, Charles Debeur, Robert T'Sas)	Hongrie (Janos Hajdu, Otto Hadz, Gusztav Kalniczky, György Piller, György Rozgonyi)
1930 Liège (Belg)	eur - cm	Italie (Giulio Gaudini, Gioacchino Guaragna, Gustavo Marzi, Ugo Pignotti, Saverio Ragno, Rodolfo Terlizzi)	France (René Bougnol, Philippe Cattiau, Jacques Coutrot, Edward Gardere, René Lemoine)	Belgique (Raymond Bru, Georges de Bourguignon, Max Janlet, Pierre Pecher, Robert T'Sas, Edouard Yves)
1931 Vienne (Aut)	eur - cm	Italie (Giorgio Chiavacci, Giulio Gaudini, Gioacchino Guaragna, Gustavo Marzi, Ugo Pignotti, Saverio Ragno)	Hongrie (Janos Hajdu, Otto Hatz, Gusztav Kalniczky, György Piller, Jozsef Rady, Peter Toth)	Autriche (Ernst Baylon, Richard Brünner, Kurt Ettinger, Karl Hanisch, Hans Lyon, Karl Sudrich)
1932 Los Angeles (USA)	jo	France (Edouard Gardere, René Bondoux, René Bougnol, René Lemoine, Philippe Cattiau, Jean Piot)	Italie (Giulio Gaudini, Gustavo Marzi, Ugo Pignotti, Gioachino Guaragna, Rodolfo Terlizzi, Giorgio Pessina)	États-Unis (George Charles Calnan, Richard Clarke Steere, Joseph L. Levis, Dernell Every, Hugh Vincent Alessandroni, Frank Stahl Jr. Righeimer)
1933 Budapest (Hon)	eur - cm	Italie (Giorgio Bocchino, Manlio di Rosa, Gioacchino Guaragna, Giorgio Macerata, Giuliano Nostini, Saverio Ragno)	Autriche (Ernst Baylon, Richard Brünner, Kurt Ettinger, Josef Losert, Hans Lyon)	Hongrie (Sandor Gözsy, Janos Hajdu, Jozsef Hatz, Otto Hatszeghy- Hatz, Lajos Maszlay, Egon Meszlenyi)
1934 Varsovie (Pol)	eur - cm	Italie (Giorgio Bocchino, Manlio di Rosa, Giulio Gaudini, Gioacchino Guaragna, Gustavo Marzi, Giuliano Nostini)	France (René Bougnol, André Gardere, Edward Gardere, Michel Godin, René Lemoine)	Allemagne (Erwin Casmir, Julius Eisenecker, August Heim, Stefan Rosenbauer)
1935 Lausanne (Sui)	eur - cm	Italie (Giorgio Bocchino, Giulio Gaudini, Gustavo Marzi, Giuliano Nostini, Ugo Purcaro, Ciro Verratti)	France (René Bondoux, René Bougnol, André Gardere, Edward Gardere, René Lemoine)	Hongrie (Bela Bay, Pal Dunay, Aladar Gerevich, Janos Hajdu, Ferenc Idranyi, Lajos Maszlay)
1936 Berlin (All)	jo	Italie (Giorgio Bocchino, Manlio Di Rosa, Gioachino Guaragna, Ciro Verratti, Giulio Gaudini, Gustavo Marzi)	France (Edouard Gardère, André Gardère, Jacques Coutrot, René Bougnol, René Bondoux, René Lemoine)	Allemagne (Siegfried Lerdon, August Heim, Erwin Casmir, Julius Eisenecker, Stefan Rosenbauer, Otto Adam)
1937 Paris (Fra)	cm	Italie (Giorgio Bocchino, Manlio di Rosa, Giorgio Faldini, Gustavo Marzi, Giuliano Nostini, Renzo Nostini)	France (René Bougnol, Philippe Cattiau, André Gardere, Edward Gardere, René Lemoine)	Autriche (Ernst Baylon, Kurt Ettinger, Roman Fischer, Josef Losert, Hans Lyon, Hugo Weczerek)
1938 Piestany (Tch)	cm	Italie (Giorgio Bocchino, Gioacchino Guaragna, Gustavo Marzi, Giuliano Nostini, Renzo Nostini)	France (René Bougnol, Jehan Buhan, Jean Coutte, Edward Gardere, Charley Lion)	Tchécoslovaquie (Herwart Frass-Friedenfeld, Jiri Jesensky, Jindrich Kakos, Bohuslav Kirchmann, Zdenko Rybka, Frantisek Vohryzek)
1947 Lisbonne (Por)	cm	France (André Bonin, René Bougnol, Jehan Buhan, Christian d'Oriola, Adrien Rommel)	Italie (Gian-Carlo Bergamini, Manlio di Rosa, Giuliano Nostini, Renzo Nostini, Giorgio Pellini, Saverio Ragno)	Belgique (Robert Michiels, Paul Valcke, André van de Werve, Edouard Yves)
1948 Londres (GBR)	jo	France (Jacques Lataste , André Bonin, Adrien Rommel , Christian d'Oriola, René Bougnol , Jehan Buhan)	Italie (Saverio Ragno , Giorgio Pellini , Renzo Nostini , Giuliano Nostini , Edoardo Mangiarotti , Manlio Di Rosa)	Belgique (Edouard Yves , Paul Valcke , Henri Paternoster , Raymond Bru , Georges de Bourguignon , André van de Werve de Vorsselaer)

1949 Le Caire (Égyp)	cm	Italie (Manlio di Rosa, Edoardo Mangiarotti, Giuliano Nostini, Renzo Nostini, Giorgio Pellini)	France (René Bougnol, Jehan Buhan, Christian d'Oriola, Jacques Lataste, Adrien Rommel)	Égypte (Osman Abdel Hafiz, Anwar, Salah Dessouki, Hassan Tewfik, Mahmoud Younes, Mohamed Zulficar)
1950 Monte-Carlo (Mon)	cm	Italie (Manlio di Rosa, Edoardo Mangiarotti, Alessandro Mirandoli, Renzo Nostini, Giorgio Pellini, Saverio Ragno)	France (René Bougnol, Jehan Buhan, Christian d'Oriola, Jacques Lataste, Claude Netter, Adrien Rommel)	Égypte (Osman Abdel Hafiz, Salah Dessouki, Roland Steinauer, Hassan Tewfik, Mahmoud Younes, Mohamed Zulficar)
1951 Stockholm (Suè)	cm	France (René Bougnol, Jehan Buhan, Christian d'Oriola, Jacques Lataste, Claude Netter, Adrien Rommel)	Italie (Gian-Carlo Bergamini, Manlio di Rosa, Edoardo Mangiarotti, Alessandro Mirandoli, Renzo Nostini, Giorgio Pellini)	Égypte (Osman Abdel Hafiz, Ahmed Farid Abou-Chadi, Salah Dessouki, Hassan Tewfik, Mahmoud Younes, Mohamed Zulficar)
1952 Helsinki (Suè)	jo	France (Christian d'Oriola, Adrien Rommel, Jacques Noël, Claude Netter, Jacques Lataste, Jehan Buhan)	Italie (Giancarlo Bergamini, Antonio Spallino, Giorgio Pellini, Renzo Nostini, Manlio Di Rosa, Edoardo Mangiarotti)	Hongrie (Aladar Gerevich, Lajos Maszlay, Endre Palocz, Jozsef Sakovits, Endre Tilli, Tibor Berczelly)
1953 Bruxelles (Belg)	cm	France (Claude Bancilhon, Christian d'Oriola, Jacques Lataste, Claude Netter, Jacques Noel, Adrien Rommel)	Italie (Gian-Carlo Bergamini, Manlio di Rosa, Roberto Ferrari, Edoardo Mangiarotti, Renzo Nostini, Antonio Spallino)	Hongrie (Aladar Gerevich, Jozsef Gyuricza, Lajos Maszlay, Endre Palocz, Jozsef Sakovics, Endre Tilli)
1954 Luxembourg (Lux)	cm	Italie (Gian-Carlo Bergamini, Manlio di Rosa, Roberto Ferrari, Edoardo Mangiarotti, Renzo Nostini, Antonio Spallino)	France (Claude Bancilhon, René Cintrat, Roger Closset, Christian d'Oriola, Claude Netter, Adrien Rommel)	Hongrie (Aladar Gerevich, Jozsef Gyuricza, Jozsef Marosi, Endre Palocz, Bertalan Szöcs, Endre Tilli)
1955 Rome (Ita)	cm	Italie (Gian-Carlo Bergamini, Luigi Carpaneda, Manlio di Rosa, Vittorio Lucarelli, Edoardo Mangiarotti, Antonio Spallino)	Hongrie (Mihaly Fülöp, Jozsef Gyuricza, Jozsef Marosi, Kazmer Pacsery, Bertalan Szöcs, Endre Tilli)	Angleterre (Harry Cooke, William Hoskyns, Allan Jay, René Paul, Osmund Reynolds)
1956 Melbourne (Aus)	jo	Italie (Antonio Spallino, Edoardo Mangiarotti, Vittorio Lucarelli, Manlio Di Rosa, Luigi Carpaneda, Giancarlo Bergamini)	France (Christian d'Oriola, Jacques Lataste, Claude Netter, Roger Closset, Bernard Baudoux, René Coicaud)	Hongrie (Lajos Somodi, Mihaly Fulop, Jozsef Gyuricza, Jozsef Sakovits, Endre Tilli, Jozsef Marosi)
1957 Paris (Fra)	cm	Hongrie (Ferenc Czvikowszky, Mihaly Fülöp, Jozsef Gyuricza, Jenö Kamuti, Endre Tilli)	France (Claude Bancilhon, Bernard Baudoux, Roger Closset, René Coicaud, Christian d'Oriola, Claude Netter)	Italie (Aldo Aureggi, Gian-Carlo Bergamini, Luigi CarpaNEDa, Vittorio Lucarelli, Alberto Pellegrino, Antonio Spallino)
1958 Philadelphie (USA)	cm	France (Claude Bancilhon, Bernard Baudoux, Roger Closset, Christian d'Oriola, Jack Guittet, Claude Netter)	URSS (Mark Midler, Juri Rudow, Juri Schischikin, German Schwesnikow)	Italie (Gian-Carlo Bergamini, Mario Curletto, Edoardo Mangiarotti, Alberto Pellegrino, Antonio Spallino)
1959 Budapest (Hon)	cm	URSS (Mark Midler, Juri Rudow, Juri Sissikin, German Sveschnikov, Viktor Shdanowitsch)	RFA (Jürgen Brecht, Tim Gerresheim, Dieter Schmitt, Jürgen Theuerkauff, Manfred Urschel)	Hongrie (Ferenc Czvikovszky, Mihaly Fülöp, Jozsef Gyuricza, Jenö Kamuti, Kazmer Pacsery, Csaba Pap)
1960 Rome (Ita)	jo	URSS (Yury Rudov, Mark Midler, German Sveshnikov, Viktor Zhdanovich, Yury Sisikin)	Italie (Mario Curletto, Luigi Carpaneda, Edoardo Mangiarotti, Alberto Pellegrino, Aldo Aureggi)	RFA (Tim Gerresheim, Jurgen Brecht, Eberhard Mehl, Jurgen Theuerkauff)
1961 Turin (Ita)	cm	URSS (Mark Midler, Juri Rudow, Alexander Seweljow, Juri Sissikin, German Sveschnikov, Viktor Shdanowitsch)	Hongrie (Ferenc Czvikovszky, Jenö Kamuti, Laszlo Kamuti, Kazmer Pacsery, Sandor Szabo, Jozsef Gyuricza)	Pologne (Egon Franke, Henryk Nielaba, Janusz Rozycki, Zbigniew Skrudlik, Ryszard Parulski, Witold Woyda)
1962 Buenos Aires (Arg)	cm	URSS (German Sveschnikov, Juri Sissikin, Mark Midler, Viktor Shdanowitsch, Juri Roudov, Jewgeni Rjumin)	Hongrie (Jozsef Gyuricza, Jenö Kamuti, Laszlo Kamuti, Kazmer Pacsery, Jozsef Sakovics, Sandor Szabo)	Pologne (Egon Franke, Henryk Nielaba, Janusz Rozycki, Zbigniew Skrudlik, Ryszard Parulski, Witold Woyda)
1963 Gdansk (Pol)	cm	URSS (Mark Midler, Viktor Shdanowitsch, German Sveschnikov, Juri Rudow, Juri Scharow)	Pologne (Egon Franke, Henryk Nielaba, Janusz Rozycki, Ryszard Parulski, Witold Woyda)	France (Guy Barrabino, Jacky Courtillat, Jean-Claude Magnan, Daniel Revenu, Pierre Rodocanachi)
1964 Tokyo (Jap)	jo	URSS (Yury Sharov, Mark Midler, German Sveshnikov, Viktor Zhdanovich, Yury Sisikin)	Pologne (Zbigniew Skrudlik, Ryszard Wladyslaw Parulski, Egon Franke, Witold Woyda, Jan Rozycki)	France (Jacky Courtillat, Pierre Rodocanachi, Daniel Revenu, Christian Noël, Jean-Claude Magnan)
1965 Paris (Fra)	cm	URSS (German Sveschnikov, Viktor Poutyatine, Mark Midler, Juri Scharow, Juri Sissikin)	Pologne (Egon Franke, Adam Lisewski, Janusz Rozycki, Zbigniew Skrudlik, Witold Woyda)	France (Jacky Courtillat, Jean-Claude Magnan, Christian Noel, Daniel Revenu, Pierre Rodocanachi)
1966 Moscou (URSS)	cm	URSS (German Sveschnikov, Viktor Poutyatine, Juri Scharow, Juri Sissikin, Mark Midler)	Hongrie (Bela Gyarmati, Jozsef Gyuricza, Jenö Kamuti, Laszlo Kamuti, Sandor Szabo)	Pologne (Egon Franke, Adam Lisewski, Ryszard Parulski, Janusz Rozycki, Witold Woyda)

1967 Montréal (Can)	cm	Roumanie (Juliu Falb, Mihai Tiu, Ion Drimba, Tanase Muresanu, Stefan Ardaleanu)	URSS (Mark Midler, Viktor Poutyatine, Leonid Romanow, Juri Scharow, German Sveschnikov)	Pologne (Egon Franke, Adam Lisewski, Ryszard Parulski, Janusz Rozycki, Witold Woyda)
1968 Mexico (Mex)	jo	France (Berolatti Gilles, Dimont Jacques, Daniel Revenu, Christian Noël, Jean-Claude Magnan)	URSS (Yury Sharov, Putyatin Viktor, German Sveshnikov, Stankovich Vasily, Yury Sisikin)	Pologne (Lisenski Adam, Ryszard Wladyslaw Parulski, Egon Franke, Witold Woyda, Skudlik Zbigniew)
1969 La Havane (Cub)	cm	URSS (Viktor Poutyatine, Juri Scharow, Leonid Romanov, Vassily Stankovitch, German Sveschnikov)	Pologne (Ryszard Parulski, Lech Koziejowski, Jerzy Kaczmarek, Marek Dabrowski, Witold Woyda)	Roumanie (Ion Drimba, Mihai Tiu, Stefan Haukler, Iuliu Falb, Stefan Ardeleanu)
1970 Ankara (Turq)	cm	URSS (Viktor Poutyatine, Leonid Romanov, Anatoli Koteschev, Vassily Stankovitch, Waleri Lukjantschenko)	Hongrie (Sandor Szabo, Dr. Jenö Kamuti, Laszlo Kamuti, Gyarmati, Istvan Czakkel)	Roumanie (Mihai Tui, Tanase Muresanu, Iuliu Falb, Stefan Ardelanu, Stefan Haukler)
1971 Vienne (Aut)	cm	France (Jean-Claude Magnan, Bernard Talvard, Christian Noel, Daniel Revenu, Bruno Boscherie)	Pologne (Witold Woyda, Marek Dabrowski, Jerzy Kaczmarek, Lech Koziejowski, Adam Lisewski)	URSS (Vassily Stankovitch, Leonid Romanov, Anatoli Koteschev, Viktor Poutyatine, Yuri Sharov)
1972 Munich (All)	jo	Pologne (Dabrowski Marek, Godel Arkadiuszi, Kaczmarek Jerzy, Koziejowski Lech, Woyda Witold)	URSS (Romanov Leonid, Putyatin Viktor, Koteshev Anatoly, Denissov Vladimir, Yury Sisikin)	France (Berolatti Gilles, Talvard Bernard, Daniel Revenu, Christian Noël, Jean-Claude Magnan)
1973 Göteborg (Suè)	cm	URSS (Vassily Stankovitch, Vladimir Denissov, Juri Tschish, Sergej Issakov, Anatoli Koteschev)	RFA (Thomas Bach, Matthias Behr, Harald Hein, Klaus Reichert, Thomas Jäger)	Pologne (Marek Dabrowski, Witold Woyda, Leszek Martewicz, Lech Koziejowski, Arkadiusz Godel)
1974 Grenoble (Fra)	cm	URSS (Alexander Romankov, Vassily Stankovitch, Vladimir Denissov, Juri Tschish)	Pologne (Marek Dabrowski, Lech Koziejowski, Jerzy Kaczmarek, Wojchiechowski)	France (Christian Noel, Daniel Revenu, Bernard Talvard, Didier Flament)
1975 Budapest (Hon)	cm	France (Christian Noel, Daniel Revenu, Bernard Talvard, Frédéric Pietruska)	URSS (Vladimir Denissov, Sabirsan Ruschiev, Yuri Tschish, Léonid Romanov, Vassily Stankovitch)	Italie (Carlo Montano, Stefano Simoncelli, Granieri, Giovan Battista Coletti)
1976 Montréal (Can)	jo	Allemagne (Behr Matthias, Sens-Gorius Erk, Hein Harald, Reichert Klaus, Bach Thomas)	Italie (Calatroni Attilio, Coletti Giambattista, Dal Zotto Fabio, Montano Carlo, Simoncelli Stefano)	France (Pietruszka Frederic, Talvard Bernard, Daniel Revenu, Christian Noël, Flament Didier)
1977 Buenos Aires (Arg)	cm	RFA (Harald Hein, Matthias Behr, Thomas Bach, Klaus Reichert)	Italie (Andrea Borella, Fabio Dal Zotto, Giovan Battista Coletti, Carlo Montano)	URSS (Alexander Romankov, Vladimir Smirnov, Sabirsan Ruschiev, Sergej Issakov)
1978 Hambourg (All)	cm	Pologne (Boguslaw Zych, Adam Robak, Arkadiusz Godel, Marian Sypniewski, Leszek Martewicz)	France (Didier Flament, Frédéric Pietruska, Bruno Boscherie, Philippe Bonnin, Pascal Jolyot)	URSS (Alexander Romankov, Vladimir Smirnov, Vladimir Denissov, Vladimir Lipizki)
1979 Melbourne (Aus)	cm	URSS (Alexander Romankov, Vladimir Smirnov, Sabirsan Ruschiev, Vladimir Lapizki, Sergej Kosenko)	Italie (Andrea Borella, Fabio Dal Zotto, Cervi/Mauro Numa, Carlo Montano)	RFA (Matthias Behr, Harald Hein, Thomas Bach, Klaus Reichert, Matthias Gey)
1980 Moscou (URSS)	jo	France (Pietruszka Frederic, Bonnin Philippe, Boscherie Bruno, Jolyot Pascal, Flament Didier)	URSS (Karagyan Ashot, Lapitsky Vladimir, Romankov Aleksandre, Ruziyev Sabirzhan, Smirnov Vladimir)	Pologne (Koziejowski Lech, Robak Adam, Sypniewski Marian, Zych Boguslaw)
1981 Clermont-Ferrand (Fra)	cm	URSS (Vladimir Smirnov, Alexander Romankov, Juri Lykov, Sabirsan Ruschiev)	Italie (Angelo Scuri, Andrea Borella, Mauro Numa, Carlo Montano)	RFA (Matthias Behr, Harald Hein, Frank Beck, Matthias Gey)
1982 Rome (Ita)	cm	URSS (Alexander Romankov, Vladimir Apizauri, Juri Lykov, Vladimir Logwin)	France (Didier Flament, Pascal Jolyot, Frédéric Pietruska, Philippe Omnes, Patrick Groc)	Italie (Frederico Cervi, Andrea Borella, Angelo Scuri, Mauro Numa, Carlo Montano)
1983 Vienne (Aut)	cm	RFA (Harald Hein, Matthias Behr, Klaus Reichert, Frank Beck, Mathias Gey)	RDA (Adrianus Germanus, Klaus Kotzmann, Howe, Hartmut Behrens)	Cuba (Ignacio Gonzales, Hernandez, Efigenio Faviel, Oscar Garcia Perez)
1984 Los Angeles (USA)	jo	Italie (Borella Andrea, Cerioni Stefano, Cipressa Andrea, Numa Mauro, Scuri Angelo)	Allemagne (Behr Matthias, Beck Frank, Hein Harald, Reichert Klaus, Gey Mathias)	France (Pietruszka Frederic, Cerboni Marc, Groc Patrick, Jolyot Pascal, Omnes Philippe)
1985 Barcelone (Esp)	cm	Italie (Mauro Numa, Andrea Cipressa, Andrea Borella, Frederico Cervi)	RFA (Harald Hein, Matthias Behr, Klaus Reichert, Torsten Weidner, Ullrich Schreck)	URSS (Alexander Romankov, Vladimir Apizauri, Anwar Ibragimov, Boris Koretzki)
1986 Sofia (Bulg)	cm	Italie (Andrea Borella, Mauro Numa, Andrea Cipressa, Angelo Scuri, Frederico Cervi)	RFA (Mathias Gey, Matthias Behr, Torsten Weidner, Ulrich Schreck)	RDA (Jens Howe, Ingo Weissenborn, Udo Wagner, Adrianus Germanus, Aris Enkelmann)

1987 Lausanne (Sui)	cm	RFA (Mathias Gey, Matthias Behr, Torsten Weidner, Ulrich Schreck, Klaus Reichert)	France (Philippe Omnes, Youssef Hocine, Patrick Groc, Patrice Lhottellier)	Hongrie (Zsoltan Ersek, Istvan Busa, Robert Gatai, Istvan Szelei)
1988 Séoul (Cor)	jo	URSS (Apziauri Vladimir, Romankov Aleksandre, Ibragimov Anvar, Koretsky Boris, Mamedov Ilgar)	Allemagne (Behr Matthias, Schreck Ulrich, Endress Thomas, Weidner Thorsten, Gey Mathias)	Hongrie (Busa Istvan, Szelei Istvan, Szekeres Pal, Gatai Robert, Ersek Zsolt)
1989 Denver (USA)	cm	URSS (Alexander Romankov, Schewtschenko, Sergej Golubizky, Boris Koretsky, Ilgar Mamedow)	RFA (Thorsten Weidner, Matthias Gey, Thomas Endres, Alexander Koch)	France (Conscience Philippe, Laurent Bel, Philippe Omnes, Patrice Lhotellier)
1990 Lyon (Fra)	cm	Italie (Alessandro Puccini, Andrea Borella, Andrea Cipressa, Cerril)	Pologne (Piotr Kielpikowski, Ryszard Sobczak, Leszek Bandach, Adam Krzesinski)	URSS (Dmitri Tschewtschenko, Sergej Golubitskij, Vladimir Aptsjasjuri, Boris Koretskij)
1991 Budapest (Hon)	cm	Cuba (Guillermo Betancourt, Tulio Diaz, Oscar Garcia, Elvis Gregory, Rolando Tucker)	Allemagne (Ingo Weissenborn, Torsten Weidner, Udo Wagner, Ulrich Rainer Schreck)	France (Laurent Bel, Youssef Hocine, Philippe Omnes, Patrick L'Hotellier)
1992 Barcelone (Esp)	jo	Allemagne (Koch Alexander, Schreck Ulrich, Wagner Udo, Weidner Thorsten, Weissenborn Ingo)	Cuba (Garcia Perez Oscar, Gregory Gil Elvis, Betancourt Scull Guillermo, Diaz Babier Tulio, Garcia Marturell Hermenegildo)	Pologne (Kielpikowski Piotr, Krzesinski Adam, Sobczak Ryszard, Sypniewski Marian)
1993 Essen (All)	cm	Allemagne (Ingo Weissenborn, Alexander Koch, Torsten Weidner, Udo Wagner, Uwe Römer)	Italie (Alessandro Puccini, Stefano Cerioni, Andrea Borella, Luca Vitalesta)	Pologne (Marian Sypniewski, Joachim Wendt, Ryszard Sobczak, Leszek Bandach)
1994 Athènes (Grè)	cm	Italie (Andrea Borella, Stefano Cerioni, Alessandro Puccini, Arpino)	Allemagne (Thorsten Weidner, Uwe Römer, Udo Wagner, Alexander Koch)	Chine (Chong Ye, Zhaozhi Dong, Haibin Wang, Lihong Wang)
1995 La Haye (P.-Bas)	cm	Cuba (Elvis Gregory Gil, Oscar Garcia Perez, Ignacio Gonzales, Rolando Tucker)	URSS (Dmitri Tschewtschenko, Anwar Ibragimov, Ilgar Mamedow, Wladislaw Pawlowitsch)	Pologne (Ryszard Sobczak, Piotr Kielpikowski, Jaroslaw Rodzewicz, Adam Krzesinski)
1996 Atlanta (USA)	jo	URSS (Mamedov Ilgar, Pavlovich Vladislav, Shevshenko Dimitri)	Pologne (Kielpikowski Piotr, Krzesinski Adam, Sobczak Ryszard)	Cuba (Garcia Perez Oscar, Gregory Gil Elvis, Tucker Leon Rolando)
1997 Le Cap (Afr. Sud)	cm	France (Patrick L'Hotellier, Lionel Plumenail, Franck Boidin, Olivier Lambert, Laurent Bel)	Cuba (Roland Tuckers Leon, Oscar Garcia Perez, Elvis Gregory Gil, Ignacio Gonzalez)	Italie (Daniele Crosta, Alessandro Puccini, Stafano Cerioni, Salvatore Sanzo)
1998 La Chaux-de-Fonds (Sui)	cm	Pologne (Adam Krzesinski, Slawomir Mocek, Ryszard Sobczak, Piotr Kielpikowski)	France (Patrice Lhotellier, Lionel Plumenail, Laurent Bel, Jean -Noël Ferrari)	Corée du Sud (Young-Ho Kim, Bong-Hyung You, Kwang-Suk Chung, Seung-Pyo Kim)
1999 Séoul (Cor)	cm	France (Lionel Plumenail, Patrice Lhotellier, Jean-Noel Ferrari, Jean-Yves Robin)	Chine (Haibin Wang, Chong Ye, Jie Zhang, Zhaozhi Dong)	Pologne (Adam Krzesinski, Piotr Kielpikowski, Slawomir Mocek, ...)
2000 Sydney (Aus)	jo	France (Ferrari Jean-Noel, Guyart Brice, L'Hotellier Patrice, Plumenail Lionel)	Chine (Dong Zhaozi, Wang Hai Bin, Ye Chong)	Italie (Crosta Daniele, Sanzo Salvatore, Magni Gabriele, Zennaro Matteo)
2001 Nîmes (Fra)	cm	France (Loic Attelly, Jean-Noel Ferrari, Brice Guyart, Franck Boidin)	Pologne (Adam Krzesinski, Slawomir Mocek, Tomasz Cieply, Piotr Kielpikowski)	Cuba (Elvis Gregory Gil, Oscar Garcia Perez, Raul Perojo Valdes, Eddy Patterson Betancourt)
2002 Lisbonne (Por)	cm	Allemagne (Lars Schache, Peter Joppich, André Wessels, Ralf Bissdorf)	France (Loic Ately, Jean-Noel Ferrari, Franck Boidin, Brice Guyart)	Spanien (Javier Mendez, Luis Caplliure, José Francisco Guerra, Javier Garcia Delgado)
2003 La Havane (Cub)	cm	Italie (Andrea Cassara, Marco Ramacci, Salvatore Sanzo, Simone Vanni)	Chine (Haibin Wang, Hanxiong Wu, Chong Ye, Rui Zhou)	Allemagne (Ralf Bissdorf, Dominik Behr, Peter Joppich, André Wessels)
2004 Athènes (Grè)	jo	Italie (Cassara Andrea, Sanzo Salvatore, Vanni Simone)	Chine (Dong Zhaozi, Wang Hai Bin, Wu Hanxiong, Ye Chong)	URSS (Ganeev Renal, Moltchan Youri, Nassibouline Rouslan, Pozdniakov Viatcheslav)
2005 Leipzig (All)	cm	France (Erwann Le Péchoux, Brice Guyart, Victor Sintès, Nicolas Beaudan)	Italie (Andrea Baldini, Andrea Cassarà, Salvatore Sanzo, Simone Vanni)	Allemagne (Dominik Behr , Ralf Bissdorf, Peter Joppich, Benjamin Kleibrink)
2006 Turin (Ita)	cm	France (Erwann Le Péchoux, Loïc Attely, Marcel Marcilloux, Nicolas Beaudan)	Allemagne (Peter Joppich, Benjamin Kleibrink, Richard Breutner, Dominik Behr)	Italie (Salvatore Sanzo, Andrea Baldini, Andrea Cassarà, Simone Vanni)
2007 Saint-Petersbourg (URSS)	cm	France (Erwann Le Péchoux, Brice Guyart, Marcel Marcilloux, Nicolas Beaudan)	Allemagne (Peter Joppich, Benjamin Kleibrink, Christian Schlechtweg, Dominik Behr)	Corée du Sud (Byung Chul Choi, Chang Yong Jung, Young Ki Son, Hee Kyung Park)
2008 Pékin (Chi)	jo	absent	absent	absent
2008 Pékin (Chi)	cm	Italie (Andrea Baldini, Andrea Cassarà, Stefano Barrera, Salvatore Sanzo)	Allemagne (Peter Joppich, Benjamin Kleibrink, Dominik Behr)	Pologne (Michal Majewski, Radoslaw Glonek, Marcin Zawada, Slawomir Mocek)
2009 Antalya (Turq)	cm	Italie (Andrea Baldini, Stefano Barrera, Andrea Cassarà, Simone Vanni)	Allemagne (Peter Joppich, Benjamin Kleibrink, Dominik Behr, Sebastian Bachmann)	URSS (Renal Ganeev, Artiom Sedov, Alexey Khovansky, Alexandre Stoukaline)

Épée masculine – Individuels

Année	cht	Or	Argent	Bronze	Bronze
1900 Paris (Fra)	jo	Ramón Fonst (Cub)	Louis Perrée (Fra)	Léon Sée (Fra)	
1900 Paris (Fra) (maîtres et amateurs)	jo	Albert Ayat (Fra)	Ramón Fonst (Cub)	Léon Sée (Fra)	
1900 Paris (maîtres) (Fra)	jo	Albert Ayat (Fra)	Emile Bougnol (Fra)	Henri Laurent (Fra)	
1904 Saint-Louis (USA)	jo	Ramón Fonst (Cub)	Charles Tatham (USA)	Albertson Van Zo Post (USA)	
1906 Athènes (J.O. I.) (Grè)	jo	Georges de la Falaise (Fra)	Dillon-Kavanagh Georges (Fra)	Alexander van Blijenburgh (P.-Bas)	
1906 Athènes (J.O. I.) (Grè)	jo	Cyril Verbrugge (Belg)	Carlo Gandini (Ita)	Ioannis Raissis (Gre)	
1908 Londres (GBR)	jo	Gaston Alibert (Fra)	Alexandre Lippmann (Fra)	Eugène Olivier (Fra)	
1912 Stockholm (Suè)	jo	Paul Anspach (Belg)	Ivan Joseph Osiier (Dan)	Philippe le Hardy (Belg)	
1920 Anvers (Belg)	jo	Armand Massard (Fra)	Alexandre Lippmann (Fra)	Gustave Buchard (Fra)	
1921 Paris (Fra)	eur - cm	Lucien Gaudin (Fra)	Gaston Cornereau (Fra)	Henri Wynoldy-Daniels (P.-Bas)	
1922 Paris (Fra)	eur - cm	Raoul Heidé (Nor)	Robert Liottel (Fra)	Gaston Cornereau (Fra)	
1923 La Haye (P.-Bas)	eur - cm	Wouter Brouwer (P.-Bas)	Adrianus de Jong (P.-Bas)	Roger Ducret (Fra)	
1924 Paris (Fra)	jo	Charles Delporte (Belg)	Ducret Roger (Fra)	Nils Hellsten (Suè)	
1926 Ostende (Belg)	eur - cm	Georges Tainturier (Fra)	Fernand de Montigny (Belg)	Léon Tom (Belg)	
1927 Vichy (Fra)	eur - cm	Georges Buchard (Fra)	Fernand Jourdant (Fra)	Xavier de Beukelaer (Belg)	
1928 Amsterdam (P.-Bas)	jo	Gaudin Lucien (Fra)	Georges Buchard (Fra)	George Charles Calnan (USA)	
1929 Naples (Ita)	eur - cm	Philippe Cattiau (Fra)	Marcello Bertinetti (Ita)	Franco Riccardi (Ita)	
1930 Liège (Belg)	eur - cm	Philippe Cattiau (Fra)	Alfredo Pezzana (Ita)	André Rossignol (Fra)	
1931 Vienne (Aut)	eur - cm	Georges Buchard (Fra)	Bernard Schmetz (Fra)	Paul Rousset (Fra)	
1932 Los Angeles (USA)	jo	Giancarlo Garnaggia-Medici (Ita)	Georges Buchard (Fra)	Carlo Agostoni (Ita)	
1933 Budapest (Hon)	eur - cm	Georges Buchard (Fra)	Saverio Ragno (Ita)	Bernard Schmetz (Fra)	
1934 Varsovie (Pol)	eur - cm	Pal Dunay (Hon)	Gustaf Dyrssen (Suè)	Hans Drakenberg (Suè)	
1935 Lausanne (Sui)	eur - cm	Hans Drakenberg (Suè)	Paul Deydier (Fra)	Saverio Ragno (Ita)	
1936 Berlin (All)	jo	Riccardi Franco (Ita)	Savero Ragno (Ita)	Giancarlo Cornaggia-Medici (Ita)	
1937 Paris (Fra)	cm	Bernard Schmetz (Fra)	Jacques Coutrot (Fra)	Robert Stasse (Bel)	
1938 Piestany (Tch)	cm	Michel Pécheux (Fra)	Edoardo Mangiarotti (Ita)	Bernard Schmetz (Fra)	
1947 Lisbonne (Por)	cm	Edouard Artigas (Fra)	Bengt Ljungqvist (Suè)	Raoul Henkart (Bel)	
1948 Londres (Ang)	jo	Luigi Cantone (Ita)	Oswald Zapelli (Sui)	Edoardo Mangiarotti (Ita)	
1949 Le Caire (Égyp)	cm	Dario Mangiarotti (Ita)	René Bougnol (Fra)	Per Carleson (Suè)	
1950 Monte-Carlo (Mon)	cm	Mogens Luchow (Den)	Carl Forssell (Suè)	Dario Mangiarotti (Ita)	
1951 Stockholm (Suè)	cm	Edoardo Mangiarotti (Ita)	Carlo Pavesi (Ita)	Sven Fahlman (Suè)	
1952 Helsinki (Fin)	jo	Edoardo Mangiarotti (Ita)	Dario Mangiarotti (Ita)	Oswald Zappelli (Sui)	
1953 Bruxelles (Belg)	cm	Jozsef Sakovics (Hon)	Barnabas Berzsenyi (Hon)	Renzo Marini (Ita)	
1954 Luxembourg (Lux)	cm	Edoardo Mangiarotti (Ita)	Carlo Pavesi (Ita)	Franco Bertinetti (Ita)	
1955 Rome (Ita)	cm	Giorgio Anglesio (Ita)	Franco Bertinetti (Ita)	Carlo Pavesi (Ita)	
1956 Melbourne (Aus)	jo	Carlo Pavesi (Ita)	Giuseppe Delfino (Ita)	Edoardo Mangiarotti (Ita)	
1957 Paris (Fra)	cm	Armand Mouyal (Fra)	Gurgy Baranyi (Hon)	Franco Bertinetti (Ita)	
1958 Philadelphie (USA)	cm	Bill Hoskyns (GBR)	Edoardo Mangiarotti (Ita)	Arnold Tschernusewitsch (URSS)	
1959 Budapest (Hon)	cm	Bruno Chabarow (URSS)	Allan Jay (GBR)	Giuseppe Delfino (Ita)	
1960 Rome (Ita)	jo	Giuseppe Delfino (Ita)	Allan Jay (Ang)	Runo Habarovs (URSS)	
1961 Turin (Ita)	cm	Jack Guittet (Fra)	Hans Lagervall (Suè)	Tamas Gabor (Hon)	
1962 Buenos Aires (Arg)	cm	Istvan Kausz (Hon)	Tamas Gabor (Hon)	Yves Dreyfus (Fra)	
1963 Gdansk (Pol)	cm	Roland Losert (Aut)	Yves Dreyfus (Fra)	Guram Kostawa (URSS)	
1964 Tokyo (Jap)	jo	Grigori Kriss (URSS)	Henry Hoskyns (GBR)	Goeram Kostava (URSS)	
1965 Paris (Fra)	cm	Zoltan Nemere (Hon)	Bill Hoskyns (GBR)	Guram Kostawa (URSS)	
1966 Moscou (URSS)	cm	Alexej Nikantschikow (URSS)	Claude Bourquard (Fra)	Bogdan Gonsior (Pol)	
1967 Montréal (Can)	cm	Alexej Nikantschikow (URSS)	Grigori Kriss (URSS)	Rudolf Trost (Aut)	
1968 Mexico (Mex)	jo	Gyozo Kulcsar (Hon)	Grigori Kriss (URSS)	Gianluigi Saccaro (Ita)	
1969 La Havane (Cub)	cm	Bogdan Andrzejewski (Pol)	Alexej Nikantschikow (URSS)	Carl von Essen (Suè)	
1970 Ankara (Turq)	cm	Alexej Nikantschikow (URSS)	Sergej Paramonow (URSS)	Csaba Fenyvesi (Hon)	

1971 Vienne (Aut)	cm	Grigori Kriss (URSS)	Nicola Granieri (Ita)	Rolf Edling (Suè)	
1972 Munich (All)	jo	Csaba Fenyvesi (Hon)	Jacques Ladegaillerie (Fra)	Gyozo Kulcsar (Hon)	
1973 Göteborg (Suè)	cm	Rolf Edling (Suè)	Hans Jacobsson (Suè)	John Pezza (Ita)	
1974 Grenoble (Fra)	cm	Rolf Edling (Suè)	Jacques Brodin (Fra)	Boris Lukomski (URSS)	
1975 Budapest (Hon)	cm	Alexander Pusch (RFA)	Boris Lukomski (URSS)	Istvan Ostrics (Hon)	
1976 Montréal (Can)	jo	Alexander Pusch (RFA)	Hans-Jürgen Hehn (RFA)	Gyozo Kulcsar (Hon)	
1977 Buenos Aires (Arg)	cm	Johan Harmenberg (Suè)	Rolf Edling (Suè)	Patrice Gaille (Sui)	
1978 Hambourg (All)	cm	Alexander Pusch (RFA)	Philippe Riboud (Fra)	Hans Jacobsson (Suè)	
1979 Melbourne (Aus)	cm	Philippe Riboud (Fra)	Ernö Kolczonay (Hon)	Leszek Swornowski (Pol)	
1980 Moscou (URSS)	jo	Johan Harmenberg (Suè)	Ernõ Kolczonay (Hon)	Philippe Riboud (Fra)	
1981 Clermont-Ferrand (Fra)	cm	Zoltan Szekely (Hon)	Alexander Moschajew (URSS)	Elmar Borrmann (RFA)	
1982 Rome (Ita)	cm	Jenö Papp (Hon)	Philippe Riboud (Fra)	Ernö Kolczonay (Hon)	
1983 Vienne (Aut)	cm	Elmar Bormann (RFA)	Daniel Giger (Sui)	Angelo Mazzoni (Ita)	
1984 Los Angeles (USA)	jo	Philippe Boisse (Fra)	Björne Väggö (Suè)	Philippe Riboud (Fra)	
1985 Barcelone (Esp)	cm	Philippe Boisse (Fra)	Jaroslav Jurka (Tch)	Philippe Riboud (Fra)	
1986 Sofia (Bulg)	cm	Philippe Riboud (Fra)	Miklos Bodoczi (Rou)	Olivier Lenglet (Fra)	
1987 Lausanne (Sui)	cm	Volker Fischer (RFA)	Andrej Schuwalow (URSS)	Wilfredo Loyola (Cub)	
1988 Séoul (Cor)	jo	Arnd Schmitt (RFA)	Philippe Riboud (Fra)	Andrei Chouvalov (URSS)	
1989 Denver (USA)	cm	Manuel Pereira (Esp)	Sandro Cuomo (Ita)	Pawel Kolobkow (URSS)	
1990 Lyon (Fra)	cm	Thomas Gerull (All)	Angelo Mazzoni (Ita)	Arnd Schmitt (All)	
1991 Budapest (Hon)	cm	Andrej Schuwalow (URSS)	Robert Filisiak (Pol)	Sergej Kostarew (URSS)	
1992 Barcelone (Esp)	jo	Éric Srecki (Fra)	Pavel Kolobkov (CEI de URSS)	Jean-Michel Henry (Fra)	
1993 Essen (All)	cm	Pawel Kolobkow (URSS)	Arnd Schmitt (All)	Olivas Fernando Penas (Esp)	Ivan Kovacs (Hon)
1994 Athènes (Grè)	cm	Pawel Kolobkow (URSS)	Olivier Jaquet (Sui)	Arnd Schmitt (All)	Jean-Michel Henry (Fra)
1995 La Haye (P.-Bas)	cm	Eric Srecki (Fra)	Robert Leroux (Fra)	Sandro Cuomo (Ita)	Mauricio Rivas-Nieto (Col)
1996 Atlanta (USA)	jo	Aleksandr Beketov (URSS)	Ivan Trevejo Perez (Cub)	Geza Imre (Hon)	
1997 Le Cap (Afr. Sud)	cm	Eric Srecki (Fra)	Pawel Kolobkow (URSS)	Robert Leroux (Fra)	Robert Andrzejuk (Pol)
1998 La Chaux-de-Fonds (Sui)	cm	Hugues Obry (Fra)	Peter Vanky (Suè)	Carlos Pedroso (Cub)	Attila Fekete (Hon)
1999 Séoul (Cor)	cm	Arnd Schmitt (All)	Peter Vanky (Suè)	Kaido Kaaberma (Est)	Pawel Kolobkow (URSS)
2000 Sydney (Aus)	jo	Pavel Kolobkov (URSS)	Hugues Obry (Fra)	Sang-Ki Lee (Cor)	
2001 Nîmes (Fra)	cm	Paolo Milanoli (Ita)	Basil Hoffmann (Sui)	Fabrice Jeannet (Fra)	Oliver Lücke (All)
2002 Lisbonne (Por)	cm	Pawel Kolobkow (URSS)	Fabrice Jeannet (Fra)	Kyo-Dong Ku (Cor)	Witali Sacharow (Blr)
2003 La Havane (Cub)	cm	Fabrice Jeannet (Fra)	Maxim Khworost (Ukr)	Ulrich Robeiri (Fra)	Witali Sacharow (Blr)
2004 Athènes (Grè)	jo	Marcel Fischer (Sui)	Lei Wang (Chi)	Pavel Kolobkov (URSS)	
2005 Leipzig (All)	cm	Pawel Kolobkow (URSS)	Fabrice Jeanett (Fra)	Bas Verwijlen (P.-Bas)	Claus Moerch (Nor)
2006 Turin (Ita)	cm	Wang Lei (Chi)	Joaquim Videira (Por)	Sven Jarve (Est)	Igor Tikhomirov (Can)
2007 Saint-Petersbourg (URSS)	cm	Krisztian Kulcsar (Hon)	Erik Boisse (Fra)	Jérome Jeannet (Fra)	Diego Confalonieri (Ita)
2008 Pékin (Chi)	jo	Matteo Tagliariol (Ita)	Fabrice Jeannet Fra)	José Luis Abajo (Esp)	
2009 Antalya (Turq)	cm	Anton Avdeev (URSS)	Matteo Tagliariol (Ita)	Jérome Jeannet (Fra)	José Luis Abajo (Esp)

Épée masculine – Équipes

Année	cht	Or	Argent	Bronze
1906 Athènes (J.O. I.) (Grè)	jo	France (Cyrill Mohr, Georges Dillon-Kavanagh, Georges de la Falaise, Pierre d'Hughes)	Angleterre (Edgar Seligman, Charles Robinson, Cosmo Duff Gordon, William Grenfell)	Belgique (Fernand de Montigny, Philippe le Hardy, Constant Cloquet, Edmond Crahay)
1908 Londres (GBR)	jo	France (Gaston Alibert, Henri-Georges Berger, Charles Collignon, Eugène Olivier)	Grande Bretagne (Charles Leaf Daniell, Cecil Haig, Martin Holt, Robert Montgomerie)	Belgique (Paul Anspach, Desire Beaurain, Ferdinand Feyerick, François Rom)
1912 Stockholm (Suè)	jo	Belgique (Paul Anspach, Henri Anspach, Robert Hennet, Orphile de Montigny, Victor Willems, Gaston Salmon, François Rom, Jacques Ochs)	Angleterre (Martin Hold, Edgar Seligman, Edgar Amphlett, Robert Montgomerie, John Blake, Percival Dawson, Arthur Everitt, Sydney Mertineau)	Pays-Bas (George van Rossem, Adrianus de Jong, Willem van Blijenburgh, Jetze Doorman, Leonardus Salomonson)
1920 Anvers (Belg)	jo	Italie (Aldo Nadi, Nedo Nadi, Olivier Abelardo, Giovanni Canova, Dino Urbani, Tullio Bozza, Andrea Marrazzi, Antonio Allochio, Tommaso Constantino, Paolo Thaon de Revel)	Belgique (Paul Anspach, Joseph De Craecker, Félix Goblet d'Aviella, Orphile Fernand de Montigny, Ernets Gevers, Léon Tom, Victor Boin, Maurice de Wee, Philippe Le Hardy De Beaulieu)	France (Armand Massard, Gustave Buchard, Georges Casanova, Georges Trombert, Gaston Amson, Alexandre Lippmann, Émile Moreau)
1924 Paris (Fra)	jo	France (Roger Ducret, Georges Buchard, Lucien Gaudin, André Labatut, Lionel Liottel, Alexandre Lippmann, Georges Tainturier)	Belgique (Paul Anspach, Joseph de Craecker, Charles Delporte, Ernest Gevers, Léon Tom, Fernand de Montigny)	Italie (Marcello Bertinetti, Giulio Basletta, Oreste Moricca, Virgilio Mantegazza, Giovanni Canova, Vincenzo Cuccia)
1928 Amsterdam (P.-Bas)	jo	Italie (Carlo Agostoni, Giulio Basletta, Marcello Bertinetti, Giancarlo Cornaggia-Medici, Renzo Minoli, Franco Riccardi)	France (Armand Massard, Georges Buchard, Gaston Amson, Emile Cornic, Bernard Schmetz, René Barbier)	Portugal (Paulo de Eca Leal, Mário de Noronha, Jorge de Paiva, Frederico Paredes, Joao Sassetti, Henriquede Silveira)
1930 Liège (Belg)	eur - cm	Belgique (Emile Barbier, Xavier de Beukelaer, Charles Debeur, Charles Delporte, Willy Osterrieth, Tom Léon)	Italie (Carlo Agostoni, Gian-Carlo Cornaggia-Medici, Renzo Minoli, Alfredo Pezzana, Saverio Ragno, Franco Riccardi)	France (André Baur, Philippe Cattiau, André Labatut, Jean Lacroix, André Rossignol, Bernard Schmetz)
1931 Vienne (Aut)	eur - cm	Italie (Carlo Agostoni, Nino Bertolaia, Gian-Carlo Cornaggia-Medici, Renzo Minoli, Saverio Ragno, Franco Riccardi)	France (Jacques Coutrot, Fernand Jourdant, Louis Prat, Paul Rousset, Bernard Schmetz)	Suède (Curt Dahlgren, Gustaf Dyrssen, Hans Granfelt, Carl Gripenstedt, Nils-Erik Hellsten, Sven Thofelt)
1932 Los Angeles (USA)	jo	France (Fernand Jourdant, Bernard Schmetz, Georges Tainturier, Georges Buchard, Jean Piot, Philippe Cattiau)	Italie (Saverio Ragno, Giancarlo C. Cornaggia-Medici, Franco Riccardi, Carlo Agostoni, Renzo Minoli)	États-Unis (George Charles Calnan, Gustave Marinius Heiss, Frank Stahl Jr. Righeimer, Tracy Jaeckel, Curtis Charles Shears, Miguel Angel De Capriles)
1933 Budapest (Hon)	eur - cm	Italie (Carlo Brusati, Gian-Carlo Cornaggia-Medici, Renzo Minoli, Saverio Ragno, Franco Riccardi, Mario Visconti)	France (Georges Buchard, Jacques Coutrot, Louis Prat, Paul Rousset, Bernard Schmetz)	Suède (Raoul Armann, Curt Dahlgren, Hans Drakenberg, Gustaf Dyrssen, Bo Lindman, Sven Thofelt)
1934 Varsovie (Pol)	eur - cm	France (Georges Buchard, Philippe Cattiau, Michel Godin, René Lemoine, Michel Pécheux, Jean Piot)	Italie (Roberto Battaglia, Carlo Brusati, Gian-Carlo Cornaggia-Medici, Saverio Ragno, Giorgio Rastelli, Franco Riccardi)	Suède (Hans Drakenberg, Gustaf Dyrssen, Carl Gripenstedt, Nils-Erik Hellsten, Sven Thofelt, Bertil Uggla)
1935 Lausanne (Sui)	eur - cm	France (Georges Buchard, Philippe Cattiau, Marcel Desprets, Paul Deydier, Michel Pécheux)	Suède (Gustav Adolf Almgren, Hans Drakenberg, Gustaf Dyrssen, Carl Gripenstedt, Bertil Uggla, Carl Johan Wachtmeister)	Allemagne (Eugen Geiwitz, Heinz Heigl, Siegfried Lerdon, Stefan Rosenbauer)
1936 Berlin (All)	jo	Italie (Saverio Ragno, Giancarlo C. Cornaggia-Medici, Franco Riccardi, Alfredo Pezzana, Edoardo Mangiarotti, Giancarlo Brusati)	Suède (Hans Drakenberg, Hans Granfelt, Gustaf Dyrssen, Gustav Almgren, Sven Thofelt)	France (Bernard Schmetz, Michel Pécheux, Paul Wormser, Georges Buchard, Philippe Cattiau, Henri Dulieux)
1937 Paris (Fra)	cm	Italie (Carlo Agostoni, Roberto Battaglia, Dario Mangiarotti, Edoardo Mangiarotti, Saverio Ragno, Mario Visconti)	France (Edouard Artigas, Jacques Coutrot, Henri Dulieux, Michel Pécheux, Bernard Schmetz, Albert Wolff)	Suède (Frank Cervell, Hans Drakenberg, Gustaf Dyrssen, Hans Granfelt, Bengt Ljungqvist, Sven Thofelt)
1938 Piestany (Tch)	cm	France (Pierre Bitchine, Henry Brethous, Henry Dulieux, Michel Pécheux, Bernard Schmetz, Albert Wolff)	Suède (Frank Cervell, Hans Drakenberg, Gustaf Dyrssen, Carl Forssell, Bengt Ljungqvist, Sven Thofelt)	Italie (Carlo Agostoni, Roberto Battaglia, Dario Mangiarotti, Edoardo Mangiarotti, Saverio Ragno)
1947 Lisbonne (Por)	cm	France (Edouard Artigas, Jehan Buhan, Marcel Desprets, Henri Guerin, Henri Lepage, Michel Pécheux)	Suède (Per Carleson, Sven Fahlman, Carl Forssell, Bengt Ljungqvist, Sven Thofelt)	Italie (Stefano Allochio, Luigi Cantone, Ercole Domeniconi, Dario Mangiarotti, Edoardo Mangiarotti, Saverio Ragno)

1948 Londres (GBR)	jo	France (Maurice Huet, Henri Lepage, Michel Pécheux, Edouard Artigas, Marcel Desprets, Henri Guérin)	Italie (Luigi Cantone, Carlo Agostoni, Fiorenzo Marin, Edoardo Mangiarotti, Marc Antonio Mandruzzato, Dario Mangiarotti)	Suède (Per Carleson, Arne Tollbom, Sven Thofelt, Frank Cervell, Carl Forssell, Bengt Ljungquist)
1949 Le Caire (Égyp)	cm	Italie (Roberto Battaglia, Luige Cantone, Antonio Mandruzzato, Dario Mangiarotti, Edoardo Mangiarotti, Antonio Spallino)	Suède ((Per Carleson, Hans Drakenberg, Carl Forssell, Rolf Julin)	Égypte (Salah Asfar J. Dessouki, Mohamed Fathallah Abdel Rahman, Mahmoud Younes, Schmeil)
1950 Monte-Carlo (Mon)	cm	Italie (Giorgio Anglesio, Giuseppe Delfino, Dario Mangiarotti, Edoardo Mangiarotti, Renzo Marini, Carlo Pavesi)	France (René Bougnol, Jehan Buhan, Henri Guerin, Maurice Huet, Claude Nigon, Michel Pécheux)	Suède (Ingemar Bondeson, Per Carleson, Sven Fahlman, Carl Forssell, Bernt-Otto Rehbinder, Nils Rydström)
1951 Stockholm (Suè)	cm	France (Alain Besseche, René Bougnol, Jacques Coutrot, Daniel Dagallier, Armand Mouyal, Armand Simon)	Italie (Roberto Battaglia, Dario Mangiarotti, Mario Mangiarotti, Renzo Marini, Carlo Pavesi)	Suède (Per Carleson, Sven Fahlman, Carl Forssell, Rolf Julin, Bengt Ljungqvist, Bernt-Otto Rehbinder)
1952 Helsinki (Fin)	jo	Italie (Dario Mangiarotti, Edoardo Mangiarotti, Giuseppe Delfino, Franco Bertinetti, Roberto Battaglia, Carlo Pavesi)	Suède (Carl Forssell, Lennart Magnusson, Bengt Ljungquist, Per Carleson, Berndt-Otto Rehbinder, Sven Fahlman)	Suisse (Otto Ruefenacht, Paul Barth, Oswald Zappelli, Mario Valota, Willy Fitting, Paul Meister)
1953 Bruxelles (Belg)	cm	Italie (Giorgio Anglesio, Franco Bertinetti, Giuseppe Delfino, Dario Mangiarotti, Edoardo Mangiarotti, Carlo Pavesi)	France (Edouard Artigas, Daniel Dagallier, Maurice Huet, Armand Mouyal, Jean-Pierre Muller, Gérard Rousset)	Suisse (Jules Amez-Droz, Richard Amstad, Michel Evequoz, Umberto Menegalli, Fernand Thiébaud, Mario Valotta)
1954 Luxembourg (Lux)	cm	Italie (Giorgio Anglesio, Franco Bertinetti, Giuseppe Delfino, Armando Dellantonio, Edoardo Mangiarotti, Carlo Pavesi)	Suède (Per Carleson, Sven Fahlman, Carl Forssell, Bengt Ljungqvist, Bernt-Otto Rehbinder, Nils Rydström)	France (Daniel Dagallier, Yves Dreyfus, Maurice Huet, Armand Mouyal, Jean-Pierre Muller, Claude Nigon)
1955 Rome (Ita)	cm	Italie (Giorgio Anglesio, Franco Bertinetti, Giuseppe Delfino, Edoardo Mangiarotti, Carlo Pavesi, Alberto Pellegrino)	France (Edouard Artigas, Daniel Dagallier, Maurice Huet, Armand Mouyal, Claude Nigon, René Queyroux)	Hongrie (Lajos Balthazar, Barnabas Berzsenyi, Jozsef Marosi, Ambrus Nagy, Bela Rerrich, Jozsef Sakovics)
1956 Melbourne (Aus)	jo	Italie (Franco Bertinetti, Giuseppe Delfino, Edoardo Mangiarotti, Alberto Pellegrino, Giorgio Anglesio, Carlo Pavesi)	Hongrie (Jozsef Sakovits, Lajos Balthazar, Barnabas Berzsenyi, Jozsef Marosi, Ambrus Nagy, Bela Rerrich)	France (Daniel Dagallier, René Queyroux, Claude Nigon, Yves Dreyfus, Armand Mouyal)
1957 Paris (Fra)	cm	Italie (Giorgio Anglesio, Franco Bertinetti, Giuseppe Delfino, Carlo Pavesi, Alberto Pellegrino, Gian-Luigi Saccaro)	Hongrie (Lajos Balthazar, Arpad Barany, Barnabas Berzsenyi, Ferenc Czvikovszky, Tamas Gabor, Istvan Kausz)	Angleterre (Raymond Harrison, William Hoskyns, Michael Howard, Allan Jay, John Pelling, Ralph Sproul-Bolton)
1958 Philadelphie (USA)	cm	Italie (Franco Bertinetti, Giuseppe Delfino, Edoardo Mangiarotti, Carlo Pavesi, Alberto Pellegrino, Gian-Luigi Saccaro)	Hongrie (Lajos Balthazar, Arpad Barany, Tamas Gabor, Istvan Kausz)	France (Daniel Dagallier, Jack Guittet, Maurice Huet, Gérard Lefranc, Armand Mouyal, René Queyroux)
1959 Budapest (Hon)	cm	Hongrie (Arpad Barany, Tamas Gabor, Istvan Kausz, Jozsef Sakovics)	URSS (Arnold Tschernusewitsch, Walentin Tschernikow, Bruno Chabarow, Witali Chodosowski, Guram Kostowa)	France (Claude Bourquard, Claude Brodin, Jack Guittet, Gérard Lefranc, René Queyroux)
1960 Rome (Ita)	jo	Italie (Giuseppe Delfino, Edoardo Mangiarotti, Fiorenzo Marini, Carlo Pavesi, Alberto Pellegrino, Gianluigi Saccaro)	Angleterre (Allan Jay, Michael Alexander, Raymond Harrison, Henry Hoskyns, Michael Howard, John Pelling)	URSS (Guram Kostava, Valentin Chernikov, Arnold Chernushevich, Bruno Habarovs, Aleksandr Pavlovsky)
1961 Turin (Ita)	cm	URSS (Arnold Tschernusewitsch, Walentin Tschernikow, Bruno Chabarow, Guram Kostawa, Dimitri Ljulin)	France (Fra) (Philippe Schraag, Yves Dreyfus, Jack Guittet, Armand Mouyal, Gérard Lefranc, Claude Bourquard)	Suède (Suè) (Göran Abrahamsson, Hans Lagerwall, Bernt-Otto Rehbinder, Ivar Genesjö, Orvar Lindwall, Axel Wahlberg)
1962 Buenos Aires (Arg)	cm	France (Fra) (Yves Dreyfus, Jack Guittet, Gérard Lefranc, Claude Bourquard)	Suède (Suè) (Göran Abrahamsson, Ivar Gensejö, Hans Lagerwall, Orvar Lindwall, John Sandwall)	URSS (Arnold Tschernusewitsch, Walentin Tschernikow, Bruno Chabarow, Dimitri Ljulin, Alexej Nikantschikow, Alexander Pawlowski)
1963 Gdansk (Pol)	cm	Pologne (Ryszard Parulski, Henryk Nielaba, Bogdan Gonsior, Bogdan Andrzejewski, Jerzy Strzalka)	France (Yves Dreyfus, Jack Guittet, Armand Mouyal, Claude Bourquard, René Queyroux)	Hongrie (Arpad Barany, Tamas Gabor, Istvan Kausz, Gyözö Kulcsar, Zoltan Nemere)
1964 Tokyo (Jap)	jo	Hongrie (Tamas Gabos, Arpad Barany, Zoltan Nemere, Gyözö Kulcsár, Istvan Kausz)	Italie (Giuseppe Delfino, Giovanni Battista Breda, Alberto Pellegrino, Gianfranco Paolucci, Gianluigi Saccaro)	France (Yves Dreyfus, Jacques et Claude Bourquard, Jack Guittet)
1965 Paris (Fra)	cm	France (Yves Boissier, Jacques Brodin, Claude Bourquard, Yves Dreyfus, Jack Guittet)	Angleterre (Nicholas Halsted, William Hoskyns, Peter Jacobs, Allan Jay, John Pelling)	URSS (Vladimir Donjin, Bruno Chabarow, Guram Kostawa, Grigori Kriss, Alexej Nikantschikow)

1966 Moscou (URSS)	cm	France (Claude Bourquard, Jacques Brodin, Yves Dreyfus, Jean-Pierre Allemand, Yves Boissier)	URSS (Vladimir Godsiew, Guram Kostawa, Grigori Kriss, Alexej Nikantschikow, Juri Schmoljakow)	Suède (Karl-Erik Broms, Hans Lagerwall, Lars-Erik Larsson, Jan Skogh, Carl von Essen)
1967 Montréal (Can)	cm	URSS (Alexej Nikantschikow, Grigori Kriss, Viktor Modsolewski, Guram Kostawa, Iosif Witebski)	France (Jean-Pierre Allemand, Yves Boissier, Claude Bourquard, Jacques Brodin, Yves Dreyfus)	Hongrie (Pal B. Nagy, Csaba Fenyvesi, Györö Kulcsar, Zoltan Nemere, Pal Schmitt)
1968 Mexico (Mex)	jo	Hongrie (Zoltan Nemere, Pal Schmitt, Győző Kulcsár?, Csaba Fenyvesi, Pal B. Nagy	URSS (Grigori Kriss, Viktor Modzalevsky, Iosif Vitebsky, Yury Smolyakov, Aleksey Nikanchikov)	Pologne (Bohdan Andrzejewski, Kazimierz Barburski, Michal Butkiewicz, Bohdan Gonsior, Henryk Nielaba)
1969 La Havane (Cub)	cm	URSS (Alexej Nikantschikow, Grigori Kriss, Sergej Paramonow, Igor Waletow, Georgi Saschitzki)	Hongrie (Győző Kulcsar, Zoltan Nemere, Csaba Fenyvesi, Pal Schmitt, Pal Nagy)	Suède (Carl von Essen, Orvar Jöonsson, Hans Jacobson, Lars-Erik Larsson, Rolf Edling)
1970 Ankara (Turq)	cm	Hongrie (Csaba Fenyvesi, Zoltan Nemere, Győző Kulcsar, Sandor Erdös, Pal Schmitt)	Pologne (Bogdan Gonsior, Henryk Nielaba, Michal Butkiewicz, Kazimierz Barburski, Matwiejew)	Suisse (Daniel Giger, Christian Kauter, Peter Loetscher, Alexandre Bretholz, Christian Stricker)
1971 Vienne (Aut)	cm	Hongrie (Csaba Fenyvesi, Győző Kulcsar, Zoltan Nemere, Pal Schmitt)	URSS (Alexej Nikantschikow, Viktor Modsolewski, Sergej Paramonow, Igor Waletow, Grigori Kriss)	Suède (Per Sundberg, Rolf Edling, Carl von Essen, Hans Jacobson, Orvar Jönsson)
1972 Munich (All)	jo	Hongrie (Sandor Erdös, Csaba Fenyvesi, Győző Kulcsár, Pal Schmitt, Istvan Osztrics	Suisse (Guy Evequoz, Daniel Giger, Christian Kauter, Peter Lötscher, François Suchanecki)	URSS (Viktor Modzalevsky, Sergei Paramonov, Igor Valetov, Georgi Zazhitsky, Grigori Kriss)
1973 Göteborg (Suè)	cm	RFA (Reinhold Behr, Joachim Peter, Jürgen Hehn, Joseph Szepesi, Harald Hein)	Hongrie (Sandor Erdös, Csaba Fenyvesi, Győző Kulcsar, Pal Schmitt, Istvan Osztrics)	URSS (Igor Waletow, Viktor Modsolewski, Boris Lukomski, Aschot Karagjan, Sergej Paramonow)
1974 Grenoble (Fra)	cm	Suède (Rolf Edling, Carl von Essen, Göran Flodström, Hans Jacobson)	RFA (Jürgen Hehn, Joachim Peter, Alexander Pusch, Elmar Beierstettel)	Hongrie (Győző Kulcsar, Sandor Erdös, Pal Schmitt, Jenö Papp)
1975 Budapest (Hon)	cm	Suède (Rolf Edling, Hans Jacobson, Carl von Essen, Göran Flodström)	RFA (Elmar Beierstettel, Jürgen Hehn, Reinhold Behr, Alexander Pusch)	Hongrie (Dr. Csaba Fenyvesi, Istvan Osztrics, Győző Kulcsar, Sandor Erdös)
1976 Montréal (Can)	jo	Suède (Carl von Essen, Hans Jacobson, Rolf Edling, Leif Högström, Göran Flodström)	RFA (Alexander Pusch, Hans-Jürgen Hehn, Reinhold Behr, Volker Fischer)	Suisse (François Suchanecki, Michel Poffet, Daniel Giger, Christian Kauter, Jean-Blaise Evequoz)
1977 Buenos Aires (Arg)	cm	Suède (Johan Harmenberg, Rolf Edling, Leif Högström, Hans Jacobson)	Suisse (Daniel Giger, Gaille, Christian Kauter, François Suchanecki)	URSS (Boris Lukomski, Aschot Karagjan, Leonid Dunajew, Alexander Abuschachmetow)
1978 Hambourg (All)	cm	Hongrie (Dr. Csaba Fenyvesi, Ernö Kolczonnay, Jenö Papp, Istvan Ostrics, Győző Kulcsar)	URSS (Boris Lukomski, Aschot Karagjan, Dunajew, Alexander Abuschachmetow, Hondogo)	Suède (Johan Harmenberg, Rolf Edling, Malkar , Hans Jacobson)
1979 Melbourne (Aus)	cm	URSS (Aschot Karagjan, Boris Lukomski, Leonid Dunajew, Alexander Abuschachmetow)	RFA (Alexander Pusch, Elmar Borrmann, Adrians, Hans Jana)	Suisse (Gaille, Daniel Giger, Christian Kauter, Michel Poffet, François Suchanecki)
1980 Moscou (URSS)	jo	France (Philippe Riboud, Patrick Picot, Hubert Gardas, Philippe Boisse, Michel Salesse)	Pologne (Piotr Jablkowski, Mariusz Strzalka, Ludomir Chronowski, Leszek Swornowski, Andrzej Lis)	Union soviétique (Ashot Karagian, Vladimir Smirnov, Aleksander Mozhaev, Aleksander Abushackmetov, Boris Lukomsky)
1981 Clermont-Ferrand (Fra)	cm	URSS (Aschot Karagjan, Alexander Moschajew, Leonid Dunajew, Hondogo)	Suisse (François Suchanecki, Gabriel Nigon, Daniel Giger, Michel Poffet, Gaille)	Hongrie (Ernö Kolczonnay, Balazs Denes, Zoltan Szekely, Laszlo Pethö)
1982 Rome (Ita)	cm	France (Olivier Lenglet, Philippe Riboud, Philippe Boisse, Michel Salesse)	Suisse (Daniel Giger, Olivier Carrard, Gabriel Nigon, Patrice Gaille, Michel Poffet)	Hongrie (Ernö Kolczonnay, Jenö Papp, Zoltan Szekely, I. Geley, Takacs)
1983 Vienne (Aut)	cm	France (Olivier Lenglet, Philippe Boisse, Michel Salesse, Jean-Michel Henry, Kuras Philippe)	RFA (Alexander Pusch, Elmar Borrmann, Rafael Nickel, Volker Fischer)	Italie (Angelo Mazzoni, Roberto Manzi, Sandro Cuomo, Stefano Bellone)
1984 Los Angeles (USA)	jo	RFA (Elmar Borrmann, Volker Fischer, Gerhard Heer, Rafael Nickel, Alexander Pusch)	France (Philippe Boisse, Jean-Michel Henry, Olivier Lenglet, Philippe Riboud, Michel Salesse)	Italie (Stefano Bellone, Sandro Cuomo, Cosimo Ferro, Roberto Manzi, Angelo Mazzoni)
1985 Barcelone (Esp)	cm	RFA (Alexander Pusch, Achim Bellmann, Volker Fischer, Thomas Gerull, Arnd Schmitt)	Italie (Sandro Cuomo, Roberto Manzi, Stefano Bellone, Angelo Mazzoni, Maurizio Randozzo)	URSS (Agejew, Sergej Krawtschuk, Andrej Schuwalow, Alexander Moschajew, Michail Tischko)

1986 Sofia (Bulg)	cm	RFA (Alexander Pusch, Elmar Borrmann, Volker Fischer, Arnd Schmitt)	URSS (Alexander Moschajew, Michail Tischko, Andrej Schuwalow, Sergej Krawtschuk)	Italie (Sandro Cuomo, Stefano Bellone, Maurizio Randozzo, Angelo Mazzoni)
1987 Lausanne (Sui)	cm	URSS (Sergej Krawtschuk, Andrej Schuwalow, Michail Tischko, Vladimir Resnitschenko)	RFA (Arnd Schmitt, Alexander Pusch, Volker Fischer, Elmar Borrmann, Thomas Gerull)	France (Philippe Riboud, Philippe Boisse, Eric Srecki, Jean-Michel Henry)
1988 Séoul (Cor)	jo	France (Frederic Delpla, Jean-Michel Henry, Olivier Lenglet, Philippe Riboud, Éric Srecki)	RFA (Elmar Borrmann, Volker Fischer, Thomas Gerull, Alexander Pusch, Arnd Schmitt)	URSS (Andrei Chouvalov, Pavel Kolobkov, Vladimir Reznichenko, Mikhail Tishko, Igor Tikhomirov)
1989 Denver (USA)	cm	Italie (Sandro Cuomo, Angelo Mazzoni, Stefano Pantano, Sandro Resegotti)	RFA (Elmar Borrmann, Robert Felisiak, Stefan Hörger, Thomas Gerull, Günter Jauch)	Cuba (Wilfredo Loyola, L. Loyola, Pedro Merencio, Carlos Pedroso, Lazaro Castro)
1990 Lyon (Fra)	cm	Italie (Sandro Cuomo, Angelo Mazzoni, Resegotti, Stefano Pantano, Maurizio Randazzo)	France (Fra) (Olivier Lenglet, Eric Srecki, Jean-Michel Henry, Philippe Riboud)	URSS (Pawel Kolobkow, Witali Agujew, Andrej Schuwalow, Michail Titschko)
1991 Budapest (Hon)	cm	URSS (Kaido Kaaberma, Pawel Kolobkow, Sergej Kostarjew, Sergej Krawtschuk, Andrej Schuwalow)	France (Eric Srecki, Robert Leroux, Olivier Lenglet, Herve Faget)	Allemagne (Robert Felisiak, Marius Strazalka, Arnd Schmitt, Elmar Borrmann)
1992 Barcelone (Esp)	jo	RFA (Elmar Borrmann, Robert Felisiak, Arnd Schmitt, Uwe Proske, Vladimir Reznitchenko)	Hongrie (Ivan Kovacs, Krisztian Kulcsar, Ferenc Hegedus, Erno Kolczonai, Gabor Totola)	Équipe unifiée ex-URSS (Pavel Kolobkov, Andrei Chouvalov, Sergei Kravchouk, Sergei Kostarev, Valeri Zacharevich)
1993 Essen (All)	cm	Italie (Sandro Cuomo, Paolo Milanoli, Maurizio Randazzo, Angelo Mazzoni, Stefano Pantano)	France (Jean-Michel Henry, Eric Srecki, Robert Leroux, Remy Delhome)	Allemagne (Arnd Schmitt, Elmar Borrmann, Mariusz Strzalka, Patrick Draenert)
1994 Athènes (Grè)	cm	France (Eric Srecki, Robert Leroux, Jean-Michel Henry, Herve Faget)	Allemagne (Arndt Schmitt, Mariusz Strzalka, Elmar Borrmann, Michael Flegler)	Corée (Sang Ki Lee, Sang Yup Lee, Won-Jin Yoon)
1995 La Haye (P.-Bas)	cm	Allemagne (Arndt Schmitt, Mariusz Strzalka, Elmar Borrmann, Michael Flegler)	France (Eric Srecki, Robert Leroux, Jean-Michel Henry, Hugues Obry)	Hongrie (Imre Geza, Attila Fekete, Krisztian Kulcsar, Ivan Kovacs)
1996 Atlanta (USA)	jo	Italie (Sandro Cuomo, Angelo Mazzoni, Maurizio Randazzo)	URSS (Aleksandr Beketov, Pavel Kolobkov, Valeriy Zakharevich)	France (Jean-Michel Henry, Robert Leroux, Éric Srecki)
1997 Le Cap (Afr. Sud)	cm	Cuba (Ivan Trevejo Perez, Carlos Pedroso, Nelson Loyola)	Allemagne (Michael Flegler, Arnd Schmitt, Elmar Borrmann, Mark Steifensand)	Italie (Angelo Mazzoni, Sandro Cuomo, Alfredo Rota, Maurizio Randazzo)
1998 La Chaux-de-Fonds (Sui)	cm	Hongrie (Krisztian Kulcsar, Ivan Kovacs, Imre Geza, Attila Fekete)	France (Hugues Obry, Frantz Philippe, Eric Srecki, Rémy Delhomme)	URSS (Pawel Kolobkow, Zakharevitch Valeriy, Kolotiline Andrey, Eletskikh Aleksandr
1999 Séoul (Cor)	cm	France (Jean François di Martino, Eric Srecki, Hugues Obry, Rémy Delhomme)	Allemagne (Arnd Schmitt, Marc-Konstantin Steifensand, Jörg Fiedler, Elmar Borrmann)	Cuba (Ivan Trevejo Perez, Carlos Pedroso, Nilson Loyola Torriente, Camilo Boris)
2000 Sydney (Aus)	jo	Italie (Angelo Mazzoni, Paolo Milanoli, Maurizio Randazzo, Alfredo Rota)	France (Jean-François Di Martino, Robert Leroux, Hugues Obry, Éric Srecki)	Cuba (Nelson Loyola, Candido Alberto Maya, Carlos Pedroso, Ivan Trevejo)
2001 Nîmes (Fra)	cm	Hongrie (Krisztian Kulcsar, Ivan Kovacs, Imre Geza, Attila Fekete)	Estonie (Kaido Kaaberma, Nikolai Nowosjolow, Sergej Vaht, Meelis Loit)	France (Fabrice Jeannet, Hugues Obry, Remy Delhomme, Jérôme Jeannet)
2002 Lisbonne (Por)	cm	France (Fabrice Jeannet, Benoit Janvier, Jean-Michel Lucenay, Hugues Obry)	URSS (Pawel Kolobkow, Sergej Kotschetkow, Alexej Selin, Wjatscheslaw Selin)	Corée du Sud (Kyo-Dong Ku, Jung-Kwan Kim, Sang-Yup Lee, Roy-Sung Yang)
2003 La Havane (Cub)	cm	URSS (Pawel Kolobkow, Sergej Kotschetkow, Alexej Seline, Igor Turtschin)	Allemagne (Jörg Fiedler, Norman Ackermann, Christoph Kneip, Wolfgang Raich)	Suède (Fredrik Nilsson, Robert Dingl, Peter Vanky, Magnus Malmgren)
2004 Athènes (Grè)	jo	France (Hugues Obry, Jérôme Jeannet, Fabrice Jeannet, Erik Boisse)	Hongrie (Krisztian Kulcsar, Ivan Kovacs, Gabor Boczko, Geza Imre)	Allemagne (Sven Schmid, Jörg Fiedler, Daniel Strigel, Norman Ackermann)
2005 Leipzig (All)	cm	France (Erik Boisse, Jerome Jeannet, Ulrich Robeiri, Fabrice Jeannet)	Allemagne (Jorg Fieldler Sven Schmid Martin Schmitt Daniel Strigel)	Ukraine (Dmytro Chumak, Dmytro Karyuchenko, Maksim Khvorost, Vitaly Osharov)
2006 Turin (Ita)	cm	France (Erik Boisse, Gauthier Grumier, Fabrice Jeannet, Ulrich Robeiri)	Espagne (ESP) (Jose Luis Abajo, Ignacio Canto, Juan CastaNEDa, Eduardo Sepulveda) Nikichin)	Ukraine (Dmytro Chumak, Dmytro Karyuchenko, Maksim Khvorost, Bogdan
2007 Saint-Petersbourg (URSS)	cm	France (Erik Boisse, Jerome Jeannet, Ulrich Robeiri, Fabrice Jeannet)	Italie (ITA) (Stefano Carozzo, Diego Confalonieri, Alfredo Rota, Matteo Tagliariol)	Hongrie (Gabor Boczko, Geza Imre, Ivan Kovacs, Krisztian Kulcsar)
2008 Pékin (Chi)	jo	France (Ulrich Robeiri, Jérôme Jeannet, Fabrice Jeannet et Jean M. Lucenay)	Pologne (Radoslaw Zawrotniak, Robert Andrzejuk, Adam Wiercioch, Thomas Motyka)	Italie (Stefano Carrozo, Diego Confalonieri, Alfredo Rota, Matteo Tagliariol)
2009 Antalya (Turq)	cm	France (Gauthier Grumier, Jérôme Jeannet, Jean-Michel Lucenay, Ulrich Robeiri)	Hongrie (Gabor Boczko, Geza Imre, Andras Redli, Peter Somfai)	Pologne (Krzysztof Mikolajczak, Tomasz Motyka, Adam Wiercioch, Radoslaw Zawrotniak)

Sabre masculin – Individuels

Année		Or	Argent	Bronze	Bronze
1896 Athènes (Grè)	jo	Georgiadis Ioannis (Grè)	Karakalos Telemachos (Grè)	Nielsen Holder (Dan)	
1900 Paris (Fra)	jo	Georges de la Falaise (Fra)	Leon Thiebaut (Fra)	Siegfried Flesch (Aut)	
1900 Paris (Fra)	jo	Antonio Conte (Ita)	Italo Santelli (Ita)	Milan Neralic (Aut)	
1904 Saint-Louis (USA)	jo	Manuel Diaz (Cub)	William Grebe (USA)	Albertson Van Zo Post (Cub)	
1906 Athènes (J.O. I.) (Grè)	jo	Ioannis Georgiadis (Grè)	Gustav Casimir (All)	Frederico Cesarano (Ita)	
1906 Athènes (J.O. I.) (Grè)	jo	Gustav Casimir (All)	George van Rossem (P.-Bas)	Péter Tóth (Hon)	
1906 Athènes (J.O. I.) (Grè) maîtres	jo	Cyril Verbrugge (Belg)	Ioannis Raissis (Grè)		
1908 Londres (GBR)	jo	Jenö Fuchs (Hon)	Béla Zulavszky (Hon)	Vilém Goppold von Lobsdorf (Boh)	
1912 Stockholm (Suè)	jo	Jenö Fuchs (Hon)	Béla Bekessy (Hon)	Meszaros Erwin (Hon)	
1920 Anvers (Belg)	jo	Nadi Nedo (Ita)	Nadi Aldo (Ita)	Adrianus de Jongh (P.-Bas)	
1922 Paris (Fra)	eur - cm	Adrianus de Jong (P.-Bas)	Jean Taillandier (Fra)	Léon Tom (Belg)	
1923 La Haye (P.-Bas)	eur - cm	Adrianus de Jong (P.-Bas)	Marc Perrodon (Fra)	Henri Wynoldy-Daniels (P.-Bas)	
1924 Paris (Fra)	jo	Posta Sandor (Hon)	Ducret Roger (Fra)	Garay Janos (Hon)	
1925 Ostende (Belg)	eur - cm	Janos Garay (Hon)	Jenö Uhlyarik (Hon)	Attila Petschauer (Hon)	
1926 Budapest (Hon)	eur - cm	Sandor Gambos (Hon)	Attila Petschauer (Hon)	Bino Bini (Ita)	
1927 Vichy (Fra)	eur - cm	Sandor Gombos (Hon)	Ödön Terstyanszky (Hon)	Gyula Glykais (Hon)	
1928 Amsterdam (P.-Bas)	jo	Odon Terzstianiski (Hon)	Attila Petschauer (Hon)	Bino Bini (Ita)	
1929 Naples (Ita)	eur - cm	Gyula Glykais (Hon)	Gustavo Marzi (Ita)	Attila Petschauer (Hon)	
1930 Liège (Belg)	eur - cm	György Piller (Hon)	Attila Petschauer (Hon)	György Doros (Hon)	
1931 Vienne (Aut)	eur - cm	György Piller (Hon)	Endre Kabos (Hon)	Attila Petschauer (Hon)	
1932 Los Angeles (USA)	jo	György Piller Jekelfalussy (Hon)	Giulio Gaudini (Ita)	Endre Kabos (Hon)	
1933 Budapest (Hon)	eur - cm	Endre Kabos (Hon)	Gustavo Marzi (Ita)	Giulio Gaudini (Ita)	
1934 Varsovie (Pol)	eur - cm	Endre Kabos (Hon)	Giulio Gaudini (Ita)	Laszlo Rajcsanyi (Hon)	
1935 Lausanne (Sui)	eur - cm	Aladar Gerevich (Hon)	Imre Rajczy-Rasztovich (Hon)	Laszlo Rajcsanyi (Hon)	
1936 Berlin (All)	jo	Endre Kabos (Hon)	Gustavo Marzi (Ita)	Aladar Gerevich (Hon)	
1937 Paris (Fra)	cm	Pal Kovacs (Hon)	Tibor Berczelly (Hon)	Laszlo Rajcsanyi (Hon)	
1938 Piestany (Tch)	cm	Aldo Montano (Ita)	Aldo Masciotta (Ita)	Giuseppe Perenno (Ita)	
1947 Lisbonne (Por)	cm	Aldo Montano (Ita)	Georges de Bourguignon (Belg)	Gastone Daré (Ita)	
1948 Londres (GBR)	jo	Aladar Gerevich (Hon)	Vincenzo Pinton (Ita)	Pal Kovacs (Hon)	
1949 Le Caire (Égyp)	cm	Gastone Daré (Ita)	Giorgio Pellini (Ita)	Vincenzo Pinton (Ita)	
1950 Monte-Carlo (Mon)	cm	Jean Levavasseur (Fra)	Vincenzo Pinton (Ita)	Gastone Daré (Ita)	
1951 Stockholm (Suè)	cm	Aladar Gerevich (Hon)	Pal Kovacs (Hon)	Gastone Daré (Ita)	
1952 Helsinki (Suè)	jo	Pal Kovacs (Hon)	Aladar Gerevich (Hon)	Tibor Berczelly (Hon)	
1953 Bruxelles (Belg)	cm	Pal Kovacs (Hon)	Aladar Gerevich (Hon)	Rudolf Karpati (Hon)	
1954 Luxembourg (Lux)	cm	Rudolf Karpati (Hon)	Pal Kovacs (Hon)	Tibor Berczelly (Hon)	
1955 Rome (Ita)	cm	Aladar Gerevich (Hon)	Rudolf Karpati (Hon)	Renzo Nostini (Ita)	
1956 Melbourne (Aus)	jo	Rudolf Karpati (Hon)	Jerzy Pawlowski (Pol)	Lev Kouznetsov (URSS)	
1957 Paris (Fra)	cm	Jerzy Pawlowski (Pol)	Rudolf Karpati (Hon)	Tamas Mendelényi (Hon)	
1958 Philadelphie (USA)	cm	Jakow Rilsky (URSS)	David Tischler (URSS)		
1959 Budapest (Hon)	cm	Rudolf Karpati (Hon)	Tamas Mendelényi (Hon)	Jerzy Pawlowski (Pol)	
1960 Rome (Ita)	jo	Rudolf Karpati (Hon)	Zoltan Horvath (Hon)	Vladimiro Calarese (Ita)	
1961 Turin (Ita)	cm	Jakow Rilsky (URSS)	Emil Ochyra (Pol)	Wojciech Zablocki (Pol)	
1962 Buenos Aires (Arg)	cm	Zoltan Horvath (Hon)	Jerzy Pawlowski (Pol)	Claude Arabo (Fra)	
1963 Gdansk (Pol)	cm	Jakow Rilsky (URSS)	Jerzy Pawlowski (Pol)	Wladimiro Calarese (Ita)	
1964 Tokyo (Jap)	jo	Tibor Pesza (Hon)	Claude Arabo (Fra)	Oemiar Mavlisjanov (URSS)	
1965 Paris (Fra)	cm	Jerzy Pawlowski (Pol)	Miklos Meszéna (Hon)	Zoltan Horvath (Hon)	
1966 Moscou (URSS)	cm	Jerzy Pawlowski (Pol)	Tibor Pesza (Hon)	Zoltan Horvath (Hon)	
1967 Montréal (Can)	cm	Mark Rakita (URSS)	Jerzy Pawlowski (Pol)	Tibor Pesza (Hon)	
1968 Mexico (Mex)	jo	Jerzy Pawlowski (Pol)	Mark Rakita (URSS)	Tibor Pesza (Hon)	
1969 La Havane (Cub)	cm	Viktor Sidjak (URSS)	Janos Kalmar (Hon)	Péter Bakonyi (Hon)	

1970 Ankara (Turq)	cm	Tibor Pézsa (Hon)	Mark Rakita (URSS)	Vladimir Naslymov (URSS)	
1971 Vienne (Aut)	cm	Michele Maffei (Ita)	Jerzy Pawlowski (Pol)	Viktor Sidjak (URSS)	
1972 Munich (All)	jo	Victor Sidiak (URSS)	Peter Maroth (Hon)	Vladimir Nazlymov (URSS)	
1973 Göteborg (Suè)	cm	Mario Aldo Montano (Ita)	Viktor Sidjak (URSS)	Vladimir Naslymov (URSS)	
1974 Grenoble (Fra)	cm	Mario Aldo Montano (Ita)	Viktor Krovopouskov (URSS)	Viktor Sidjak (URSS)	
1975 Budapest (Hon)	cm	Vladimir Naslymov (URSS)	Jacek Bierkowski (Pol)	Péter Marot (Hon)	
1976 Montréal (Can)	jo	Victor Krovopouskov (URSS)	Vladimir Nazlymov (URSS)	Victor Sidiak (URSS)	
1977 Buenos Aires (Arg)	cm	Pal Gerevich (Hon)	Vladimir Naslymov (URSS)	Angelo Arcidiacono (Ita)	
1978 Hambourg (All)	cm	Viktor Krovopouskov (URSS)	Michail Burzew (URSS)	Michele Maffei (Ita)	
1979 Melbourne (Aus)	cm	Vladimir Naslymov (URSS)	Viktor Krovopouskov (URSS)	Michail Burzew (URSS)	
1980 Moscou (URSS)	jo	Victor Krovopouskov (URSS)	Mikhail Bourtsev (URSS)	Imre Gedovari (Hon)	
1981 Clermont-Ferrand (Fra)	cm	Mariusz Wodke (Pol)	Imre Gedövari (Hon)	Michele Maffei (Ita)	
1982 Rome (Ita)	cm	Viktor Krovopouskov (URSS)	Andrej Alschan (URSS)	Imre Gedövari (Hon)	
1983 Vienne (Aut)	cm	Vassily Etropolski (Bul)	Gianfranco Dalla Barba (Ita)	Christo Etropolski (Bul)	
1984 Los Angeles	jo	Lamour J. Fr. (Fra)	Marco Marin (Ita)	Peter Westbrook (USA)	
1985 Barcelone (Esp)	cm	György Nébald (Hon)	Christo Etropolski (Bul)	Vassily Etropolski (Bul)	
1986 Sofia (Bulg)	cm	Sergej Mindirgassow (URSS)	Imre Bujdoso (Hon)	Jean-François Lamour (Fra)	
1987 Lausanne (Sui)	cm	Lamour J. Fr. (Fra)	György Nébald (Hon)	Robert Koscielniakowski (Pol)	
1988 Séoul (Cor)	jo	Lamour J. Fr. (Fra)	Janusz Olech (Pol)	Giovanni Scalzo (Ita)	
1989 Denver (USA)	cm	Grigori Kirienko (URSS)	Jaroslaw Koniusz (Pol)	Felix Becker (FRG)	
1990 Lyon (Fra)	cm	György Nébald (Hon)	Georgi Pogossow (URSS)	Toni Terenzi (Ita)	
1991 Budapest (Hon)	cm	Grigori Kirienko (URSS)	Peter Abay (Hon)	Wadim Gutzeit (URSS)	
1992 Barcelone (Esp)	jo	Bence Szabo (Hon)	Marco Marin (Ita)	Lamour J. Fr. (Fra)	
1993 Essen (All)	cm	Grigori Kirienko (URSS)	Bence Szabo (Hon)	Steffen Wiesinger (All)	Toni Terenzi (Ita)
1994 Athènes (Grè)	cm	Felix Becker (All)	Stanislaw Posdniakow (URSS)	Grigori Kirienko (URSS)	Bence Szabo (Hon)
1995 La Haye (P.-Bas)	cm	Grigori Kirienko (URSS)	Felix Becker (All)	Toni Terenzi (Ita)	Luigi Tarantino (Ita)
1996 Atlanta (USA)	jo	Stanislav Pozdniakov (URSS)	Sergei Sharikov (URSS)	Damien Touya (Fra)	
1997 Le Cap (Afr. Sud)	cm	Stanislaw Posdniakow (URSS)	Luigi Tarantino (Ita)	Damien Touya (Fra)	Rafael Sznajder (Pol)
1998 La Chaux-de-Fonds (Sui)	cm	Luigi Tarantino (Ita)	Raffaello Caserta (Ita)	Fernando Medina (Esp)	Sergej Scharikow (URSS)
1999 Séoul (Cor)	cm	Damien Touya (Fra)	Stanislaw Posdniakow (URSS)	Jean-Philippe Daurelle (Fra)	Luigi Tarantino (Ita)
2000 Sydney (Aus)	jo	Mihai Covaliu (Rou)	Mathieu Gourdain (Fra)	Viradech Kothny (All)	
2001 Nîmes (Fra)	cm	Stanislaw Posdniakow (URSS)	Julien Pillet (Fra)	Rafael Sznajder (Pol)	Matthieu Gourdain (Fra)
2002 Lisbonne (Por)	cm	Stanislaw Posdniakow (URSS)	Julien Pillet (Fra)	Mihai Covaliu (Rou)	Luigi Tarantino (Ita)
2003 La Havane (Cub)	cm	Vladimir Lukaschenko (Ukr)	Mihai Covaliu (Rou)	Domonkos Ferjancsik (Hon)	Aldo Montano (Ita)
2004 Athènes (Grè)	jo	Aldo Montano (Ita)	Zsolt Nemcsik (Hon)	Vladislav Tretiak (Ukr)	
2005 Leipzig (All)	cm	Mihai Covaliu (Rou)	Stanislav Pozdniakov (URSS)	Oleg Shturbabin (Ukr)	Alexei Yakimenko (URSS)
2006 Turin (Ita)	cm	Stanislav Pozdniakov (URSS)	Zsolt Nemcsik (Hon)	Alexei Frossine (URSS)	Woo-Young Won (Cor)
2007 Saint-Petersbourg (URSS)	cm	Stanislav Pozdniakov (URSS)	Aldo Montano (Ita)	Nicolas Limbach (All)	Eun-Seok Oh (Cor)
2008 Pékin (Chi)	jo	Zhong Man (Chi)	Nicolas Lopez (Fra)	Mihai Covaliu (Rou)	
2009 Antalya (Turq)	cm	Nicolas Limbach (All)	Rares Dumitrescu (Rou)	Tamas Decsi (Hon)	Luigi Tarantino (Ita)

Sabre masculin – Équipes

Année	cht	Or	Argent	Bronze
1906 Athènes (J.O. I.) (Grè)	jo	Allemagne (Emil Schön, August Petri, Jacob de Bary, Gustav Casimir)	Grèce (Chatran Zorbas, Menelaos Sakorraphos, Triantaphylos Kordogiannis, Ioannis Georgiadis)	Pays-Bas (George van Rossem, Johannes Osten, Maurits van Löben Sels, James van Carnbee)
1908 Londres (GBR)	jo	Hongrie (Lajos Werkner, Péter Tóth, Oszkár Gerde, Jenö Fuchs)	Italie (Alessandro Pirzio-Biroli, Abelardo Olivier, Riccardo Nowak, Marcello Bertinetti)	Bohême (Jaroslav ·ourek-Tucek, Vlastimil Lada-Sázavsk˜, Bedrich Schejbal, Vilém Goppold von Lobsdorf)
1912 Stockholm (Suè)	jo	Hongrie (Jenö Fuchs, László Berty, Ervin Mészáros, Dezsö Földes, Oszkár Gerde, Zoltán Schenker, Lajos Werkner, Péter Tóth)	Autriche (Richard Verderber, Otto Herschmann, Reinhold Trampler, Albert Bogen, Andreas Suttner, Friedrich Golling, Rudolf Cvetko)	Pays-Bas (Willem van Blijenburgh, George van Rossem, Hendrik de Jongh, Dirk Scalongne, Jetze Doorman, Adrianus de Jong)
1920 Anvers (Belg)	jo	Italie (Aldo Nadi, Nedo Nadi, Francesco Gargano, Italo Santelli, Dino Urbani, Frederico Secondo Cesarano, Oreste Puliti, Baldo Baldi)	France (Jean André Lacroix, Jean Margraff, Marc Perrodon, Henri de Saint Germain, Georges Trombert, Jean Mondielli)	Pays-Bas (Adrianus D Jong, Jetze Doorman, Willem Van Blijenburgh, Jan Van Der Wiel, Louis Delaunoy, Salomon Zeldenrust)
1924 Paris (Fra)	jo	Italie (Oreste Moricca, Giulio Sarrocchi, Oreste Puliti, Guido Balzarini, Renato Anselmi, Vincenzo Cuccia, Bino Bini, Marcello Bertinetti)	Hongrie (Laszlo Szechy, Zoltan Schenker, Jozsef Rady, Odon Posta, Laszlo Berti, Jeno Uhlyarik, Odon Tersztyanszky, Janos Garay)	Pays-Bas (Henri Wynoldy-Daniels, Adrianus de Jong, Jetze Doorman, Maarten van Dulm, Jan van der Wiel, Hendrik Scherpenhuizen)
1928 Amsterdam (P.-Bas)	jo	sans	sans	sans
1930 Liège (Belg)	eur - cm	Hongrie (Janos Garay, Gyula Glykais, Sandor Gombos, Attila Petschauer, György Piller, Jozsef Rady)	Italie (Renato Anselmi, Arturo de Vecchi, Giulio Gaudini, Gustavo Marzi, Alfredo Pezzana, Emilio Salafia)	Pologne (Kazimierz Laskowski, Leszek Nycz, Adam Papée, Wladyslaw Segda, Kazimierz Semplinsky, Friedrich Thadée)
1931 Vienne (Aut)	eur - cm	Hongrie (Aladar Gerevich, Gyula Glykais, Sandor Gombos, Endre Kabos, Attila Petschauer, György Piller)	Italie (Renato Anselmi, Arturo de Vecchi, Giulio Gaudini, Gustavo Marzi, Ugo Pignotti, Emilio Salafia)	Allemagne (Erwin Casmir, Julius Eisenecker, August Heim, Heinrich Moos)
1932 Los Angeles (USA)	jo	Hongrie (Endre Kabos, Attila Petschauer, Erno Nagy, Gyula Glykais, György Piller Jekelfalussy, Aladar Gerevich)	Italie (Gustavo Marzi, Giulio Gaudini, Renato Anselmi, Emilio Salafia, Arturo De Vecchi, Ugo Pignotti)	Pologne (Tadeusz Friedrich, Marian Suski, Wladyslaw Dobrowolski, Wladyslaw Segda, YCZ, Leszek Lubicz, Adam Papée)
1933 Budapest (Hon)	eur - cm	Hongrie (Aladar Gerevich, György Jekelfalussy-Piller, Endre Kabos, Pal Kovacs, Lajos Maszlay, Laszlo Rajcsanyi, Antal Zirczy-Gfellner)	Italie (Giulio Gaudini, Gustavo Marzi, Vincenzo Pinton, Emilio Salafia, Silvio Turchi, Ugo Ughi)	Angleterre (Charles-Louis de Beaumont, Craven Hohler, John Emrys Lloyd, Gordon Pilbrow, Geoffrey Trinder)
1934 Varsovie (Pol)	eur - cm	Hongrie (Jenö Erdélyi, Aladar Gervich, Gyorgy Jekelfalussy, Endre Kabos, Laszlo Rajcsanyi, Imre Rasztovich)	Italie (Giulio Gaudini, Gustavo Marzi, Aldo Montano, Vincenzo Pinton, Emilio Salafia, Angelo Treves)	Pologne (Wladyslaw Dobrowolski, Leszek Nycz, Wladyslaw Segda, Antoni Sobik, Marian Suski, Friedrich Thadée)
1935 Lausanne (Sui)	eur - cm	Hongrie (Tibor Berczelly, Aladar Gerevich, Endre Kabos, Lajos Maszlay, Laszlo Rajcsanyi, Imre Rajczy-Rasztovich)	Italie (Giulio Gaudini, Gustavo Marzi, Aldo Masciotta, Aldo Montano, Vincenzo Pinton, Emilio Salafia)	Allemagne (Julius Eisenecker, Hans Esser, August Heim, Heinrich Moos, Richard Wahl)
1936 Berlin (All)	jo	Hongrie (Pál Kovács, Tibor Berczelly, Imre Rajczy, Aladar Gerevich, Endre Kabos, Laszlo Rajcsanyi)	Italie (Laszlo Rajcsanyi, Vincenzo Pinton, Aldo Masciotta, Athos Tanzini, Aldo Montano, Gustavo Marzi)	Allemagne (Hans Jörger, Julius Eisenecker, August Heim, Erwin Casmir, Richard Wahl, Hans Esser)
1937 Paris (Fra)	cm	Hongrie (Tibor Berczelly, Aladar Gerevich, Pal Kovacs, Lajos Maszlay, Laszlo Rajcsanyi, Imre Rajczy)	Italie (Italie (Arturo di Lorenzo, Gustavo Marzi, Aldo Masciotta, Aldo Montano, Giuseppe Perenno, Vincenzo Pinton)	Allemagne (Erwin Casmir, Julius Eisenecker, Hans Esser, August Heim, Heinrich Moos, Richard Wahl)
1938 Piestany (Tch)	cm	Italie (Giulio Gaudini, Gustavo Marzi, Aldo Masciotta, Aldo Montano, Giuseppe Perenno, Mauro Racca)	France (Marcel Fauré, Edward Gardere, Louis Taillandier, Jean-François Tournon)	Niederlande (Willem Diebergen, Antonius Montfoort, F.R. Mosman, J. Vandervoordt, Franciscus van Wieringen)
1947 Lisbonne (Por)	cm	Italie (Gastone Daré, Umberto de Martino, Carlo Filogano, Aldo Montano, Vincenzo Pinton, Mauro Racca)	Belgique (Robert Bayot, Georges de Bourguignon, Ferdinand Jassogne, Edouard Yves)	Égypte (Salah Dessouki, Mohamed Fathallah Abdel Rahman, Mahmoud Younes, Mohamed Zulficar)
1948 Londres (GBR)	jo	Hongrie (Bertalan Papp, Tibor Berczelly, Aladar Gerevich, Rudolf Karpati, Pal Kovacs, Laszlo Rajcsanyi)	Italie (Renzo Nostin , Carlo Turcato, Vincenzo Pinton, Aldo Montano, Gastone Dare, Mauro Racca)	États-Unis (Dean Cetrulo, Norman Armitage, George Worth, Tibor Nyilas, James Flynn, Miguel de Capriles)
1949 Le Caire (Égyp)	cm	Italie (Gastone Daré, Renzo Nostini, Vincenzo Pinton, Mauro Racca)	France (Jacques Lefevre, Jean Lavavasseur, Jean Parent, Jean-François Tournon)	Égypte (Ahmed Farid Abou-Chadi, Salah Dessouki, Mohamed Fathallah Abdel Rahman, Mahmoud Khattab Younes, Mohamed Zulficar)

1950 Monte-Carlo (Mon)	cm	Italie (Gastone Daré, Arturo Ferrando, Roberto Ferrari, Aldo Montano, Vincenzo Pinton, Mauro Racca)	France (Jacques Lefevre, Jean Lavavasseur, Jean Parent, Maurice Piot, Jean-François Tournon)	Égypte (Ahmed Farid Abou-Chadi, Salah Dessouki, Mohamed Fathallah Abdel Rahman, Roland Steinauer, Mahmoud Younes, Mohamed Zulficar)
1951 Stockholm (Suè)	cm	Hongrie (Tibor Berczelly, Aladar Gerevich, Pal Kovacs, Endre Palocz, Karoly Pesthy, Laszlo Rajcsanyi)	Italie (Gastone Daré, Roberto Ferrari, Renzo Nostini, Vincenzo Pinton, Mauro Racca, Vittorio Stagni)	Belgique (Gustave Balister, Jean Henriet, François Heyvaert, Ferdinand Jassogne, Marcel Vanderauwera, Edouard Yves)
1952 Helsinki (Fin)	jo	Hongrie (Tibor Berczelly, Rudolf Karpati, Pal Kovacs, Aladar Gerevich, Bertalan Papp, Laszlo Rajcsanyi)	Italie (Mauro Racca, Giorgio Pellini, Renzo Nostini, Roberto Ferrari, Vincenzo Pinton, Gastone Dare)	France (Jean Levavasseur, Jacques Lefèvre, Jean Laroyenne, Maurice Piot, Jean-François Tournon, Bernard Morel)
1953 Bruxelles (Belg)	cm	Hongrie (Tibor Berczelly, Aladar Gerevich, Rudolf Karpati, Pal Kovacs, Bertalan Papp, Laszlo Rajcsanyi)	Italie (Gastone Daré, Roberto Ferrari, Renzo Nostini, Domenico Pace, Vincenzo Pinton, Mauro Racca)	Pologne (Zbigniew Czajkowski, Zygmunt Pawlas, Jerzy Pawlowski, Leszek Suski, Wojciech Zablocki)
1954 Luxembourg (Lux)	cm	Hongrie (Tibor Berczelly, Aladar Gerevich, Rudolf Karpati, Pal Kovacs, Daniel Magay, Bertalan Papp)	Pologne (Marek Kuszewski, Zygmunt Pawlas, Jerzy Pawlowski, Andrzej Piatkowski, Jerzy Twardokens, Wojciech Zablocki)	France (Jean Brousse, Jacques Lefevre, Jean Levavasseur, Bernard Morel, Jacques Roulot, Jean-François Tournon)
1955 Rome (Ita)	cm	Hongrie (Aladar Gerevich, Jenö Hamori, Rudolf Karpati, Attila Keresztes, Pal Kovacs, Endre Palocz)	Italie (Giuseppe Comini, Gastone Daré, Roberto Ferrari, Arturo Montorsi, Luigi Narduzzi, Renzo Nostini)	URSS (Leonid Bogdanow, Jewgeni Tscherepowski, Lew Kusnetzow, Jakow Rylski, Dawid Tischler)
1956 Melbourne (Aus)	jo	Hongrie (Rudolf Karpati, Jeno Hamori, Attila Keresztes, Pal Kovacs, Daniel Magay, Aladar Gerevich)	Pologne (Marian Kuszewski, Jerzy Pawlowski, Andrzej Piatkowski, Ryszard Zub, Wojciech Zablocki)	Union Soviétique (Yevgeny Cherepovsky, Leonid Bogdanov, Lev Kuznetsov, David Tyshler, Yakov Rylsky)
1957 Paris (Fra)	cm	Hongrie (Aladar Gerevich, Zoltan Horvath, Rudolf Karpati, Pal Kovacs, Tamas Mendelényi, Jozsef Szerencsés)	URSS (Jewgeni Tscherepowski, Lew Kusnetzow, Leonid Lejtman, Jakow Rylski, Dawid Tischler)	Pologne (Marek Kuszewski, Zygmunt Pawlas, Jerzy Pawlowski, Andrzej Piatkowski, Wojciech Zablocki, Ryszard Zub)
1958 Philadelphie (USA)	cm	Hongrie (Aladar Gerevich, Zoltan Horvath, Rudolf Karpati, Pal Kovacs, Tamas Mendélenyi)	URSS (Lew Kusnetzow, Umar Mavlichanov, Jakow Rylski, Dawid Tischler)	Pologne (Emil Ochyra, Zygmunt Pawlas, Jerzy Pawlowski, Andrzej Piatkowski, Jerzy Twardokens, Wojciech Zablocki)
1959 Budapest (Hon)	cm	Pologne (Emil Ochyra, Jerzy Pawlowski, Andrzej Piatkowski, Wlodzimierz Wojcicki, Wojciech Zablocki, Ryszard Zub)	Hongrie (Gabor Delneky, Aladar Gerevich, Zoltan Horvath, Rudolf Karpati, Tamas Mendelenyi, Jozsef Szerencses)	URSS (Jewgeni Tscherepowski, Lew Kusnetzow, Umar Mavlichanov, Jakow Rylski, Dawid Tischler)
1960 Rome (Ita)	jo	Hongrie (Rudolf Karpati, Zoltan Horvath, Pal Kovacs, Aladar Gerevich, Gabor Delneky, Tamas Mendelenyi)	Pologne (Wojciech Zablocki, Emil Ochyra, Jerzy Pawlowski, Ryszard Zub, Andrzej Piatkowski, Marian Kuszewski)	Italie (Mario Ravagnan, Roberto Ferrari, Pier-Luigi Chicca, Giampaolo Calanchini, Wladimiro Calarese)
1961 Turin (Ita)	cm	Pologne (Emil Ochyra, Jerzy Pawlowski, Franciszek Sobczak, Jerzy Wandzioch, Wojciech Zablocki, Ryszard Zub)	URSS (Umar Mavlichanov, Nugsar Assatiani, Jewgeni Tscherepowski, Jakow Rylski, Waleri Tschitnji)	Hongrie (Tamas Mendelenyi, Péter Bakonyi, Gabor Delneky, Zoltan Horvath, Rudolf Karpati, Miklos Meszena)
1962 Buenos Aires (Arg)	cm	Pologne (Jerzy Pawlowski, Andrzej Piatkowski, Egon Franke, Emil Ochyra, Ryszard Zub)	Hongrie (Péter Bakonyi, Jozsef Gyuricza, Zoltan Horvath, Tamas Mendelenyi, Miklos Meszena, Tibor Pezsa)	URSS (Umar Mavlichanov, Nugsar Assatiani, Lew Kusnetzow, Mark Rakita, Jakow Rylski, Waleri Tschitnji)
1963 Gdansk (Pol)	cm	Pologne (Wojciech Zablocki, Jerzy Pawlowski, Ryszard Zub, Andrzej Piatkowski, Emil Ochyra)	URSS (Umar Mavlichanov, Nugsar Assatiani, Mark Rakita, Jakow Rylski, Waleri Tschitnji)	Hongrie (Peter Bakonyi, Attila Kovacs, Miklos Meszena, Tibor Pezsa, Jozsef Scerencses)
1964 Tokyo (Jap)	jo	Union soviétique (Umar Mavlikhanov, Boris Melnikov, Nugzar Asatiani, Yakov Rylsky, Mark Rakita)	Italie (Mario Ravagnan, Cesare Salvadori, Pier-Luigi Chicca, Giampaolo Calanchini, Wladimiro Calarese)	Pologne (Wojciech Zablocki, Ryszard Zub, Andrzej Ryszard Piatkowski, Jerzy Pawlowski, Emil Antoni Ochyra)
1965 Paris (Fra)	cm	URSS (Umar Mavlichanov, Mark Rakita, Nugsar Asatiani, Jakow Rylski, Boris Melnikov)	Italie (Gian-Paolo Calanchini, Wladimiro Calarese, Pier-Luigi Chicca, Paolo Narduzzi, Cesare Salvadori)	France (Claude Arabo, Robert Fraisse, Jacques Lefevre, Marcel Parent, Jean Ramez)
1966 Moscou (URSS)	cm	Hongrie (Péter Bakonyi, Tibor Pézsa, Tamas Kovacs, Zoltan Horvath, Miklos Meszéna)	URSS (Umar Mavlichanov, Nugsar Assatiani, Mark Rakita, Jakow Rylski, Eduard Vinokurov)	France (Claude Arabo, Jacques Lefevre, Serge Panizza, Marcel Parent, Bernard Vallée)
1967 Montréal (Can)	cm	URSS (Mark Rakita, Vladimir Naslymov, Umjar Mavlichanov, Boris Melnikov, Eduard Vinokurov)	Hongrie (Peter Bakonyi, Attila Kovacs, Tamas Kovacs, Miklos Meszena, Tibor Pezsa)	France (Claude Arabo, Serge Panizza, Marcel Parent, Jean Ramez, Bernard Vallée)
1968 Mexico (Mex)	jo	URSS (Mark Rakita, Vladimir Nazlymov, Eduard Vinokurov, Viktor Sidjak, Umyar Mavlikhanov)	Italie (Pier-Luigi Chicca, Michele Maffei, Rolando Rigoli, Wladimiro Calarese, Cesare Salvadori)	Hongrie (Miklos Meszena, Tibor Pezsa, Peter Bakonyi, Janos Kalmar, Tamas Kovacs)

1969 La Havane (Cub)	cm	URSS (Viktor Sidjak, Mark Rakita, Vladimir Naslymov, Eduard Vinokurov, Umjar Mavlichanov)	Pologne (Jerzy Pawlowski, Jozef Nowara, Zygmunt Kawecki, Krzysztof Grzegorek, Janusz Majewski)	Hongrie (Péter Bakonyi, Janos Kalmar, Attila Kovacs, Tamas Kovacs, Miklos Meszéna)
1970 Ankara (Turq)	cm	URSS (Viktor Sidjak, Mark Rakita, Vladimir Naslymov, Eduard Vinokurov, Sergej Prichodko)	Hongrie (Tibor Pézsa, Tamas Kovacs, Miklos Meszéna, Péter Marot, Janos Kalmar)	Pologne (Krzysztof Grzegorek, Zygmunt Kawecki, Janusz Majewski, Jozef Nowara, Jerzy Pawlowski)
1971 Vienne (Aut)	cm	URSS (Mark Rakita, Viktor Sidjak, Eduard Vinokurov, Vladimir Naslymov, Viktor Baschenov)	Hongrie (Dr. Péter Bakony, Tibor Pesza, Péter Marot, Miklos Meszena, Tamas Kovacs)	Italie (Mario Aldo Montano, Rolando Rigoli, Michele Maffei, Cesare Salvadori, Mario Tullo Montano)
1972 Munich (All)	jo	Italie (Michele Maffei, Mario Aldo Montano, Mario Tullio Montano, Rolando Rigoli, Cesare Salvadori)	URSS (Viktor Bashenov, Vladimir Nazlymov, Viktor Sidjak, Eduard Vinokurov, Mark Rakita)	Hongrie (Pal Gerevich, Tamas Kovacs, Peter Maroth, Tibor Pezsa, Peter Bakonyi)
1973 Göteborg (Suè)	cm	Hongrie (Tamas Kovacs, Attila Kovacs, Péter Marot, Pal Gerevich, Ferenc Hammang)	URSS (Viktor Sidjak, Vladimir Naslymov, Eduard Vinokurov, Viktor Krovopouskov, Vladimir Pawlenko)	Italie (Mario Aldo Montano, Rolando Rigoli, Michele Maffei, Cesare Salvadori, Mario Tullio Montano)
1974 Grenoble (Fra)	cm	URSS (Vladimir Naslymov, Viktor Krovopouskov, Viktor Sidjak, Eduard Vinokurov, Alexey Iluk)	Roumanie (Dan Irimiciuc, Corneliu Marin, Ion Pop, Alexandru Nilca Gancea)	Italie (Mario Aldo Montano, Mario Tullo Montano, Tomaso Montano, Rolando Rigoli, Michele Maffei)
1975 Budapest (Hon)	cm	URSS (Vladimir Naslymov, Viktor Krovopouskov, Viktor Sidjak, Eduard Vinokurov)	Hongrie (Imre Gedovari, Pal Gerevich, Péter Marot, Tamas Kovacs)	Roumanie (Dan Irimiciuc, Corneliu Marin, Ion Pop, Frunza)
1976 Montréal (Can)	jo	URSS (Viktor Krovopouskov, Eduard Vinokurov, Viktor Sidjak, Vladimir Nazlymov, Mikhail Burtsev)	Italie (Mario Aldo Montano, Michele Maffei, Angelo Arcidiacono, Tommaso Montano, Mario Tullio Montano)	Roumanie (Daniel Irimiciuc, Ioan Pop, Marin Mustata, Corneliu Marin, Alexandru Nilca)
1977 Buenos Aires (Arg)	cm	URSS (Michail Burzew, Vladimir Naslymov, Nikischin, Viktor Baschenow)	Roumanie (Dan Irimiciuc, Corneliu Marin, Ion Pop, Alexandru Nilca)	Hongrie (Imre Gedovari, Pal Gerevich, Ferenc Hammang, Tamas Kovacs)
1978 Hambourg (All)	cm	Hongrie (Imre Gedovari, Pal Gerevich, Ferenc Hammang, Nagyhagi, György Nébald)	URSS (Michail Burzew, Vladimir Naslymov, Nikischin, Viktor Baschenow/Viktor Krovopouskov)	Italie (Michele Maffei, Angelo Aricidiacono, Mario Aldo Montano, Gianfranco Dalla Barba)
1979 Melbourne (Aus)	cm	URSS (Vladimir Naslymov, Michail Burzew, Viktor Krovopouskov, Viktor Sidjak, Nikolai Aljochin)	Italie (Michele Maffei, Mario Aldo Montano, Gianfranco dalla Barba, Marco Romano, Ferdinando Meglio)	Pologne (Jacek Bierkowski, Mariusz Wodke, Andrzej Kostrzewa, Kondrat, Tadeusz Pigula)
1980 Moscou (URSS)	jo	URSS (Viktor Krovopouskov, Nikolai Alekhin, Viktor Sidjak, Vladimir Nazlymov, Mikhail Burtsev)	Italie (Mario Montano, Michele Maffei, Marco Romano, Ferdinando Meglio, Giovanni Scalzo)	Hongrie (Pal Gerevich, Imre GedŒvári, Rudolf Nébald, Ferenc Hammang, György Nébald)
1981 Clermont-Ferrand (Fra)	cm	Hongrie (György Nébald, Rudolf Nébald, Imre Gedövari, Pal Gerevich)	URSS (Nikolai Aljochin, Andrej Alschan, Viktor Krovopouskov, Michail Burzew)	Pologne (Leszek Jablonowski, Jacek Bierkowski, Tadeusz Pigula, Mariusz Wodke)
1982 Rome (Ita)	cm	Hongrie (Imre Gedövari, Pal Gerevich, György Nébald, Nagyhazi, Imre Bujdoso)	Italie (Giovanni Scalzo, Michele Maffai, Ferdinando Meglio, Gianfranco Dalla Barba, Marco Marin)	URSS (Kazouine, Andrej Alschan, Viktor Krovopouskov, Michail Burzew)
1983 Vienne (Aut)	cm	URSS (Michail Burzew, Viktor Krovopouskov, Andrej Alschan, Georgi Pogossow, Khoussein Ismailow)	Hongrie (Imre Gedövari, György Nébald, Imre Abay, Imre Bujdoso, Jozsef Varga)	Italie (Giovanni Scalzo, Michele Maffai, Ferdinando Meglio, Gianfranco Dalla Barba, Marco Marin)
1984 Los Angeles (USA)	jo	Italie (Marco Marin, Gianfranco Dalla Barba, Giovanni Scalzo, Ferdinando Meglio, Angelo Arcidiacono)	France (Jean-François Lamour, Pierre Guichot, Hervé Granger-Veyron, Philippe Delrieu, Franck Ducheix)	Roumanie (Marin Mustata, Ioan Pop, Alexandru Chiculita, Corneliu Marin, Vilmos Szabo)
1985 Barcelone (Esp)	cm	URSS (Sergej Mindirgassow, Viktor Krovopouskov, Andrej Alschan, Georgi Pogossow)	Bulgarie (Christo Etropolski, Vassily Etropolski, Tschomankow, Iwanow)	Hongrie (Imre Bujdoso, Imre Gedövari, György Nebald, Varga)
1986 Sofia (Bulg)	cm	URSS (Andrej Alschan, Sergej Korjaschkin, Michail Burzew, Sergej Mindirgassow, Georgi Pogossow)	Pologne (Janusz Olech, Robert Koscelniakowski, Andrzej Kostrzewa, Koniusz, Tadeusz Pigula)	Bulgarie (Christo Etropolski, Vassily Etropolski, Marintschewski, Iwanow, Tomanschkin)
1987 Lausanne (Sui)	cm	URSS (Andrej Alschan, Georgi Pogossow, Sergej Mindirgassow, Sergej Korjaschkin)	Bulgarie (Christo Etropolski, Vassily Etropolski, Tschomankow, Matejew)	France (Jean-François Lamour, Philippe Delrieu, Pierre Guichot, Herve Granger-Veyron)
1988 Séoul (Cor)	jo	Hongrie (Imre Bujdoso, Laszlo Csongradi, Imre Gedovari, Gyögy Nebald, Bence Szabo)	URSS (Andrei Alshan, Mikhail Burtsev, Sergei Koryakin, Sergei Mindirgassov, Georgi Pogossov)	Italie (Massimo Cavaliere, Gianfranco Dalla Barba, Marco Marin, Ferdinando Meglio, Giovanni Scalzo)
1989 Denver (USA)	cm	URSS (Grigori Kirijenko, Andrej Alschan, Sergej Korjaschkin, Sergej Mindirgassow)	RFA (Frank Bleckmann, Felix Becker, Jürgen Nolte, Ulrich Eifler, Jörg Kempenich)	France (Jean-François Lamour, Philippe Delrieu, Franck Ducheix, Pierre Guichot, Daurelle)
1990 Lyon (Fra)	cm	URSS (Georgi Pogossow, Grigori Kirijenko, Sergej Mindirgassow, Andrej Alschan)	Hongrie (Dr. György Nébald, Bence Szabo, Imre Bujdoso, Csaba Köves, Laszlo Csongradi)	Allemagne (Felix Becker, Jürgen Nolte, Jörg Kempenich, Ulrich Eifler, Frank Bleckmann)

1991 Budapest (Hon)	cm	Hongrie (Dr. Peter Abai, Csaba Köves, Dr. György Nébald, Imre Bujdoso, Bence Szabo)	URSS (Grigori Kirijenko, Wadim Gutzeit, Aleksandr Tschirchow, Sergej Bogoslowski, Andrej Alchan)	Allemagne (Felix Becker, Jacek Huchwajda, Jürgen Nolte, Jörg Kempenich, Frank Bleckmann)
1992 Barcelone (Esp)	jo	Équipe unifiée ex-URSS (Grigori Kirienko, Aleksander Chirchov, Giorgi Pogossov, Vadim Gutzeit, Stanislav Pozdniakov)	Hongrie (Bence Szabo, Csaba Koves, Györgi Nebald, Peter Abay, Imre Bujdoso)	France (Jean-François Lamour, Jean-Philippe Daurelle, Franck Ducheix, Herve Granger-Veyron, Pierre Guichot)
1993 Essen (All)	cm	Hongrie (Bence Szabo, Csaba Köves, Jozsef Navarette, Dr. Peter Abai, György Boros)	Italie (Toni Terenzi, Marco Marin, Giovanni Scalzo, Giovanni Sirovich)	Allemagne (Felix Becker, Steffen Wiesinger, Frank Bleckmann, Uli Eifler, Jacek Huchwajda)
1994 Athènes (Grè)	cm	URSS (Stanislaw Posdnjakow, Grigori Kirijenko, Aleksandr Tschirchow, Aleksej Jermolajew)	Hongrie (Bence Szabo, Csaba Köves, Jozsef Navarrete, György Boros)	Roumanie (Vilmos Szabo, Daniel Grigore, Alin Lupeica, Dan Gaureanu)
1995 La Haye (P.-Bas)	cm	Italie (Luigi Tarantino, Raffaello Caserta, Antonio Terenzi, Marco Marin)	URSS (Grigori Kirjenko, Stanislaw Posdnjakow, Sergej Charikow, Aleksandr Tschirchow)	Hongrie (György Boros, Jozsef Navarrete, Csaba Köves, Bence Szabo)
1996 Atlanta (USA)	jo	URSS (Stanislav Pozdniakov, Grigoriy Kirienko, Sergei Sharikov)	Hongrie (Csaba Köves, József Navarette, Bence Szabó)	Italie (Rafaello Caserta, Luigi Tarantino, Tonhi Terenzi)
1997 Le Cap (Afr. Sud)	cm	France (Matthieu Gourdain, Damien Touya, Jean-Philippe Daurelle, Gael Touya)	URSS (Stanislaw Posdnjakow, Sergej Charikow, Grigori Kirjenko, Aleksandr Tschirchow)	Hongrie (Domonkos Ferjancsik, Jozsef Navarrete, György Boros, Csaba Köves)
1998 La Chaux-de-Fonds (Sui)	cm	Hongrie (Jozsef Navarette, Domonkos Ferjancsik, György Boros, Zsolt Nemcsik)	France (Damien Touya, Jean-Philippe Daurelle, Matthieu Gourdain, Gael Touya)	Pologne (Norbert Jaskot, Marcin Sobala, Rafal Sznajder, Dariusz Gilman)
1999 Seoul (Cor)	cm	France (Damien Touya, Jean-Philippe Daurelle, Matthieu Gourdain, Julien Pillet)	Pologne (Marcin Sobala, Norbert Jaskot, Rafal Sznajder, Arkadiusz Nowinowski)	URSS (Stanislaw Posdnjakow, Alexej Frossine, Sergej Charikow, Alexej Diatschenko)
2000 Sydney (Aus)	jo	URSS (Sergej Charikow, Alexej Djachenko, Alexei Frossine, Stanislav Pozdniakov)	France (Matthieu Gourdain, Julien Pillet, Cedric Seguin, Damien Touya)	Allemagne (Dennis Bauer, Wiradech Kothny, Eero Lehmann, Alexander Weber)
2001 Nîmes (Fra)	cm	URSS (Stanislaw Posdnjakow, Sergej Charikow, Alexej Frossine, Alexej Diatschenko)	Hongrie (Domonkos Ferjancsik, Kende Fodor, Balazs Lengyel, Zsolt Nemcsik)	Roumanie (Mihai Covaliu, Florian Zalomir, Alin Lupeica, Dan Gaureanu)
2002 Lisbonne (Por)	cm	URSS (Alexej Diatschenko, Sergej Charikow, Alexej Frossine, Stanislaw Posdniakow)	Italie (Giacomo Guidi, Gianpiero Pastore, Luigi Tarantino, Aldo Montano)	Allemagne (Michael Herm, Alexander Weber, Harald Stehr, Dennis Bauer)
2003 La Havane (Cub)	cm	URSS (Sergej Charikow, Stanislaw Posdnjakow, Alexej Jakimenko, Alexej Diatschenko)	Hongrie (Domonkos Ferjancsik, Kende Fodor, Balazs Lengyel, Zsolt Nemcsik)	Ukraine (Dimitro Boiko, Vladimir Lukaschenko, Oleg Schturabin, Wladislaw Tretjak)
2004 Athènes (Grè)	jo	France (Julien Pillet, Damien Touya, Gaël Touya)	Italie (Aldo Montano, Giampiero Pastore, Luigi Tarantino)	URSS (Serguei Charikov, Alexei Diatchenko, Stanislav Pozdniakov, Alexey Yakimenko)
2005 Leipzig (All)	cm	URSS (Alexei Diatchenko, Alexei Frossine, Stanislav Pozdniakov , Alexey Yakimenko)	Italie (Andrea Aquili, Aldo Montano, Giampiero Pastore, Luigi Tarantino)	France (Julien Pillet, Vincent Anstett, Nicolas Lopez, Boris Sanson)
2006 Turin (Ita)	cm	France (Julien Pillet, Boris Sanson, Nicolas Lopez, Vincent Anstett)	Ukraine (Dmytro Boiko, Vladimir Lukashenko, Oleg Shturbabin, Vladislav Tretiak)	URSS (Alexei Frossine, Nicolay Kovalev, Stanislav Pozdniakov, Alexey Yakimenko)
2007 Saint-Petersbourg (URSS)	cm	Hongrie (Tamas Decsi, Balazs Lontay, Zsolt Nemcsik, Aron Szilagyi)	France (Vincent Anstett, Nicolas Lopez, Julien Pillet, Boris Sanson)	Italie (Aldo Montano, Diego Occhiuzzi, Giampiero Pastore, Luigi Tarantino)
2008 Pékin (Chi)	jo	France ((Nicolas Lopez, Boris Sanson, Julien Pillet)	États-Unis (Tim Morehouse, Jason Rogers, Keeth Smart, James Williams)	Italie (Aldo Montano, Giampiero Pastore, Diego Occhiuzzi, Luigi Tarantino)
2009 Antalya (Turq)	cm	Roumanie (Tiberiu Dolniceanu, Rares Dumitrescu, Cosmin Hanceanu, Gelu Florin Zalomir)	Italie (Aldo Montano, Diego Occhiuzzi, Giampiero Pastore, Luigi Tarantino)	Hongrie (Tamas Decsi, Nikolasz Iliasz, Balazs Lontay, Aron Szilagyi)

TOTAL DE MÉDAILLES AUX MONDIAUX

		Total	205	246	207	110	12	3	11	32	5	3	7	9	81	41	13	190
Année	Ville	Pays	Hongrie	Italie	France	Allemagne	Autriche	Belgique	Danemark	Suède	Tchécosl.	Pays-Bas	Égypte	Angleterre	Pologne	RFA	Suisse	URSS
1937	Paris	France	6	4	6	3	2	1	1	1								
1938	Piestany	Tchécosl.		9	6				1	1	3	1						
1947	Lisbonne	Portugal		9	6	1	4	1	2				1					
1948	La Haye	Pays-Bas	1		1				1									
1949	Le Caire	Égypte		9	6		1		1	2			3					
1950	Monte Carlo	Monaco		7	8		2		2	2			2	1				
1951	Stockholm	Suède	6	8	4			1	2	2			1					
1952	Copenhague	Danemark	1	1	1													
1953	Bruxelles	Belgique	9	7	5										1	1	1	
1954	Luxembourg	Luxembourg	7	8	6				1	1					1			
1955	Rome	Italie	9	9	4									1				1
1956	Londres	Grande-Bretagne	1		1													1
1957	Paris	France	7	5	2		1							2	2	2		3
1958	Philadelphie	États-Unis	4	4	4					1	2	1		8				
1959	Budapest	Hongrie	6	1	2									2	2	2		9
1961	Turin	Italie	5		2				2						5	1		8
1962	Buenos Aires	Argentine	8	1	3					1					4	1		6
1963	Gdansk	Pologne	6	2	4		1								6			5
1965	Paris	France	3	2	5									2	2			8
1966	Moscou	Union Soviétique	5		5					1					3			10
1967	Montréal	Canada	6	1	3		1								2			9
1969	La Havane	Cuba	5							2					4	1		9
1970	Ankara	Turquie	4		1										4	1	1	10
1971	Vienne	Autriche	4	3	2					2					4			8
1973	Göteborg	Suède	6	3	1					2					1	2		8
1974	Grenoble	France	4	3	3					2					1	1		8
1975	Budapest	Hongrie	6	1	3					1					1	2		7
1977	Buenos Aires	Argentine	3	3						3						3	2	8
1978	Hambourg	RFA	3	2	3					2	1				1	4		8
1979	Melbourne	Australie	3	3	2										2	4	1	9
1981	Clermont-Ferrand	France	5	4										2	4	1	6	1
1982	Rome	Italie	6	6	3										2	1	5	
1983	Vienne	Autriche	2	7	1	5								1		1	2	
1985	Barcelone	Espagne	3	5	2	6					1						4	
1986	Sofia	Bulgarie	3	5	2	6											4	1
1987	Lausanne	Suisse	3	2	4	6								1			3	2
1988	Orléans	France		1	3	1				1								
1989	Denver	États-Unis	1	6	3									1	9	2	6	
1990	Lyon	France	3	8	2	4								1			9	
1991	Budapest	Hongrie	4	3	3	10											8	1
1993	Essen	Allemagne	4	8	3	11				1				1				2
1994	Athènes	Grèce	4	8	4	6												
1995	La Haye	Pays-Bas	3	7	5	4								2				3
1997	Le Cap	Afrique du Sud	3	6	8	4								3				1
1998	La Chaux-de-Fonds	Suisse	5	6	6	2				1				4				1
1999	Séoul	Corée du Sud	2	6	8	6				1				3		1		
2000	Budapest	Hongrie		2	2	1												
2001	Nimes	France	3	6	10	4								2		2		3
2002	Lisbonne	Portugal	4	3	5	5								2				3
2003	La Havane	Cuba	4	9	4	5				1				3				4
2004	New York	États-Unis		1	1									1				1
2005	Leipzig	Allemagne	3	6	10	4						1		1				2
2006	Turin	Italie	4	7	6	3												
2007	Saint-Petersbourg	URSS	4	9	8	6									2			
2008	Pékin	Chine		1	1	2									1			
2009	Antalya	Turquie	4	9	4	5						1			2			
2010	Paris	France																

47	27	2	8	19	7	62	3	17	14	1	1	7	5	2	1	10	2	2	1	1413
Roumanie	Chine	RDA	Bulgarie	Cuba	Espagne	Russie	Estonie	Ukraine	Corée du Sud	Finlande	Colombie	Azerbaïdjan	Estonie	Biélorussie	Japon	États-Unis	Canada	Norvège	Portugal	
																				24
																				21
																				24
																				3
																				22
																				24
																				24
																				3
																				24
																				24
																				24
																				3
																				24
																				24
																				24
1																				24
																				24
																				24
2																				24
																				24
2																				24
3																				24
3																				24
1																				24
1																				24
2																				24
3																				24
2																				24
																				24
																				24
1																				24
	1																			24
1	1	2	1																	24
		3																		24
		2	1																	24
1		1	1																	24
																				6
			1	1																30
2			1																	30
1			1																	30
				1	2	1	1													35
1			2		3			1	1											30
			2	1	4		1			1										33
1			3		3		2	1												35
			3	1	3		2	1												35
3			2		4		1	1			2	1			1					42
											1				1					7
			1		6						1	1			1					40
3				1	9			3			2	1	1							42
4					4		2				1		1							42
					1										1					6
1					7		2	1				1			1	1	1			42
3				1	5	2	2	3							4		1	1		42
	3					5		1	2				1		1					42
	1																			6
2	2				1	6		3	1							1	1			42
																				0

MÉDAILLES OR AUX MONDIAUX

Année	Ville	Pays	Hongrie	Italie	France	Allemagne	Autriche	Belgique	Danemark	Suède	Tchécosl.	Pays-Bas	Égypte	Angleterre	Pologne	RFA	Suisse	URSS
1937	Paris	France	3	3	1	1												
1938	Piestany	Tchécosl.		4	2						1							
1947	Lisbonne	Portugal		2	4		1		1									
1948	La Haye	Pays-Bas							1									
1949	Le Caire	Egypte		5	1		1											
1950	Monte Carlo	Monaco		4	3		1		1									
1951	Stockholm	Suède	3	3	2													
1952	Copenhague	Danemark	1															
1953	Bruxelles	Belgique	4	2	2													
1954	Luxembourg	Luxembourg	3	3	1				1									
1955	Rome	Italie	5	3	0													
1956	Londres	Grande Bretagne																1
1957	Paris	France	3	2	1										1			1
1958	Philadelphie	Etats-Unis	1	2	1									1				3
1959	Budapest	Hongrie	3											1	1			3
1961	Turin	Italie			1										2	1		4
1962	Buenos Aires	Argentine	4		1										1			2
1963	Gdansk	Pologne	1		1		1								2			3
1965	Paris	France	1		2										1			4
1966	Moscou	Union Soviétique	1		1										1			5
1967	Montréal	Canada	1															6
1969	La Havane	Cuba													1	1		5
1970	Ankara	Turquie	2													1		5
1971	Vienne	Autriche	1	1	2													4
1973	Göteborg	Suède	2	1						1						1		2
1974	Grenoble	France	1	1						2								4
1975	Budapest	Hongrie			2					1						1		3
1977	Buenos Aires	Argentine	1							2						1		4
1978	Hambourg	RFA	2		1											1		3
1979	Melbourne	Australie			1											1		6
1981	Clermont-Ferrand	France	2												1	1		4
1982	Rome	Italie	2	1	1											1		3
1983	Vienne	Autriche		2	1	2												2
1985	Barcelone	Espagne	1	2	1	3												1
1986	Sofia	Bulgarie	1	2	1	3												1
1987	Lausanne	Suisse	1		1	3												2
1988	Orléans	France			1	1												
1989	Denver	Etats-Unis	1	1												2	1	4
1990	Lyon	France	1	4	1	2												1
1991	Budapest	Hongrie	2	3		1												3
1993	Essen	Allemagne	1	2		4												2
1994	Athènes	Grèce		2	1	1												2
1995	La Haye	Pays Bas	0	3	1	1									1			
1997	Le Cap	Afrique du Sud	0	2	5													
1998	La Chaux-de-Fonds	Suisse	2	2	3	1									1			
1999	Séoul	Corée du Sud	1	2	5	2												
2000	Budapest	Hongrie																
2001	Nimes	France	1	4	2	1												
2002	Lisbonne	Portugal	1	1	1	1												
2003	La Havane	Cuba		4	1	1									1			
2004	New York	Etats-Unis		1														
2005	Leipzig	Allemagne		2	4										1			
2006	Turin	Italie	1	1	4	1												
2007	Saint-Petersbourg	URSS	2	1	4	2									1			
2008	Pékin	Chine		1	1													
2009	Antalya	Turquie		4	1	1												
2010	Paris	France																

Roumanie	Chine	RDA	Bulgarie	Cuba	Espagne	Russie	Estonie	Ukraine	Corée du Sud	Finlande	Colombie	Azerbaïdjan	Estonie	Biélorussie	Japon	États-Unis	Canada	Norvège	Portugal	
																				8
																				7
																				8
																				1
																				7
																				9
																				8
																				1
																				8
																				8
																				8
																				1
																				8
																				8
																				8
																				8
																				8
																				8
																				8
																				8
1																				8
1																				8
																				8
																				8
																				7
																				8
1																				8
																				8
																				7
																				8
																				8
																				8
			1																	8
																				8
																				8
1																				8
																				2
					1															10
				1																10
				1																10
							1													10
3				1																10
1				1		2														10
				1		1		1												10
								1												10
								1				1								12
												1				1				2
						4														12
	1					6			1											12
1						3		1												12
						1														2
1						2			1							1				12
	2					2										1				12
						2														12
																				2
1						3		1								1				12
																				0

TOTAL DE MÉDAILLES OR AUX JEUX OLYMPIQUES

Année	Ville	Hongrie	Italie	France	Allemagne	Grèce	Autriche	Belgique	Danemark	Suède	Angleterre	Pologne	Honduras	RFA	Suisse	URSS	Roumanie	Chine	Cuba	URSS	Ukraine	Corée du Sud	États-Unis	Total
		32	45	44	7	3	1	5	1	2	1	4	1	8	1	19	2	2	5	9	1	1	2	196
1896	Athènes			1		2																		3
1900	Paris		1	5															1					7
1904	Saint-Louis																		4					4
1906	Athènes			3	2	1		2																8
1908	Londres	2		2																				4
1912	Stockholm	2	1					2																5
1920	Anvers		5	1																				6
1924	Paris	1	1	3				1	1															7
1928	Amsterdam	1	2	2	1																			6
1932	Los Angeles	2	2	2			1																	7
1936	Berlin	3	4																					7
1948	Londres	3	1	3																				7
1952	Helsinki	2	3	2																				7
1956	Melbourne	2	3	1							1													7
1960	Rome	2	2											1		3								8
1964	Tokyo	4										1				3								8
1968	Mexico	2		1								1				3	1							8
1972	Munich	2	2									2				2								8
1976	Montréal	1	1							1				2		3								8
1980	Moscou			4						1						3								8
1984	Los Angeles		3	2										2				1						8
1988	Séoul		1	2									1	3		1								8
1992	Barcelone	1	2	2	2											1								8
1996	Atlanta		3	2																4				9
2000	Sydney	1	3	1													1			3		1		10
2004	Athènes	1	3	3											1					1			1	10
2008	Pékin		2	2	2													1		1	1		1	10

nombre d'olympiades	27	
Médailles distribuées	590	
Epreuves	196	
Classement	médailles	%
Italie	45	22,96 %
France	44	22,45 %
Hongrie	32	16,33 %
URSS	19	9,69 %
Russie	9	4,59 %
URSS + RUSSIE	28	14,29 %
Allemagne	7	3,57 %
Allemagne + RDA + RFA	15	7,65 %

RAPPEL HISTORIQUE :

1949 L'Allemagne se divise en RFA RDA

1990 Unification de l'allemagne

1991 Éclatement de l'URSS

TOTAL DE MÉDAILLES AUX JEUX OLYMPIQUES

Année	Ville	Hongrie	Italie	France	Allemagne	Grèce	Autriche	Belgique	Danemark	Suède	Tchécoslov.	Pays-Bas	Royaume Uni	Pologne	Honduras	RFA	Suisse	URSS	Roumanie	Chine	RDA	Cuba	Espagne	URSS	Ukraine	Corée du Sud	Chili	Argentine	Mexique	Japon	États-Unis	Portugal	Total
		79	115	120	25	8	7	13	6	7	2	8	10	21	3	18	8	54	14	8	1	16	1	16	2	3	1	1	1	1	20	1	590
1896	Athènes			3		4			1																								8
1900	Paris		2	15			2															2											21
1904	Saint-Louis																					9									4		13
1906	Athènes	1	2	5	4	4		3				3	1																				23
1908	Londres	3	1	4				1			2		1																				12
1912	Stockholm	4	2				2	3	1			2	1																				15
1920	Anvers		6	8				1				2																			1		18
1924	Paris	4	2	6				4	2	1		1	1																				21
1928	Amsterdam	2	4	5	3								1															1			1	1	18
1932	Los Angeles	4	8	3			1						1	1																	3		21
1936	Berlin	4	9	3	3		1			1																							21
1948	Londres	5	6	4			1	1	1	1							1														1		21
1952	Helsinki	6	8	3					1	1							2																21
1956	Melbourne	4	7	4									1	2				2	1														21
1960	Rome	4	6										2	1		2		7	1												1		24
1964	Tokyo	4	3	5	2								1	3				6															24
1968	Mexico	7	2	2										3				7	2										1				24
1972	Munich	8	2	3										2			1	7	1														24
1976	Montréal	3	4	3						1						4	1	7	1														24
1980	Moscou	5	1	6						1				3				8															24
1984	Los Angeles		7	7						1						5			2	1											1		24
1988	Séoul		4	3										1	3	7		5			1												24
1992	Barcelone	3	3	5	3									1				5	1			2					1						24
1996	Atlanta	3	7	7	1									1					2			2		7									30
2000	Sydney	1	5	6	5									1			2		1	2		1		4		2							30
2004	Athènes	3	7	6	2									1			1			3				4	1						2		30
2008	Pékin	1	7	4	2									1					2	2			1	1	1	1				1	6		30

nombre d'olympiades	27	
Médailles distribuées	590	
Epreuves	590	
Classement	médailles	%
Italie	115	19,49%
France	120	20,34%
Hongrie	79	13,39%
URSS	54	9,15%
Russie	16	2,71%
URSS + RUSSIE	70	11,86%
Allemagne	25	4,24%
Allemagne + RDA + RFA	44	7,46%

RAPPEL HISTORIQUE :

1949 L'Allemagne se divise en RFA RDA

1990 Unification de l'allemagne

1991 Éclatement de l'URSS

Photogravure: Turquoise
Imprimé en Espagne par Dédalo Offset
Dépôt légal : octobre 2010
N° d'édition : 1372
ISBN : 978-2-7491-1372-2